Wilders Geheimnisse

Ein Roman über Liebe, innere Stille, Ekstase und Erleuchtung

Yogani

Übersetzung aus dem Englischen von Bernd Prokop

Titel der **Originalausgabe**:
»The Secrets of Wilder –
A Story of Inner Silence, Ecstasy and Enlightenment«

www.aypsite.org

Deutsche Ausgabe:
»Wilders Geheimnisse –
Ein Roman über Liebe, innere Stille, Ekstase und Erleuchtung«

Der Titel ist erhältlich als:
eBook (ePub) – ISBN 978-3-942850-38-4
eHörbuch (mp3) – ISBN 978-3-942850-39-1
Paperback ISBN 978-3-942850-06-3

Lieferbare Titel und Formate aus der FYÜ-Erleuchtungsreihe u.a.
finden Sie am Ende des Buchs oder online: www.fyue.de/shop

Korrektorat und Lektorat: Annette Hochwarth

Printed by Tolek, Mikolow, Poland, www.tolek.com.pl

Über den Autor:

Yogani ist ein US-amerikanischer spiritueller Wissenschaftler, der seit über dreißig Jahren darum bemüht ist, überlieferte Techniken zur Kultivierung der menschlichen spirituellen Transformation aus aller Welt zu einem effektiven System zu vereinigen. Seine Identität gibt er nicht preis und tritt nur unter seinem Pseudonym auf. Aus verschiedenen Verlautbarungen kann man jedoch erschließen, dass er lange in der Wirtschaft tätig war und heute seinen Lebensabend verbringt.

Yogani schart keine Anhänger um sich und hält auch keine Vorträge. Allerdings existieren Radiobeiträge von ihm. Sein Motto lautet: „Der Guru ist in dir!"

Yogani ist verheiratet, hat Kinder und lebt in den USA (Florida). Geboren ca. 1947.

Er betreut die AYP-Internetseiten (Advanced Yoga Practices), beantwortet alle an ihn gerichteten Fragen und gibt die Bücher zu seiner Website heraus.

Selig, die hungern und dürsten nach der Gerechtigkeit;
denn sie werden satt werden. (Matt. 5,6)

Inhaltsverzeichnis

Kapitel 1 – Die Frage

Warum nicht ich?

John Wilder strich sich das sonnengebleichte Haar aus den Augen. Der starke Herbstwind blies es wieder zurück. Doch das merkte er nicht. Auch das beständige Getöse der Brandung, die hinter seiner Schulter wütete, hörte er nicht. Er saß hoch oben auf den Dünen, die Ellbogen auf den nackten aufgestellten Knien. Den Kopf hatte er auf die Hände gestützt. Er war in Bann geschlagen von dem Wunder, das sich vor ihm entfaltete.

Langsam schlüpfte und rutschte es heraus.

John ließ sich auf die Seite in den warmen Sand fallen und beobachtete aufmerksam die noch zittrige Kreatur. Diese richtete sich unsicher auf der nun leeren Hülle auf, die an einem Strang des sich im Wind wiegenden Seegrases klebte. Langsam und behutsam spannte sie die Flügel und trocknete sich in der Morgensonne. Nach einer Weile erhob sie sich noch etwas unbeholfen in die Lüfte. Er rollte sich auf den Rücken und lächelte in den blauen Himmel des nordöstlichen Florida mit seinem lebendigen Muster wunderlich glitzernder Lichtflecken. Und da, schon flog der Schmetterling los und flatterte auf seinen großen goldenen Schwingen davon. Als er so flog und allmählich aus der Sicht verschwand, standen seine Augen vor lauter Freude weit offen …

Noch nicht oft war er Zeuge der Verwandlung einer Raupe in ein filigranes Geschöpf der Lüfte gewesen. Doch wenn es sich ergab, hielt er immer inne, um dem Schauspiel der sich qualvoll entfaltenden Schönheit der Natur beizuwohnen und das fantastische Mysterium mitzuerleben. Er wünschte sich, auch ein Schmetterling zu sein. So stark war sein Verlangen, verwandelt zu werden, dass er sich schwor, er würde in diesem Leben einen Weg finden, viel mehr zu werden als ein bloßes menschliches Wesen, das von diesem Körper und diesen Gedanken an die Erde gefesselt blieb.

Er lag im Sand auf dem Rücken und sann über seine 18 Erdenjahre nach.

Wie kann ich hier ausbrechen?

Er stierte in das riesige, atmende Blau. Eine tiefe Stille überkam ihn, hüllte ihn ein. Langsam schlossen sich seine Augen. Er verschwand aus der Welt, wusste nicht mehr, wo er war. Dann hörte er die Stimme der Frau.

Komm zu mir.

Seine Augen schossen auf. Er sprang auf die Füße und sah sich um.

Da war niemand weit und breit.

»Wer bist du?«, schrie er nervös ins Leere und suchte mit den Augen die großen weißen Aufschüttungen ab, die das Ufer schützten.

Da war niemand.

Diese Stimme hörte er schon seit mehreren Wochen. Sie kam immer dann, wenn sich seine Sehnsucht tief in seinem Inneren, dort wo er still war, einnistete. Diese Stimme schien aus diesem Inneren zu kommen. Sie war ihm vertraut, doch wusste er nicht, wohin sie genau gehörte. Und schon war sie wieder weg.

Er sank zurück in den Sand und auch zurück in den spirituellen Hunger, der ihn niemals verließ.

Nach einer Weile stand er auf, starrte hinüber zum wuchtigen Bau des Coquina Dame Hotels, der mit seinen verbretterten Fenstern und Türen im Schutz der Dünen immer mehr verfiel. Dann wandte er sich wieder zum Meer und sauste, die Füße einwärts gedreht, als hätte er zum Pflug geformte Skier unter sich, spielerisch den großen Sandhang hinab. Zwischen den Büscheln großen wehenden Grases manövrierte er hindurch und blickte über die gewaltige Brandung mit den endlosen weißen Häubchen zum sich kräuselnden Horizont.

Draußen, 300 km vor der Küste, bahnte sich ein Hurrikan wirbelnd den Weg von der Karibik hoch zu den äußeren Sandbänken von North Carolina, eine weitere tobende Schönheit, die an der konkaven Küstenlinie der Region Jacksonville vorbeistrich. Hier war kein Wölkchen am Himmel, die Sonne schien. Doch der Wind brauste über den Horizont herein und brachte das riesige chaotische Meer mit sich. Dessen süßer salziger Dunst winkte ihn zu sich. Es hob und senkte sich rhythmisch, schleuderte seine Wellen auf die weite Küste und verspottete ihn sichtlich.

John starrte aufs Meer hinaus: »Bist du es, der mich ruft?«

Als Antwort bekam er nur das Getöse zurück.

Er zog sein T-Shirt aus, stürzte sich ins warme verführerische Wasser und tauchte unter eine große Welle, die sich hungrig über ihn einrollte – dann kam die nächste und noch eine. Durch die erste Wellenlinie schwamm er und nahm Kurs auf die äußere Brandung, wo die Wellen dreimal so hoch waren. Die Mauern aus Schaum, die brausend auf ihn hereinstürzten, untertauchte er. Ein dutzend Mal tauchte er so, bis er die äußere Brandung erreichte. Schon ein bisschen müde hielt er sich wedelnd an einer Stelle, während er mit Wogen, so groß wie zweistöckige Häuser und immer am Rande in tobende Verwüstung abzubrechen, auf und niederschwebte. Das Ufer schien meilenweit entfernt.

Sein Adrenalin pumpte jedes Mal vor Erwartung, wenn ihn eine Welle hoch mit in die Luft nahm.

Ich krieg schon eine. Ich weiß, dass ich das kann.

Mit einem Schnappen des Kopfes zur Seite peitschte er Haare und Seewasser aus den Augen. Der salzige Geschmack durchdrang ihn. Dann lächelte er in sich hinein wie ein Fallschirmspringer, der im Begriff steht, mit einem noch nicht ausgetesteten Fallschirm aus dem Flugzeug zu springen. Das Näherrücken des Show-downs rief in ihm die entsprechenden Gefühle hervor. Es war etwas wie tiefe Ruhe, gleichzeitig aber auch intensive Lust. Das war es, zu was er werden wollte. Manchmal fühlte er sich so auch beim Querfeldeinrennen, wenn er im Kampf um den erneuten Sieg schon an der Schwelle zur Ohnmacht zum Endspurt ansetzte. Er verlor da immer das Gefühl für alles, sogar für seinen Körper, doch innerlich war er lebendiger als zu jeder anderen Zeit. –

Das war ein Sterben, das ihn mit Leben erfüllte. Er war hier und forderte das Meer heraus, ihn wieder so weit zu bringen.

Als die nächste turmhohe Welle nahte, schwamm er wie verrückt, sich von ihr erfassen zu lassen. Sie erfasste ihn wirklich – bloß eine Sekunde zu spät. Die Wellenspitze leckte, schon kurz davor abzubrechen, am Himmel, und er befand sich immer noch da oben. Eigentlich hätte er schon längst das

Gefälle hinabrutschen und sich um einen Rettungsritt da vorne draußen bemühen müssen. Besser wäre es gewesen, er wäre noch ein bis zwei weitere Sekunden zu spät drangewesen. Dann hätte er nur mit dem turbulenten Kielwasser hinter der Welle fertig zu werden brauchen. Nein, er war in diese Welle irgendwie falsch eingestiegen. Er erkannte das, als ihm klar wurde, er werde es nicht in das Gefälle hinunterschaffen. Stattdessen hing er da ganz oben fest, wo ihm nichts übrig blieb, als schließlich in den Abgrund hinunterzufallen – und Tonnen malenden Wassers hinter ihm her.

Noch nie hatte er sich in solch einer Situation befunden, ganz oben auf einer so großen Welle. Er wusste, wie man sich zu einem Ball einrollt: Den Kopf zwischen die Knie nehmen und die Arme um die Schienbeine klemmen. Er hoffte, er würde unten nicht zu hart aufschlagen. Schwillt eine Woge an, wird es vor ihr seicht, auch wenn man sich so weit draußen befindet, und da würde er dann landen. Er nahm einen letzten Atemzug, rollte sich ein und stürzte zusammen mit dem Wasser senkrecht nach unten. Es war, als ginge es die Niagarafälle hinunter – nur ohne Fass.

Bums … wuusch … Unten schlug er mit dem Rücken auf. Dabei entwich ihm die Hälfte der Luft. Er purzelte wild umher. Den Kopf hielt er noch fest angezogen und umschloss die Schienbeine mit einem Todesgriff. Er klammerte sich an die restliche Luft. Damit musste er auskommen, bis die Woge ihn hinter sich freiließ – und vielleicht auch noch für die nächste, die möglicherweise schon da war, wenn er wieder hochkam.

Die peitschenden Strömungen schienen stundenlang weiterzugehen. Seine Lungen schrien nach Luft. Irgendwie gelang es ihm aber, dieser drängenden Empfindung Stärke abzugewinnen. Es war das gleiche Phänomen, das er schon beim Laufen entdeckt hatte: Ein Sauerstoffmangel rief tief aus dem Inneren eine mysteriöse Energie hervor. Darüber nachzudenken war im Moment keine Zeit. Doch er fühlte Dankbarkeit, dass ihn dies nun vor dem Ertrinken errettete. Als er in den Fußstapfen der über ihn weggezogenen Welle, dem zurückgebliebenen leichten Schaum, den Kopf über das Wasser brachte, starrte er aber bereits auf das nächste Monster, das auf ihn zulief wie ein hungriges Raubtier. Er verschlang so viel Luft, wie er konnte, tauchte unter und formte sich wieder zum

Ball, der auf den Grund gedrückt wurde, als der ganze Atlantische Ozean auf ihn herunter krachte. Der Ball brach auf und wieder wurde die Luft aus ihm herausgepresst.

Er war benommen, desorientiert, am Rande der Bewusstlosigkeit. War es das für ihn? Sollte er das große Meer einatmen und eins werden mit allem Leben? Da sah er ein Licht und schwamm instinktiv darauf zu. Er durchstach die Oberfläche, war in der Luft und holte tief Atem. Hätte ihn in diesem Augenblick eine weitere Welle getroffen, wäre es um ihn geschehen gewesen. Verzweifelt nahm er noch einige tiefe Atemzüge und blickte sich dann um. Eine Flaute war eingetreten – da war nichts als eine dünne Schaumspur zwischen ihm und dem sicheren Ufer. Er würde es schaffen, wenn er keine Sekunde verlor.

Aber er drehte sich noch einmal um, Richtung Meer, sah die berghohen Wogen weit draußen anschwellen und auf sich zueilen. Die Entscheidung war für ihn leicht – er bewegte sich nach draußen, direkt auf sie zu. Er erkämpfte sich den Weg unter einer Kette riesiger Wellen hindurch, um zur äußeren Brandung zurückzukommen. Er hatte Schmerzen, fühlte sich ausgekocht und erschöpft. Doch schließlich schaffte er es wieder bis dorthin, wurde wieder hoch über den Scheitel der gigantischen Wasserwände gehoben, bereit, es erneut zu versuchen. Das war alles, was zählte.

Er sog so viel Luft ein, wie er konnte. »Eine von euch werde ich reiten, auch wenn ich dabei draufgehe!«, brüllte er und schwang seine Faust gegen die endlose Prozession der Giganten, die, vom Hurrikan hinter dem Horizont losgesandt, auf ihn zurollten.

Eine war gerade dabei, ihn zu erreichen. Seine Arme und Beine fühlten sich an wie Gummi, als er um sich schlug, um sich ihrer zu bemächtigen. Diesmal gelang es ihm, vor sie zu kommen, und auch nicht zu weit nach vorn. Er traf es genau richtig und kam, den Kopf voraus, die gewaltige Schräge hinunter. Mit den Armen an den Seiten steuerte er und brüllte die ganze Zeit nur:

»Yeeeehaaaa!«

Die Welle explodierte und er ging in dem Weiß hinter der Vorderkante des brausenden Wassers auf. Er behielt weiterhin die Haltung eines Brettes bei, wusste, dass er es jetzt hatte. Er spürte, dass er unter dem Schaum den Berg hinabglitt. Dann schossen sein Kopf und die Schultern an die Oberfläche und behaupteten ihren Platz vor dem weißen Feuersturm, der dem Strand entgegenflog. Als er und die Welle zur inneren Brandung kamen, wurde die Welle langsamer, und er begann zu schwimmen, um sich ihr – nun viel kleiner – wieder zu bemächtigten, bevor sie zum zweiten Mal brach. Er ritt sie bis ganz zum Strand und hielt dann auf dem festen Sand plötzlich an wie ein Kampfjet, der gerade auf einem Flugzeugträger landete.

Erschöpft rollte er sich auf den Rücken. Die Relikte der Riesenwelle, die wieder zurück in den Schlund des Ozeans gezogen wurden, plätscherten an seinem geschlagenen Körper vorbei. Im feuchten Sand breitete er Arme und Hände weit aus und begann zu lachen, dass es ihn ganz durchschüttelte:

»Whiwiiiii!«

Immer noch lachend stand John auf und taumelte zu seinem Hemd.

Dort standen sechs Spaziergänger mittleren Alters. Sie hatten den verrückten Jungen beobachtet, wie er fast hundert Meter draußen von der wilden Brandung umhergeworfen wurde. Ihr augenscheinlicher Anführer, ein Mann in Bermuda Shorts und Panamahut mit einem großen sonnenverbrannten Bauch kam auf ihn zu.

»Ist mit dir alles in Ordnung, mein Junge? Wir hätten fast die Rettungskräfte alarmiert.«

John grinste: »Oh ja, mir geht es gut.« Er wandte sich zum Meer, warf blinzelnd den Kopf etwas zurück und drehte sich dann langsam wieder zu dem Mann.

»Eine ganz schöne Brandung, huh?«

»Das da draußen sieht gefährlich aus. Hast du gewusst, was du da tust?«

John schüttelte heftig den Kopf, blies blubbernd durch die Lippen und schleuderte Wasser auf die rötlichen Füße des Mannes. »So ungefähr.« Mit dem Hemd wischte er über sein Gesicht. Dann begann er, mit geneigtem Kopf auf einem Fuß hoch und nieder zu hüpfen, um das Wasser aus dem Ohr zu bekommen. Aus seinem struppigen Haar fielen Tropfen salzigen Meerwassers in den Sand.

»Das Reiten … war das das Risiko wert?«, fragte der Mann.

»Für mich? Ja. Neben dem Reiten spielt da aber noch etwas anderes mit.«

»Was zum Beispiel?« Der Mann nahm den Hut ab, kratzte sich am kahlen Schädel und bedeckte ihn schnell wieder.

John schaute hoch in die gleißende Sonne und dann in die von einer Sonnenbrille bedeckten Augen des Mannes. »Das ist schwer zu erklären, Sir. Es ist eine Art innerer Öffnung – ein Darüber-hinaus-Gehen.«

»Ein Darüber-hinaus-Gehen? Über was hinaus?«

»Glauben Sie nicht, dass es da noch mehr geben könnte, als was wir hier sehen?« Und während er die Worte sprach, machte John mit einem ausgestreckten Arm eine langsame weite Geste, so dass er damit das Land und das Meer umfasste.

Der Mann folgte Johns Hand. »Gut, nein ... das glaube ich nicht, mein Junge.«

Johns Arm hing für eine Sekunde wie ein unbeendeter Satz in der Luft und fiel dann wieder an seine Seite zurück. Die Hand klatschte gegen seine durchnässte abgeschnittene Jeans. Auch sein Gesichtsausdruck hing für ein paar Sekunden in der Luft … »Egal, jedenfalls war ich deswegen da draußen.«

Er zog sein Hemd über, gab dem Mann, der Frau hinter ihm und den beiden anderen touristisch anmutenden Paaren einen nasssalzigen Gruß, und joggte auf seine taubenfüßige Art am Ufer entlang nach Norden. Als er etwas schneller wurde, wurden seine Hände lockerer, öffneten sich und die Finger begannen, mit jedem beschleunigendem Schritt auffallend nach unten zu schnalzen. Er machte sicher nicht den Eindruck eines Hochschullandesmeisters im Querfeldeinrennen. Allerdings war er das – und zwar zwei Jahre hintereinander.

Die Spaziergänger schauten ihm nach, wie er langsam verschwand, dieser kleine drahtige Teenager, der sich der tobenden See ausgeliefert hatte, lachend zurückkehrte, ein paar mystische Brocken hervorsprudelte und einfach so forttrabte. Nach einer Minute war er nur noch ein davoneilender Punkt an der Küste.

Das Haus stand fünf Kilometer den Strand weiter hinauf, nahe des nördlichen Zipfels der Coquina Island. Die Sonne stand strahlend hoch am Himmel. Der Morgen hatte dem Mittag Platz gemacht. Die tosende Brandung gemeinsam mit dem stetig blasenden Nordostwind kleideten die Küstenlinie in einen dunstig leuchtenden Schleier. John trabte durch die weiße, sonnengetränkte Feuchtigkeit. Seine schlanken Beine durchschnitten die am Strand verteilt liegenden Schaumhügel. Innerlich fühlte er sich größer, eine Folge des Hochgefühls nach dem Wellenreiten und der Anstrengung des Laufs.

Schmerzen sollen mich nicht beeindrucken. Wenn ich mich durch das Laufen nur genügend fordere, sprenge ich vielleicht die Begrenzungen dieses Körpers. Das werde ich auch versuchen.

Er beschleunigte auf dem harten nassen Sand ... rannte schneller und schneller.

Gut, eine Raupe schafft das ja auch ...

Als er zu Hause ankam, ging sein Atem schwer. Seine Haut glänzte vor Schweiß. Während er noch den langen hölzernen Laufsteg über die Dünen nach oben lief, hörte er ein Rufen.

»Hey, du Würstchen, wo bist du gewesen?«

»Kurt? Bist du schon von der Florida State Uni zurück?«, rief John. »Du bist doch erst letzte Woche fort.«

Kurt Wilder stand inmitten der Palmen ganz oben an den ausgebleichten hölzernen Stegen, die über die große Düne zur Veranda vor dem Haus führten. Jede Hand hatte eine Seite des Geländers ergriffen und versperrte John so den Weg.

»Nicht noch einmal«, rief John, als er die Stufen hochtrottete.

»Wie in alten Zeiten«, gab Kurt zurück. »Wenn du durch willst, zahle erst 'nen Dollar.«

»Ich habe kein Geld in der Tasche. Sehe ich so aus, als hätte ich einen Dollar bei mir?« John streckte die Arme hoch, um zu zeigen, dass er nur die nassen abgeschnittenen Jeans und ein verschwitztes graues T-Shirt mit der ausgebleichten Aufschrift vorne *Duval High Cross-Country* an hatte. »Auch wenn ich einen Dollar hätte, warum denkst du, sollte ich den einem Trottel wie dir geben?«

»Hey, sei nicht so frech.« Kurt wich nicht von der Stelle. Er war vier Jahre älter und 1,83 groß, fast 15 cm größer als sein jüngerer Bruder.

John lief die restlichen Stufen hoch zu Kurt. *Kommt mir fast so vor, als würde er jedes Mal auf mich warten, wenn ich diese Stufen hinaufgehe.*

Als er ganz oben ankam, hielt er an.

Kurt hatte ein breites Grinsen auf seinem mit Aknenarben übersäten Gesicht. »Hi, du Träumer.«

John versuchte, sich durchzuwinden. Aber Kurt gab ihm einen Stoß mit dem Knie, der ihn den halben Weg über die Treppe nach unten schickte. John kam aber sofort wieder zurück nach oben.

Gerade als er oben ankam, ließ Kurt eine Hand los. »Was hast du denn da draußen angestellt?«

John wusste, dass Kurt sich nichts aus dem Strand oder dem Meer machte. Mit dem Sammelbegriff *da draußen* bezog er sich normalerweise darauf. Kurt hatte mehr ein Faible für Eroberungsspiele wie Schach, Risiko und für Studentenpolitik.

»Nicht viel. Danke für den freien Durchlass«, sagte John, als er vorüberging, und humpelte ein wenig, weil er sich beim Nach-unten-Fallen am Knie gestoßen hatte.

Da bestand keine Möglichkeit, Kurt etwas von dem Schmetterling zu erzählen. Er konnte sich selbst nicht erklären, warum es ihn zu diesen Dingen so stark hinzog. Wie sollte er also davon seinem nervigen großen Bruder erzählen. Kurt hantierte liebend gern mit der Fliegenklatsche, welchen Sinn hätte das also? John bedeutete es alles – diese Verwandlung ... diese Verwandlung. Sie erfüllte ihn mit Staunen.

Auf dem Weg zum Haus und zur Einsamkeit seines Zimmers dachte er darüber nach, warum ihn so etwas Einfaches wie ein Schmetterling so sehr beschäftigen konnte. Warum zogen ihn solche Dinge so sehr an? In seinem Leben schien es darum zu gehen, zu irgendetwas durchzubrechen. Aber zu was? Ihm ging es mehr um sich selbst, als um den Schmetterling oder Kurt. Sein stärkstes Interesse beschränkte sich auf etwas, das sogar er bedenklich fand. Er liebte es, über seine nebulösen inneren Möglichkeiten nachzugrübeln und verlor sich darin rückhaltlos. Er wusste, dass seine Eltern deshalb besorgt waren – er ja auch. Es war sein Abschlussjahr und er hatte noch keine Pläne. *Was ist verkehrt mit mir? Und diese Stimme, diese Frau, die in meinem Inneren ruft. Wer ist sie?*

Als er über den Rasen zwischen dem Haus und dem Swimmingpool lief, hatte Kurt ihn eingeholt. »Willst du nicht schwimmen gehen?«

»Nein danke.« Kurts Verständnis von Schwimmen beschränkte sich darauf, sich wie eine Seekuh im Pool zu suhlen und sich über Geschäfte und Politik auszulassen.

»Ich muss jetzt gehen. Bis später.« John war über die Seitentür in das weiträumige, mit schon etwas verwitterten Zedernschindeln verkleidete Haus getreten und sprang die knarrende Hintertreppe mit Drei-Stufen-Schritten hoch. Er durchschritt den langen modrigen Flur im zweiten Stock, ging in sein Zimmer und drückte die Tür zu, so dass das Schloss einschnappte.

Hier, in diesem Raum, durchlebte er seine aufregendsten Abenteuer.

Kapitel 2 – Pläne und Geheimnisse

Die zweimotorige Cessna hob donnernd vom Rollfeld des Regionalflughafens Nord Atlantas ab. Als er das Flugzeug nach oben zog, beobachtete Harry Wilder, wie sich die Stadt unter ihnen weit ausbreitete. Kerzengerade und kurvenreiche Straßen durchschnitten die grünen Wohnviertel. Die meisten von ihnen waren mit Autos verstopft, die immer wieder einmal wie Blutzellen durch enge Arterien vorwärts schnellten.

»Los geht's, Sam«, überbrüllte Harry das laute Dröhnen der Motoren. »Ich bin froh, dass du mitkommen konntest.«

Sam blickte etwas unsicher nach unten, als das zersiedelte Gebiet unter ihnen hinwegzog. Sie wandten sich nach Süden und nahmen Kurs auf den Big Bend von Florida, diesen riesigen Ellbogen, der den Golf von Mexiko umarmt, eine nur spärlich bevölkerte Region, die für ihren ungastlichen Zypressensumpf und die akribisch gepflegten südlichen Pinienwaldungen bekannt ist.

»Ich habe großartige Dinge gehört von den Mühlen, die du für die Big Bend Paper dort unten errichtet hast«, schrie Sam zurück. »Bin herzlich froh, dass du mich auf diese Tour mit eingeladen hast.«

»Das ist mir ein Vergnügen.« Harry überprüfte die Instrumente. *Sam wird sich in diese Papiermühle verlieben. Es ist der perfekte Prototyp für das Southeastern Alabama Projekt.*

»Weißt du«, sagte Harry. »In den 15 Jahren, seit die Wilder Corporation im Geschäft ist, ist das Projekt am Big Bend die bei Weitem ausgeklügeltste Mühle, die wir hingestellt haben – das Modernste vom Modernsten – so ziemlich alles automatisiert – eine richtige Geldmaschine.«

»Wie bist du eigentlich zum Konstruieren von Mühlen gekommen?«, fragte Sam.

»Was?«, brüllte Harry.

»Wie hat das alles bei dir angefangen?«

»Oh, als Stella und ich von New York herunterkamen, hatten wir rein gar nichts. Ich wollte nur entwerfen und bauen. Das liegt mir im Blut, weißt du.«

Wegen des Lärms nickte Sam nur.

Harry fuhr fort: »Wir begannen ganz klein mit Mühlensanierungen in der Gegend von Jacksonville. Dann sind wir in das Delta Joint Venture reingekommen.«

»Oh, ja, ich erinnere mich an diese Fabriken«, schrie Sam. »Du hast da mitgearbeitet? Das waren große Projekte. Alles rechtzeitig fertiggestellt und ohne Überschreiten des Budgets, nicht wahr?«

»Ganz richtig. Dann zogen wir die Carolina Aufträge an Land und schließlich Big Bend.«

»Dazu hast du rund 15 Jahre gebraucht«, sagte Sam.

»Wir waren auch auf anderen Märkten unterwegs.«

»Wirklich?«

»Staatliche vor allem – Brücken und Bürogebäude. Jetzt sind wir auch beim Ausbau der Interstate Highway überall in Florida dabei.«

»Im Ernst?«

»Wir haben einige gute Leute in Jacksonville. Großartige Teamleiter und großartige Projektteams.«

»Hört sich an, als wäre Florida gut zu dir gewesen.«

»Ja, es ist großartig«, sagte Harry. »Wir wohnen an einer schönen Stelle des Strands der Coquina Island. Stella und die Jungs lieben es.«

»Du hast Söhne?«

»Ja, Kurt ist der Älteste. Er studiert im Hauptfach BWL an der Florida State. John besucht die Abschlussklasse der High School. Er ist … ahh, ein Läufer. Doch genug über uns. Wie geht es deinen hübschen Töchtern? Ist es wahr, dass eine davon nach Harvard gehen will?«

Als sie in das Gebiet des Big Bend kamen, war es schon drei Uhr nachmittags und der Himmel verdichtete sich mit Schauern. Je näher sie ihrem Ziel kamen, desto schlechter wurden die Sichtverhältnisse. Die regionale Flugpiste, die, auf der sie landen wollten, war nicht für Instrumentenflug ausgestattet und Harry musste das Flugzeug sehr weit herunterbringen, damit er den Boden erkennen konnte – zu tief. Er fand die

Golfküste und flog ihr entlang Richtung Süden. Dabei hielt er immer Ausschau nach etwas, das ihm bekannt vorkam.

»Hey, da ist die Mühle!«, schrie Sam und zeigte nach Osten, wo sie durch den Regen hindurch in Sicht kam. Der beißende Geruch der Papierbreiverarbeitung war bereits in die Maschine und ihre Nasenlöcher gedrungen. »Das riecht wie Geld, meinst du nicht auch?«

»Ganz sicher tut es das«, antwortete Harry. »Aber wir sind etwas zu weit im Süden. Die Landebahn liegt ein paar Meilen weiter nördlich.« Er drehte die Maschine um das Zellstoffwerk herum landeinwärts und sie flogen nach Norden. Es regnete heftiger. Nun flogen sie nur rund hundert Meter über dem Boden. Harry dachte, sie würden gleich die Landebahn sehen und in Kürze landen.

»Jetzt, irgendwo hier in der Gegend …«

»Pass auf!«, schrie Sam.

»Oh Sch…!« Harry drehte scharf nach rechts. Das Flugzeug legte sich auf die Seite und heulte wie ein Sturzkampfbomber, als es unmittelbar in die steile Biegung ging. Einen Meter weiter links und sie hätten den Richtfunkturm mitgenommen.

Harry konnte das Flugzeug gerade in die Waagerechte bringen, als sie begannen, die Wipfel der Pinien zu überfliegen. Dann zog er fest am Steuerknüppel und lenkte die Maschine wieder nach oben. Schließlich wandte er sich zu Sam: »Das war knapp.«

»Du machst doch hoffentlich keine Scherze.« Sam war kreidebleich und der Schweiß rann ihm von den Schläfen. »Jetzt bring das verdammte Ding bloß heil auf den Boden.«

Hinter dem Regenvorhang kam nun endlich die Landebahn in Sicht und Harry setzte so sanft wie möglich auf den verunkrauteten Asphalt auf.

Trotz des rauen Beginns war der Besuch in der Papiermühlenfabrik ein Erfolg und die Wilder Corporation bekam das Alabama Projekt. Doch zog Sam seither Linienflüge vor.

Harry und Stella erhielten Zugang zum obersten Rang der Jacksonviller Society. Das große, hundert Jahre alte, zedernbeschindelte Haus auf der baumbestandenen Düne mit seinem weiten Blick über den Ozean war genau das, was sie sich erträumt hatten. Welten lagen zwischen dem, was sie jetzt besaßen und ihrem ersten kleinen Rattenloch in Brooklyn, New York, in dem sie noch vor gar nicht so vielen Jahren hausten. Das zwei Hektar große Grundstück war mit Virginia-Eichen und Palmen bestanden. Ein langer Zufahrtsweg wandte sich von der Küstenstraße den Hügel hoch.

Auf ihre Söhne waren sie stolz. Harry wollte, dass sie beide nach der Hochschule in die Wilder Corporation eintreten und den Betrieb schließlich einmal übernehmen sollten. Beide hatten dort, seit sie sechzehn Jahre alt waren, im Sommer immer wieder Ferienarbeit geleistet.

Das alles schien sich fast zu gut zu entwickeln.

»Mittagessen!«, rief Stella und stellte die Pfannen und Schüsseln auf den großen Eichentisch in der Küche.

»Schmorbraten, meine Leibspeise«, meinte Kurt beim Eintreten und setzte sich an seinen Platz. Er war zum Wochenende von der Uni nachhause gekommen und genoss das nostalgische Mahl, noch ehe er zu essen begonnen hatte. Schon lange hatte er sein Gewicht unter Kontrolle gebracht und konnte sich dies nun leisten.

Harry kam aus dem Arbeitszimmer herein. »Wo ist denn unser Athlet?«

»Oh, unser Läuferjunge hat sich wieder in seinem Zimmer eingeschlossen«, sagte Kurt.

»Dieser Bengel. Holst du ihn bitte, Kurt?«, sagte Stella und erfreute sich an der Symmetrie des Tisches, den sie gedeckt hatte.

»Mama!«, beschwerte sich Kurt.

»Geh nur zu. Das Treppensteigen tut dir gut«, sagte Harry und spießte eine Scheibe des Schmorbratens auf.

Kurt lief ins Foyer und rief von dort durch das spiralförmige Treppengeländer nach oben zum zweiten Stock: »John!«

Er lauschte – keine Antwort.

»Jooohhhhhn!«

Immer noch keine Antwort.

»Sch….« Kurt stampfte die Treppe hoch und schrie alle paar Stufen nach John. Als er gerade dabei war, auch noch die letzte Treppenflucht zum zweiten Stock in Angriff zu nehmen, erschien der Gesuchte oben am Treppenabsatz. Er sah aus, als käme er aus einer anderen Welt. Er hatte glasige Augen.

»Ich komm schon«, sagte er mit einer kaum gegenwärtigen Stimme.

»Danke«, sagte Kurt.

»Danke für was?«

»Danke, dass du nicht auch noch so lange gewartet hast, bis ich ganz im zweiten Stock oben war.«

John lachte. Er kam ins Leben zurück und hatte auch noch gute Laune.

»Ich wusste, dass ich es irgendwie vermasselt habe ...«. Er sprang wie ein lustiger Einfaltspinsel die Treppen hinunter, vier auf einmal und ließ Kurt weit hinter sich.

»Mein Gott«, murmelte Kurt, als er zurück nach unten trottete. Sein leichtfüßiger Bruder war ihm und vielen Menschen immer ein Rätsel gewesen. Wie konnte so ein Spinner so schnell sein?

Beim Essen blieb Harry still. Kurt war sich nicht sicher, doch es sah so aus, als hätte er eine Neuigkeit oder so etwas. Schließlich ergriff er doch das Wort.

»Wie laufen die Dinge in der Schule, John? Bist du in all die Kurse gekommen, die du dir gewünscht hattest?«

»Ja, es ist gar nicht so schlecht.«

»Wie sieht dieses Jahr das Team für den Querfeldeinlauf aus?«

»Ich habe einen Herausforderer bekommen. Das ist ein Neuer, Jimmy Marco. Mensch, kann der rennen. Ich muss mich anstrengen, wenn ich vor ihm bleiben will. Der wird auch die Meile beim Frühlingswettkampf mitlaufen. Trainer Johnson wollte mich im letzten Jahr auch für die Meile gewinnen, doch ich weigerte mich. Ich bin viel besser in den längeren Distanzen. Jimmy kann beide laufen. Er ist außerordentlich.«

»Ein Herausforderer tut niemals weh, oder?«, sagte Harry.

»Nein, überhaupt nicht.« John senkte, als er weiteraß, den Kopf tiefer zum Teller, als würde er wissen, was als Nächstes kam. Inzwischen erwartete es auch Kurt.

»Hast du dir das nochmal mit dem College überlegt?«

»Gut, ich weiß noch nicht genau, was ich tun will, Dad.«

Kurt erschien es, als würde John zu seinem Kartoffelpüree sprechen.

»Wie meinst du das? Du wirst doch dieses Jahr gute Noten bekommen, oder nicht?«

»Ja, aber ich bin mir nicht sicher, ob ich aufs College gehen soll.«

»Nicht? Von was willst du denn leben?«

»Ich weiß es nicht, doch ich fühle, dass es da etwas anderes für mich gibt und wenn ich im College abtauche, erscheint mir das wie eine Ablenkung.«

»Eine Ablenkung? Eine Ablenkung von was?«

»Ich weiß es nicht.«

Kurt fand das amüsant. Er konnte mitverfolgen, wie ihr Vater wütend wurde und beobachtete, wie er einen tiefen Atemzug nahm.

»Gut, wenn ich also richtig verstanden habe, dann willst du nicht aufs College gehen, weil du fürchtest, es würde dich von etwas ablenken, von dem du nicht weißt, was es ist. Macht das für dich irgendeinen Sinn, Stella?«

Stella zuckte zusammen: »Gut, er weiß einfach noch nicht, was er machen will ...« Ihre ängstlichen Augen wollten den Raum verlassen. Es sah aus, als würde sie den Stuhl unter sich umklammern, um nicht unwillkürlich wegzulaufen.

Kurt sah, dass sich das Gesicht seiner Mutter vor Unbehagen verzerrte. Ihre Abneigung vor Konflikten ekelte ihn an. Sie würde fast alles unternehmen, um ihnen aus dem Weg zu gehen. Er würde sich nie erlauben, so zu werden wie sie. Es war ihre charakterlose Verletzlichkeit, die ihn antrieb, die Dominanz über jeden in seiner Nähe zu erkämpfen.

»Genau«, sagte Harry. Seine Stimme wurde lauter. »Deshalb gehen Leute aufs College, damit sie herausfinden, was sie tun wollen und um sich zumindest eine Allgemeinbildung anzueignen, während sie das herausfinden. Ich weiß nicht, was du herausfinden wirst, wenn du nur hier herumhängst, John.«

»Etwas«, sagte John sanft, aber bestimmt. Kurt sah, dass er nun geradewegs Vater anblickte.

»Etwas?«

»Ja, etwas.«

»Okay«, sagte Harry in einem verärgerten Ton. »Ich werde dir aufs Wort glauben müssen, denn ich habe keine Ahnung, von was du sprichst.«

»Ich weiß, es ist nicht einfach, Dad. Lass mir nur etwas Zeit. Das brauche ich im Moment. Etwas Zeit, mir über verschiedene Dinge klar zu werden. Ich weiß, dass ich mich für etwas verfügbar halten muss. Sobald ich weiß, um was es sich handelt, werde ich es dich wissen lassen.«

»Okay, mein Sohn.« Harry spießte ein halbes Dutzend grüner Bohnen auf und schob sie in den Mund.

Stella schien zusammenzuschrumpfen. Ihr perfekt sitzendes Haar und die Bluse mit Blumenmuster gaben ihr keinen Schutz. Ihr Leben basierte auf äußeren Erscheinungen und äußere Erscheinungen hatten an diesem Tisch kein Gewicht.

Es entstand eine lange Stille, in der sie weiteraßen.

»Gut gemacht, John«, sagte Kurt schließlich. »Du hast uns gerade versprochen, etwas aus nichts zu machen. Wann wirst du uns erzählen, was dieses etwas sein soll?«

»Die Sachen werde ich morgen nochmal aufwärmen, wenn ihr drei nicht alles aufesst.« Der Stolz stand Stella ins Gesicht geschrieben, als sie diesen Gegenangriff gegen die Disharmonie landete, die versuchte, in ihre makellose Küche einzufallen.

Alle nahmen sich noch eine Portion, doch Kurt sah, dass die Spannung zwischen John und ihrem Vater weiter anhielt. Er kannte die extreme Furcht seiner Mutter vor Unordnung aller Art, und da alle sich dessen bewusst waren, verhinderte allein das, dass ein richtiger Konflikt am Küchentisch ausbrach. Ihn aber stachelte das weiter an. »Komm, Mutti, wechsle nicht das Thema. Ich will wirklich wissen, wie man etwas aus nichts machen kann.«

Stella begann, noch etwas kleiner zu werden.

»Das reicht jetzt, Kurt«, sagte Harry.

»Aber, Dad, bist du nicht neugierig, wie er –».

»Iss deinen Teller leer, Kurt«, sagte Harry und fügte sich Stellas aufkeimender Furcht, der Tyrannei, die ihr Leben regierte, und heimtückisch auch an den männlichen Wilders nagte.

Alles, was die Stille noch störte, war das Klappern des Bestecks auf den Tellern, während sie weiteraßen.

Kurt wusste, dass John eine besondere Gabe besaß und dass er auf irgendeine Weise spirituell war. Er hatte inzwischen auch erkannt, dass John in vielen Dingen pfiffiger war als er. Das nahm er ihm übel. Er spürte, dass John zu etwas Großem geboren war. Als was immer sich sein *Etwas* herausstellen würde, er wusste, das würde etwas Außerordentliches sein.

Johns spirituelle Ambitionen – wenn es das war, um was es sich handelte – gingen ihm ab. Doch er war auch ehrgeizig. In der Oberstufe war er einer dieser Schüler, die sich nicht besonders auszeichneten. Damals waren seine Dickleibigkeit und Akne Schuld daran, dass niemand, der irgendetwas darstellte, mit ihm gesehen werden wollte.

Doch Kurt war klug genug und er arbeitete hart. Er bekam respektable Noten und träumte von Reichtum und Macht. Er war aggressiv, unternehmungslustig … und rücksichtslos. Er besaß die Charakterzüge, die man für ein erfolgreiches Erwachsenenleben in der materiellen Welt braucht, und er wusste das. Auf dem College war er aus sich herausgegangen und er war bereit, zu tun, was immer nötig war, um voranzukommen.

Doch keine seiner verborgenen Stärken machten es in seiner schwierigen Jugend irgendwie einfacher für ihn, und davon behielt er Narben zurück. Seine ganze Jugend hindurch wurde er gehänselt oder ignoriert. Das stärkte jedoch nur den Entschluss in ihm, die Kontrolle über das Leben anderer zu erhalten. Das und die Furcht, ein rückgratloser Schwächling wie seine Mutter zu werden …

Unter allen, die Kurt kannte, war John der Anständigste, der Ehrlichste. Er wunderte sich darüber, dass John ihn ausstehen konnte. Er war in der Zeit, die sie heranwuchsen, die einzige Person, die Kurt drangsalieren konnte, ohne dass er eine Vergeltung fürchten musste. Und diese Angewohnheit hatte er immer noch, auch wenn sie beide inzwischen erwachsen waren. John besaß Entschlossenheit, Güte und Humor, eine unglaubliche Kombination daraus, die imstande war, Türen zu öffnen. Er hatte es in seinen Augen. Trotzdem konnte Kurt als unternehmungslustige Person, die er war, der Versuchung nicht widerstehen, ihn auf jede mögliche Art und Weise auszubeuten. So ging er mit jedem um.

Johns Zimmer war seine Höhle, sein Heiligtum, der Ort, an dem er sein tiefstes Denken und seine Selbsterforschung betrieb. Dort erkundete er sich selbst durch und durch. Er tauchte in die sonderbaren und mächtigen Kräfte, die heftig in seinen Lenden wirbelten. Sie erfüllten ihn mit dieser geheimnisvollen Energie, die in die große, alles verschlingende Freisetzung ins Nichts explodierte. Er wusste nicht, um was es sich bei diesen Erlebnissen wirklich handelte, außer dass sie mit seiner Sexualität zu tun hatten. Doch dadurch war das alles kaum erklärt. Das Gefühl schien größer und weitreichender als das des einfachen Zeugungsaktes. Manchmal fühlte er, wie er inmitten seiner aufdringlichen Träume vom Bett hochschwebte. Er war entschlossen, dem auf den Grund zu gehen. Er wusste: Wenn er weitermachte mit dieser Selbsterforschung, würde er irgendwann die Antwort finden.

Seit seine Forschungen im letzten Jahr spürbar tiefer zu gehen begannen, fing John damit an, in einem dicken unlinierten Notizbuch, das er unter seinem Bett zwischen einem Haufen alter Laufschuhe und einem lange vergessenen Tonka Lastwagen versteckt hielt, etwas niederzuschreiben. Auf der ersten beigefarbenen Seite dieses Notizbuchs standen die einfachen Worte »Wilders Geheimnisse«. Danach folgten einhundert Seiten in seinem markanten Gekritzel. Er war sich nicht bewusst, dass aus diesen hundert Seiten bald Tausende werden sollten und dass die Welt durch sein Leben und sein Gekritzel verändert werden sollte.

Der Orgasmus, obwohl völlig einnehmend und instinktiv zwingend erforderlich, war nicht Johns Lieblingssache. Er führte zur Beendigung der Reise in ihm, zumindest zeitweise. Er wusste, dass es damit noch mehr auf sich hatte. Es war das lang anhaltende Vergnügen vor dem Orgasmus, das die bleibendsten Wirkungen hervorbrachte. Konnte er eine ganze Stunde lang davor bleiben und dann aufhören, fühlte er sich noch Stunden danach mit Frieden und einer angenehm leuchtenden Empfindung angefüllt. In solch einem Zustand schwebte er dann praktisch aus seinem Zimmer, wohin immer er im Begriff stand zu gehen. In diesem Zustand rannte er wie der Blitz. Die Trophäen auf seinem Bücherregal waren Zeugnisse für diese geheimnisvolle Energie, die er kultivierte. Aber es ging ihm nicht um diese Form des Siegens.

Wenn er seine *Übung* machte, wie er es nannte, trieb das seine Augen nach oben und lockten einen sonderbaren, aber angenehmen Strom wie einen goldenen Atem durch ihn aufwärts. Seine Zunge wurde dann an der Decke des Mundes nach hinten gezogen. Manchmal bewegte sich sein Kopf geschwind von einer zur anderen Seite. Oft verlor er sich völlig in dieser Erfahrung, vergaß, dass er überhaupt einen Körper besaß, und hatte kein Bewusstsein mehr von seiner Umgebung. Alle Gedanken waren ihm dann erstorben, er atmete kaum noch, empfand keine Bedürfnisse mehr, war im Inneren aber völlig wach. Er versuchte, diese Empfindungen auch hervorzurufen, ohne sich körperlich zu stimulieren, nur in seinem Geist, mit seinen Gefühlen. Er vermutete, dass es da auch noch andere Wege geben müsste, dort hineinzukommen – irgendetwas, das ihn in diese erweiterte Zone des unsterblichen Wohlbefindens hineinbrachte.

Er sehnte sich nach diesen Erfahrungen. Sein Herz hängte sich mit tiefer Anhänglichkeit daran. Seinen Erforschungen widmete er immer mehr Zeit. Diese Suche nahm ihn ganz in Anspruch. Das war der Grund, warum er so ganz ohne Furcht querfeldein lief, oft bis an die Grenze des Zusammenbruchs. Er ging Risiken ein, von denen andere gar keine Vorstellung hatten. Die sich ausdehnende innere Erfahrung fand man an der Grenze, wo man alles andere loslässt. Warum? Er wusste es nicht. Er wollte es aber herausfinden. Er wollte mehr Kontrolle über seine tägliche Routine bekommen, damit er mit sich selbst experimentieren konnte. Er wusste, wenn er zum College fortgehen würde, würde er diese verlieren.

John war abhängig von einer sehr starken Droge ... seiner eigenen Ekstase. Jeden Tag arbeitete er daran, seine Zustände der Glückseligkeit zu erweitern.

Ist das gut, was ich mache? Habe ich die Kontrolle über mich verloren?

Er fühlte sich schuldig, weil er so handelte. Doch er konnte damit nicht aufhören. Die stille Kraft, die ihm dadurch zukam, war zu stark und das Vergnügen zu verzehrend. Er war sich dessen bewusst, dass die Menschen um ihn herum bemerkten, wie in ihm eine Gegenwärtigkeit aufstieg. Er nahm das aber nur so wahr, als befände er sich auf einer Reise.

Ist es falsch, die Quelle von all dem zu suchen, was ich bin?

Er fühlte, dass er da gar keine Wahl hatte. Er musste den Weg nach innen finden. Entweder würde er das Geheimnis seiner Selbst herausfinden oder bei dem Versuch sterben. Er musste wissen, was die Wahrheit ist.

Sein Bedürfnis, die in seiner Sexualität verborgene Wahrheit zu entdecken, überschattete seine Sehnsucht nach einer Partnerin, die in ihm auch vorhanden war. Würde er jemals eine Geliebte haben? Welche Frau könnte jemals seine inneren

Zwänge verstehen? Seine Freunde waren an Mädchen interessiert, um *sie flachzulegen*, wie sie sich ausdrückten. Sein Interesse galt Gott.

Dies war das *Etwas* John Wilders. Doch darüber konnte er mit niemandem reden. Noch nicht, nicht bevor er aus den Einzelteilen ein größeres Bild zusammengesetzt hatte.

Kapitel 3 – **Diese Augen**

Sie hatte das schlampigste Kleid an, das sie finden konnte. Das Haar hatte sie zu einem Haarknoten hochgesteckt; ihr Gesicht schmückte die dickgerandete Plastikbrille, die sie vor langer Zeit in einer Drogerie gekauft hatte.

Devi Duran stellte sich vor, sie sei unsichtbar. Obwohl sie 1,57 groß war, war es ihr, als könne sie verschwinden, wenn sie es nur ernsthaft genug versuchte. Sie wollte es. Sie hielt den Atem an, als sie die Duval High School betrat, hielt ihre Bücher eng an ihren Busen und betete, dass es ihr irgendwie gelingen möge, ihr schreckliches Geheimnis, das jedermann kannte, zu verbergen: dass ihre Mutter und ihr Bruder vor zwei Jahren brutal ermordet worden waren. Diese Einbildung hielt sich bei ihr viele Monate erfolgreich. Die meiste Zeit wurde sie von allen alleine gelassen. Sie sahen interessiert, manchmal mitfühlend zu und gaben ihr den Raum, den sie brauchte. Allerdings betrachteten bestimmte Jungs sie hungrig, denn unter ihrer Verkleidung war eine unbeschreibliche Schönheit verschnürt, und sie erkannten das. Sie konnten es fühlen. Devi drehte ihre Augen und ihren Körper weg von ihnen.

Nein. Sie alle wollen mich nur ausnutzen.

Zu Hause in ihrem Zimmer versuchte Devi, sich das Atmen zu erlauben. Zuerst ließ sie ihr Haar herunter. Es fiel in Wellen von schimmerndem Schwarz ihre Schultern herab. Als sie vor dem Spiegel an der WC-Tür stand, legte sie langsam die Kleider ab. Sie betrachtete ihre auserlesenen Proportionen und die heißblütige Energie, die in ihren Augen verborgen lag. Mit einer Hand glitt sie die Hüfte hinunter. Ihre hellbraune Haut war weich, fast feucht. Sie erinnerte sich daran, was ihre Mutter zu ihr gesagt hatte, kurz bevor sie starb:

»Genieße dich selbst völlig, wenn du allein bist, meine Liebe. Deine Schönheit und dein Licht sind ein Geschenk Gottes. Erlaube keinem Mann den Zutritt zu deinem Herzen, außer demjenigen, der dich bis ans Ende der Zeiten lieben wird. Hast du diesen gefunden, gib ihm deine Seele. Wenn du so verfährst, rettest du sowohl sein als auch dein Leben.«

Devi klammerte sich an diese Worte. Ihre Mutter war voller Liebe und Mitgefühl, die Enkelin einer indischen Tempelkurtisane und geschult in der Kunst des Liebens. Sie schenkte sich einem attraktiven Amerikaner, einem Angehörigen der Handelsmarine, Charles Duran, und kam in dieses sonderbare Land der Widersprüche, wo große Versprechungen und tiefe Dunkelheit sich an jeder Straßenecke und in jedem Herzen zu vermischen scheinen.

Charles betätigte sich im Schleppboot-Geschäft auf dem großen St. Johns River und sie machten sich Coquina Island zur Heimat. Joe und Devi wurden hier geboren. Als Devi in die Pubertät kam, klärte ihre Mutter sie über die Geheimnisse der Kultivierung des inneren Genusses auf.

Doch nichts davon war mehr von Bedeutung. Mama war fort, Joe war fort, und Devi war als junge Frau ganz allein; alleingelassen mit dieser verzehrenden Sehnsucht nach Vollständigkeit und dieser Furcht vor der Welt – einer Welt, die sich verschworen hatte, alle schönen Dinge zu zerstören. Würde sie die Nächste sein, die von den geisteskranken, rassistischen Lashers umgebracht wird? Deren schäbige Familiengeschichte ging Generationen zurück, bis zu den frühesten Tagen des Klu Klux Klan – sie hatten sich darin verbohrt, mit Hass und Gewalt auf die Vermischung von Rassen, auch der weißen und indischen, zu reagieren. Diese Bedrohung hing über Devi wie eine Guillotine und sie wusste nicht, wann diese wieder heruntersausen würde. Doch sie konnte nicht völlig aufgeben. Mehr als nach allem anderen sehnte sie sich nach Liebe, mehr als nach dem Leben. Die Liebe würde sie irgendwie zur Freiheit führen. *Wartet mein Geliebter auf mich? Oh mein Gott, hilf mir bitte, ihn zu finden.*

Eine Welle verzweifelter Trauer wallte in ihr auf. Sie begann, vor dem Spiegel zu weinen. Sie weinte um ihre tote Mutter. Sie weinte um ihren toten Bruder. Sie weinte um ihren Vater, der ebenfalls allein gelassen worden war und zu trinken begonnen hatte. Doch am meisten weinte sie um sich selbst.

Die Tränen rannen ihr über die Wangen und tropften auf den Oberkörper. Sie brauchte Tröstung. Ihr Kummer vermischte sich mit ihrer Leidenschaft. Sie konnte die Hände nicht davor zurückhalten, die Hüften nach oben zu gleiten. Sanft verteilte sie ihre Tränen auf den Brüsten. Für einen Moment hielt sie zärtlich den heiligen Talisman fest, der ihr um den Hals hing. Ihre Mutter hatte ihn ihr in der Woche vor ihrem Tod geschenkt. Ihre Hände glitten über den straffen Bauch hinunter und schließlich noch tiefer. Sie begann langsam das Feuer zu erregen, das tief in ihr glomm. Ihre Augen gingen in einsamer Ekstase nach oben. Hier fand sie etwas Tröstung.

Es war die zweite Schulwoche. John Wilder schloss sein Schließfach im lauten Gang der Duval High School. Er bahnte sich auf dem Weg zu seiner ersten Stunde, englische Literatur, einen Durchlass durch das Gedränge der Schüler. Er ging durch die Tür, in der ein Fenster aus Maschendraht klaffte, und fand einen Platz fast am hinteren Ende des übervollen Klassenraums. Der Lehrer war noch nicht eingetroffen. So saß er ruhig da und beobachtete das Treiben.

Ein Stift fiel auf den Boden und rollte gegen seinen Turnschuh. Als er sich nach vorn lehnte, ihn aufzuheben, traf ihn etwas hart an der Seite des Kopfes.

Boing…

»Auu!«, schrie eine süß-zornige weibliche Stimme.

Halb vorwärts gebeugt, mit seiner Hand am Kopf, drehte er sich herum und da sah er Devi Duran, kaum zehn Zentimeter entfernt. Auch sie hielt die Hand an der Seite ihres Kopfes.

»Tut mir leid«, sagte er, seinen Kopf reibend. »Ist mit dir alles in Ordnung?«

»Na was wohl?«

Ihre dunklen Augen blitzten durch ihre Brille. Er war für eine Sekunde versteinert.

Er griff nach dem Stift. »Ich nehme an, das ist deiner.« Er legte ihn vorsichtig auf das Schreibbrett ihres Stuhls. »Ich wollte nur helfen.«

»Ich weiß.« Ihre Augen schossen fort. Sie rückte die Brille zurecht und rieb sich immer noch am Kopf. Sie machte einen nervösen Eindruck. »Ich wollte dich nicht ausschimpfen.«

»Du hast mich nicht geschimpft. Ich hätte vorher schauen sollen, bevor ich mich nach vorne lehnte. Mein Fehler.« Prüfend blickte er durch den Lärm des Klassenzimmers auf sie. Ihre Augen kamen zurück, und er hatte wieder dieses Gefühl. Sie waren wie Magnete, die ihn hineinzogen.

»Was?«, sagte sie.

Er sagte überhaupt nichts.

»Was?« Sie öffnete weit die Augen und äffte seinen starren Blick nach.

Er blinzelte: »Tut mir leid. Ich mache das manchmal.«

»Du machst was?«

»Starren. Gut, in Wirklichkeit nicht starren. Es ist wohl mehr so etwas wie ein Mich-Verlieren.«

»Hm?«

»Du bist doch Devi?«

»Ja, und du bist John?«

Er lachte: »Endlich haben wir uns getroffen.«

»Endlich?«

»Ja, wir sind jahrelang in die gleiche Schule gegangen und endlich haben wir uns getroffen – und so elegant auch noch.«

Sie lächelte.

»Hast du mir vergeben?«

»Fürs erste Mal.«

»Gott sei Dank«, sagte er.

Ihre Augen trafen sich wieder und wieder verlor er sich. Er wollte tiefer gehen. Doch irgendetwas in ihr machte ihm Angst, etwas Unergründliches. Er wusste genau, dass auch sie ihn fürchtete, auch wenn sie gerade seinem Blick mit Entschlossenheit begegnete. Ihre Augen tasteten tief in seine Seele, und schienen zu fragen: *Bist du der Eine?*

Er hatte immer die Neigung, seiner Furcht frontal in die Augen zu schauen. Das zahlte sich jedes Mal aus. Allerdings hatte auch er einen Preis dafür zu zahlen. *Was ist mit ihr los? – Dieses schlicht gekleidete Mädchen mit dem Haarknoten und diesen Augen hinter den Gläsern, die mich dazu herausfordern, dort hineinzutauchen?* Wie jeder hatte er die Geschichte vom Tod ihrer Mutter und ihres Bruders gehört und das erklärte etwas. Doch er wollte noch mehr herausfinden.

John beobachtete Herrn Culpepper: groß, hellbraun und unordentlich, wie er in diesen chaotischen Klassenraum trat und mit den Armen zu winken begann.

»Hallo, hallo, hallo, alle zusammen!«

Als das letzte Geraschel verstummt war, setzte er einen Blick tiefer Unzufriedenheit auf. »Nun erzählt mir bitte jemand, was wir hier im August machen? Weiß denn der Schulvorstand nicht, dass der Sommer noch nicht vorüber ist? Würdet ihr nicht lieber am Strand sein?«

»Jaaa!«, brüllte die Klasse einstimmig.

»Ich auch. Gut, ob ihr es wollt oder nicht, wir sind hier. Und wir werden versuchen, das Beste daraus zu machen.« Er nahm ein kleines braunes Buch aus seiner ramponierten Aktentasche und schrieb drei Zeilen auf die Schultafel:

... zwei Straßen gingen in einem Wald in verschiedene Richtungen und ich –.

Ich nahm diejenige mit dem geringeren Verkehr.

Und das machte den ganzen Unterschied aus ...

»Weiß irgendjemand, woher dies stammt?«, fragte Herr Culpepper, indem er mit kreideweißer Hand über seine Schulter darauf deutete.

Ein streberhaft aussehendes philippinisches Mädchen in der ersten Reihe sagte: »Es stammt aus *Die nicht genommene Straße* von Robert Frost.«

John vernahm nichts davon. Ihn nahmen die drei Zeilen gefangen.

»Das ist richtig, Wendy. Hat jemand mal Lust zu kommentieren, was diese Worte bedeuten?«

John hob die Hand, was er fast nie tat.

»Ja, John Wilder, dort hinten.«

»Es bedeutet: Wenn man seinen eigenen Weg geht, anstatt den von allen andern, kann dies den ganzen Unterschied ausmachen.«

»Dies ist eine ziemlich gute Antwort«, sagte Herr Culpepper: »Und dies ist ein ziemlich guter Rat für alle von uns. Nun vielleicht, nur vielleicht, kann diese Klasse eine Straße sein, die weniger befahren ist und vielleicht wird dies den ganzen Unterschied ausmachen. Ob ihr sie wählt oder nicht, das muss jeder für sich selbst entscheiden.«

Yup. John verstand das. Er wusste, dass dies auf jede Entscheidung im Leben zutraf, das zu tun, was andere erwarteten oder das zu tun, was jemand tun muss, unabhängig von den Konsequenzen.

Die Diskussion ging weiter, und Johns Geist beruhigte sich. Er hörte und sog alles auf, was Herr Culpepper sagte. Er mochte ihn, weil er sich kümmerte, und versuchte, seine Schüler zu inspirieren. Von Zeit zu Zeit sah er hinüber und verfing sich wieder in den Augen Devis. Sie schien zu wissen, was er fühlte, als sie ihm Blicke schenkte, die tief in ihn hineindrangen und ihn auf unerklärliche Weise berührten. *Uff….*

Doch mehr als alles andere befand er sich in seiner Stille, dem Ort, von dem aus er alles beobachtete, dem Ort, von dem er sein unkonventionelles erwachsen werdendes Leben steuerte. Er wusste nicht, was dieser Ort in ihm genau war, doch er wusste, dass er dort nicht angegriffen werden konnte, und dies ist es, was ihn dazu befähigte, durch seine Furcht hindurchzugehen. Was immer es war, was ihm dieses Getrenntsein, diese Unabhängigkeit vermittelte, sogar von diesen wunderschönen Augen, die neben ihm saßen, er wollte mehr davon. Es machte ihm nichts aus, wenn er bisweilen etwas abgehoben erschien. Er erwartete nicht, an zwei Orten gleichzeitig sein zu können, zumindest jetzt noch nicht.

Bevor John es merkte, war die Stunde zu Ende. Er suchte seine Notizen zusammen und machte sich bereit zu gehen. Beim Hinausgehen wandte er sich an Devi.

»Gehst du nach oben?«

»Ja, ich bin auch in deinem Geschichtskurs, erinnerst du dich nicht?« Sie warf ihm einen *Was-bist-du-für-ein-Trottel?*-Blick zu.

»Darf ich dich begleiten?«, fragte er.

»Nur, wenn du mir versprichst, nicht wieder gegen meinen Kopf zu rumpeln.«

»Ehrenwort«, sagte er und machte die Geste dazu.

Sie gingen hinaus durch den Haufen herumstehender Schüler und die ausgetretene Treppe am Ende des Flurs hinauf.

Als Devi diesen Nachmittag nachhause kam, war das Erste, was sie tat, dass sie in ihren Kleiderschrank eintauchte. Die uninteressanten Kleidungsstücke kamen über ihre Schultern herausgeflogen und blieben verteilt über den Schlafzimmerboden hinter ihr liegen. Sie suchte nach etwas, das sie am nächsten Tag anziehen konnte – etwas Nettes, nicht zu einladend, aber auf jeden Fall nichts Unvorteilhaftes. Während sie herumstöberte, begann sie eine Melodie zu einem Lied zu summen, das sie immer gemeinsam mit ihrer Mutter auf dem hinteren Vordach sang, als sie die Boote beobachteten, die die Küstenwasserstraße vorbeikamen. Sie nannten sie *Schwalben-Boote*, weil es Leute aus dem Norden waren, die im Winter nach Süden und im Sommer nach Norden kreuzten.

Dann ließ sie ein Lachen heraus ... sie erkannte, dass sie glücklich war, wirklich glücklich, zum ersten Mal seit diesem schicksalhaften Tag vor zwei Jahren.

Kehre ich schließlich doch wieder zurück ins Leben? Sie fand zwei Kombinationen, die annehmbar waren, bis sie ins Geschäft gehen konnte, um mehr zu besorgen, und legte sie vorne auf das Regal im Kleiderschrank. Den Rest sammelte sie vom Boden auf und warf alles zum kleinen Abfallkübel in der Ecke ihres Zimmers. Er wurde unter unbestimmbaren Blumenmustern begraben. *Gut, dass ich das los bin.*

Sie wandte sich von dem Haufen ab. *Dieser John Wilder, er ist so freundlich, so klug und so geheimnisvoll. Und jetzt interessiert er sich für mich.*

Sie kannte ihn schon seit einiger Zeit. Jeder kannte seine Leistungen beim Querfeldeinlauf. Seine Ausdauer und seine dramatischen Zieleinläufe waren legendär. Er kroch sogar einmal über die Ziellinie zum Sieg, nachdem er einige Meter davor zusammengebrochen war. Doch niemand kannte ihn wirklich. War er nicht am Laufen, war er so gut wie verschwunden. Er war eine Art Einzelgänger. Er war überhaupt nicht wie die anderen Jungs, und das war es, was sie anzog.

Das kitschige Kleid, das sie anhatte, fiel das letzte Mal zu Boden und gesellte sich zum Haufen in der Ecke. Sie schlüpfte in eine Jeans, zog dazu eine rückenfreie Bluse an, setzte sich summend an den Toilettentisch und bürstete ihr Haar. Es fühlte sich so gut an, die steifen Borsten über die Kopfhaut und hinunter durch die lange, schwarz glänzende Mähne zu ziehen. Das sandte überall prickelnde Wellen des Vergnügens durch sie hindurch. Ihr Fleisch richtete sich auf, als sie die strahlend flutende, nach oben und unten durch ihren Körper strömende Energie genoss. Sie füllte ihre Hände mit dem Haar, begrub das Gesicht darin und sog den süßen Duft ein. Als sie es losließ, stürzte es herab über die Brüste. Sie schüttelte den Kopf und betrachtete sich im Spiegel.

Sollte ich es morgen offen tragen? Ja, es ist an der Zeit.

Zuletzt war sie wegen ihres zurückgezogenen Lebens mehr bekümmert als wegen der Tragödie, die dafür verantwortlich war. *Dieser Schlag auf den Kopf von John Wilder muss Schicksal gewesen sein. Es ist Zeit für mich, weiterzugehen mit meiner –.*

Plötzlich krachte es und das gesamte Haus wackelte.

Devi sprang hoch, rannte hinaus durch das Wohnzimmer und durch die Vordertür nach draußen. Im Hof, eingeklemmt zwischen der großen Virginia-Eiche und der Hausecke, stand der alte Ford Bronco ihres Vaters. Charles Duran war über dem Lenkrad zusammengesackt.

»Oh, mein Gott!«

Sie lief mit wehenden Haaren hinüber und riss die Tür auf. »Papa! Papa! Ist alles in Ordnung?«

Sie zog ihn vorsichtig vom Lenker weg und lehnte ihn zurück gegen den Sitz.

Er begann sich zu regen und wandte ihr langsam den Kopf zu.

»Gut, hallo, Liebes. Hast du mich einparken gehört?« Sein Atem roch stark nach Whisky.

»Papa! Weißt du nicht, dass du nicht Auto fahren sollst, wenn du getrunken hast?«

»Aber wie soll ich zu dir nachhause kommen, Liebes?«

»Ich komme und hole dich ab. Sag nur jemandem, er solle mich anrufen.«

»Was du nicht sagst, meine Liebe.«

»Papa, das hast du gesagt, als du das letzte Mal fast in den Kanal gestürzt wärst. Was soll ich mit dir bloß machen?«

»Es tut mir leid, es tut mir leid. Du verdienst etwas Besseres als mich.«

»Hör jetzt auf damit. Du weißt, dass ich dich lieb habe und immer für dich sorgen werde. Doch du musst auch etwas mithelfen.«

Sie zog ihn herunter und heraus aus dem Truck und stützte ihn, als sie unter ihm gebeugt über den Hof navigierte. Charles Duran war ein stämmiger Schleppbootkapitän und zweimal so groß wie seine Tochter. Sie brach fast unter seinem Gewicht zusammen, als sie durch die Vordertür taumelten. Sie schafften es zu seinem Lehnstuhl im Wohnzimmer. Dort ließ sie ihn wie einen Teppich hineinrollen. Eine halbe Minute und er war tief eingeschlafen.

Früh am nächsten Morgen saß Charles Duran mit Kopfschmerzen am Frühstückstisch, schlürfte seinen heißen Kaffee und schaute beschämt. Devi kam herein, bereits fertig für die Schule. Sie trug einen attraktiven Rock und eine Bluse. Ihr Haar tanzte wie schwarzer Regen über die Schulter herunter. Sie trug keine Brille mehr, dafür aber eine mäßige Menge Make-up. Sie brauchte nicht viel.

»Du bist wunderschön, Liebling«, sagte er. »Du bist immer schön, doch besonders heute.«

»Dank dir, Papa«, sagte sie. »Ich brauche einige Kleider. Macht es dir etwas aus, wenn ich nach der Schule zum Einkaufszentrum fahre und mir einige Dinge hole?«

Er hielt inne und starrte in die braune Tasse. »Klar, fahr nur. Ich bin so glücklich, dass du dich wieder schick machst. Du hast das nicht mehr getan, seit deine Mutter und dein Bruder diese Nacht damals ausgingen –«. Er zügelte sich und setzte die Tasse wieder an die Lippen.

»Ist schon in Ordnung, Papa«, sagte sie. »Ich denke nur, dass es Zeit ist, unser Leben weiterzuführen, meinst du nicht auch?«

»Du hast recht, doch es ist schwer, du weißt.«

»Ja«, antwortete sie. »Es ist schwer.«

Sie hätte sich gewünscht, ihm das geben zu können, was er brauchte, um weiterzumachen. Doch das musste aus seinem eigenen Inneren kommen. Sie wusste das jetzt. Es wäre nicht möglich, dass sie John Wilder näher kennenlernen wollte, wenn es nicht etwas in ihr gäbe, das leben wollte und sie aus ihrer Trauer und Depression herauszog. Ihr Vater hatte dies bisher noch nicht gefunden. Sie hoffte, das würde noch kommen.

»Ich werde für dich da sein, Papa. Trink bitte nicht mehr, wenn du heute zum Dock zurückkehrst. Versprichst du mir das?«

Devi betete, er würde nüchtern nachhause kommen.

»Ich werde dir das Abendessen am Herd bereitstellen«, sagte sie.

Sie stand auf, küsste ihn und ging nach draußen. Als sie zur Schule fuhr, war sie vor Aufregung ganz nervös.

Ob John mich wohl wiedererkennen wird?

Kapitel 4 – Einweihung

Es war Dienstagnachmittag. John fuhr mit offenem Verdeck die A1A entlang. Er war auf seinem Weg nachhause und dachte nicht über viel nach. Er befand sich in seiner Stille. Die Sonne brannte vom klaren blauen Himmel auf ihn herab.

Da hörte er sie wieder in sich.

Komm zu mir.

Er trat auf die Bremse. Der staubige rote Buick Cabrio, Baujahr 1972, rollte auf dem Randstreifen der Straße aus. Er sprang auf, stellte sich auf den Fahrersitz und schaute sich in alle Richtungen um.

»Wo bist du?«

Der Verkehr brummte in beide Richtungen an ihm vorbei entlang der A1A, dem palmengesäumten Rückgrat der Coquina Island. Die Reihe alter Holzhäuser, die den ehemals verschlafenen Boulevard säumten, erwiderten in ihrer kitschigen kommerziellen Aufmachung traurig seinen Blick.

Dann schlug es in ihm ein. *Natürlich – es ist nicht weit von hier.* Er ließ sich in den heißen Vinylschalensitz fallen, gab Vollgas und reihte sich wieder quietschend in den Verkehr ein. Drei Blöcke weiter machte er eine scharfe Rechtskurve und bog ab hinunter Richtung Tropical Lane. Er fuhr so weit, bis keine Häuser mehr da waren und die Straße in festgetretenen Sand überging. Vielleicht ist es das. *Gott weiß es, ich habe schon überall gesucht.*

John fuhr auf die leere kalksteingeschotterte Parkfläche der Island Christian Church. Die Räder knirschten und kamen am Rand des ungeschnittenen Grases zum Stehen. Er stieg aus und nahm den Weg durch den Palmenhain. Die Brise des Ozeans, der von hier eine Meile entfernt begann, raschelte durch die dicken Palmwedel über ihm. Bald kam er zu der großen weißen Kirche. Sie war in Holzrahmenbauweise errichtet. Ein Gemeindesaal schloss daneben an.

Als er zum Gemeindesaal kam, ging er die Treppe hoch, die er als Kind so viele Sonntage hochgeklettert war. Es waren schon Jahre, die er nicht mehr hier gewesen war. Diesen Ort umgab immer etwas Zauberhaftes, und er konnte es auch jetzt wieder fühlen. Als er die Doppeltüren mit beiden Händen aufzog und hineinging, stürmten die Emotionen in seinem Herzen hoch.

Es sah genauso aus wie früher. Zuerst sprangen ihm die langen Dachsparren hoch über ihm ins Auge. Darunter war die geräumige Halle mithilfe großer beräderter Stelltafeln, die Kinder mit ihren Kunstwerken dekoriert hatten, auf beiden Seiten in viele Klassenräume aufgeteilt. Das Zentrum des Raumes war mit ordentlich aufgereihten Klappstühlen bestückt. Hier wurde vor dem Sonntagsschulunterricht der Kindergottesdienst abgehalten. Entlang der Mitte verlief ein Gang. Er bewegte sich langsam nach vorn zum weiß drapierten Tisch unter dem schlichten Holzkreuz, das an der Wand hing. Auf dem Tisch befand sich ein großer Ständer. Darauf lag dick und aufgeschlagen die Bibel. Sie wartete auf seine Augen. Er blickte auf sie nieder und las die ersten Worte, die er sah:

... Seine Freude hat er am Gesetz des Herrn;
Und über diesem Gesetz meditiert er Tag und Nacht.

Das war der erste Psalm. Er fühlte einen Funken der Bestätigung, etwas, doch was bedeutete das? Er blickte hoch zum alten braunen Kreuz, das dort an der Wand hing, solange er sich zurückerinnern konnte. Und was bedeutete das? Opfer? Es sah so statisch aus.

Nein, das kann es nicht sein. Er lief zurück, den Seitengang hoch bis zur Tür. Er wollte schon gehen, aber hielt noch einmal inne. Etwas trieb ihn an, den einen Namen zu rufen, der ihm helfen konnte. Er wandte sich um.

»Frau Jensen!« Seine Worte hallten hoch oben zwischen den alten Holzbalken. »Frau Jensen! Sind Sie da?«

Zu seiner Überraschung hörte er eine gedämpfte Stimme, die hinter dem Kreuz herzukommen schien.

»Wer ist da?«

»Ich bin's … John Wilder«, rief er quer durch den großen Raum und zweifelte für einen Augenblick, ob er überhaupt jemanden gehört hatte.

Eine alte Frau erschien an der Seitentür vor der großen Halle. Sie gingen langsam aufeinander zu.

Christi Jensen ging nach vorne gebückt. Sie hatte ein wehes Bein und stützte sich auf einen schwarzen Gehstock mit einem glatten weißen Elfenbeingriff in ihrer knorrigen Hand. Ihr gewelltes weißes Haar umrahmte ein Gesicht, das von einem Leben in strebsamer Suche verblüht war. Sie trug eine drahtige Ben Franklin Brille und ein einfaches blaues Kleid. Im Laufe vieler Jahre war sie zu einer Expertin der Heiligen Schrift geworden, wobei sie immer durch diese Brille blickte; auch auf Leute, über die sie hinwegsah, besonders junge. Ihre durchdringenden grünumrandeten blauen Augen schienen so hell wie eh zu leuchten.

»John? Oh jemine, bist du es«, sagte sie. Sie trafen sich in der Mitte der Halle und umarmten sich. »Wie bist du gewachsen, mein Junge.«

John trat scheu zurück. »Sie sehen genauso gut aus wie immer«, sagte er sanft.

»Du schmeichelst mir«, sagte sie und nahm seinen Arm. Er spürte ein Prickeln, das von da nach oben stieg, wo sie ihn berührte. »Wir haben dich die letzten paar Jahre vermisst. Ich habe von deinen Läufen aus der Zeitung erfahren. Ich bin sehr stolz auf dich.«

»Danke.«

Sie deutete auf die Reihe von Klappstühlen gleich neben ihr und sie setzten sich.

»Und wie sieht es derzeit mit deiner Beziehung zu Gott aus?«

Er wusste, dass sie gleich zur Sache kommen würde. Das tat sie immer. Schon als Kind bewunderte er das am meisten an ihr.

»Ich ringe damit«, sagte er. »Irgendetwas geschieht, doch ich weiß nicht genau was.«

»Irgendetwas geschieht? Ah …« Sie streichelte langsam über ihr faltiges Kinn.

»Etwas ruft mich aus dem Inneren heraus. Ich will dorthin kommen, mehr als ich alles andere will. Doch es scheint, dass ich einfach nicht durchbrechen kann.«

»Und wie versuchst du, dorthin durchzubrechen?«

John zögerte: »Ich weiß nicht, wie ich das erklären soll – mit meinen Gefühlen, mit meinem Körper, mit meinen Gedanken. Es scheint, dass alles, was ich tue, ein Versuch ist, dahin durchzubrechen.«

»*Gesegnet sind die, die nach Rechtschaffenheit hungern und dürsten, denn sie werden satt werden*«, sagte sie. »Erinnerst du dich daran?«

»Ja, sehr gut sogar.«

»Das ist gut. Denke an das, was du hier gelernt hast, und es wird für dich alles gut werden.« Sie legte sanft eine unförmige Hand auf seine Brust. »Alles, was du brauchst, ist hier drinnen, lausche immer hier.«

Er fühlte einen sonderbaren Schauer durch sich hindurchgehen.

Sie nahm ihre Hand wieder weg und sagte: »Es wird alles gut werden, glaube mir.«

»Manchmal bereue ich es, dass ich nicht mehr hierher komme«, sagte er. Seine Stimme begann von den Schwingungen, die in seiner Brust immer noch widerhallten, zu zittern.

»Du hast das Richtige gemacht.«

»Habe ich das?«

»Auf jeden Fall. Ein Mensch sollte keine Minute in einer Situation verharren, die dem lebendigen Geist in seinem Herzen schadet.«

»Doch ich bin fortgelaufen, obwohl ich zuvor im Beisein aller in der Zeremonie der Firmung Jesus als meinen persönlichen Herren und Retter angenommen hatte. Es war nichts Dauerhaftes.«

»Das ist unwichtig«, sagte sie. »Du wusstest, was du zu tun hattest und danach zu handeln war viel wichtiger, als was die Kirche wollte. Ich nehme an, dass du immer noch weißt, was du willst. Du hast das immer in dir gehabt.«

»Jesus war mein Vorbild«, sagte er. »Er ist es immer noch. Das Problem war nur, dass ich ihn niemals als so viel anders als alle anderen angesehen habe, außer dass er sich dazu entschlossen hat, sich mit Gott zu vereinigen, Gott zu werden und daran hart gearbeitet hat, bis er Erfolg hatte – wie Abraham, Joseph, Hiob, Moses und all die zähen Kerle aus dem Alten Testament. Für Gott würden sie durch Glas kriechen. Das ist es, was ich immer wollte.«

Ihre Augenbrauen hoben sich: »Durch Glas kriechen?«

»Gott finden, irgendwie, auf irgendeinem Weg in mir selbst«, sagte er. »Es war mir niemals geheuer, jemand anders als Mittler nötig haben zu müssen.«

»Das Königreich des Himmels zuerst im Innern zu suchen, ist etwas Gutes«, sagte sie. »Mit welchen Mitteln auch immer ... Du bist gesegnet.«

»Ich bin mir da nicht so sicher. Ich denke, ich gehe den schwierigeren Weg. Doch der andere Weg ergibt für mich keinen Sinn. Wenn wir Jesus fern von uns auf ein Podest stellen, dann gibt es dort oben für niemand anders mehr Platz.« John glitt mit den Fingern entlang der abgerundeten Kante des metallenen Klappstuhls vor ihm. »Wenn Jesus jemand ist wie wir, dann gibt es keinen Grund, warum wir nicht wie er sein können. Die Trennung kann viel schneller aufgehoben werden. Ist es nicht so?«

»Doch wie kann diese Trennung ohne die Hilfe Gottes aufgehoben werden?«, fragte sie. ////

»Ich weiß es nicht. Aber ich möchte so gerne wie Jesus sein. Ich glaube nicht, dass das bei mir funktioniert, wenn ich alles in seine Hand oder in die eines anderen Menschen lege. Ich fühle, dass das unverantwortlich wäre, wenn ich dies täte, wie wenn ich auf jemanden anders warten würde, etwas zu tun. Ich kann das nicht einfach so abschieben. Ich muss selbst etwas tun.«

»Und an was denkst du da, John?«

»Ich weiß es nicht. Das möchte ich alles Gott überlassen. Der einzige Weg, den ich kenne, ist der, dass ich mich an eine Grenze begebe, wo ich etwas zu verlieren habe – alles verlieren kann. Dann bewegt sich etwas in mir. Das hast du über mich auch in der Zeitung gelesen, zwischen den Zeilen. Das ist verantwortlich für das Laufen.«

»Ich verstehe ... tust du das alles in Gottes Namen?«

»In Gottes Namen? Du meinst im Namen von Jesus?«

»Nicht unbedingt ... du weißt, Jesus ist ein Vorname, ein gegebener Name. Sogar Gott ist ein Name, den man gegeben hat – von Menschen erschaffen. Die Kraft liegt im ungegebenen Namen Gottes, dem wahren Namen von Jesus, der eins mit dem Vater ist. Dieser Name wurde nicht gegeben und ist keine Schöpfung des Menschen. Diesen Namen hat es immer gegeben und es wird ihn immer geben. Dieser Name ist sehr wichtig. Es ist die ursprüngliche Schwingung – das *Wort*, das in uns lebt.«

Johns Augen begannen zu leuchten. »Also, was ist dieser Name?«

»Kannst du dich ihm hingeben?«, fragte sie. »Kannst du loslassen?«

»Ich weiß nicht. Ist es nicht unsere Aufgabe, mehr zu tun, als uns nur hinzugeben? Die meisten Menschen bemühen sich wirklich sehr, sich hinzugeben, doch sie erhalten nicht, was sie wollen. Bei mir ist es ebenso. Da muss noch mehr dahinterstecken als das. Warum sollten wir erwarten, Gott werde schon die gesamte Arbeit machen? Was ist mit den Anstrengungen, von denen wir immer wieder in der Bibel lesen? Niemand in der Bibel hat jemals gesagt, dass es einfach sein würde. Die Kirche erzählt uns, dass alles gut sei, wenn wir Jesus annehmen. Du musst dich nur für das Programm einschreiben und dann ist es nicht mehr dein Problem. Ich glaube, das ist eine Falle. Das ist etwas Bequemes für geschäftige Leute und vielleicht auch für die Kirche.«

»Du meinst, Gott zu finden ist ein Kampf?«

»Gut, ja. Hunger und Durst, du erinnerst dich?«, sagte er. »Da steht überall Kampf darüber.«

»Oh, ich sehe, auf was du hinaus willst«, sagte sie. Wir neigen alle dazu, uns einfach treiben zu lassen. Es ist keine Frage: Wir müssen Gott aktiv wollen, Gott in jeder Minute aktiv verfolgen. Vielleicht ist es eine Frage von Qualität.«

»Qualität?«

»Ja, es klug anzufangen, ein bisschen gerissen zu sein«, sagte sie. »Man muss die Fähigkeit entwickeln, sich aktiv hinzugeben. Hungern und dürsten, doch sich auch hingeben; lernen, wie man in Gott eintaucht.«

Johns innere Antenne fuhr aus: »Wie mache ich das?«

»Das kann ich dir nicht sagen.«

»Warum nicht?«

»Das musst du zusammen mit Gott selbst herausfinden«, sagte sie.

»Was soll das heißen?«, sagte er. »Wenn es noch etwas mehr gibt, was ich tun kann, muss ich es sofort tun. Sag es mir also bitte.« Seine Hände begannen, die Rückenlehne des Stuhles vor ihm zusammenzudrücken.

»Ich glaube nicht, dass ich jemals irgendein Kind in der Sonntagsschule gesehen habe, das so sehr nach Gott aus war, wie du …« Christi Jensen blickte in die Ferne.

»Ich bin jetzt viel schlechter dran.« Er sprang förmlich aus dem Faltstuhl und drehte sich zu ihr. *Was will sie von mir? Soll ich vielleicht betteln?*

Sie drehte sich wieder zurück zu ihm. »Oh, du meine Güte.«

»Und niemand weiß etwas davon. Soll ich lieber an der Straßenecke als in meinem stillen Kämmerlein beten, oder was?«, sagte er.

»Es scheint so … John, warum bist du heute hierher gekommen?«

»Ich brauche etwas, vielleicht einen guten schnellen Tritt. Ich werde dieses Jahr mit der Schule fertig und auf mir lastet der Druck, dass ich Pläne für die Zukunft machen soll. Ich will keine Pläne machen, zumindest nicht solche, wie sie andere von mir verlangen. Das Einzige, was ich will, ist durchbrechen. – Was soll ich tun?«

Sie wurde still. Sie öffnete den Mund ein wenig und etwas bewegte sich tief in ihrem Inneren. Ihre Augen waren in die Mitte und nach oben gerichtet, als sie sie schloss. Sie saß regungslos da. Ihre alten Hände umschlossen den Griff des Spazierstocks. Sie machte den Anschein, als würde sie nicht atmen. Er setzte sich wieder neben sie, wusste aber nicht, was er tun sollte. So schloss er ebenfalls die Augen und versuchte seine Stille zu finden.

Schließlich regte sie sich in ihrem Stuhl. Er öffnete die Augen und bemerkte, dass sie ihn aufmerksam betrachtete.

Sie streckte die Hand mit einem gekrümmten Zeigefinger aus und tippte ihm auf das Brustbein. Die Luft rauschte aus seinen Lungen, bis er völlig leer war. Ein paar Sekunden vergingen. Dann schnaufte er tief ein. Als er dies tat, strömte von seinen Lenden aus ein Behagen nach oben durch ihn hindurch.

»Oh Gott, was war das?«

»*ich bin*«, sagte sie.

»ICH BIN?«

»Nein, *ich bin.*«

»ICH BIN?«

»Nein, *ich bin.*«

»Was ist der Unterschied?« Er konnte kaum atmen.

»Die Absicht«, sagte sie. »ICH BIN hat eine Absicht, die nach außen geht, bei *ich bin* geht die Absicht nach innen. Das ist ein großer Unterschied. Kannst du das so sagen?«

Er versuchte, den Gedanken nach innen zu richten, als er es sagte: »*ich bin*?«

»Gut. So in der Art. Denke immer daran, dass weniger mehr ist.« Ihre Hände bewegten sich durch die Luft nach unten, wobei die Handoberflächen nach unten zeigten, als ob sie den gesamten Kosmos beruhigen wollte.

»Meditiere über *ich bin*«, sagte sie. »*ich bin* ist der Gott des Alten Testaments. Das ist der einzige Gott, der existiert. *ich bin* ist der geheime Name Gottes, der wahre Name Gottes, das einzige Bewusstsein des Universums. Alles, was existiert, ist eine Widerspiegelung der Strahlen von *ich bin*.«

Ihre Worte verblüfften ihn. Ist es möglich, dass es so einfach ist? »Meditiere über *ich bin*?«

»Ja, so lange, wie es braucht, bis du all die Antworten hast, nach denen du suchst. Denke daran: *ich bin* ist Gott, das Königreich, die Kraft, die Herrlichkeit. *ich bin* ist auch Jesus in uns allen, denn er und Gott sind eins. Das äußerliche ICH BIN ist nicht viel, nur ein menschlicher Laut, ein Geräusch, ein schwacher Schatten der inneren Wahrheit. Ein Laut hat wenig Substanz, bis wir ihn durch immer leiser werdende Schwingungen in unsere stillen Tiefen wenden. ‚Sei still und wisse, dass *ich Gott bin*.' Dies ist das größte Geheimnis der heiligen Schriften – die älteste, heilige Weisheit. Folge dem *ich bin*. Alles andere fließt davon aus.«

»Alles andere?«

»Ja, viel wird sich ereignen. *Ich bin* wird dir viele Tore öffnen. Das ist alles.«

»Ist das alles?«, fragte er.

»Ist das nicht genug?«

»Ich weiß es nicht.«

»Noch etwas«, sagte sie.

»Ja?«

»Gib es weiter«, sagte sie.

»Gib es weiter? Was soll ich weitergeben?«

»Du wirst es wissen. Ich bin so froh, dass du heute gekommen bist. Das war sehr wichtig.«

John zögerte. Sein Blick war nach unten auf den hölzernen Boden gerichtet, ausgetreten von Tausenden kleiner eifriger

Füße. Dann blickte er sie an. »Bist du diejenige, die mich aus dem Inneren gerufen hat?«

Christi Jensen zuckte mit ihren eingefallenen Schultern. Sie blickte zu ihm auf. Ihre grün eingefassten blauen Augen durchdrangen seine Seele. »Es gibt nur einen, der ruft. Das ist *ich bin.* Es gibt nur einen, der hungert und dürstet. Das ist das *ich bin.* Du hungerst und dürstest. Ich antworte. Es ist alles *ich bin.* Und nun ist es Zeit für dich zu gehen, mein Lieber.«

Sie richtete sich unter Schmerzen auf und humpelte langsam mit ihm zu den Doppeltüren der Gemeinschaftshalle und hinaus ins Sonnenlicht. Dieses erhellte ihr ermattetes Gesicht auf eine Weise, wie er es noch nie gesehen hatte: als ob ihr Wesen aufblühen würde im glänzenden Licht.

»Danke«, sagte er, als er zögernd die hölzernen Stufen hinunterging. Sie stand auf der kleinen Veranda vor der Gemeinschaftshalle. Er war benommen und zitterte innerlich. *Habe ich etwas vergessen?*

Sie hob die rechte Hand, als wolle sie ihn zu irgendeinem großen Zweck segnen.

»Ich werde zu dir kommen«, sagte sie. »Geh jetzt. Es gibt viel für dich zu tun.«

Er wusste nicht, was sie meinte: »Was?«

Langsam schüttelte sie den Kopf. Ihre gottähnlichen Augen sandten ihn fort.

Er ging durch den Palmenhain zu seinem Wagen und schaute mehrmals über die Schulter zurück. Sie stand noch immer im Sonnenlicht und schaute ihm nach, wie er fortging. Etwas Wichtiges war gerade geschehen … aber was?

Während er nachhause fuhr, sann John über alles nach, was er jemals zu ICH BIN in der Bibel gehört oder gelesen hatte. Er erinnerte sich daran, dass das ICH BIN es war, das mit Moses gesprochen hatte. Er dachte an Jesus, wie er sich mehrmals mit ICH BIN auf sich bezogen hatte. Er erinnerte sich daran, dass er gesagt hatte:

> *Vor Abraham war ICH BIN.*

Er erinnerte sich an die berühmten Worte Jesu, die sein Wesen durchbohrt hatten, als er erst sechs Jahre alt war und die Sonntagsschule zum ersten Mal besuchte:

ICH BIN der Weg, die Wahrheit und das Leben. Niemand kommt zum Vater als durch mich.

Warum hatte man sich in der Kirche so sehr auf Jesus als Person konzentriert und nicht auf Jesus dem ICH BIN? Oder dem *ich bin*? Er wiederholte den Klang, *ich bin*, innerlich in Gedanken und war erfüllt von neuem Verständnis. Ein sonderbar angenehmer Schauer stieg in ihm auf, das gleiche Gefühl, das er bekommen hatte, als Christi Jensen seine Brust berührte. Er blickte in den Rückspiegel und sah eine Spur glänzend weißen Lichts sich hinter dem Wagen den ganzen Weg von der Island Christian Church herziehen. Sie war aus Billionen glitzernder weißer Pünktchen zusammengesetzt, die ihm auf der Fahrt folgten.

Über seine Haut krabbelte ein intensives Verlangen nach Gott. Er konnte es kaum aushalten und musste auf der Stelle etwas dagegen unternehmen. Er trat aufs Gaspedal. Das rote Cabrio brauste nachhause.

Eingeschlossen in seinem Zimmer saß John kreuzbeinig gegen ein Kissen am Kopfende des großen Zweier-Himmelbetts gelehnt. Durch das Dachfenster hörte er das sanfte Grollen des Ozeans.

Viele Male zuvor war er hier gesessen, hatte seine Gedanken und Gefühle untersucht. Gewöhnlicherweise, wenn er hoffte, in den intensiven Gefühlen, die so schwer zu kontrollieren waren, Antworten zu finden, führte dies zumindest dazu, dass sich seine Stimmung aufhellte. Statt einer Antwort fand er aber meist nur eine vorübergehende Linderung seines Verlangens – einen schwachen Trost.

Nun hatte er das ICH BIN zum Erforschen. Würde es damit anders sein? Er begann damit, dass er in Gedanken eine Frage stellte.

ICH BIN, was ist die Wahrheit?

Er wiederholte dies innerlich ein halbes dutzend Mal und wartete. Keine Antwort. Dann versuchte er etwas anderes.

ICH BIN, wer bin ich?

Diesmal wiederholte er es zwölf Mal und wartete dann – immer noch keine Antwort.

Dann versuchte er, etwas direkter an die Sache heranzugehen.

ICH BIN der Weg, die Wahrheit und das Leben.

Immer wieder …

Wieder war da nichts.

Er versuchte verschiedene Kombinationen und legte alle Bedeutung, die ihm einfiel, in seine Bitten hinein. Er bemühte sich um Präzision der Absicht und mentalen Ausdrucksweise – immer noch nichts.

Nachdem er es eine halbe Stunde probiert hatte, wurde er ärgerlich.

ICH BIN wo bist du? Warum antwortest du mir nicht?

Und eine Weile später …

ICH BIN du Scheißkerl! Wenn du da bist, zeige dich mir – verdammt nochmal!

Nur die Wellen seines stets größer werdenden Ärgers blieben, als er mit seinen immer chaotischeren Anrufungen aufhörte. Er warf sein Kissen zum Bücherregal auf der gegenüberliegenden Seite des Raumes und riss dabei seine Siegestrophäen herunter. Sie klapperten auf den Boden.

Er stand auf, hüpfte auf dem Bett hoch und nieder und schrie dabei:

»ICH BIN! ICH BIN! ICH BIN!«

In seinem Tobsuchtsanfall verfehlte er mit einem Fuß das Bett und stürzte taumelnd auf den geknüpften Bettvorleger zu Boden. Ein Strom von Widerlichkeiten entfuhr seinem Mund ...

Da lag er nun und wälzte sich in einem Ausbruch von Gefühlen auf dem Teppich. Verzweifeltes Verlangen fegte immer wieder über ihn hinweg. Er zog sich hoch auf die Knie, hoch in eine Position, in der das Gesicht nach unten sah, mit der Stirn auf dem Teppich. Die Arme lagen um den Kopf geschlungen ebenfalls auf dem Teppich. Er schaukelte vor und zurück.

ICH BIN, ICH BIN, ICH BIN …

Dann ließ er los … seine Absicht schlüpfte nach innen.

Die Bedeutung war weg. Der mentale Klang wurde verschwommen und seine Gedanken nahmen eine ganz andere Eigenschaft an.

ich bin, ich bin, ich bin …

Sie waren fein, still, aber doch leuchtend und lebendig in ihm. Er wurde erfüllt von ihrer Gegenwart.

ich bin, ich bin, ich bin … iiichchch bbiiin … iiichchch bbiiin

Sein Körper begann, mit einer lebendigen Stille zu pulsieren. Jedes *ich bin* hallte durch ihn wider, als ob er im Inneren ausgehöhlter leerer Raum sei. Dann war die Schwingung fort und er war viel größer als sein Körper, viel größer als das Haus, als die Erde, als das Sonnensystem. Er wurde zur unendlichen glückseligen Bewusstheit … Dann war er mit einem Gedanken zurück in seinem Körper. *Oh, was war das?*

Er begann von Neuem, ließ los, gab sein Bedürfnis nach der Bedeutung oder sogar dem Gedanken selbst auf.

ich bin, ich bin, ich bin …

Allmählich wurde er wieder grenzenlos. Es war eine einzigartig vergnügliche Reise nach innen, dieses Gehenlassen. Ein paar Minuten später war er wieder zurück in seinen oberflächlichen Gedanken. Mit einer Entschlossenheit, grenzenlos zu bleiben, begann er mit einem deutlicher geformten Gedanken.

ICH BIN, ICH BIN, ICH BIN …

Es verblasste so lange nicht, solange er an der Klarheit des Klangs und der Bedeutung festhielt. Deshalb ließ er los. Er beobachtete, wie das *ich bin* von einem klar ausgedrückten Gedanken zu einem verschwommenen Gedanken, dann zu einem Gefühl, dann zu einem schwachen Gefühl wurde und sich schließlich, nachdem es alle Grenzen von Gedanken, Bedeutungen und Gefühlen verloren hatte, in ihm unendlich ausdehnte und mit ihm auch seine Bewusstheit. Jedes Atom in ihm zitterte vor Entzücken, als er über die konkreten Ebenen des *ich bin* zu dessen Grenzenlosigkeit hinausging. Je weniger er daran festhielt, desto mehr war da und umso mehr reines Vergnügen, das an das Erotische heranreichte, erlebte er.

Zusammengekauert über den Knien auf dem geknüpften Bettvorleger, gab er sich immer wieder den Zyklen des sanften Umschlingens des *ich bin* und seines Wiederverlierens in die herrliche Ausdehnung seiner inneren Stille hin. Nach einer Weile kroch er zurück ins Bett und nahm seine kreuzbeinige Sitzhaltung, das Kissen an seinem Rücken, wieder ein. Dann machte er es noch ein wenig. Er war mit Ehrfurcht und Dankbarkeit erfüllt, dass *ich bin* ihn tief im Inneren liebkoste.

Das war erst der Anfang.

In dieser Nacht erwachte John mit einem Ruck. Er schaute auf die Uhr. Es war halb drei. Er war aufgebracht. Er wusste nicht warum. Er setzte sich im Bett auf und fühlte das Streicheln einer leuchtenden weiblichen Hand an seiner Wange. Die ruhige nächtliche Brise brachte die Vorhänge zum Rascheln. Dann war sie weg. Sofort wusste er, was geschehen war. Christi Jensen war gerade gestorben. Auf ihrem Heimweg berührte sie ihn zärtlich. Er verstand nicht, wie sie einfach nicht mehr da sein konnte. Er fühlte sich alleine und versuchte mit *ich bin* zu meditieren, konnte es aber nicht. Es brach ihm das Herz. Er legte sich zurück und schluchzte in sein Kissen.

Du hast mir das größte Geheimnis offenbart. Das soll nicht umsonst gewesen sein. Ich verspreche es dir, Christi Jensen, es soll nicht umsonst gewesen. Ich werde in das ich bin *hineinwachsen und es weitergeben.*

Langsam schlummerte er ein, angefüllt mit einer neuen Entschlossenheit, einem neuen Hunger nach Gott, der ihn schnell auf seiner Straße nachhause bringen würde. Dieser neue Hunger war Christis Geschenk an ihn. Mit ihrem letzten Atem und ihrer Abschiedsberührung hatte sie das *ich bin* in ihm beflügelt.

Kapitel 5 – Der große Engel

Mehrere Wochen vergingen.

Das junge Pärchen schlenderte den Verbindungsgang der Schule entlang. Die Pause war bereits vorüber und es liefen nicht mehr viele Schüler umher. John befand sich tief in seinem Inneren.

Devi schaute ihn forschend an. »Was ist los mit dir?«

»Huh?«, sagte er.

»Siehst du? Du passt nicht auf.«

»Doch, das tue ich.«

»Du scheinst in letzter Zeit irgendwie abwesend zu sein. Ist das, weil deine Freundin, Frau Jensen, gestorben ist?«

»Nein, das ist nicht deswegen. Entschuldige, ich werde mich bessern.«

Sie waren die Hintertüre der Schule hinausgegangen und begannen über das verlassene Fußballfeld zum Parkplatz zu spazieren. Sie bemerkten die vier schwergewichtigen Gestalten nicht, die ihnen aus dem Haufen geparkter Autos heraus mit ihren Blicken folgten.

Ihre Augen durchbohrten ihn wieder. »Was ist denn los?«

»Uh, ich habe mit einer neuen Methode des positiven Denkens angefangen.« Er kam zum Schluss, dass es besser sei, ihr etwas darüber zu erzählen. »Man muss sich erst etwas daran gewöhnen.«

»Positives Denken? Du meinst so etwas wie Affirmationen?«

»Ja, genau, so was in der Art.«

»Gut, in Ordnung«, sagte sie. »Funktioniert es? Bisher scheint es dich nur zu zerstreuen.«

»Das sollte vorbeigehen.« In Wirklichkeit hatte er keine Ahnung, was geschehen würde, ob es vorbeigehen würde oder nicht, nur dass das, was geschah, geschehen musste.

Er befand sich in den Wochen, seit er seine Fähigkeit entdeckt hatte, mit den Meditationen über *ich bin* tief in sich zu gehen, oft in der strahlenden Stille. Er arbeitete damit jeden Tag mindestens eine halbe Stunde, bevor er zur Schule ging und auch, nachdem er nachhause gekommen war, an den Wochenenden sogar noch mehr. Bisher hatte das auf seine schulischen Leistungen oder das Querfeldeinrennen keine negativen Auswirkungen. Er fühlte sogar mehr Klarheit und Effektivität als je zuvor. Doch wie ist das mit der Beziehung zu Devi? *Mache ich wirklich den Eindruck, als sei sie mir gleichgültig? Vielleicht –*

»John, hättest du Lust, mich heute Nachmittag etwas bei mir zu Hause zu besuchen? Papa wird erst später nachhause kommen.« Sie schaute ihn nicht an, als sie das sagte.

»Hm … Gut, ja, sicher. Doch muss ich zuerst laufen.« Auch er schaute sie nicht an, als er das sagte.

»Kann das nicht warten?«

Sie hielten mitten auf dem Fußballfeld an. Er wandte sich zu ihr und sie sich zu ihm. Ihr Blick drückte tiefe Sehnsucht aus. Das krempelte ihn augenblicklich um. Er musste mit ihr gehen.

»Gut, ich könnte später laufen und später essen«, sagte er. Er dachte an seine Meditation, wie er die da irgendwie hineinquetschen könnte. Aber davon wollte er ihr noch nichts sagen.

»Du kannst also kommen?«

»Ja.«

Ihr Gesicht blühte auf zu einem Lächeln und sie nahm seine Hand. »Wunderbar. Es gibt etwas, was ich dir zeigen möchte.«

Sie begannen weiterzugehen. Die vier Augenpaare ruhten immer noch auf ihnen – beobachtend … wartend.

Sie überquerten das Spielfeld und befanden sich gerade zwischen den Autos, die man auf dem Grundstück mit dem gelben Kies abgestellt hatte. Die meisten gehörten den Fußballspielern, die sich auf dem Trainingsgelände über der Straße hinter dem Stadium austobten. Sie liefen zwischen einem überdimensionalen schwarzen Pick-up und einem Kombi.

Da stellte sich eine große Gestalt vor ihnen in den Weg. Sie sprach mit einer bedrohlichen Fistelstimme in südlichem Dialekt: »Hallo, liebes Täubchen, wohin soll's denn gehen?«

Devi erstarrte neben John. Er schaute zurück und sah, dass drei breitschultrige junge Leute um den Pick-up gekommen waren und den Rückweg blockierten. Er drehte sich wieder nach vorn: »Was willst du, Jake?«

Er hatte von Jake Lasher und seinen Kameraden gehört. Sie waren schon mit dem Gesetz in Konflikt gekommen. Jakes Vater hatte Devis Mutter und ihren Bruder getötet und saß nun in der Todeszelle. Jake hatte seit der Festnahme seines Vaters Devi hin und wieder mit lüsternem Hass nachgestiert.

Er ragte aus einer kurzärmligen Jeansjacke und schwarzen Hosen. Sein Haar war lang, schmierig, nach hinten poliert, die Arme tätowiert und die Hände so pratzig wie Schweinelenden. Auch die anderen drei waren groß, viel größer als John.

»Warum, wir wollen die Ware testen«, sagte Jake und sah Devi mit einem Lächeln an, dass seine weißen Zähne hervorblitzten. Von beiden Seiten näherten sie sich John und Devi.

Devis Blick war verängstigt und steif. Dann, plötzlich füllten sich ihre Augen mit Zorn. »Oh, ist das alles, was du willst, du bescheuerte Scheiße! Ich will dir da gern heraushelfen.«

Zu Johns Erstaunen ging sie geradewegs auf Jake zu und sah direkt zu ihm hoch in die Augen. Er war verblüfft und bemerkte den Fuß nicht, der zwischen seinen Beinen scharf nach oben sauste.

»Auuuuu!« Jake sackte halb zusammen. Es gelang ihm aber, auf seinen Füßen zu bleiben und mit einer Hand Devis langes Haar zu fassen.

»Du Hindu-Schlampe!«, brüllte er. »Mein Dad sitzt nun wegen deiner Huren-Mutter und deines Zuhälter-Bruders in der Todeszelle.«

»Dein kranker Vater hat sie umgebracht!«, kreischte Devi. Sie versuchte, sich loszureißen, und schlug in blinder Wut auf ihn ein. Doch er hielt sie unbeirrt mit festem Griff an den Haaren. »Mörder! Mörder! Mörder!«

Er zog ihr mit dem Rücken seiner freien Hand eins über, ohne das Haar loszulassen. Ihr Kopf drehte sich von dem Schlag um die eigene Achse.

John sah das Blut aus ihrem Mund schießen. Er wollte nach vorne springen, doch die anderen drei packten ihn und warfen ihn gegen die Seite des Kombis, dass es krachte. Zwei hielten ihn fest, der Dritte verabreichte ihm Schläge in den

Oberkörper und schließlich einen Haken gegen die Schläfe. Die Welt begann, sich von ihm zu verabschieden.

Devi sah, was mit John passierte. »Hört auf, hört auf!«, schrie sie und rekelte und zerrte am Haargriff Jakes. Sie drehte sich um, um ihn anzugreifen. Jakes Arme waren aber so lang, dass sie mit ihren Nägeln sein Gesicht nicht erreichte. Deshalb krallte sie sich in den Arm, der sie hielt, und kratzte eine lange blutige Spur durch das Totenkopf-Tattoo.

Jake schlug noch einmal auf sie ein. Über ihrem Auge öffnete sich eine Wunde. John war annähernd bewusstlos. Trotzdem prügelte der Rowdy immer noch mit aller Kraft drauf los, während ihn die beiden anderen festhielten. Noch einmal versuchte er, sich loszureißen, doch das ging nicht. Sie waren zu stark. *Oh Gott, hilf Devi, bitte hilf ihr.* Er fiel, scheinbar leblos, in sich zusammen. Innerlich war er jedoch immer noch wach. Sein Geist drang nach außen, rufend … rufend.

Devi blutete aus der Wunde über dem Auge und aus Mund und Nase. Sie schrie. Ansehen zu müssen, wie John niedergemacht wurde, schwächte sie sichtlich.

»Bitte hört auf, ihn zu schlagen«, flehte sie. »Biiitte …«

Mit ihren Haaren in seiner Hand schüttelte Jake ihren gesamten Körper. »Bist du jetzt bereit, alles für mich zu tun, du Hure?« Wie eine Stoffpuppe hing sie in seiner Hand und ergab sich zusehends in seine dunklen Absichten.

»Ja, ja, alles. Bitte sag, dass sie aufhören sollen«, bettelte sie. Sie umschlang mit beiden Händen immer noch den dicken Arm, der sie mittels ihrer Haare fixierte. Sie hatte aber aufgehört, länger mit den Nägeln blutige Furchen hineinzuziehen. Stattdessen begann sie den Arm zu liebkosen, streichelte ihn und verteilte damit das Blut, das sie zum Fließen gebracht hatte.

Jake zuckte etwas mit dem Kopf und die drei ließen John zu Boden fallen. Einer gab ihm noch einen Fußtritt in die Rippen. Den spürte er aber nicht. Innerlich war er wach, konnte seinen Körper jedoch nicht bewegen. Er fühlte das Kommen einer Energie, einer großen schwerfälligen Energie, die sich aus der Richtung des Fußballfelds auf sie zu bewegte. Er fühlte sie tief in sich. *Ja, hierher, hierher …*

Jake stieß Devi gegen die sonnengebackene Schwärze des Pick-ups.

»Haltet sie«, sagte er.

Zwei kamen herüber. Jeder nahm einen ihrer Arme und drückte ihn fest gegen den heißen Lastwagen. Der Dritte blieb bei John. Er lag im Kies und war sich undeutlich bewusst, dass der Stiefel des Schlägers in seinem Nacken saß.

Jake ließ Devis Haar los und packte sie mit seiner blutigen Hand an der Kehle.

»Lass mal sehen, was du hier hast«, sagte er. Mit der anderen Hand riss er die Vorderseite ihrer Bluse auf. Sie atmete schwer. Ihre Brüste hob es über den BH. Da war aber noch etwas anderes. Etwas hing zwischen den Brüsten an einer silbernen Kette.

Die Sonne traf darauf und ein leuchtend weißer Strahl schoss in Jakes Augen. Für den Bruchteil einer Sekunde war er geblendet. Jake und die zwei, die Devi festhielten, schauten genauer hin.

»Was ist das?«, fragte Jake.

»Das ist ein kleines Glaskreuz«, sagte einer der Schläger. »Ein kleines Glas –«

Der dritte Mann, derjenige, der seinen Stiefel in Johns Nacken gehalten hatte, schlug mit einem dumpfen Geräusch zu Boden. Jake wandte den Kopf gerade um, da sauste auch schon die riesige, braune Faust mit rasender Geschwindigkeit auf ihn herunter und ebnete sein Gesicht ein. Augenblicklich verlor er das Bewusstsein und sank zu Boden. Eine halbe Sekunde später hatte auch einer der Rowdys, der Devi festhielt, den Ellbogen und die wuchtige Faust im Gesicht und war außer Gefecht gesetzt. Der letzte Schläger, der Devi hielt, ließ von Devi ab und holte zu einem Schlag gegen den 1,92 großen All-American Angriffslinienspieler vor ihm aus. Doch die andere Riesenfaust schlug ihn k.o., bevor er noch den Arm nach vorne bringen konnte. Stille trat ein …

»Hallo, Miss. Ich heiße Luke … Luke Smith. Es sieht aus, als hättet ihr hier etwas Ärger gehabt.«

Devi schielte mit einem blutgetrübten Blick hoch zu dem großen Mann, der mit tiefer sanfter Stimme sprach. Die Sonne stand hinter seinem Kopf, sodass es aussah, als sei er ein göttliches Wesen, ein Engel der Erlösung. Dann sah sie hinüber zu John, der bewusstlos am Boden lag. »John … John …«, rief sie schwach und streckte sich zu der Stelle aus, wo er ein Häufchen auf dem Kies bildete. Sie strengte sich an, einen Schritt zu machen, fiel aber nur ohnmächtig in Lukes große braune Arme. Das zu dem Zeitpunkt, als auch andere am Schauplatz des Geschehens eintrafen.

Später erinnerte sich John vage an den riesigen Luke Smith, die Menschenmenge, wie Luke Devi sein Flanellhemd anzog, die Polizei und den Krankenwagen, der Devi und ihn mitnahm. Allerdings erinnerte er sich nicht daran, dass er den Schmerz spürte. Irgendwie war alles über ihn hinweggewaschen worden, ohne eine Spur zu hinterlassen.

Als sie in der Notaufnahme ankamen, begann John seinen Körper wieder zu spüren, und das fühlte sich nicht gut an. Luke folgte in seinem weißen ärmellosen Unterhemd dem Krankenwagen. Er blieb bei John, der immer noch mit bloßem Oberkörper auf einer Tragbahre lag, während sie auf die Testergebnisse warteten. Devi hatte in einem anderen Zimmer neun Stiche über ihrem Auge erhalten und kam jetzt zu ihnen herüber.

»Mann, ihr hattet Glück, dass das in der Nähe meines Autos passierte«, sagte Luke.

»Deinem Auto?«, erwiderte Devi unter dem Eisbeutel hervor, den sie über ihren geschwollenen Lippen hielt. Lukes Hemd war so groß, dass sie darin fast verschwand. Die halben Ärmel hingen lose über ihre winzigen Hände und reichten fast bis zum Boden.

»Der große schwarze Pick-up«, sagte er. »Das ist meiner. Weißt du, irgendetwas in mir sagte mir, dass ich da wegfahren sollte …«

»Ja, das war gut«, sagte John. Er fuhr zusammen und änderte seine Stellung etwas, um den Schmerz in seiner Seite zu lindern.

Lukes und Johns Augen trafen aufeinander und sie erkannten sich tief im Inneren wieder. Damals wurde es John klar, dass ihr Zusammentreffen kein Zufall war.

Stella Wilder kam hereingeschossen. Ihr Gesicht zeigte noch die Spuren von Tränen.

»Die Schule hat mich angerufen. Sie sagten, du seiest hier in der Notfallstation. Ist alles in Ordnung, John? Ist alles in Ordnung?«

»Mir geht es gut, Mama, doch wie's mit diesem Körper steht, weiß ich nicht. Sie haben mich geröntgt. Auf die Ergebnisse warten wir noch.«

»Oh, mein Junge«, sagte Stella. »Das darf doch nicht sein.«

»Mama«, sagte John unter Schmerzen. »Das ist Devi ... und Luke, der uns gerettet hat.«

Stella nahm sie kaum zur Kenntnis. »Gott, was ist geschehen? Du bist doch nicht verletzt! Du bist doch nicht verletzt!« Sie begann wieder zu weinen.

Sie erzählten ihr, was sich auf dem Parkplatz zugetragen hatte.

»Das ist schrecklich, einfach schrecklich.« Stella war nicht in der Lage, die Hände stillzuhalten. Sie gestikulierte wild herum.

Dann kam der Arzt mit den Untersuchungsergebnissen herein. Es war nicht so schlimm, wie es hätte sein können. John hatte eine leichte Gehirnerschütterung und zwei gebrochene Rippen. Keine inneren Blutungen.

»Wie entsetzlich. Das Leben ist so ungerecht«, bemerkte Stella. »Wie konnte es zu so etwas kommen?«

»Es hätte schlimmer ausgehen können«, stöhnte John. »Es wird alles wieder gut. Wir haben Glück, dass Devi nur mit ein paar Stichen verarztet werden musste. Das haben wir Luke zu verdanken. Ein bisschen später und alles wäre sehr viel schlimmer geworden.«

»Ich verstehe einfach nicht, wie Menschen so etwas tun können. Dein Vater wird toben.«

»Diese vier Jungs befinden sich jetzt hinter Gittern«, bemerkte Luke. »Die Polizei sagt, dass auf sie eine Anklage wegen Körperverletzung und versuchter Vergewaltigung zukommen würde und dass sie unter das Erwachsenenstrafrecht fallen. Das sind üble Burschen.«

»Wann können wir gehen?« Stella schaute zur Seite und zappelte nervös vor Luke herum. »Ich möchte dich mit nachhause nehmen, John.«

»Das ist erst mal nicht möglich«, sagte Devi. »Sie müssen erst noch die Rippen bandagieren.« Sie deutete auf die hässlichen schwarzen und blauen Markierungen, die auf Johns Seite zum Vorschein kamen.

»Oh, es ist so fürchterlich« Stella schreckte zurück. »Ich muss gehen.«

»Ich bringe ihn dann nachhause, Frau Wilder«, sagte Luke. »Es wird schon wieder.« Er versuchte, sie zu beruhigen. Das hatte aber noch niemand fertiggebracht.

»Gut. Danke«, sagte sie, ohne Luke anzusehen. »John, du lieber Junge, ich geh nachhause und koche dir etwas Gutes zum Abendessen. Da fühlst du dich sicher gleich wieder besser.« Sie beugte sich steif nach vorn, küsste ihn flüchtig auf die Wange und war verschwunden.

Eine Stunde später saßen sie auf der Vorderbank von Lukes Pick-up und fuhren die Insel zurück, hoch Richtung Schule, wo noch die Autos von John und Devi standen.

»Bist du dir sicher, dass du fahren kannst?«, fragte Luke.

»Ja, das geht schon«, antwortete John. Er trug eine lange elastische Bandage um den Oberkörper. »Luke? Du weißt, dass unser Zusammentreffen heute kein Zufall war.

Luke lächelte: »Ich weiß, Bruder John, ich weiß.«

Einige Minuten lang sprach niemand. Devi war immer noch in Lukes riesiges, kariertes Flanellhemd gewickelt. Sie zog daraus das kleine Kristallkreuz hervor und küsste es sacht.

»Danke Jesus«, sagte sie. »Danke Luke.«

»Amen, Herr Jesus«, setzte Luke fort.

»Aamennn«, sagte John. Er beugte sich nach vorn und auch er küsste das Kristallkreuz. Dann küsste er Devi zärtlich und achtete dabei sorglich darauf, ihre geschwollenen Lippen nicht zu verletzen. Sie reagierte, indem sie ihre geprellten Finger durch das Haar seines Hinterkopfs streichen ließ, als sie den Kuss erwiderte. Er legte den Kopf auf ihre Schulter, obwohl ihm die Bewegung an der Seite Schmerzen bereitete und sie nahm seine Hand.

»Schade, dass wir es heute nicht zu dir nachhause geschafft haben«, sagte er.

Sie liebkoste die Hand. »Wir kommen da schon noch hin.«

Still glitt er hinein in die Wellen der Glückseligkeit von *ich bin*. Bald würde er ihr von diesem Schatz in seinem Inneren erzählen. Sie war ein Teil davon. Am Ende würde er jedem davon erzählen, denn alle waren ein Teil davon.

Mit seinen gebrochenen Rippen war es für John mit dem Querfeldeinrennen erst mal vorbei. Das tiefe Atmen schmerzte. Die Saison ging bald zu Ende, und es sah danach aus, dass er auch die Landesmeisterschaften verpassen würde. Für andere war das aber ein größerer Schlag als für ihn. Er blieb der Schule ein paar Tage fern und nutzte die Gelegenheit, in seinem Zimmer zusätzliche Meditationen durchzuführen. Für eine Stunde auf einmal oder länger saß er auf seinem Bett und legte sich zwischendurch hin, um auszuruhen. Manchmal schlief er während oder zwischen den Meditationen ein. Zumindest dachte er, dass es Schlaf war. Es fühlte sich körperlich und mental wie Schlaf an, sobald er aufwachte. Doch verlor er niemals das Bewusstsein. In der Tat war er sich nicht sicher, ob er überhaupt jemals völlig das Bewusstsein verlor, seit er mit dem Meditieren begonnen hatte. Mehr und mehr beobachtete er das Leben von einem abgesonderten Ort aus, der hinter allem, hinter dem, was er in der äußeren Welt sah, hinter seinen Gedanken, hinter seinen Träumen und sogar hinter seinem traumlosen Schlaf lag. Er war ständig als diese unbewegliche, glückselige Bewusstheit gegenwärtig. Er hatte dies bis zu einem gewissen Grad bereits erfahren, bevor er zu meditieren begann. Das war jedoch nicht mit dem jetzigen Zustand vergleichbar. Richtig bewusst wurde ihm das, als er zusammengeschlagen wurde – was für ein Kontrast. Er beobachtete all das Chaos von einem Ort in sich aus, der von dem allen nicht berührt wurde. Vielleicht war das auch das, worüber Devi sich beklagte? Es ist wahr, dass er sich etwas abgehoben fühlte. Doch gleichzeitig erfuhr er das, was anderen um ihn herum geschah, als ob es irgendwie ihm selbst geschehen würde, ohne dass es ihn angriff. War er dabei, verrückt zu werden? Er machte mit seinen Meditationen weiter. Gewöhnlicherweise war das so etwas Angenehmes, dass er gar nicht mehr aufhören wollte … doch nicht immer.

Am Tag nach dem Überfall war er verärgert und aufgebracht, als er aus einer langen Meditation herauskam. Es wurde schon unangenehm, als die Hälfte um war. Dann wurde er äußerst gereizt. Auf seiner Haut krabbelte es vor unangenehmen Empfindungen. Er wollte aus seinem Körper herausfliegen. Mit der Welt schien es nicht mehr zu stimmen, als ob alles auseinanderfallen wollte. Was war los? Als Antwort darauf konnte er nur stundenlang nach der Meditation wach im Bett liegen bleiben und den sonderbaren, kämpfenden Albtraum verfolgen. Er ließ sogar das Essen ausfallen, was besonders seine Mutter störte. Dann hörte er einmal einen halben Tag auf zu meditieren und fühlte sich danach besser.

Es wurde ihm klar, dass er auch zu viel meditieren konnte. Also lernte er, seine Übungen zu regulieren, indem er sich eine Grenze setzte: eine halbe Stunde vor dem Frühstück und eine halbe Stunde vor dem Abendessen. Dass *ich bin* nicht gerne mit einem vollen Magen in Konkurrenz tritt, hatte er bereits auf die harte Tour herausgefunden.

Manchmal dehnte er die Meditationszeit ein bisschen aus oder setzte sich am Tag öfter als zweimal zur Meditation hin, doch nur, wenn er an diesem Tag nichts anderes vorhatte. Er stellte auch fest, dass er sich nach jeder Meditation etwas Zeit nehmen musste, in der er ruhig dasaß und nichts tat. Noch besser war es, wenn er sich etwas hinlegte. Das verminderte das Risiko, dass Gereiztheit mit in das einfloss, was auch immer er danach tat.

John entwickelte eine Theorie, dass die Meditation ihn irgendwie reinigte und ihn dadurch zu einem besseren Fenster für das *ich bin* im Innern machte und dass es seine wiederholte Verbindung mit der tiefen Stille des *ich bin* war, was ihm das Gefühl der stillen Abgetrenntheit vermittelte. Bei der Vereinigung mit dem *ich bin* wurde das Fenster dieses Körpers, Verstandes und dieser Gefühle gesäubert. Er stellte sich vor, dass da viele Schmutzschichten auf dem Fenster lagen. Gab es zu viel Reinigung auf einmal, wurde zu viel Schmutz auf einmal gelockert, wodurch ein Chaos entstand, für das man Zeit brauchte, es aufzuräumen und wegzuwaschen. Das war seine Theorie zur Gereiztheit – ein zu großer Dreckhaufen, der zu Unannehmlichkeiten führte. Es war besser, den Abfall immer nur in kleinen Teilen loszuwaschen und gleich zu entsorgen – dadurch entstand weniger Chaos. So schien es gut zu funktionieren.

Das war fast wie beim Laufen. Schon vor langer Zeit war er darauf gekommen, dass das schrittweise Trainieren von Kondition und Schnelligkeit in festen Übungseinheiten der beste Weg war, seinen Körper fitter zu machen. Auch Verletzungen traten immer dann auf, wenn er zu viel auf einmal wollte. Er gewann nun die Einsicht, dass es beim Üben der Meditation nicht viel anders war. Er musste auch da seine

Fähigkeiten schrittweise im Laufe der Zeit steigern, indem er sich jeden Tag, jedoch nicht zu viel, in den Zustand versetzte. Er erkannte, dass dieses Training dazu führte, dass er ein spiritueller Athlet wurde. Zum ersten Mal dämmerte ihm etwas, wie seine Mission in diesem Leben aussah. Er begann zu verstehen, was dieses sein *Etwas* war.

Zwei Tage später saß John auf seinem Bett und erfreute sich einer tiefen, glückseligen Meditation. Er ließ die Gedankenvibration des *ich bin* immer wieder ausklingen. Zunehmend besser gelang es ihm, die Schwingung auf den schwächsten Ebenen des inneren Gefühls aufzugreifen und sich in die riesige, ausgeweitete Bewusstheit – Glückseligkeit, reine Glückseligkeit – verfeinern zu lassen. Sein gesamter Körper schwang damit. Er fühlte sich, als ob das gesamte Universum mit ihm vibrierte.

Inmitten dieser Erfahrung begann er sich leicht von Seite zu Seite zu bewegen – instinktiv, in seiner kreuzbeinigen Sitzhaltung. Auch sein Kopf bewegte sich koordiniert mit seinem Körper leicht von Seite zu Seite, wie eine Schlange sich von links nach rechts bewegt, wenn sie über den Boden gleitet. Das Schwingen wurde stärker. Dann, zu seiner Überraschung, fühlte er eine Welle erotischen Vergnügens von der Basis der Wirbelsäule geradewegs zu seinem Kopf hochsteigen. Er schwang ein bisschen mehr von Seite zu Seite und es ging weiter. Er hatte eine Gänsehaut, die Brustwarzen wurden steif und er wurde sexuell erregt. Sein Körper zitterte vor Verlangen.

Was ist das? Da bewegt sich doch etwas in meiner Wirbelsäule?

Er schaukelte ein bisschen mehr und die Empfindung steigerte sich. Dann, von seiner Erregung abgelenkt, die zu einer starken Erektion wurde, war er nicht mehr tief im *ich bin*. Die Empfindung ließ nach, doch die Erektion nicht. Er begann erneut mit *ich bin* und ignorierte die Erektion, ließ los und beruhigte sich wieder. Dann passierte es ihm wieder. Die leichteste Bewegung mit dem Körper führte zu einer Bewegung erotischer Energie in ihm.

Inmitten von all dem begann sich sein Afterschließmuskel sanft anzuspannen, langsam und rhythmisch. Dies schien von der Energie herzurühren, die sich in ihm hochbewegte, und diese schien das auch noch auf direktem Weg zu verstärken. Seine Zunge schob sich angenehm an der Munddecke zurück und schien auf der Suche nach etwas zu sein, schien sich nach einer Verbindung zu sehnen – aber mit was?

Dieses Erlebnis überraschte ihn. Er war sowohl von Freude als auch von Furcht überwältigt. Er konnte nicht damit aufhören. Es hatte ihn gepackt. Die Spannung, als er erotisch von innen eingehüllt wurde, konnte er nicht aushalten. Er hob sich aus der stillen Ausdehnungskraft des *ich bin* heraus, bereitete sich auf dem Bett ein wildes Vergnügen und fand im Orgasmus Erleichterung.

»Ohhhhhhhhhhhh!«

Später, als er sich wieder beruhigt hatte, war er beschämt. Er fühlte, dass er sich selbst und das *ich bin* betrogen hatte. Das war unzweifelhaft. Er trat in eine neue Phase ein. Er trat ein in ein Liebesverhältnis mit dem *ich bin,* ein körperliches. Und *ich bin* fing an, ihn körperlich zu lieben. Aber er hatte es verdorben. Äußerer Orgasmus war nicht die richtige Richtung für diese Art des Liebens. Es untergrub diese Erfahrung, brachte sie auf dem Rollfeld zum Stehen. Warum geschah das alles? Er musste das unbedingt wissen. Wohin das führte, er musste nach innen und oben gehen, um es herauszufinden.

Er entschloss sich, der angenehmen Energie, die in ihm aufstieg, zu folgen, ihr nachhause zu folgen, wohin auch immer. Das nächste Mal würde er es besser machen.

Doch was sollte er mit Devi anfangen? Er liebte sie. Er wollte sie mit seinem Wesen erfüllen, mit allem, was er war. Er sehnte sich nach ihrer Berührung. Er wusste, dass sie ihn ebenfalls wollte. Er sehnte sich danach, sie zu halten, um in ihre unergründliche Tiefe der Liebe immer wieder eintauchen zu können. Er war etwas durcheinander, hin- und hergerissen.

Kapitel 6 – Die Suche nach Gott

Die Brücke hatte vollkommene Proportionen, das edelste Bauwerk, das je über den Hudson River gebaut worden war. Und wer wäre als Namensgeber würdiger gewesen als George Washington? Es war 60 cm lang und stand auf dem Kaminsims in Devis Wohnzimmer. Es war ein maßstabsgetreues Modell, peinlich genau aus Streichhölzern gebastelt, doch inzwischen an manchen Stellen auch sehr reparaturbedürftig. Devis Bruder hatte es im Jahr vor seinem Tod zusammengebaut. Nun stand es hier, ein alterndes Testament seines unerfüllten Traumes, Ingenieur zu werden.

»Das ist wunderschön«, sagte John, als er hinging und sich vorstellte, er würde über die Streichholzstraße fahren, die von den von den Türmen ausgehenden Streichholzkabeln gehalten wurde.

»Ja, doch schön langsam fällt sie auseinander«, antwortete Devi. »Siehst du die Teile dort an der Seite? Die werden schon locker und das Kabel bricht bald auseinander.«

»Darf ich es reparieren?«

»Hast du Lust dazu?«

»Ja, sicher; und ich kann eine Glasvitrine drumherum bauen«, meinte er. »Jetzt, wo ich nicht mehr laufe, habe ich Zeit.«

»Das wäre wirklich großartig«, sagte sie. »Das ist alles, was wir von Joe noch übrig haben.«

»Es tut mir so leid«, sagte er. Er hatte das Thema der Morde vor Devi nicht mehr berührt, seit sie vor sechs Wochen von Jake, dem Sohn des Mörders, angegriffen worden waren. Der grausige Doppelmord vor gerade etwas mehr als zwei Jahren war das schlimmste Verbrechen, das je auf Coquina Island vorgefallen war.

Sie kam herüber und legte den Arm um seine Taille und den Kopf an seine Brust. Auch er legte seine Arme um sie.

»Es ist schon so lange her«, sagte sie. »Doch mir kommt es immer noch vor, als sei es letzte Nacht gewesen, dass Joe Mutti zum Tante-Emma-Laden gefahren hat, weil sie noch einen Laib Brot kaufen wollte. Nur die zerfallende Streichholzbrücke kann die Zeit messen. Ich kann das nicht.«

»Du gehst weiter vorwärts«, sagte John. »Das bewundere ich an dir.«

»Ich muss das«, erwiderte sie. »Wir alle müssen das.«

»Ja, wir müssen alle weiterreisen, was immer uns aufzuhalten versucht. Doch keiner hat einen so steinigen Weg wie du.«

Sie sah hoch in seine Augen. »Und wo führt deine Reise hin? Herr John Wilder? Wir haben schon so viel Zeit miteinander verbracht. Aber immer noch fühle ich, dass ich dich überhaupt noch nicht kenne.«

Er zuckte mit den Achseln und küsste sie.

Einige Minuten später saßen sie auf der Couch. Sie waren erregt und betasteten einander begierig durch ihre Kleidung. Sie hatten beide Jeans und T-Shirts an. Devi trug keinen BH und beide waren barfuß. Dann legten sie sich auf die Couch, er lag auf ihr.

»Warte«, sagte er. »Warte … ich … ich …«

»Ich will dich«, flüsterte sie ihm ins Ohr. Er spürte, wie sie sich unter ihm bewegte, ihn rhythmisch durch die Kleider hindurch mit lockenden Bewegungen ihrer Hüften massierte. Ihre Beine spreizten sich, um ihn näherkommen zu lassen. Sie stöhnte in seinen Nacken.

»Devi …«. Er bat nun dringender.

Sein Tonfall ließ sie einhalten. Sie blickte ihm in die Augen.

»Stimmt etwas nicht?«

»Ich will mit dir reden«, sagte er. »Du hast mich gefragt, wohin ich gehe.«

»Ja, und du hast mich geküsst«, sagte sie. »Und nun liegen wir auf der Couch. Wolltest du nicht dahin kommen?«

Er dachte daran, ihr zu erzählen, wie kompliziert es war. Doch das wäre nicht fair gewesen. Er musste ihr jetzt etwas davon sagen, besonders da Sex nun Teil seiner Meditation geworden war. Er tat sein Bestes und versuchte erst einmal, sich für eine Minute in *ich bin* zu festigen.

Sie wartete.

Dann brach es aus ihm heraus. »Ich befinde mich auf einer Gottsuche.«

»Einer Gottsuche?«, sagte sie. »Oh, ich denke, ich verstehe. Also kein Sex, oder?«

»Nicht unbedingt«, sagte er. »In Wirklichkeit sieht es danach aus, als würde es mehr Sex, viel mehr Sex werden. Aber nicht so.« Er deutete mit seinem Blick auf ihre eilige Stellung. Er lag immer noch auf ihr, sein Schritt zwischen ihren gespreizten Beinen eingeklemmt.

Sanft streifte sie das Haar aus seinen Augen und küsste ihn auf die Wange. »Gut, also was? Ich verstehe nicht ganz.«

Er stemmte sich mit den Armen hoch und saß zwischen ihren Beinen auf der Couch, das eine hinter ihm, das andere über seinen Schoß gelegt.

Sie stützte sich halbwegs mit einem Kissen ab, verkeilte ihre Knöchel, sodass sie seine Taille wie mit einer Schere umfasste, und quetschte ihn etwas.

»Au!«

»Uups, sorry«, sagte sie. »Ich habe deine Rippen ganz vergessen.«

»Sie waren inzwischen wieder ganz gut geworden, aber jetzt ...«, sagte er und simulierte eine Grimasse.

»Okay, was ist also Sache?«, fragte sie. »Gehen wir zusammen ins Kloster und haben für den Rest unseres Lebens jede Stunde beim Glockenschlag Sex?«

»So ähnlich.« Er schob seine Hand unter ihr Hemd, ließ sie auf ihrem strammen Bauch ruhen und begann ihren Nabel langsam mit den Daumen zu umkreisen.

»Ja, gut so, ich mag das.« Sie begann, bei dieser Berührung zu beben.

Er fühlte ihre Wärme an seiner Seite, die wie ein heißer Strom durch ihre Jeans drang. *Oh, wie ich mich danach sehne, in ihr zu sein.* Seine andere Hand legte er auf den Wulst in seiner Jeans. Sie beobachtete ihn dabei. Aus irgendeinem Grund schämte er sich deswegen nicht.

»Es ist nicht einfach«, sagte er.

»Sag mir nur. Vielleicht kann ich helfen.« Langsam, mit ihren Augen in den seinen, bewegte sie ihre beiden Hände zu ihrem Schritt, griff nach unten und zog dann nach oben, als würde sie ein Sattelhorn greifen. Sie stöhnte sanft. »Geht es darum in deiner Gottsuche?«

Plötzlich erkannte John aufgrund der Hitze seiner Erregung, dass das wirklich der Fall war, denn er war, während er und sie gemeinsam in Erregung kamen, mit köstlicher Energie erfüllt. Im Augenblick befand er sich noch weit vom Höhepunkt entfernt, auch wenn er mit der Schönheit der Einen, die er liebte, erfüllt wurde. Er wusste, dass er so noch stundenlang weitermachen könnte. Doch wurde auch sie selbst so erfüllt? Er wünschte es sich sehr.

»Ja, es geht um genau das, zumindest im Moment«, sagte er. »Erinnerst du dich an das positive Denken, von dem ich dir am Tag, als wir von Jake Lasher und seinen Kumpeln zusammengeschlagen wurden, erzählte?«

»Die Affirmationen?«

»Ja, aber gut, es geht um viel mehr als das. Christi Jansen hat mir eine Methode beigebracht, mit der ich tief in mich selbst hineingehen kann, wenn ich tief über den heiligen Namen Gottes – *ich bin* – meditiere.«

»Der Name Gottes aus der Bibel?«, fragte sie.

»Ja. Doch ich habe herausgefunden, dass das In-sich-Gehen nichts mit dem Suchen der Bedeutung oder Aussprache davon zu tun hat. Es ist nur wichtig, es im Inneren des Geistes immer wieder verschwinden zu lassen und das jeden Tag zu machen. Dann geschieht etwas Wundervolles.«

»Es verschwinden lassen? Was geschieht dann?«

»Ja, man lässt es immer weniger klar werden. Man lässt es los, ist aber immer noch bei ihm. Das macht mich unendlich groß im Inneren – und glückselig, wirklich glückselig.«

Devi schloss die Augen. Er sah, dass sich ihre Lippen kaum bewegten, still ICH BIN wiederholend. Dann sprangen ihre Augen auf, und das gab den Essenzen tief in seinem Inneren einen Ruck.

»Das funktioniert bei mir nicht«, sagte sie. »Nichts geschieht.«

John zog seine Hand, die sich noch immer unter ihrem Hemd befand, hervor und tippte ihr mit den Fingerspitzen auf das Brustbein. Ihr Gesicht nahm einen sonderbaren, durchfluteten Ausdruck an.

»Was … was war das?«, fragte sie. »Was hast du gemacht?«

»Ich habe dir nur das weitergegeben, was mir Christi Jansen gegeben hat – die *ich bin* Meditation. Es gehört etwas Zeit und Übung dazu«, sagte er. »Und nicht aufgeben. Anfangs ist es etwas knifflig zu lernen, wie man loslässt, weil wir gewohnt sind, mit allem hinauszugehen. Merke dir, weniger ist mehr. Das ist der Schlüssel. Wenn du einmal hineingehst und fühlst, dass es dich ergreift, weißt du es. Dann ist es einfach, dich in *ich bin* fallen zu lassen. Der Trick dahinter ist, es jeden Tag wie ein Uhrwerk zu praktizieren und gut darin zu werden wie ein Athlet, der richtig trainiert. Ich mache es so und das verändert mich.«

»Das ist wohl der Grund dafür, dass du ein bisschen zerstreut warst? Es scheint dir aber jetzt besser zu gehen.«

»Ja, man muss sich an die Wirkungen erst etwas gewöhnen. Das führt dazu, dass ich mich innerlich immer ruhiger fühle, nicht nur, wenn ich praktiziere – es verändert meine allgemeine Sicht auf die Dinge.«

Sie wandte sich ihm zu. »Und was hat dies alles mit Sex zu tun?«

»Ich glaube, bis vor ein paar Wochen überhaupt nichts. Doch irgendetwas hat sich begonnen, bei mir im Inneren zu verändern.«

»Was?«

»Etwa so«, sagte er. Er ließ seine Hand wieder unter ihr Hemd und leicht nach oben über ihren Bauch gleiten, fast bis zu ihren frei hängenden Brüsten und dann langsam wieder zurück nach unten. Sie zitterte vor Lust und zog wieder zu ihrem Hügel hoch. Er sah ihre Brustwarzen sich unter den Buchstaben, die zusammengenommen COQUINA ISLAND hießen, abheben und unter dem dünnen weißen Baumwollstoff aufblühen.

»Oooohh«, sagte sie. »Mach das nochmal, nur ein bisschen höher.«

»So in der Art ist das«, erwiderte er. »Meine Meditationen sind so ähnlich geworden.«

»Mein Gott«, sagte sie.

»...Außer wenn ich es nicht aushalten kann und mir einen Orgasmus gönne. Dann hört es auf. Puff, dann ist die Glückseligkeit fort.«

»Du gönnst dir einen Orgasmus?«, fragte sie.

»Ja«, antwortete er. »Jetzt weißt du es. Ist das nun das Ende für uns beide?« Er warf ihr einen wehrlosen Blick zu.

»Ich würde sagen, dass damit zwei Wichser auf der Couch sitzen«, sagte sie.

»Die anonymen Wichser, humm?«, fragte er.

»Ja«, antwortete sie. »Ich glaube, ich beginne zu verstehen.«

»Ich bin so froh. Ich habe nicht gewusst, ob ich dir das sagen soll.«

»Ich bin froh, dass du's mir gesagt hast«, entgegnete sie. »Wie machen wir also von hier aus weiter?«

»Weiß nicht.«

Für einen Moment waren sie still und sonnten sich in ihrer vermischten Erregung.

Schließlich sprach sie: »Mama sagte mir, bevor sie starb: ‚Erfülle immer deinen Mann. Es geht nicht nur um deine Erfüllung. Dränge deinen Mann nicht. Hilf ihm, damit er so langsam gehen kann, wie er will.' Das wurde ihr von meiner Großmutter in Indien mitgegeben und dieser davor von meiner Urgroßmutter. Schön langsam weiß ich, was damit gemeint ist. Vielleicht bist du gerade die Art Mann, von der sie gesprochen haben.«

Devi richtete sich gerade auf. Sie bewegte ihre warmen Hände von ihrem Venushügel und legte sie auf Johns Wulst. Er nahm seine Hand weg und gab sich ihrer Berührung hin. Er schloss die Augen und war von einer Woge an Energie erfüllt, einer Mischung aus fleischlicher Lust und göttlicher Ekstase. Diese Art des Teilens mit Devi schien das innere Lieben widerzuspiegeln, das er in seinen Meditationen zu erfahren begann. War diese sanfte Berührung eine Widerspiegelung dessen, was in seinem Inneren begonnen hatte?

Nach ein paar Minuten zog John die Hand unter ihrem Hemd hervor und legte sie sanft dorthin auf sie, wo ihre Hände gewesen waren. Sie fühlte sich durch ihre Jeans hindurch warm an. Sie schloss die Augen und in ihrem Gesichtsausdruck war reines Vergnügen zu erkennen. Ihr Venushügel drückte nach oben in seine Hände.

»Wohin gehen wir also von hier?«, fragte er.

»Wir gehen langsam. Wir gehen so langsam, wie es die Gottsuche erfordert«, antwortete sie.

»Meinst du, dass du damit klarkommst?«, sagte er immer noch erregt.

»Langsam ist gut für mich. Ich will da sein, wo du bist.« Sie bewegte eine ihrer Hände an die Stelle, wo die seine auf ihr ruhte, und begann ihn näher zu ihren Geheimnissen darunter zu führen –.

Das Geräusch eines Autos, das die Einfahrt hereintuckerte, drang ins Haus. Devi erhob sich. Ihre Augen waren noch tief befeuchtet. »Papa ist nachhause gekommen.«

Der Motor ging aus. Sie begannen sich voneinander auszuflechten, was gar nicht so leicht war.

»Es hört sich an, als hätte er einen guten Tag gehabt«, sagte sie.

»Wie weißt du das?«

»Er ist nicht ins Haus gekracht.«

»Das ist ne tolle Neuigkeit«, gab er zurück.

Sie standen auf und sahen sich in die Augen. Ihre Körper zog es wieder wie Magnete zueinander.

»Es gibt noch etwas, das ich dir sagen sollte«, sagte sie. Sie bewegte ihren Bauch langsam von Seite zu Seite gegen seine Jeans, als sie mit ihren Nägeln sanft seine Wirbelsäule hochlief.

»… Was?«

»Mein Name … Devi. Weißt du, was der bedeutet?«

»Nein, weiß ich nicht.« Er hatte sich ihr bei ihrem Bauchtanz angeschlossen.

»Himmlische Göttin«, sagte sie.

Er schaute ihr in ihre lieblichen Augen, während sie seine Energie nach oben lockte.

»Junge, stecke *ich* in Schwierigkeiten.«

Kapitel 7 – Der Berg

Devi räumte den Tisch ab, nachdem sie und ihr Vater zu Abend gegessen hatten.

»Weißt du, Papa, du siehst heute Abend toll aus.«

»Du aber auch.« Charles Duran lächelte sie breit an.

Es war das beste Lächeln, das sie von ihm seit Langem gesehen hatte. Er schien von ihrer wachsenden Lebenslust inspiriert. Das machte sie glücklich.

Sie fühlte sich hervorragend. Heute war sie in ein neues Leben geboren. Am liebsten würde sie die ganze Welt umarmen. Aber sie musste sich damit zufriedengeben, ihren Vater zu umschlingen, der gerade auf dem Weg von der Küche zum Lehnstuhl im Wohnzimmer war, um fernzusehen.

»Ich werde studieren«, sagte sie und sprang fort in ihr Schlafzimmer.

Sie war sehr verliebt. Doch mehr als das war sie in einen Mann verliebt, der empfänglich für die Lektionen war, die ihr ihre Mutter weitergegeben und an die sie lange nicht mehr gedacht hatte. Sie wollte John alles geben. Sein Wunsch, sich zurückzuhalten, veranlasste sie, es ihm noch viel mehr geben zu wollen.

Sie wollte die *ich bin* Meditation, von der er ihr erzählt hatte, ausprobieren. Mama hatte ihr etwas über Meditation berichtet und sie als eine geheime innere Kunst der uralten Vorfahren Indiens beschrieben. Sie sei lange durch äußere Rituale verschleiert, behütet und mit Bedacht von Gurus ausgeteilt, aber meist zum lauten Chanten von Om an öffentlichen Plätzen reduziert worden. Das war alles, was sie von Mama erfahren hatte.

Devi zog ihre Jeans aus und setzte sich kreuzbeinig auf die Steppdecke in der Mitte ihres Bettes. Sie hatte ihr T-Shirt und ein Höschen an und ließ die Hände auf den Knien ruhen. Dann schüttelte sie die Haare aus dem Gesicht und schloss die Augen.

ICH BIN, ICH Bin, *ich bin* … fuhr sie fort, den Gedanken absichtsvoll für einige Zeit im Inneren zu wiederholen. Es passierte nicht viel. Zumindest dachte sie das. Sie driftete ab und fantasierte, was sie und John diesen Nachmittag hätten tun können, wäre Papa nicht gerade dann gekommen, als er gekommen war. Dann ging sie zurück und wiederholte eine Zeit lang *ich bin* … dann war sie fort in etwas Unbestimmtem und tauchte in einen anderen Strom beziehungsloser Gedanken auf.

Sie bemerkte, wie sie, wenn sie sich bewusst wurde, dass sie von *ich bin* abgekommen war, sich zurückhangelte zu einer klaren mentalen Aussprache von ICH BIN, sich dadurch aber aus jeder Stufe der Verschwommenheit, in die sie bereits verfallen war, wieder herauszog. Sie erinnerte sich an das, was John bezüglich des Immer-weniger-klar-werden-Lassens von *ich bin* gesagt hatte. Man sollte es loslassen, während man immer noch bei ihm blieb. Sie erinnerte sich auch daran, dass sie die Beine um ihn geschlungen hatte, während er ihr das sagte. *Gut, mach dir im Augenblick nichts daraus.*

Sie fing von Neuem an.

ICH BIN, ICH Bin, *ich bin, ich bin* … bald verlor sie es. Es war fort. Als sie sich ihres Gedankenprozesses bewusst wurde, erlaubte sie sich, am Rande dieses Fortseins zu bleiben, und sie griff einen schwachen undeutlichen Samen des *ich bin* auf.

ich bin, ich bin, ich bin … Dann war sie davon in Besitz genommen.

Alles verschwand, außer – ihre Bewusstheit, und sie dehnte sich im Inneren in alle Richtungen aus. Stille, tiefe, unermessliche Stille. In dieser ersten Einführung in die Tiefe des *ich bin* erkannte sie sich wie niemals zuvor. Das innere Vergnügen war jenseits von allem, was sie sich je hatte vorstellen können. Mit dieser Wahrnehmung war sie zurück in ihren Gedanken. Sie analysierte und bemühte sich, die innere Ausdehnung wiederzugewinnen. Bald erkannte sie, dass es auf diese Weise nicht erreichbar war. Sie konnte es nicht besitzen. Sie würde loslassen müssen, um dem *ich bin* zu folgen, wenn es in die Unendlichkeit verblasste. So machte sie es auch, breitete sich in kosmischem Entzücken immer wieder in ihr Selbst aus. Weniger war mehr, genau wie John gesagt hatte.

Devi war zum Meditieren geboren und sie war schon süchtig danach.

John klebte die losen Streichhölzer behutsam in die George-Washington-Brücke zurück. Er hatte einen Plan für die Holz- und Glasvitrine gemacht, die er bald für Joes Modell fertigen wollte. Er arbeitete mit einer tiefen Bezugnahme. In seinen Händen hielt er das, was das Lebenswerk einer Seele gewesen wäre. Er hoffte, dass sein Lebenswerk eines Tages ebenso bedeutsam sein werde.

Das Fenster zum Geschäft im hinteren Bereich der Garage war geöffnet und er konnte das Murmeln der Brandung hören, das sie beim ruhigen Liebkosen der Küste erzeugte. In dieser Stimmung war sie oft in den frischen Wintermonaten. Sie konnte so friedlich sein wie ein See.

Er hatte allen Grund, froh zu sein. Seine Beziehung zu Devi hätte nicht besser sein können. Sie verstand ihn viel besser, als er es je für möglich gehalten hatte. Er spürte, dass sie für immer seine Geliebte und seine Gefährtin sein würde. Doch er fühlte sich erschöpft, ausgelaugt. Eine riesige Kraft in ihm wollte aus ihm heraus und in sie hineingehen. Das war sein gesamtes Leben, seine innerste Essenz, die ständig danach rief, zu ihr zu gehen. Während der stille Teil von ihm mit scheinbarer Belustigung zusah, war der Rest in ihm überwältigt und verzweifelt.

Wäre es nicht am besten gewesen, wenn er es einfach mit ihr getan hätte? Dann hätte er die Lebens- und Todesmission seines Samens erfüllt. Nein. Er folgte seinen tieferen Instinkten, und diese hatten ihn bisher noch niemals im Stich gelassen. *Für meinen Samen gibt es noch eine andere Aufgabe. Dessen bin ich mir sicher.*

Er erkannte, dass Männer, die sich auf die Suche nach Gott begeben, in Klöster eintreten können, um den mächtigen Kräften der Leidenschaft aus dem Weg zu gehen, welche die Liebe einer Frau stimuliert. Doch wie kann das vor den rücksichtslosen Energien im Inneren schützen, die sich Bahn brechen müssen? Haben die Mönche nicht meditiert? Er konnte fühlen, wie er im Inneren durch die unstillbare Liebe, die dem *ich bin* entsprang, umgestaltet wurde. Er war nah dran, in die

Tiefe von Devi zu fallen, und das vergrößerte die Liebesströme in ihm. *Sie verwandelt mich im Inneren. Meine kostbare himmlische Göttin verwandelt mich. Ist das nicht etwas Gutes, dieser herrliche Liebesschmerz?*

Er grübelte darüber nach, wie die Linie zwischen der verkörperten Devi und der Devi, die sich in ihm regte, verschwamm. Er konnte fühlen, wie sie sich während der Meditationen in ihm bewegte und jeden Nerv in ihm erotisch leckte. Er erkannte, dass seine Liebe zu ihr seine Liebe zu Gottes himmlischem Willen war, der in ihm zum Leben erwachte. – Gott erwachte in ihm als das verführerische *ich bin* zum Leben. Er wagte es zu denken – Gott ist verführerisch und leidenschaftlich, wenn er in menschlicher Gestalt erweckt wird. Und seine Leidenschaft für Devi verstärkte die Gottesleidenschaft hundertfach – nein: tausendfach. *Dies ist die Todesspirale, nach der ich mich heimlich gesehnt hatte. Nun bin ich da mittendrin.* Es war fast zu viel für ihn.

Als John in diesem überwältigenden Zustand des Verliebtseins von der Werkhalle ins Haus trat, reichte ihm seine Mutter das Telefon.

»Luke ist dran«, sage sie in gereiztem Ton.

Er nahm den Hörer.

»Hallo Luke.«

»Hallo Bruder John. Hast du Lust für ein paar Tage mit hoch in die Berge von Georgia zu fahren? Mein Onkel hat dort ganz abgelegen eine Hütte und ich fahre übers Wochenende hin, um übers Leben nachzudenken.«

John überlegte eine Sekunde. Das könnte die Ruhepause sein, die er brauchte, die Vorsehung, die ihm einen kurzen Wechsel in der äußeren Umgebung und möglicherweise auch der inneren anbot.

»Das klingt ganz nach dem, was ich im Moment brauche. Du kannst mit mir rechnen«, gab er zurück. »Kommt sonst noch wer mit?«

»Nicht, wenn du nicht jemanden hast«, sagte Luke. »Willst du vielleicht das süße Devi-Fräulein mitbringen?«

»Diesmal nicht.« Er fühlte, dass Devi im Sinne des langsamen Herangehens an die Dinge verstehen würde. *Langsam? Ha!*

»Wie wär's mit meinem Bruder? Kennst du Kurt?«

»Nein, aber bring ihn ruhig mit.«

»Er ist für einen Kurzurlaub zu Hause von der Florida State und hängt nur herum. Ich frag ihn mal.«

»Einer vom College, huh?«, sagte Luke. »Kann er uns klüger machen?«

»Das bezweifle ich.«

»Wie wär's, wenn ich euch morgen ungefähr um neun vormittags abhole. Dann würden wir zum Abendessen dort ankommen.«

»Toll.«

»Nimm warme Sachen und einen Schlafsack mit.«

John legte auf. Seine Mutter kam aus der Küche. Er sah ihr an, dass sie auf das Ende des Gesprächs gewartet hatte.

»Gehst du mit diesem Luke irgendwohin?«, fragte Stella.

»Hoch in die Berge Georgias. Sein Onkel hat dort eine Hütte. Ich lade auch Kurt dazu ein. Hier ist dieses Wochenende nicht viel los.«

»Ich wünschte, du würdest dich nicht mit ihm rumtreiben, mit diesem schwarzen Jungen. Er ist so … groß.«

»Mama, er hat mir das Leben gerettet und auch Devi. Er ist ein prächtiger Kerl. Vielleicht hilft es dir, wenn du weißt, dass er Duvals bester Offensive Lineman ist und auf ein Vollstipendium für die Universität von Georgia im nächsten Jahr zusteuert.«

»Oh, das wusste ich nicht«, sagte sie. »Gut, aber trotzdem ist er nicht von unserem Schlag.«

»Ich weiß nicht, was unser Schlag ist. Was immer das ist, ich bin mir nicht sicher, ob das überhaupt ich bin. Egal: Luke ist mein Freund und er ist mehr als das.«

»Gut, sei aber vorsichtig. Es gibt in diesem Teil des Landes immer noch Leute, die denken, dass der Bürgerkrieg noch nicht zu Ende ist.«

»Okay, Mama. Ich verspreche, dass ich versuchen werde, in keine Schwierigkeiten hineingezogen zu werden.«

Er wusste, dass sie wie immer auf eine Versicherung von ihm bestand. Natürlich war das aber überhaupt nicht möglich. Die Forderung, dass äußere Erscheinungen bis in die kleinsten Einzelheiten kontrolliert werden sollten, hielt sie in einem ständigen Zustand der Beunruhigung. Alles Unerwartete konnte sie in Panik versetzten. Er bemitleidete sie. Doch wie sehr sie auch versuchte, ihn in ihre erschreckende Welt mit hineinzuziehen, er konnte da nicht mitgehen. Er tickte einfach ganz anders.

Der große schwarze Pick-up ratterte auf der sich die Steigung zum Moccasin Mountain nach oben schlängelnden Straße. Luke kannte diese Strecke, doch er hatte sie noch nie bei Schnee befahren. Als sie diesen Morgen in Florida losfuhren, hatte es 10 Grad Celsius und es war sonnig. Nun hatte es ein Grad unter null, es lagen zehn Zentimeter Schnee und noch mehr schüttete es herunter.

Kurt saß auf dem Beifahrersitz vorne, John auf dem engen Rücksitz. Er beobachtete mit Erstaunen, wie sich die Landschaft im Laufe des Tages auf dem Weg nach oben langsam veränderte, während sie von der vollkommenen Horizontalen in die fast vollkommene Vertikale überging. Es gab da einen steilen weißen Abhang, der mit kahlen Bäumen bestanden war, die sich auf der einen Seite der Straße nach oben hin ausbreiteten, sich aber auch auf der anderen Seite nach unten hinzogen.

»Hey, wohin führt denn diese Straße?«, fragte John, als der Bulli im Vierradantrieb eine Haarnadelkurve befuhr und dabei Kies und Schnee über die Klippe hinunter in das Nichts sandte.

»Wir sind bald da«, sagte Luke. »Ist das nicht herrlich?«, und zeigte hinaus auf den blendenden Schneesturm, der vor ihrer Windschutzscheibe tobte.

»Ja, doch wo ist die Straße?«, bemerkte Kurt.

»Ahh, keine Sorge«, gab Luke zurück. »Ich könnte hier blind hochfahren.« Eine weitere rutschige Haarnadelkurve … »Es dauert nicht mehr lange, dann biegen wir zur Hütte von Onkel Kemo ab.«

»Ich kann's kaum noch erwarten«, sagte Kurt, als er den steilen Hang vor dem Fenster nervös hinunterstarrte.

»Es ist herrlich«, sagte John und rieb sich die Augen. Er zog seine Beine kreuzweise nach oben auf den schmalen Rücksitz und dachte, er könnte sich in eine kurze Meditation verdrücken. Sein Körper wankte mit den Bewegungen des Lasters und er tauchte schnell etwas in die süße Stille des Weltraums im Inneren ein. Moccasin Mountain gab dem noch eine besondere Note. Er bemerkte das, sobald er die Augen schloss.

Die Luft war dick vor lauter *ich bin.* Etwas wartete hier auf ihn.

Nachdem er noch mehrmals mit dem Abgrund geflirtet hatte, bog der Wagen auf einen engen Weg durch das Gehölz ab. Es ging nicht mehr so steil nach oben, sie rasten nur durch die grauweiße Schneelandschaft dahin. Einige Meilen weiter kamen sie nach einer kurzen Rutschpartie vor einer Blockhütte zum Stehen, deren Veranda zu dem Tal hinabschaute, das sie heraufgekommen waren. Doch alles, was sie im Augenblick dort draußen sehen konnten, war wirbelnder Schnee. Aber die Neulinge glaubten den Versicherungen Lukes, dass dort ein großes Tal lag. Hinter der Blockhütte kam ein Bächlein den Berg heruntergegluckert und floss in den Wald hinein von ihnen weg. Es dämmerte bereits.

»Kommt, bringen wir unser Zeug hinein und machen Feuer«, sagte Luke und rieb sich die Seiten, weil ihn die Kälte traf.

»Okay«, antwortete John, sprang heraus und packte seinen Rucksack und Schlafsack vom Ladedeck.

»Herrgott, ist das kalt hier oben«, meinte Kurt, als er durch den Schnee stapfte. »Ich hätte in Florida bleiben sollen.«

Luke griff an der Treppe unter die Veranda, zog den Schlüssel aus seinem Versteck und schloss auf.

Im Innern der Hütte war es kalt, still und dunkel. Es roch nach modrigem Holz und nach all den Feuern, die in der kaum sichtbaren steinernen Feuerstelle einmal entfacht und wieder verloschen waren. Luke hantierte an der Schalterdose neben der Tür, und das Licht über dem Tisch ging an.

»Welch ein Wunder! Wir haben Strom.« Er ging und drehte die elektrische Heizung an, die der Wand entlang verlief. Dann steckte er den Stecker des Kühlschranks ein und kippte den Schalter am Waschbecken, auf dem *Pumpe* stand, nach unten. Etwas begann, unter der Hütte zu surren.

»Was ist das?«, fragte Kurt.

»Das ist der Brunnen«, erklärte Luke. »Den ganzen Komfort, den wir von zu Hause gewohnt sind, haben wir hier. Nur kein Telefon. Aber wer braucht das hier schon? Holen wir noch etwas Holz vom Stoß draußen.«

Bald knisterte ein wohliges Feuer im Kamin.

Den vorderen Bereich der Hütte bildete ein großer Raum, in dem Wohnzimmer und Kochbereich untergebracht waren. Vor dem Feuer, um den niedrigen quadratischen Tisch herum standen ein Sofa und zwei leichte Stühle. Auf dem Tisch lagen noch einige alte Zeitschriften und ein Deck abgenutzter Karten. John schaute aus den Fenstern an beiden Seiten der Feuerstelle und erkannte, dass die Veranda, die sich aus dem dämmrigen Weiß noch deutlich abhob, draußen ganz herum verlief. Sonst machte die Umgebung einen ziemlich öden Eindruck. Aber vielleicht würde es morgen aufklaren. Hinten befanden sich zwei kleine Schlaf- und ein Badezimmer.

Sie bereiteten sich ein Abendessen und saßen bald zur Brotzeit vor dem Feuer.

»Ah, das ist ein Leben«, sagte Kurt, als er satt war, sich in den großen gepolsterten Stuhl zurücklehnte und die Füße auf den Tisch legte. »Dein Onkel Kemo hatte die richtige Idee, als er sich diesen Platz hier oben zulegte. Ich trau mich wetten, dass es hier im Sommer recht nett ist.«

»Oh ja, das ist es«, erwiderte Luke. »Er kommt hier jedoch nicht mehr so oft herauf. Er leidet ziemlich stark unter Arthritis und bleibt lieber mit O'Pa und O'Ma oben in Blue Ridge Hollow.«

»O'Pa und O'Ma?«, fragte John.

»Seine Eltern … meine Großeltern. So nannten wir sie immer. Diese Namen für die Großeltern gehen bis ganz in die Sklavenzeit zurück, zumindest in unserer Familie. O'Pa war schon immer ein Prediger dort oben im Hollow. Die ganze Gemeinde ist um diese Kirche herum errichtet. Das ist mitten im Nirgendwo. Ihr könnt euch denken, dass das ziemlich abgelegen ist? Dort lebte mein Vater, bevor er zur Marine ging.«

»Und du bist so nach Jacksonville gekommen?«, sagte John.

»Genau, ich bin dort, seit ich neun war«, antwortete Luke. »Zuvor in Norfolk.«

»Wir leben in demselben Haus, seit wir noch jünger waren«, bemerkte Kurt. »Mir kommt es vor wie immer.«

»Mir auch«, stimmte John zu.

»Wie gefällt euch der Staat Florida?«, fragte Luke.

»Ganz in Ordnung«, meinte Kurt. »Ich strenge mich gerade an, etwas zu werden, du weißt schon.«

»Oh ja, du wirst da herauskommen und das große Geld machen, darauf wette ich.«

»Ja, das versuche ich«, sagte Kurt. »Und du gehst wohl in die National Football League, oder?«

»Ich muss zuerst noch Georgia Ball überleben«, meinte Luke. »Was danach kommt, wer weiß das schon? Wie steht's mit dir John? Welchen Berg wirst du erklimmen?«

John lag auf der Couch. Die beiden anderen saßen in den bequemen Polstersesseln. Er setzte sich kreuzbeinig auf und schaute ins Feuer, dann auf Luke.

»Ich befinde mich auf einer Gottsuche«, sagte er. »College ist nichts für mich, noch nicht.«

»Mach keine Witze«, sagte Luke. »Ich möchte von dir noch etwas mehr hören. Mit deinem Laufen könntest du überall hinkommen, und du willst das nicht?«

»Nee.« John legte seine Hand auf die Brust. »Nur hier hinein.«

»Wir hoffen alle, dass er noch Vernunft annimmt«, meinte Kurt.

»Ich denke, das hab ich schon«, sagte John. »Genau das werde ich machen.«

»Welch ein Schwachsinn!« Kurts Stimme wurde bestimmter und er erhob sich aus dem Kissen. »Vater braucht uns in der Firma.«

»Gut, das ist aber nichts für mich«, sagte John. »Tut mir leid.«

»Sei nicht so hart mit deinem kleinen Bruder«, sagte Luke. »Sich auf den Weg zu Gott zu machen, ist kein leichtes Leben. O'Pa durchlebte viele schwere Jahre und hatte sich um eine Familie zu kümmern. Was für verrückte Geschichten sie von ihm erzählen.«

»Mit dem ganzen Zeug hab ich nichts am Hut.« Kurt sank wieder zurück.

Das Feuer knisterte, und ein Funke schoss heraus auf den Boden vor Luke. Er trat mit seinen Stiefeln, Größe 48, darauf. »Also, worum geht es bei dieser ganzen Gottsuche?«

»Wenn man anfängt, geht es erst mal darum zu meditieren«, sagte John.

»Meditation?«

»Ja, nach innen gehen, da wo Gott ist. Man nutzt den allerheiligsten Namen Gottes auf eine besondere Weise.«

»Erzähl mir davon«, sagte Luke.

»Ich geh dann mal«, meinte Kurt. »Welches Zimmer soll ich nehmen?«

»Eins von den beiden hinten«, sagte Luke. »Ich nehme das andere und John, du kannst die Couch nehmen, oder?«

John nickte.

Luke zeigte einen erwartungsvollen Gesichtsausdruck. »Bist du dir sicher, dass du nicht bei unserer Unterhaltung noch dabeibleiben willst?«

»Auf keinen Fall«, antwortete Kurt.

»Komm doch, Kurt. Was hast du denn dabei zu verlieren?«, fragte Luke. »Hier sind wir mitten im Nirgendwo in einem Blizzard. Wo ist dieser Wilder-Abenteuergeist geblieben?«

»Was gibt es da für mich schon zu holen?«, meinte Kurt. Er hatte seine Tasche vom Küchentisch heruntergenommen und war dabei fortzugehen.

John zuckte mit den Achseln. »Nicht viel, nur deinen Geistesfrieden jenseits der Dinge, die nicht andauern.«

»Welche Dinge?«

»Oh, dein Geldbeutel, deine Gesundheit, dein Leben«, antwortete John. »Auch deine Familie und Freunde. Das alles wird einmal nicht mehr da sein, weißt du. Was hast du dann noch?«

»Du denkst wohl, dass du weißt, was für mich das Beste ist?«, meinte Kurt.

»Das nicht«, sagte John. »Nur du kannst das entscheiden. Meditation ist nur etwas Nützliches, das ist alles. Es liegt ganz an dir.«

»Okay«, Kurt stellte die Tasche wieder hin. »Ich bleibe. Vielleicht ist das besser, als mir in meinem Zimmer den Arsch abzufrieren.«

»Super«, sagte Luke. »Weiß man nicht, was man tun soll, dann macht man das, was einen zumindest warmhält.« Er stand auf und tat so, als würde er Kurt bei einem Laufspiel blocken.

»Schon gut, schon gut!« Kurt klammerte sich an Lukes Hemd fest, um nicht zu Boden zu gehen.

Luke sank mit einem Plumps in den Stuhl am Feuer zurück und auch Kurt setzte sich wieder hin.

»Gut, erzähl uns also etwas über Meditation und den heiligen Namen«, sagte Luke.

»Wenn ihr beide wirklich daran interessiert seid, etwas zu hören, will ich gerne etwas dazu erzählen.«

»Leg los, Bruder John«, meinte Luke.

Kurt starrte ins Feuer.

John stand auf, kam herüber und tippte Luke aufs Brustbein. Dann ging er weiter und tippte Kurt an. Sie zogen beide sonderbar orientierungslose Gesichter, während John sich hinsetzte und die Augen schloss. Nach einer Minute sagte er: »*ich bin*«.

Er erklärte ihnen den Unterschied zwischen ICH BIN und *ich bin*, der äußerlichen und der innerlichen Absicht.

Sie meditierten zusammen vor dem Feuer. John und Luke gingen tief in die stille Glückseligkeit. Kurt zappelte sich durch das Ganze hindurch. Er konnte nicht loslassen, konnte das Weniger, das mehr war, nicht finden. Sein Herz war einfach nicht dabei. Sein Hunger ging woanders hin.

In dieser Nacht auf dem Moccasin Berg vor dem Feuer wurde Luke süchtig nach Meditation. Bei Kurt war dies zwar nicht der Fall, doch das *ich bin* war trotzdem unsichtbar in der Tiefe seines Inneren erweckt. Neue Wege in ihr zukünftiges Leben wurden in dieser Nacht angelegt. Es würde noch einige Zeit brauchen, bis die drei jungen Männer die wahre Bedeutung ihres inneren Lebens erkannten. Jeder aber würde dies in den kommenden Jahren auf seine eigene Weise erreichen.

Kapitel 8 – **Ekstatische Ausstrahlung**

John fand sich nackt, flach auf dem Rücken liegend in einem großen Wigwam. Ganz oben, wo die Wände aufeinander zuliefen, sah er ein leuchtend weißes Licht. Seine Arme und Beine waren gespreizt ausgestreckt und an Pfählen im Boden befestigt. *Wie kam er dahin?*

Eine bildhübsche junge Indianerin kam durch die Faltenwürfe des Eingangs herein und schloss sie hinter sich. Ihre Haut glühte bronzefarben. Sie hatte nichts an als eine Strähne Rohleder um ihre Taille, von der ein kleiner Fächer aus Federn nach vorne hing und das bedeckte, was er klar in ihren Augen erkennen konnte – ihre intensiven grüngerandeten blauen Augen. *Was zum …?*

Sie schloss die Augen und schüttelte den Kopf. Das Haar bewegte sich in Wellen. Es war voll und lang, floss nach vorne herunter und um ihre freizügigen Brüste herum. Sie kniete und lehnte sich über ihn, lächelte und begann ihn gekonnt mit ihren Händen zu erregen.

Dann spreizte sie die Beine über ihm und kam langsam herunter. Er verschwand hinter den Federn, wo sie ihn verschlang. Sie schrie vor Entzücken, lockte ihn unerbittlich heraus und stachelte ihn an, während sie sich auf und nieder bewegte und den Kopf wie in Trance hin und her wiegte. Ihre Hände gingen hinauf unter ihr Haar und nahmen dabei die Brüste von unten weit hoch hinauf. Sie schienen mitzukommen. Ihr Gelächter verwandelte sich in ein kurzatmiges Stöhnen, als sie schneller wurde. Er stand vor dem Höhepunkt. Da kam sie ganz herunter und hielt inne. Sie pulsierte auf ihm, griff mit der Hand hinter sich und erspürte die Linie seines Perineums und seiner Männlichkeit bis zu seiner Quelle, wo sie gleich vor dem Anus aus ihm herauskam. Sie drückte mit zwei Fingern in sein weiches Fleisch, zog, als er explodierte, fest hoch und hinderte seine Essenz daran, auszutreten. Sein Zwerchfell zog den Bauch in automatischer Reaktion auf die zittrigen Ekstasewellen, die wiederholt nach oben in seinen Körper zuckten, rhythmisch nach oben. Ihre leidenschaftlichen Schreie steigerten sich mit diesen Wellen und füllten ihn bis zum Scheitel des Kopfes und bis zum Überfließen aus. Seine Fesseln waren gelöst und zusammen schwebten sie in ihrer langen Klimaxvereinigung bis zur sich verengenden Spitze im Innern des Indianerzelts und verschwanden im blendend weißen Licht. Dann war sie weg und er trieb langsam hinunter durch weiches weißes Licht in einen lichten Schlaf.

Ein Strahl trat in Johns Augen, als er sie aufschlug. Es war der Vollmond, der durch das Fenster von Onkel Kemos Hütte hereinschien. Seine Hand war unten in seinem Slip und ruhte unterhalb des Perineums. Außer ein wenig Feuchtigkeit, die aus ihm ausgetreten war, war alles trocken. Er war nachklingend noch etwas erregt und hatte die Empfindung einer beruhigenden Fülle. *Was war geschehen? War es ein Traum? War es eine Vision? Was hatte das zu bedeuten?*

Er stand auf und ging zum Fenster. Es hatte aufgehört zu schneien. Das Mondlicht schien klar bis ins Tal hinunter. Der Berg zeichnete sich mit einer riesigen Silhouette ab. Er blickte auf seine Uhr und konnte erkennen, dass es vier Uhr morgens war. Er setzte sich zurück aufs Sofa. Das Feuer schwelte immer noch und einige winzige Flämmlein züngelten ab und an mit einem Zischgeräusch zu ihm hoch. Er beschloss zu meditieren.

Kreuzbeinig auf dem Sofa sitzend, um sich den Schlafsack gehüllt, sodass er wie eine hügelige Erhebung aus dem Sofa herausragte, dachte er daran, wie er im Traum sein Perineum erkundet hatte. Dann stellte er sich auf die Knie und tastete durch den Schlüpfer nach unten. Es war weich in dem Bereich, wo sein Organ hinter der Beckenstruktur herauskam. Er erkundete, wie die ihm sonderbar vertraute Indianerin durch nach Innen- und Vordrücken gegen den Knochen den Samenfluss blockiert hatte. Als er die Stelle mit den Fingern abgriff, fühlte er einen angenehmen Strom durch sich nach oben gehen. Instinktiv zog er seinen rechten Fuß unten herein, indem er den Fuß mit dem Rist nach unten auf das weiche Sofa legte und sich dann langsam auf die Ferse nach unten sinken ließ.

Die Ferse passte ganz natürlich in den weichen Teil des Perineums, den er gerade erst mit seinen Fingern erkundet hatte. Die Sohle des anderen Fußes legte er gegen das Schienbein des untergeschlagenen Fußes, sodass er immer noch in einer kreuzbeinigen Sitzhaltung blieb und nur auf einer seiner Fersen ruhte.

So, wie fühlt sich das an?

Er spürte eine anhaltende Stimulation, einen angenehmen Strom, der nach oben stieg. Er fühlte ihn genauso stark in Brust und Kopf wie in der Leiste. Überall spürte er Wärme und Behaglichkeit und er fühlte, wie eine erregte Energie anwuchs und sein Glied wachsen und dann versteiften ließ. Doch es kam zu keiner Ejakulation. Der Same war blockiert. Statt eines Samenflusses stieg die Energie ebenfalls in ihm nach oben. Er war versucht, sich auf seiner Ferse herumzuwinden und das tat er auch. Er konnte nicht widerstehen. Es war so lustvoll.

Nach einer Weile klang es aus, er beruhigte sich und meditierte. Es lenkte etwas ab, dass ihn der konstante Druck von der Ferse her von unten stimulierte, doch es gelang ihm, in die Ausdehnung von *ich bin* loszulassen. Sobald er tief ins Innere kam, verblasste die Ablenkung und wurde zur Stille und dieser Stille war eine Strahlkraft eigen, die er zuvor noch nie erlebt hatte – etwas, das fast greifbar da war. Es war, als diene die in ihm hochsteigende Essenz der stillen Glückseligkeit von *ich bin* in ihm als Vehikel, damit sie fließen konnte. Die Meditation prickelte vom Anfang bis zum Ende durch jeden Nerv in seinem Körper.

Eine halbe Stunde später legte er sich mit einem Gefühl der Verwunderung, da er erkannte, dass ihm in dieser Nacht auf dem Moccasin Mountain ein großes Geheimnis offenbart worden war, auf den Rücken. *War es wieder Christi Jensen, die erneut ihr geheimes Wissen mit ihm teilte?* Ihm schien es so. Er hatte gelernt, seinen Orgasmus in jeder sexuellen Situation entweder nach außen oder nach innen freizugeben, und auch, was er tun konnte, um beständig in der Erregung zu bleiben, wenn er das wollte. Diese Möglichkeiten erfüllten ihn wie ein süßer Nektar. Bald döste er ein, eingebettet in einen Kokon von sanfter leuchtender Annehmlichkeit.

Das Kissen landete mit einem Klatsch in Johns Gesicht.

»Hey, schlafende Schönheit. Wach auf!«, sagte Kurt.

»Huh?«

»Wach auf. Es ist Zeit hinauszugehen und im Schnee zu spielen.«

»Wie spät ist es denn?«, fragte John benommen.

»Halb neun.«

»Ohh …« John legte sich im Schlafsack auf die andere Seite und begrub das Gesicht im Rücken des Sofas.

»Okay, aber du verpasst etwas«, meinte Kurt. »Schau mal dort hinaus.«

John zwang sich, setzte sich auf und sah aus dem Fenster. Das kristallklar erscheinende, verschneite Tal dehnte sich unter ihnen dreißig Kilometer weit aus.

»Wow.«

»Mann, du hast geschlafen wie ein Murmeltier«, bemerkte Kurt. »Luke ist schon hinausgegangen. Er hat auf dem Ofen ein Frühstück hergerichtet.«

John nahm einen tiefen, schnuppernden Atemzug durch die Nase. Ein Duft von Apfel-Zimt-Haferflocken schwebte über ihm.

Auf der Veranda waren stampfende Schritte zu hören. Das ganze Blockhaus erzitterte. Dann kam Luke herein. »Guten Morgen, Bruder John. Draußen liegen so 15 Zentimeter. Ideal fürs Spazierengehen. Wollt ihr beide nicht mit den Wanderweg am Bach entlang bis zur Spitze hochgehen?«

»Auf jeden Fall«, sagte John. Er war inzwischen wach und kroch aus dem Schlafsack.

Nach dem Frühstück packten sie die Rucksäcke und wanderten den Pfad entlang nach oben. Der gluckernde Bach und die gedämpfte Stille der verschneiten Wälder machten den Ausflug hoch zum Aussichtspunkt, einer schroffen Halbinsel, die von der Seite des Moccasin Mountain wie ein teilweise abgehackter Arm herauswuchs, zu einem magischen Erlebnis. Sie konnten den steinigen Felsvorsprung beim Blick nach oben durch die kahlen Bäume kaum sehen, weil sie im langen Bogen zum Grat, der zum Aussichtspunkt führte, hinaufstiegen.

»Das gäbe einen schönen Hechtsprung von dort oben?«, meinte Luke und zeigte in Richtung Felsvorsprung.

»Nein, danke«, antwortete Kurt. »Ist es dort oben zu dieser Jahreszeit überhaupt sicher?«

Luke rieb die Hände, die in großen Handschuhen steckten, aneinander, um sich zu wärmen. »Ja, natürlich. Auf diesen Felsen ist es zwar ein wenig rutschig, aber die Aussicht ist herrlich.«

John blickte durch die Dunstwolke seines Atems nach oben. »Gut, wenn da ein Berg ist, dann müssen wir ihn hochklettern, nicht wahr?«

»Darauf kannst du Gift nehmen«, brummte Luke in seiner tiefen Bassstimme.

Kurt trat auf dem steilen Pfad auf einen rutschigen Stein und landete augenblicklich mit seinem Gesicht im Schnee. Die beiden anderen lachten und halfen ihm auf. »Ich glaube, ich besteige lieber einen Berg aus Geld als diesen hier.«

»Komm nur weiter mit! Du wirst es nicht bereuen, wenn wir erst am Gipfel ankommen«, gab Luke zurück.

Die Luft war frisch und ihr schwerer Atem brachte die einzigen Wolken weit und breit hervor. Nachdem sie weitere zwanzig Minuten durch den knöcheltiefen Schnee bergauf gestapft waren, kamen sie von der Rückseite her oben an. Als sie zum glitschigen Felsplateau hinausliefen, fühlte es sich an wie das Ende der Welt, das auf drei Seiten von einer bodenlosen Tiefe begrenzt war. Doch ewig weit ging der Blick über die hügeligen Bergkappen in die Ferne. Unter sich, von den Bäumen etwas verdeckt, machten sie einige schwache Rauchschwaden aus, die sich aus dem Kamin der Blockhütte herauswanden.

Luke ging ganz dicht an den Rand hinaus. John fühlte, wie etwas in ihm zitterte, als ob der Fels unter ihm nachgeben würde.

»Ungefähr 250 Kilometer in diese Richtung nach oben befindet sich Blue Ridge Hollow«, bemerkte Luke nach rechts zeigend. Dann zeigte er nach links. »Und diese Richtung hinunter in derselben Entfernung liegt Alabama. 500 km umspanne ich mit diesen Armen.« Er hielt seine über dem leeren Raum hängenden Arme weit hinaus.

»Das ist unglaublich«, sagte John.

Luke grinste. »Das ist es ganz sicher. Ich komme immer zu diesem Punkt hoch, wenn wir hier sind. Das erinnert mich daran, dass es Dinge gibt, die viel größer sind als ich. Und jetzt hast du mir sogar noch etwas viel Größeres in meinem Inneren gezeigt. Ich liebe weite, offene Orte ...«

»Das ist ein verdammt kalter offener Ort.« Kurt hielt die Arme vor der Brust verschränkt und die Schultern hoch in seinen schweren Mantel gezogen. »Mir reicht es schon. Wegen mir können wir wieder gehen.«

Sie standen noch einige weitere Minuten da. Kurt begann, mit den Füßen zu stampfen. Luke zog sich vom Rand des Felsvorsprungs zurück. Mit dem Rücken stand er zum unermesslichen offenen Raum. »Du möchtest gern zum Feuer zurück?«

»Jjja«, antwortete Kurt.

»Okay, dann gehen wir halt.« Luke war gerade dabei, einen Schritt in ihre Richtung zu machen. Da gab ein schneebedeckter Stein unten seinem hinteren Bein nach. Es dauerte nur einen Augenblick, da lag er auf dem Bauch und rutschte zur Felskante. Luke glitt mit den Füßen voraus wie in Zeitlupe davon, fand aber nirgends einen Halt. John sprang in seinem Inneren und versuchte noch, Lukes Arme zu fassen, bevor sie weg waren, doch sein Körper bewegte sich nicht schnell genug. Für die drei jungen Männer war die Zeit stehen geblieben, doch die Bewegung nicht. Er war fort.

»Ahhiiiee!«

John hörte, wie er auf dem Weg nach unten zuerst auf dem Fels aufschlug, dann 15 Meter tiefer mit einer Abfolge von Berstgeräuschen des kalten Holzes durch die Baumwipfel krachte, gleich darauf mit einem Wusch durch kleinere Zweige fiel und schließlich mit einem gedämpften dumpfen Schlag am Boden aufkam. In weniger als fünf Sekunden war alles vorüber.

»Jesus«, sagte Kurt. »Er ist da wirklich hinuntergestürzt. Ich kann es nicht fassen!«

»Oh Gott! Luke! Luke!«, schrie John. Aus dem Wald unten kam keine Antwort. »Wir müssen dort hinunter!«

John lief auf der Suche nach einem direkten Weg nach unten am Felsvorsprung entlang, fand eine schmale Spalte zwischen den Felsen auf der linken Seite und rutsche auf seinem Hintern durch die Schneewehe, die sich dort gebildet hatte. Kurt blieb oben und bemühte sich auszumachen, wo genau Luke liegen geblieben war.

Nachdem er vom Felsspalt weiter nach unten geschlittert und eine Reihe von Felskanten, die um den Gipfel nach hinten führten, hinuntergehetzt war, kam John beim Gehölz unten an und begann nach vorn herumzulaufen, zu der Stelle, an der

Luke gelandet war. Er fand ihn mit dem Gesicht nach unten neben einem Baumstamm liegend. Ein Bein hatte er in einem grotesken Winkel verdreht und über dem Knie böse gebrochen. John fiel neben dem großen Körper im Schnee auf die Knie und legte seine Hand sanft auf Lukes Rücken.

»Luke, Luke, hörst du mich?«

Keine Reaktion.

»Luke –«

Da, ein Stöhnen. Johns Herz hüpfte. »Kannst du mich hören, Luke?«

Stille …

»Jaaa … jaaa … Es, es tut überall weh«, stöhnte Luke schließlich.

John senkte den Kopf bis zum Schnee und hielt ihn neben Lukes. Ihre Augen trafen sich. »Mach dir keine Sorgen, Bruder Luke. Wir holen dich hier heraus. Kannst du den Kopf bewegen?«

»Ja, ich denke schon.« Luke drehte den Kopf etwas von Seite zu Seite. Der Schnee unter ihm war blutrot. Von einer klaffenden Wunde der Stirn rann immer noch etwas Blut. Der Blutfluss war allerdings schon annähernd gestillt.

»Kannst du die Hände bewegen?«

Luke öffnete und schloss beide Fäuste im Schnee.

»Dein rechtes Bein hat es ganz schön erwischt. Versuch es möglichst ruhig zu halten. Kannst du deinen rechten Fuß bewegen?«

Luke tat es.

»Ich bin ja kein Arzt, aber dein Rücken ist möglicherweise noch in Ordnung. Doch hier kannst du nicht bleiben, bis wir Hilfe geholt haben. Bis dahin bist du erfroren. Wir müssen dich irgendwie zum Truck hinunter bekommen, in Ordnung?«

»W-was immer du auch sagst«, konnte Luke noch hervorbringen. Dann war er bewusstlos.

»Luke, Luke, wir werden dieses Bein ausstrecken müssen, bevor wir dich transportieren können«, sagte John. *Verdammt.* »Kurt! Komm hier nach unten. Ich habe ihn gefunden, er ist am Leben.«

»Wo bist du?«, schrie Kurt von oben.

»Gleich unter dir. Geh den Weg nach unten, den ich gegangen bin und dann von hinten herum.«

Es dauerte nicht lange, bis Kurt der von John gezogenen Spur vom Aussichtspunkt nach unten gefolgt war. Schon stapfte er mit schwerfälligen Schritten durch den Schnee am Sockel des Felsens. »Oh, das ist ne schöne Bescherung. Schau dir nur das Bein an.«

»Ja, wir strecken es aus und schleppen ihn zum Truck zurück. Der steht da unten.« John zeigte die Anhöhe hinunter. 200 Meter weiter unterhalb am bewaldeten Berg schien das Dach der Hütte durch die Bäume. Der Rauch zog seine Spur vom steinernen Kamin nach oben.

»Wie willst du das schaffen?«

»Wir brauchen ein Seil«, sagte John. »Und etwas, worauf wir ihn legen und womit wir ihn ziehen können. Wir müssen schnell machen. Es sind hier sicher fünfzehn Grad unter null. Du bleibst hier.« Er blickte umher auf einige umgestürzte junge Fichten und tote Äste, die da verteilt lagen. »Sammle zwei geeignete Stämme und Äste für eine Transportbahre zusammen, die wir ziehen können, und lege sie hier neben Luke. Ich gehe da hinunter, um ein Seil aufzutreiben.« Er machte sich auf den Weg den Berg nach unten und sprang wie ein Hase durch den Schnee. Unten rutschte er über den Bach, der zu Eis erstarrt war, und spurtete zur Hütte.

Er stürzte hinein und suchte überall nach einem Seil. Nichts. Aus der Küchenschublade griff er ein Taschenmesser und rannte hinaus. Im Schuppen hinter der Hütte fand er eine große Seilrolle und ein paar Kanthölzer. Er schnitt ausreichend Seil ab, griff zwei Stangen und machte sich damit auf den Weg wieder die Anhöhe nach oben. Als er zurück bei Luke und Kurt war, hatte er das Gefühl, als sei er mitten in einem Querfeldeinrennen – kurz vor dem Umfallen. Seine Atemluft wehte wie weißer Rauch durch die Kälte. Er holte noch einige Male tief Atem. Es war aber so kalt, dass ihm die Lungen schmerzten. Dann beugte er sich hinunter zu Luke, der ausgebreitet im Schnee dalag.

»Er ist bewusstlos«, meinte Kurt. Er hatte zwei trockene Stämme junger Fichten gesammelt, ausgeastet und neben Luke gelegt, dazu noch in der Form eines Floßes mehrere Äste.

»Hier nimm das Messer und schneide erst mal drei Stücke von dem Seil für eine Schiene ab und fang dann an, mit dem Rest die Stämme und die Äste richtig zusammenzubinden.« Er keuchte noch heftig, als er das verkrümmte Bein ausstreckte. »Okay … okay Luke, das tut jetzt weh.«

John zählte langsam bis drei und gab dem Bein mit beiden Händen einen starken Ruck. *Knacks!* Luke entfuhr ein Schrei, als sich das Bein gerade ausrichtete, und John fiel nach hinten in den Schnee.

Er krabbelte zurück neben den Riesen von Mann und umfasste seine Hand. »Sorry, Luke, aber es hat geklappt. Das Bein ist nun gerade. Wir schaffen dich jetzt hier heraus, das versprech ich dir.«

Luke drückte schwach Johns Hand und stöhnte.

Während Kurt die Transportbahre zusammenband, befestigte John die Kanthölzer mit den drei Seilstücken, die Kurt geschnitten hatte, an beiden Seiten von Lukes gebrochenem Bein. Dann half er Kurt beim Zusammenbinden der Äste. Nach zehn Minuten konnten sie ihn darauf rollen, mit dem Gesicht nach oben. Wieder brüllte er vor Schmerz, als sie ihn bewegten.

»Sorry, Luke«, sagte John. »Wir können dich jetzt transportieren. Halte durch.«

Luke stöhnte unverständlich.

Sie gingen zur Kopfseite der Schleppe, die sie gebaut hatten, und hoben an.

»Mann, ist der schwer«, sagte Kurt. »Er muss hundertfünfzig Kilo wiegen.«

»So schwer eben wie ein NFL-Lineman«, sagte John. »Los, gehen wir.«

Sie kämpften sich durch, zogen die behelfsmäßige Bahre den steilen Berg hinunter, auch wenn sie auf ihrem Weg einige Male an Steinen und Ästen unter dem Schnee hängen blieben. Als sie schließlich, bei der Kälte nach Luft schnappend, am Truck ankamen, gelang es ihnen, ein Ende auf die Heckklappe zu legen, dann das andere Ende hochzustemmen und die Schleppe in die hintere Ladefläche zu schieben. Sie sammelten alle Decken und Schlafsäcke in der Hütte zusammen und türmten sie über Luke auf. Es gab keine Möglichkeit, ihn in die Fahrerkabine des Trucks zu hieven.

»Du fährst«, sagte John. »Ich bleibe hier bei Luke. Öffne das Rückfenster und blase alles nach hinten. So bekommen wir vielleicht etwas Wärme ab.«

John legte sich neben Luke unter den Haufen Decken und versuchte, ihn warmzuhalten. Schon setzte sich der Wagen entlang des Forstwegs den Berg hinunter in Bewegung. John sprach ständig zu ihm, obwohl Luke den Großteil des Weges bewusstlos war. Kurt steuerte den Truck vorsichtig die kurvenreiche Bergstraße hinunter, die sie die Nacht zuvor heraufgekommen waren.

Eine Stunde später befanden sie sich schon in der Notaufnahme in Hagarville.

»Außer dem Bein«, sagte der grauhaarige ältliche Arzt, «hat er ein gebrochenes Becken und eine schwere Gehirnerschütterung. Wir haben ihn stabilisiert und schicken ihn heute Nachmittag zur Operation nach Atlanta. Wir müssen ihn für einige Zeit ruhigstellen, aber es sollte wieder werden mit ihm. Sieht ganz danach aus, dass ihr Jungs ihm das Leben gerettet habt.«

Johns von der Kälte gerötetes Gesicht war zur Seite gewendet. Er blickte in ein anderes Reich. Dann beugte er sich nach vorn, legte die Hände auf die Knie und brach weinend zusammen.

Kurt stand mit den Händen in den Taschen da und schaute etwas desorientiert. *Was bedeutete es, ein Leben zu retten?*

Am nächsten Morgen in Atlanta, als Luke nach der Operation wieder zu Bewusstsein kam, war John mit Lukes Eltern im Zimmer.

»Bruder John«, flüsterte Luke, als er ihn sah. »Es sieht ganz danach aus, als sei diesmal ich derjenige gewesen, der in Schwierigkeiten war, huh?«

»Ja«, antwortete John. »Du gehst besser auf keine Klippen mehr hinaus, okay? Nicht bevor du gelernt hast zu fliegen.«

»Das verspreche ich.«

Luke streckte die Hand aus und griff nach der von John. Eine Zeit lang hielten sie sich, die kleine weiße Hand in der riesigen braunen, verbunden in heiliger Bruderschaft. Dann sagte Luke sanft:

»Ich bin so froh, dass du mir gezeigt hast, wie man meditiert.«

Mit Lukes Worten kam in John eine Welle ekstatischer Energie hoch. So viel war an diesem Wochenende auf dem

Moccasin Mountain geschehen – Luke und Kurt hatten gelernt zu meditieren. Die Gabe der inneren ekstatischen Ausstrahlung, die John im Traum erhalten hatte. Lukes fast tödlicher Sturz. Nichts würde mehr sein wie früher.

Kapitel 9 – Der schnellste Mann der Welt

Bums…

John erhielt einen Schlag gegen die Hüfte, dass er auf seinem Weg durch den Schulkorridor einen halben Meter aus der Bahn geworfen wurde. Devi lächelte ihn schalkhaft an, als er zurückkam, um neben ihr zu gehen, nur um wieder Opfer ihrer schwingenden Hüften zu werden, wenn er es am wenigsten erwartete. Ab und zu gab auch er einen Schwung zurück an sie. Doch er erkannte sie als unzweifelhafte Königin der Hüft-Bums an. *Ah, diese wundervollen Hüften.*

Das Paar war in der Duval Highschool inzwischen als unzertrennlich bekannt. Jeder konnte ihr unablässiges Geflirte mitverfolgen. Die meisten dachten, dass sie all die Nachmittage, an denen man Johns Wagen vor ihrem Haus geparkt sehen konnte, mit wildem Sex beschäftigt waren. Wenn die nur wüssten.

»Mehr Marmelade?«, fragte Devi.

»Oh ja«, sagte John. »Streich sie ganz bis zum Rand hinaus.«

»Mmmmm, wie ist das?«, fragte sie.

»Ein bisschen mehr.«

»Sind wir nicht ein bisschen pingelig?«

»Gut, wenn du eines Tages meine Frau sein wirst, dann musst du wissen, wie man ein Erdnussbutter-Marmeladen-Sandwich macht.«

»Ich fühle mich bereits wie deine Frau«, sagte sie, «wegen dieser Scheibe Brot scheuchst du mich so herum.«

Er kam von hinten nahe an sie heran, fasste herum, nahm ihre Hand, die noch das Messer festhielt, und half ihr die purpurne und braune Zubereitung zu verstreichen. »Ah, viel besser.«

»Ja«, sagte sie, indem sie sich mit dem Rücken an ihn kuschelte. »Du weißt, sie reden über uns.«

»Sie reden? Wer?«

»SIE.«

»Ach, SIE«, sagte er. »Was sagen sie?«

»Dass wir nicht meditieren und keine Erdnussbutter-Marmeladen-Sandwiches hier drüben essen. Dass wir etwas anderes machen.«

»Etwas anderes?«, sagte er und knabberte dabei an ihrem Ohr. »Was zum Beispiel?«

»Du weißt schon, du Dummkopf.«

»Ohhhhhhh … daaaaaas.« Er schlang seinen Arm um ihre Taille, gleich unter den Brüsten und begann einen anzüglichen, wiegenden Tanz. Sie ging darauf ein und wiegt ihre gefährlichen Hüften im Einklang mit den seinen. »Gut, lass sie reden.«

»Ja, lassen wir sie«, sagte sie.

»Ich wäre glücklich, könnte ich so mit dir zusammenbleiben bis ans Ende der Zeit«, sagte er.

»Ich bin da für dich«, sagte sie und sie tanzten über den blanken Linoleumboden.

John hatte Devi noch nichts von seiner Entdeckung auf dem Moccasin Mountain erzählt. Lukes Unfall und Wiederherstellung waren mehr als genug zu verarbeiten. Außerdem wollte er seine Erforschungen an Perineum und Wurzel erst vertiefen. Es gab noch andere Dinge, die auftauchten und damit zusammenhingen. Er war sich aber immer noch nicht sicher, was das alles genau war. In den Wochen, seit er damit begonnen hatte, während der Meditation auf seiner Ferse zu sitzen, ging seine sexuelle Energie mehr und mehr nach oben – sogar außerhalb der Meditationen. Dies vermittelte ihm eine neuartige Freiheit, leidenschaftlich mit Devi zu flirten, ohne dass er dem Druck der äußerlich fließenden Biologie unterliegen musste. Ihre Liebe wurde für ihn zu einem herrlichen Tanz, ein niemals endender himmlischer Walzer, ob sie zusammen waren oder getrennt. Dieses ständige Lieben lockte ihn in neue Reiche von Empfindungen. Er war so dankbar. Wenn er und Devi allein waren, war er manchmal überwältigt von Liebe und fiel vor ihr zu Boden, um ihre zierlichen nackten Füße zu küssen. Sie beugte sich dann nach vorn und streichelte sanft sein Haar. Er wusste, dass sie seine Reise verstand. Hinter ihrem ständigen Flirten und Spaßen war sie alles, in ihm und außerhalb von ihm.

Als John mit seinen Übungen weitermachte, bemerkte er einen dünnen silbernen Faden der Annehmlichkeit, der im Zentrum der Wirbelsäule nach oben ging. Mit dem Auge seines Geistes konnte er diesen klar erkennen. Oder fühlte er ihn? Von ihm ging eine intensive kalte Hitze aus, wie von einer sehr konzentrierten Muskelsalbe, die eine winzige Röhre in seiner Wirbelsäule entlang von den Lenden aus nach oben floss. Der Unterschied zwischen Sehen und Hören war undeutlich. Am Ende der Meditation saß er immer noch auf der Ferse, die Stille des *ich bin* hallte in der Tiefe seines Wesens wider und der intensiv lustvolle, fadenähnliche Nerv, der sich von der Wurzel beginnend im Zentrum der Wirbelsäule den ganzen Weg bis zum Scheitel des Kopfes erstreckte, war für ihn ein Erlebnis. Zog er den Anusschließmuskel zusammen, während er im Innern des Beckens hochzog, flossen Wogen eines ekstatischen Stroms nach oben und wirbelten auf ihrem Weg in sich windenden Kreisen um die Nerven.

Er setze sich auf sein Bett und beobachtete dieses embryonische Spektakel. Er wusste, dass dies der Beginn von etwas Fantastischem war, weil es ihm ein Leichtes war, es mit dem Anusschließmuskel zu verstärken, wenn er den Bauch mit dem Zwerchfell anhob, die Augen nach oben richtete und tief in das *ich bin* losließ. Auch stellte er fest, dass sich die Erfahrung enorm belebte, sobald er den Atem anhielt. So begann er, mit dem Atem zu experimentieren, und machte dies in einer gesonderten Sitzung vor seiner regulären Meditation.

Warum zeigte das Anhalten des Atems diese Wirkung? Er wusste es nicht. Doch spielte das Drosseln des Atems ganz klar eine zentrale Rolle und er wusste, dass er dem noch nachgehen musste. Als er seinen Atem vor der Meditationssitzung für längere Zeitintervalle anhielt, schwitzte er heftig. Er fühlte, wie sein Nervensystem durch die Beschränkungen dieses anfänglichen ekstatischen Energieflusses gereinigt wurde. Die Atmung war für ihn seit Jahren ein Forschungsfeld, ein wichtiger Faktor seines Laufens. Er war damit vertraut, den Atem bis an seine Grenzen zu pressen. Jetzt hielt er die Atmung absichtlich an und setzte damit etwas in sich in Bewegung. Dieses

Etwas begann in seinem Inneren wie ein frisch entstandener Hurrikan um seinen zentralen silbernen Faden zu schwirren.

Wo führt mich das hin?

Er begann sich einen Reim darauf zu machen und nannte sein Sitzen auf der Ferse den »Wurzelsitz«. Das Heben des Zwerchfells nannte er »Heben des Bauches«. Das Zusammenzwicken des analen Schließmuskels und das Heben nach innen in das Becken nannte er das »Wurzelheben«. Das rief überstrahlende blumenähnliche Wellen angenehmer Energie in ihm hervor. *Auweia! ...* Dem Nach-oben-Richten der Augen gab er die Bezeichnung »Augenheben«. Dieses Nach-oben-Richten der Augen stellte eine ekstatische Verbindung zu seinen Lenden her. Er nannte all die Verbindungen von Vergnügen, die sich überall in seinem Körper breitmachten, das Aufkommen *ekstatischer Leitfähigkeit*. All die Bewegungen versuchte er zusammen zu koordinieren, während er den Atem anhielt. Das war zuerst verwirrend und chaotisch. Doch er gab nicht auf. Im Laufe von Wochen täglichen Übens wurde ihm klar, wie alles zusammenhing. Es fühlte sich schließlich sogar völlig natürlich an. Das Schwitzen während des Atemanhaltens wurde weniger, nachdem die Nerven langsam gereinigt waren und mehr und mehr aufkommende ekstatische Energie aus der Beckengegend nach oben leiten konnten. Beim Atemanhalten merkte er, dass das Kinn vom Brustbein angezogen wurde und sich nach unten neigte. Das bewirkte, dass der Silberfaden gedehnt wurde und er infolgedessen mehr Energie und schneller nach oben leiten konnte. Das angenehme Gefühl, das damit verbunden war, zog das Kinn ganz natürlich weiter nach unten. Er nannte das den »Kinnverschluss«. Dabei wurde die Zunge nach hinten zur Munddecke gezogen, wo sie einen vergnüglichen Anschluss zu einem Punkt an der Munddecke suchte, dort, wo der harte und der weiche Gaumen aufeinandertreffen. Dies nannte er das »Gaumenheben«, weil es Energie nach oben in den Kopf sandte.

Er fand auch heraus, dass ein Strecken des Silberfadens im Voraus seine Übungen später während der Meditation erleichterten. Sie gingen dann tiefer und brachten mehr Glückseligkeit hervor. So experimentierte er mit Streckübungen, die er machte, bevor er mit dem Atemanhalten begann. Er stellte fest, dass es sich äußerst gut anfühlte, im Stehen mit verschränkten Händen beide Arme in eine Richtung um den

Oberkörper zu schlingen, in diese Drehung auch noch das Rückgrat mitzunehmen und dann das Ganze mit Armen und Rückgrat in die andere Richtung auszuführen. Warum sich das so gut anfühlte, wusste er nicht. Die Einladung zu dem Vergnügen reichte für ihn aus. Ähnlich ekstatische Gefühle kamen in ihm hoch, wenn er die Hände über den Kopf nach oben streckte und sich so weit zurückdehnte, wie er konnte, um sich danach nach vorne zu neigen, bis er die Zehen berührte. In jeder dieser Stellungen verharrte er ungefähr 15 Sekunden.

Dann war da noch das »ungewöhnliche Wirbeln«, etwas, auf das er eines Tages ziemlich zufällig stieß, als er mit den Händen auf die Knie gestützt in seinem Zimmer stand und mit Zwerchfell- und Bauchmuskeln experimentierte. Er stieß die ganze Luft aus, zog den Bauch ein und diesen mit dem Zwerchfell aufwärts. Das fühlte sich gut an. Ekstatische Energie blubberte durch ihn nach oben, als er das tat. Er bemerkte, dass er die Bauchmuskeln anspannen konnte, während er in dieser Haltung dastand, indem er den Oberkörper mittels Bauchmuskeln kraftvoll gegen die auf die Oberschenkel gestützten Hände in Richtung Knie drückte. Tat er dies wiederholt mit völlig entleerten Lungen, so dass ein Sog auf das Zwerchfell nach oben wirkte, stieg angenehme Energie wie aus einer Quelle durch ihn hoch. Das Anspannen der Bauchmuskeln auf diese Weise erzeugte eine Art ekstatische Pumpe. Dann knackte er den Jackpot. Er fand heraus, dass er den linken Bauchmuskel vom rechten isolieren konnte, indem er abwechselnd gegen nur eine der Hände auf den Knien drückte. Wenn er so immer wieder hin- und herwechselte, konnte er seine Bauchmuskeln in einer großen wogenden Spirale wirbeln – zuerst in die eine Richtung und dann in die andere. Der Energiefluss, der dadurch hervorgerufen wurde, haute ihn fast von den Socken. Normalerweise wirbelte er zwanzig Mal in eine Richtung, und das nach einer vollständigen Ausatmung. Das war eine exzellente Vorbereitung auf die sitzenden Übungen. Natürlich wusste er, dass es zu diesem Vergnügen nur kam, wenn die ekstatische Leitfähigkeit erweckt war, und diese wiederum war eine Folge von regelmäßiger Meditation, dem Wurzelsitz, Atemanhalten und dem kombinierten Effekt all seiner Übungen. Sobald er einmal die Gewohnheit entwickelt hatte, die Kontrolle über den rechten und linken Bauchmuskel zu isolieren, konnte das Wirbeln der Bauchmuskeln auf subtile Weise jederzeit und in jeder Körperhaltung ausgeführt werden. Sie wurden zu kaum wahrnehmbaren Wirbeln, die sich ganz natürlich während der Atemübungen, der Meditation und immer, wenn sich die Ekstase in ihm regte, einstellten. Es war der Körper, der sich an den Anstieg der göttlichen Energie in ihm anpasste.

Er machte das Strecken und Bauchwirbeln im Stehen, bevor er sich in den Wurzelsitz auf das Bett setzte. All das zusammen nannte er seine spirituellen Dehnübungen. Bevor er sich richtig zu seinen sitzenden Übungen hinsetzte, streckte er aus dem Wurzelsitz heraus noch ein Bein gerade nach vorn. Dann nahm er einen tiefen Atemzug, beugte sich zum ausgestreckten Bein, hielt seine große Zehe fest und, während er anstrengungslos den Kopf Richtung Knie bewegte, ging er in den Kinnverschluss und hob den Bauch und die Wurzel. Den Atem hielt er so lange an, wie er bequem konnte, und holte noch zweimal über demselben Bein Luft. Dann wechselte er, streckte das andere Bein aus, ging wieder in diese Art Wurzelsitz und wiederholte das Ganze dreimal. Dadurch öffneten sich sein Silberfaden und auch alles Übrige in ihm wurde vorbereitet für das Atemanhalten und die Meditation nach dem Atemanhalten. Das spirituelle Strecken war ein ausgezeichneter Weg, die Übungen zu beginnen.

Auf die meisten der Dinge kam er, indem er sich nur von den angenehmen Gefühlen in seinem Inneren leiten ließ. Diese waren eine Ausweitung und Verfeinerung seiner erotischen Gefühle und deshalb sehr natürlich. Er erkannte, dass er nur den ekstatischen Strömungen in seinem Körper, Verstand und Herzen zu folgen brauchte. Er hatte ein klares Ziel und auf jeder Stufe des Wegs bekam er mehr Antworten.

Allerdings neigte er dazu, des Guten zu viel zu tun ...

Aus den Wochen wurden Monate und John verankerte sich schön langsam in seiner Routine an Übungen. Zuerst kamen die spirituellen Streckübungen; dann kam das Atemanhalten zusammen mit den Hebungen und anderen Manövern. Danach meditierte er über *ich bin*, während er weiterhin im Wurzelsitz saß und sich auf nichts anderes konzentrierte. Die *ich bin* Meditation blieb der Kern seiner Übungen. Er hatte nicht vergessen, was Christi Jensen über all das gesagt hatte, was aus dem *ich bin* ausfloss.

Seine nicht endende Liebe zum *ich bin* und zu Devi war der Antrieb für alles andere. Irgendwie war die eine große Liebe genauso wie die andere nur ein unterschiedlicher Aspekt ein und desselben. Er sehnt sich danach zu wissen, warum dies so war.

Viele Male ging er, während er in der Meditation saß, in den sich ausweitenden wirbelnden Energien, die den silbernen Faden umgaben, auf. Oft konnte er den Faden gar nicht mehr klar erkennen. Er wurde von der zunehmend chaotischen, vielfarbigen Energie, die darum herumwirbelte, vernebelt. Nur in der tiefsten Ruhe der *ich bin*-Meditation fand er sich in der unergründbaren Stille des mikroskopischen Fadens seines inneren Wesens wieder, der seinen Körper durchzog. Er war so dünn, aber dennoch im Inneren so ganz voll. Er war die Manifestation von Galaxien in ihm. John dachte, zwischen seinem Steißbein und dem Scheitel seines Kopfes könne das gesamte Universum enthalten sein. Aggressiv intensivierte er seine Übungen. Er hatte Fahrt aufgenommen und wollte mehr.

Er trug die zunehmende Erfahrung mit sich herum, erschien aber äußerlich mehr oder weniger normal. Doch er war weit davon entfernt, normal zu sein. Obwohl er den wachsenden Sturm in sich ertrug, war er sich sicher, dass da etwas aus dem Gleichgewicht geraten war. Je mehr die Energie in ihm aufzusteigen begann, desto klarer wurde es ihm, dass sie irgendwohin gehen müsse. Doch wohin?

Er fühlte sich wie ein Vulkan, der allmählich im Innern Druck aufbaut, bis er schließlich …

Doch mit seinen Übungen konnte er nicht aufhören. Es war nicht möglich, wieder umzukehren. *Ich muss weitermachen und herausfinden, wohin das alles führt. Das bereitet viel zu viel Vergnügen, als dass ich aufhören könnte. Es fühlt sich so gut an, dass es schon fast weh tut, doch das macht mir nichts aus. Ich will alles haben.*

Etwas, das John dabei half, seine zentripetalen Energien zu zerstreuen, waren körperliche Übungen, besonders das Laufen. Er vermisste die Querfeldein-Saison, an der er wegen seiner gebrochenen Rippen nicht teilnehmen konnte. Doch sobald er dazu fähig war, begann er mit seinem täglichen Frühsport und rannte wieder am Ufer.

Schon seit seinen frühen Querfeldein-Tagen hatte er im Zimmer gymnastische und isometrische Übungen gemacht, bevor er jeden Morgen nach unten gegangen war. Er nannte das seine »Fitnessstunde«. Zu seinem Programm gehörten sieben Übungen:

- Fünfzig halbe Liegestütze zwischen zwei Stühlen.
- Fünfzig harte isometrische Bögen nach oben zu beiden Bizepsen, wobei der Handballen der einen Hand fest auf denjenigen der anderen Hand niederdrückte.
- Fünfundzwanzig Nackenbeugen in jede der vier Richtungen und das gegen den starken isometrischen Druck seiner Hände: von vorn, von hinten, von links und von rechts.
- Fünfzig halbe Kniebeugen mit den Händen an der Hüfte und herausgestreckter Brust.
- Fünfzig Wadenbeugen, wobei er gegen eine Wand gelehnt am Stuhlrand auf den Zehnspitzen stand.
- Fünfzig Sit-ups auf dem Bett, die Füße unter das Querstück des Himmelbetts gesteckt.
- Fünfzigmaliges Heben der Füße über den Kopf, wobei die Finger das Kopfbrett umklammern.

Für die ganze Routine brauchte er zehn bis fünfzehn Minuten, und das hielt ihn in einer guten Verfassung für seine Langstreckenläufe und fürs Leben allgemein. Nachdem er mit seinen spirituellen Übungen angefangen hatte, machte er das Fitnesstraining gleich nach der Ruhephase am Ende der Morgenmeditation.

Als seine Rippen auszuheilen begannen, nahm er sein Barfußlaufen am Strand wieder auf. Er ging es langsam an und arbeitete sich stufenweise bis zum vollen Tempo hoch. Die durch ihn wogenden Energien sammelten sich in ekstatischen, feurigen Bällen an den Füßen, sodass diese und die ganzen Beine zu prickeln und jucken begannen, als ob darin Ameisen herumkröchen. Das Laufen fühlte sich extrem gut an. – Wie Orgasmen in den Füßen. Das Barfußlaufen leitete die überfließenden prickelnden Ströme auf köstliche Weise ab. Er rannte wie der Wind und bemerkte kaum noch seinen Körper, der fast nicht atmete. Es war, als würde er auf den Strömen getragen, die aus den Füßen herausschossen.

Eines Abends beim Laufen bemerkte er flüchtig Coach Johnson, mit einer Stoppuhr hoch oben auf einer mächtigen Düne stehen.

Als auf seinem Rückweg schon ein prächtiges rosarotes Abendrot eingesetzt hatte, winkte ihn der Coach, ein kleiner stämmiger Schwarzer mit einem Oberkörper wie eine Betonsäule, zu sich und heraus aus seiner Laufträumerei.

»Hallo, mein Sohn. Du läufst wirklich gut. Entweder das oder diese alte Stoppuhr hier ist langsamer geworden.« Er klatschte sie in seine Handinnenseite und schaute noch einmal verwundert drauf. »Egal. Aber hast du nicht Lust bei der Landesmeisterschaft nächste Woche die Meile für die Leichtathletikmannschaft zu laufen?«

John hüpfte locker mit den nackten Zehen auf der Stelle und ließ dabei die Hände an den Seiten baumeln. Er sah aus, als würde er gleich abheben, um den Planeten zu verlassen. »Keine Ahnung, Coach. Du weißt, ich bin die Meile noch nie gelaufen, wollte sie auch nie laufen. Warum ich jetzt?«

»Jimmy Marco fällt gerade aus. Hat eine Verletzung am Oberschenkel.«

John hörte auf zu hüpfen. »Ach, das tut mir sehr leid. Er ist ein Superläufer.«

»Er sagte, du wärst der richtige Ersatz für ihn. Wir haben Aussicht auf eine gute Platzierung bei den Landesmeisterschaften dieses Jahr, wenn wir nur die Meile gut hinkriegen. Könntest du uns da aushelfen?«

John streichelte den vom Sonnenuntergang rötlichen Sand sanft mit der Sohle seiner nackten Füße. Das löste Ströme von Glückseligkeit aus, die zum Scheitel des Kopfes schossen. *Brauche ich das? Gut, sie brauchen mich offensichtlich.*

»Okay, ich bin dabei.«

»Großartig«, sagte Coach Johnson. »Das ist dein letztes Rennen vor deinem Schulabschluss. Damit schaffst einen stilvollen Übergang.«

»Ich hoffe es …« John trippelte auf der Stelle. Seine Füße brannten. »Ich werde tun, was ich kann.«

»Das ist alles, was wir erwarten«, antwortete Coach Johnson.

»Ich muss weiter, Coach. Bis später.« John beschleunigte wieder. Das Laufen fühlte sich sehr viel besser an als das Stehen. Die rastlose ekstatische Energie brauchte Bewegung.

Als er am Ufer entlang weitertrollte, blickte er kurz über seine Schulter zurück und sah, wie sich Coach Johnson die Düne zurück nach oben arbeitete, anhielt, um wieder auf seine Stoppuhr zu blicken, und den Kopf schüttelte. Dann lief er über den Scheitel der Düne und entschwand dem Blick, hinein in den verblassenden rosaroten Himmel. John machte auch eine Kehrtwendung, so dass er den Strand im Rücken hatte und sich bergauf nachhause begab. Zu laufen wie der Wind war reine Ekstase.

Es war ein heißer sonniger Samstag im Internationalen Stadion von Orlando. Am Grund der riesigen Schüssel wimmelte es von den buntfarbigen Sportanzügen der Highschools von Key West bis Pensacola. Bei den Stehplätzen gab es noch lichte Stellen, doch es waren ziemlich viele Leute da, meist Eltern und Freunde, die gekommen waren, die jungen Männer auf diesem Wettkampffeld, das so viel im Leben symbolisierte, anzufeuern. Da waren Hochspringer, Weitspringer, Stabhochspringer, Kugelstoßer und Speerwerfer und natürlich die Läufer – all diese Läufer, die bereit waren, die Distanzen von 100 Yards bis zu einer Meile zu rennen.

John schlängelte sich in violetter kurzer Hose und violettem Hemd, alles neu, durch die Menge im Zentrum des Rasenplatzes. Die Kleidung fühlte sich auf seiner Haut wie flirrende Seide an. Er prickelte vor Energie aus seinem Inneren. Alles, was ihn berührte, fühlte sich sinnlich gut an – das Dress, die neuen Laufschuhe, die Luft, die durch sein Haar wehte. Er vermutete, dass er wahrscheinlich aussah, als sei er ein bisschen abwesend. Doch das war er keineswegs. Er war bereit zu laufen und schwamm schon auf einer Welle stiller Erwartung. Seine Füße warteten darauf, zu explodieren.

Schließlich erscholl der Ausruf: »Einmeilenlauf! Läufer an den Start!«

John ging hinüber zum Startbereich und fand an der Startlinie inmitten der rund 20 Läufer, die sich auf die Spur drängten, einen guten Platz. Alle waren sie größer als er. Es war ein allgemeiner Wettbewerb. Für dieses Rennen gab es keinen Vorlauf. Die Strecke war zu lang, als dass man sie jemandem mehr als einmal zumuten konnte. Er ließ seinen Blick über die gesamte Startlinie streichen. Ganz Florida war hier vertreten. Einige der Gesichter kannte er. *Gut ….*

Als die Pistole abgefeuert war, fiel John sofort ans Ende des Feldes zurück. Er merkte, dass das hier kein Querfeldeinstart war. Jeder rannte fast im Sprinttempo los. *Diese Jungs sind heiß. Am besten spurte ich da durch und bringe das Ganze hinter mich.*

Er schoss los wie der Blitz. Mit den Händen wedelte er rhythmisch Energie hinunter zu seinen flitzenden Füßen, als er begann, Läufer zu überholen: Rot, blau, grün, gelb, schwarz … er nahm die Trikots und die in Zeitlupe zurückfallenden Beine nur vage wahr, als er an ihnen in der ersten Kurve außen vorbeizog. Er hörte ihr angestrengtes Atmen, ihre verhallenden Flüche und ihr fernes Wettkampfgerangel. Seinen eigenen Atem fühlte er nicht. Alles, was er spürte, war Leichtigkeit und das Vergnügen der Luft, die ihn liebkoste. Dann war da Stille …

Schneller!

Erste Runde; jetzt war er in Führung und zog davon … er beschleunigte.

Zweite Runde, die Hälfte, weiterlaufen; alle Augen waren auf den violetten Strich und die Digitaluhr am Ende des Feldes geheftet … 1:58 … 1:59 … 2:00 … Die Zeit schien stehen zu bleiben, als sie John beim Ziehen seiner Runde verfolgten.

Schneller!

Dritte Runde; Anfeuerungsrufe erschollen aus der Menge, als der Junge mit dem leisen Lächeln, den sonderbar wedelnden Händen und den blinkenden, einwärts gedrehten Füßen maximal beschleunigte. Seine Schuhe küssten kaum noch den Boden, erzeugten nur noch ein leichtes Wischgeräusch. Die anderen Läufer stampften verzweifelt eine Dreiviertelrunde hinter ihm her.

Als er das Band der Ziellinie durchriss, befand er sich in der Stille, in der Stille des *ich bin.* Er beobachtete sich, wie er bis zur Spaziergeschwindigkeit auf der Bahn entschleunigte. Alles bewegte sich an den Außenrändern seines Bewusstseins und kam zu ihm. Da war keinerlei Geräusch. Er fühlte, wie ein einzelner Tropfen Schweiß die Schläfe herunterrann, in Zeitlupentempo fiel … und schließlich hörte er, wie er mit einem Platscher auf seiner Schulter auftraf. Dann plötzlich drang wie eine Atombombenexplosion das Gebrüll der Menge bis zu ihm durch. Vertreter aller Teams kamen zu ihm, hoben ihn hoch und trugen ihn durch ein Meer aus Farben über das Feld, »Wilder! Wilder! Wilder!« schreiend …

Ich versteh das nicht. Ich bin gerannt und habe gewonnen. Also was?

»Wilder! Wilder! Wilder! …«

Schließlich ließen sie ihn herunter und schauten ihm nach, wie er ausdruckslos fortspazierte und sich in der Nähe der dort verbliebenen Duval High Sportler ins Gras setzte. Eine kleine Menge folgte ihm. Mehrere Reporter bahnten sich einen Weg hindurch, standen über ihm und stellten begierig Fragen. Doch er hörte nicht, was sie sagten. Er schloss die Augen und ging in *ich bin*. Ein Lächeln machte sich in seinem Gesicht breit und das Getöse verblasste. Er war außerhalb ihrer Reichweite.

Eine Weile später spürte er eine große sanfte Hand auf seinem Arm.

»Luke!«, sagte John, als er die Augen aufschlug.

»Hallo, Bruder John.« Luke sank auf dem Gras neben ihm nieder.

»Schau mal an. Keine Krücken mehr.«

»Ja. Vielleicht kann ich in einem Jahr wieder Ball spielen, doch das wird sich zeigen.«

»Gut, ich hoffe das. Es ist sehr schön, dich zu sehen.« John nahm zum ersten Mal seit dem Rennen Kontakt zu jemandem auf. »Diese Leute um uns herum hier sind verrückt. Ich gewinne ein Rennen und die flippen alle aus. Man könnte glauben, ich hätte den Weltrekord gebrochen oder so etwas.«

»Du hast den Weltrekord um mehr als 15 Sekunden unterboten«, bemerkte Luke. »Drei Minuten, neunundzwanzig Sekunden. Hast du das nicht gesehen?«

»Nein. Was? Drei Minuten und was?«

»Drei Minuten neunundzwanzig Sekunden.«

»Das ist unmöglich.«

»Das ist, was sie sagen«, sagte Luke. »Dass die offizielle Uhr während des Rennens kaputt gegangen ist oder so was. Doch da lief noch ein halbes Dutzend anderer Uhren nebenher. All diese Uhren zeigen ungefähr diese Zeit an. Sie wissen nicht, was sie tun sollen.«

»Warum? Was tun?«, fragte John. »Ich hab gewonnen. Das Team hatte die Punkte gebraucht. Das ist alles. Ich bin fertig. Ich geh zurück zum Strand.«

»Sie werden wollen, dass du nochmal so läufst«, sagte Luke. »Sie werden dich für die Olympischen Spiele wollen. Die wollen dich sicher genau untersuchen.«

»Oh du Scheiße«, sagte John.

»Du machst doch keinen Scherz?«

»Komm haun wir ab.«

»Okay, deine Eltern und Devi sind dort draußen.« Er zeigte über die Stadionkurve hinaus Richtung Parkfläche.

Sie standen auf und schlenderten, verfolgt von ein paar, die sich noch an sie hängten, los.

»Hey, du humpelst ja kaum noch«, bemerkte John.

»Ja, die Ärzte und Physiotherapeuten können es kaum glauben … die schnellste Genesung, die sie jemals gesehen haben. Ich denke, das muss an der Meditation liegen.«

»Sehr wahrscheinlich, dagegen schaut mein Laufen ziemlich alt aus«, witzelte John.

Nachdem sie das Spielfeld überquert hatten, traten sie in die dunkle Torpassage des Stadions.

Luke nahm John am Arm und sie hielten an. »Wie hast du das geschafft? Sie sagen, du hättest nicht einmal sonderlich geschnauft.«

»Ich weiß es nicht«, gab John zurück. »Ich selbst hab das auch gar nicht wirklich vollbracht. Es war das *ich bin.*«

»Herr erbarme dich.«

»Das wird er wohl.« John fühlte, wie eine Welle der Ekstase durch ihn nach oben strömte und ihn von innen heraus streckte. Seine Augen drehten sich in der Augenhöhle aufwärts. Er begann, leicht auf den Zehen zu hüpfen. Die Energie fand keinen anderen Ausweg. Es war da ein sonderbares Schlingern die Wirbelsäule nach oben und unten. Es fühlte sich so an, als würden überall auf seinem Körper Insekten herumkrabbeln. Jede Pore der Haut machte den Eindruck, als würde sie gleich einen Orgasmus bekommen. Während er weiter hüpfte, begann er den Kopf von Seite zu Seite zu schütteln. Alles nur, um die Energie loszuwerden.

»Ist alles in Ordnung?«, erkundigte sich Luke. »Du siehst aus, als wärest du bereit, gleich noch einmal loszurennen.«

John zwang sich zu mehr Ruhe, obwohl er innerlich brannte wie ein Christbaum. Seine Augen kamen zurück. »Gehen wir heim, Bruder Luke.«

Kapitel 10 – Steigende Flut

»Und was jetzt?« Harry Wilder stand vor John, der in langen Hosen und T-Shirt breit auf der Couch lag.

»Was jetzt?«

»Ja, was jetzt? Da du doch nun den Abschluss geschafft hast.«

John blickte durchs Fenster, das sich zur großen Bucht öffnete, auf den sanften blauen Horizont – ein völliger Kontrast zu seiner inneren Verfassung, die mehr einem Hurrikan glich. Er schaute nicht auf. »Willst du, dass ich ausziehe?«

Harry stutzte. »Natürlich nicht. Ich hätte nur gern etwas darüber gewusst, was du vorhast.«

»Können wir nicht einfach nur glücklich darüber sein, dass John es nun geschafft hat?« Johns Mutter stand im Bogengang zur großen Empfangshalle. »Das sollte eigentlich eine glückliche Zeit für uns alle sein ...«

Harry drehte sich zu ihr um: »Oh, Stella, siehst du nicht, dass John keinen blassen Schimmer davon hat, was er tun soll?«

Stella hob etwas den Finger: »Gut, ich wollte nur ...«

»Vielleicht ist die Berufsschule in der Stadt das Richtige?« Harry wandte sich wieder zu John. »Was hältst du davon, John? Das ist nicht viel, doch es ist ein Anfang.«

»Ich denk darüber nach, okay, Dad?« John würgte ab, schob das Unvermeidliche auf.

»Darüber nachdenken?«, meinte Harry. »Es sind nur noch ein paar Monate bis dahin.«

John wusste nicht, wie er seinen Eltern erklären sollte, was er erlebte. Er hatte noch niemandem von dem Vulkan an Vergnügen erzählt, der sich in ihm aufbaute. *Was soll ich damit anfangen?*

Stella wandte sich seufzend um: »Ich gehe in die Küche.«

John beobachtete sie, wie sie hinter der Ecke der dunklen Holzverkleidung verschwand. Er erinnerte sich daran, dass sie ihm einmal gesagt hatte, die Küche sei der sicherste Platz in jedem Haus, und wie sie sich als Kind immer unter dem Küchentisch versteckte, weil sie sich dort sicher fühlte … beschützt. John fragte sich, was *ihn* beschützte, da er seinen Hintern nun zum unendlichen inneren Fenster, das er geöffnet hatte, hinausstreckte. Irgendwie wusste er, dass alles in der Stille, jenseits der brausenden Liebesströme, gut sein würde. Er befand sich auf einer göttlichen Mission, stimmt doch? Menschen auf einer göttlichen Mission waren immer beschützt, oder etwa nicht?

»Vater, ich weiß, dass du nicht siehst, dass sich da viel in mir abspielt. Aber da tut sich wirklich etwas.«

»Du meinst deine Suche nach Gott? Bist du da immer noch nicht drüber weg?«

»Da werde ich nie drüber wegkommen.«

»Warum studierst du dann nicht Theologie oder trittst in ein Priesterseminar ein?«

»Meine Schule befindet sich genau hier.«

»Hier?« Harry schaute im Wohnzimmer umher. »Und die ganze Zeit, in der du bei den Durans herumhockst? Du solltest lieber vorsichtig sein, mein Sohn, oder du bist schneller, als du denkst, Ehrengast einer Mussheirat.«

»So ist das nicht.«

Harry rollte die Augen. »Meinst du vielleicht, ich bin von gestern? Sie ist eine sehr schöne junge Frau. Spielt ihr vielleicht *Mensch ärgere dich nicht*, wenn du bei ihr bist?«

»Devi versteht das, was ich mache.«

»Das glaube ich dir gern.«

»Ich erzähle dir nicht viel, nicht wahr?«

»Nein, das tust du nicht«, antwortete Harry. »Verstehst du meine Bedenken?«

»Ja.«

»Und?«

»Halte mit mir durch, Dad. Ich brauche deine Unterstützung.«

Harry seufzte. »Ich werd's versuchen, mein Sohn. Ich werd's versuchen. Doch du musst mir irgendwann einmal reinen Wein einschenken.«

»Ich hoffe, das wird sich rechtzeitig klären«, meinte John. »Ich will das auch wissen.«

»Ich lege sehr viel Vertrauen in dich«, sagte Harry. »In dir steckt sehr viel. Sie haben dich den *schnellsten Mann der Welt, der nicht laufen will* genannt. Sie zeigen im Fernsehen immer noch das verdammte Video mit dir, das so genannte Wunderrennen. Sie rufen immer wieder an: Agenturen, Trainer, Sponsoren und die Presse ... schreib ruhig auch meinen Namen unter die lange Liste von Leuten, die nicht wissen, wie du tickst.«

»Ich weiß«, sagte John. »Es tut mir leid. Wäre es in Ordnung, wenn ich halbtags in der Grafikabteilung der Firma arbeiten würde?«

»Du meinst das, was du immer während des Sommers gemacht hast? Die Blaupausenmaschine bedienen und für Besorgungen bereitstehen?«

»Ja, das ist alles, was ich zurzeit brauche. Damit hätte ich ausreichend Geld. Ich würde dir auch gern etwas Miete hier zahlen.«

»Oh, das ist nicht –».

»Ich will das. Ich finanziere mich selbst. Auf diese Weise kann ich meinen spirituellen Weg verfolgen, ohne ein Schmarotzer zu sein.«

Harry zuckte mit den Achseln und setzte sich in den Lehnstuhl. »Das ist nicht viel Leben, für was du dich entscheidest.«

»Das werden wir noch sehen, Dad.« Johns Augen wanderten wieder hinaus zum Horizont.

John rannte das Fünfmeilenstück der Coquina Island Beach hoch zurück nachhause. Es war spät nachmittags und die meisten der sonnenhungrigen Badegäste hatten den Strand bereits wieder verlassen. Er hatte eine kurze schwarze Badehose an. Am liebsten wäre er nackt gelaufen, wenn das möglich gewesen wäre. Die Julisonne fühlte sich gut an auf seinem hellbraunen Rücken. Der feste nasse Sand war genau das Richtige für seine Füße. Die salzige Luft streichelte jede Zelle seiner Lunge, wenn sie sich langsam zusammenzog und wieder ausdehnte – ganz im Gegensatz zum teuflischen Tempo seiner Beine. Weit in der Ferne konnte er oben auf den Dünen zwischen den Palmen und den immergrünen Eichen Teile des Hauses ausmachen. Er erkannte Devi, die die hölzernen Treppen zum Strand herunterkam. Sie winkte ihm. *Ihr muss ich aus dieser Entfernung wie ein zittriger Fleck am Strand erscheinen.* Er winkte mit beiden Armen über dem Kopf zurück und beschleunigte noch einmal seinen Lauf, wobei die Hände nach dem Anziehen schneller schnalzten. Als er nach Beendigung seines Spurts bei ihr anlangte, war er schweißüberströmt.

»Wow, das ist der Raketen-Mann in Shorts«, rief sie, als er auf sie zurannte. »Schau dich an. Du bist genauso sonnengebräunt wie ich.«

Sie kam in einem orange und gelb gemusterten Umhang daher, hatte einen Strohhut auf dem Kopf und eine breit geränderte Sonnenbrille auf der Nase. Ihr Haar war unter dem Hut zusammengebunden.

Er umschlang sie an der Hüfte, wirbelte sie ein wenig herum und sie lachten dabei. Ihr Hut machte sich selbstständig und das leuchtend schwarze Haar fiel ganz über sie herunter. Der süße Duft ihrer Sonnencreme nebelte ihn ein, als er sie wieder absetzte.

»Oh, sieh, was du hier angerichtet hast.« Sie ließ die Sonnenbrille in den Hut fallen und band das Haar zu einem Pferdeschwanz. Er liebte es, sie zu beobachten, wenn ihre Arme im Haar oben waren. Sie zog ein Gummi aus der Tasche und band es zusammen. »Okay, bist du bereit für die große Show?« Mit einem neckenden Blick zog sie ihren Umhang langsam über die Oberschenkel hoch.

John fiel wie ein gefällter Baum auf die Seite und landete mit herausgestreckter Brust und elegant gekreuzten Beinen mit dem Ellbogen im Sand. Mit dem Kopf bequem auf die Hand gestützt sah er aus wie ein Bodybuilder, der in aufgeklappter Haltung posiert. Gut, nicht ganz.

»Ich bin bereit«, sagte er. »Ich muss liegen, damit ich nicht umfallen kann, wenn ich ohnmächtig werde.«

»Dummer Junge.« Sie warf ihm einen verführerischen Blick zu.

Schon fielen bei einem langsam sich drehenden Devitanz ihre Kleider und sie stand da in einem blassgelben Bikini, der wie natürlich mit dem leichten Braun ihrer Haut und den lieblichen Kurven verschmolz.

»Du bist so schön«, sagte er und ließ den Kopf von der Hand auf den Sand fallen.

Sie lachte und begann zum Wasser zu laufen. »Der Verlierer ist ein stinkendes Ei!«, schrie sie ihm über die Schulter zu. »Der schnellste Mann der Welt schafft es nicht, mich einzuholen!«

John hob den Kopf und beobachtete, wie sie weglief – eine vollkommene Göttin auf dem Weg ins Meer. Er sprang auf und setzte ihr nach, erreichte sie im knietiefen Wasser und ging mit ihr unter die erste kleine Welle. Zusammen kamen sie wieder hoch. Ihre schwarzen Augen zwinkerten breit und der Mund öffnete sich, während das Meerwasser noch ihr Gesicht herunterlief. Wegen des Pferdeschwanzes und des nassen Haars sah es von vorne aus, als hätte sie kurze Haare. Er hob sie auf und trug sie hinaus über den welligen Grund zum ruhigen brusttiefen Wasser, wohin nur gelegentlich eine Welle über den schmalen Küstenschutz schwappte. Sie drehte sich zu ihm und schlang unter der Oberfläche des warmen klaren Wassers ihre Beine um ihn.

»Jetzt habe ich dich.« Sie warf ihm einen glückseligen Blick zu, der irgendwo zwischen völliger Inbesitznahme und absoluter Befreiung anzusiedeln war.

Sie neigte den Kopf, als ob sie versuchen würde, seine stillen Gedanken zu lesen. Das Kristallkreuz schwebte in dem leichten Strom, der sich zwischen ihren Brüsten bewegte. Es funkelte, als unter Wasser die Sonne darauf traf. Sie blickten einander in die Augen und kamen sich dabei langsam näher. Sie küsste ihn. Ihre Zunge zuckte sanft zwischen seinen Lippen und forderte ihn heraus. Er schloss sich ihr an bei diesem Zungentanz, zuerst in ihrem Mund, dann in seinem. Sie hielt ihn fest mit ihren Armen und Beinen, und er, der auf dem Grund des Ozeans stand, hielt sie nah bei sich. Er weitete seine dünne Nylonbadehose und drückte unter Wasser in die weichen Teile ihres Körpers. Sie seufzte sanft in sein Ohr. Sie hielten einander fest, als würde alles davon abhängen. Derartige intime Umarmungen waren für sie nichts Ungewöhnliches. Doch war es niemals weiter als bis dahin gegangen. Das hatten sie für die ganze Zeit der Abschlussklasse so vereinbart.

Sie lehnte sich im Wasser zurück, die Arme um seinen Hals gelegt. Ihre Beine waren immer noch um ihn geschlungen. »Ich habe mich entschlossen, hierzubleiben. Die Universität kann warten.«

»Bist du dir sicher?«, fragte er.

»Ja, ich möchte nah bei dir sein. Ich suche mir eine Arbeit und besuche einige Kurse. Ist das in Ordnung?«

»Ja, sicher«, antwortet er.

»Wohin kommen wir mit dem?« Sie löste sich von ihm und stand vor ihm auf dem Boden. Unter Wasser legte sie sanft ihre Hand auf sein geschwollenes Glied und tastete mit den Fingern durch das Nylon seine Länge ab.

»Ich bin mir nicht sicher«, sagte er.

»Ich nehme die Pille. Es besteht keine Gefahr.«

»Ich weiß.«

»Du weißt?«

»Ja, ich hab die Pille vor ein paar Wochen auf deinem Schreibtisch gesehen«, meinte er.

»Und das hat nicht gereicht?«, sagte sie.

»Ich bin noch nicht so weit.«

»Ich schon«, sagte sie und begann ihre Hand in seinen Slip gleiten zu lassen. Das erste Mal berührte sie das Fleisch seiner Männlichkeit. Ihre Augen verschmolzen mit den seinen. Er bremste sie und hob sanft ihre Hand heraus.

»Es tut mir leid«, sagte er.

»Stimmt etwas nicht?«

»Du bist super. Unsere Zeit kommt noch. Wir werden ein großes Ding drehen.« Johns Augen schwebten hinaus über die Oberfläche des warmen sommerlichen Ozeans, der sie umfing.

Sie schaute ihn ungläubig an.

»Welches große Ding?«

Es war im Moment ihrer Umarmung aus seinem Inneren gekommen, als sich alles in ihm danach sehnte, in ihr zu sein.

Er schaute zurück in ihre Augen. »Unser Kind. Sie wartet.«

»Unser Kind?«, fragte sie. »Ich bin noch nicht bereit für ein Kind.«

»Das ist noch niemand. Doch die Zeit kommt.«

»Wie weißt du das?«

»Ich weiß es einfach«, sagte er.

Devi war perplex …

Sie wateten zum Ufer, der Zauber ihrer Erregung war gebrochen. Eine andere Art von Zauber hielt Devi gefangen. *Ein Kind? Was meint er damit?*

Seine Worte rüttelten etwas wach tief in ihrem Schoß. Sie fühlte ein angenehmes Glühen wie eine goldene Birne tief in ihrem Bauch. Sie sehnte sich danach, ihn in sich zu spüren, damit er sie ganz mit seinem kostbaren Samen ausfülle. Sie erkannte, dass das mehr war, als ihn in sich zu haben, viel mehr.

Ja, ich will sein Kind. Ich will unser Kind zur Welt bringen. Warum kann das nicht jetzt sein … heute? Oh, die verdammten Pillen. Davon hab ich die Nase voll. Wenn er bereit ist, werde ich bereit sein. Mama zeigte mir schon, als ich vierzehn war, wie ich mich bereit machen kann. Sie gab mir den Dildo. Seither hab ich immer mit ihm gearbeitet, alles, was sie mir sagte. Jetzt bin ich bereit. Ich will unser Baby. Ich will –.

»Alles in Ordnung mit dir?«, fragte John. »Entschuldige, wenn ich dich verunsichert habe.«

»Nein, das hast du nicht.« Sie bügelte die Situation mit einem scheuen Blick glatt. »Es ist nur, dass ich nie nachgedacht habe über …«

»Unser Kind?«, sagte er. »Ich auch nicht.«

»Wo ist das also dann hergekommen?«

»Es kam mir, als ich mich dort drunten in dich eindringen sah. Unsere Liebe ist so etwas Heiliges, etwas so Wichtiges. Und dann kam sie zu mir, berührte mich sanft im Inneren. Sie wartet nur darauf, dass wir bereit werden.«

Sie saßen still im feuchten Sand am Ufer. Nur die sanften Wellen, die hereinkamen, machten ein Geräusch.

Die Offenbarung des letztendlichen Zwecks ihrer Vereinigung hatte auf Devi eine ernüchternde Wirkung. Ihre Weiblichkeit und ihre zukünftige Mutterschaft wallten in ihr auf. Sie blickte hinab zu ihrem Körper. Der dünne gelbe Stoff verbarg nicht viel, wenn er einmal nass war. Als die Meeresbrise ihre feuchte Haut kühlte, standen ihre dunklen Brustwarzen markant hervor. *Eines Tages wird unser Kind von diesen Brüsten genährt werden.*

Das weiche Vlies ihres Venushügels tönte das ihn bedeckende dünne, nasse Gelb dunkel. Sie spürte, wie die Brise das Stück Stoff kühlte, das die sensiblen Falten am Eingang zu ihrem wartenden Schoßes überzog. *Eines Tages wird unser Kind aus dieser heiligen Öffnung hervorkommen.*

Sie blickte in Johns Augen und lud ihn ein, ihre Weiblichkeit zu betrachten. Sie lehnte sich auf ihrem Ellbogen zurück. Ihre Brüste wölbten sich nach oben. Sie ließ die Knie auseinanderwandern, bis sie auf dem Sand ruhten, so, dass er alles sehen konnte.

»Ich werde unser Kind in mir tragen«, sagte sie. »Deine Worte heute haben mich zur Frau gemacht, deine Frau. Zusammen werden wir diese himmlische Göttin in eine göttliche Mutter verwandeln.«

Er lehnte sich in seiner kreuzbeinigen Sitzhaltung nach vorn, legte die Hände auf die Innenseite ihrer Knie und liebkoste sie langsam entlang der Oberschenkel. »Ich fühle auch eine Veränderung.« Liebevoll betrachtete er ihre Konturen. Dann hoben sich seine Augen in einem Ausdruck des Vergnügens, den sie nicht verstehen konnte, weit nach oben.

Sie betrachtete ihn. Seine Form hob sich in dem schwarzen Nylonslip gut ab. Seine Erektion war viel geringer, als sie noch im Wasser gewesen war und sie blieb so klein, obwohl er sie bewundernd anblickte. Oft hatte sie ihn mit ihrem Körper aufgebürstet, um ihn unten zu fühlen. So offen hatte sie sich ihm noch niemals zuvor gezeigt. *Was ist da los?*

Sie bemerkte, dass er beim Sitzen im Sand einen Fuß unter sich geschoben hatte. Sie erhob sich von den Ellbogen und kam näher, ließ die Finger einer Hand sanft hinuntergleiten zur Mitte seiner Brust, weiter über seinen harten Bauch und noch weiter, bis sie ihn erneut berührte. Er tat nichts dagegen, als sie begann, durch das dünne Nylon sein Glied zu streicheln. Es veränderte sich nicht. Seine Augen waren wieder, als ob das Streicheln das veranlasst hätte, nach oben gezogen. Sie verstand das nicht.

»Ich möchte dir etwas erzählen«, sagte er. »Ich habe, seit ich letzten Winter von den Moccasin Mountains zurückkam, mehr Übungen gemacht. Das hat seinen Anteil an dem, was mich verändert.«

»Bitte erklär mir das. Ich fühle mich, als würde ich den Zugang zu dir verlieren.« Sie schaute sich um, ob irgendjemand in der Nähe war. Als sie weit und breit niemanden sah, begann sie ihn mit beiden Händen zu hätscheln – immer noch keine Veränderung.

Seine Augen richteten sich wieder mit diesem glückseligen Ausdruck nach oben. Diesmal zog er auch seinen Bauch aufwärts, als ob er etwas im Inneren anheben würde.

Was zum …? Devi war perplex.

»Du verlierst nicht den Zugang zu mir«, sagte er sanft. »Es geht in mir einfach nach oben anstatt nach außen.«

Dann verstand sie. Seit sie mit dem Meditieren begonnen hatte, stieg die sexuelle Energie in ihr oft auf köstliche Weise nach oben. »Doch wie? Wie machst du das?«

»Das hängt mit der Ferse zusammen. Schau!« Er lehnte sich leicht zurück und sein nylonumspanntes Glied begann, in ihren Händen zu wachsen. »Siehst du? Jetzt ist es nicht mehr so blockiert.«

Ihre Augen wurden vor Überraschung weit, als es in ihren Händen immer größer wurde. Nun hatte es fast seine volle Länge erreicht. Mit der einen Hand streichelte sie es mit langen Bewegungen, während die andere die beiden Quellen seines Samens umfingen. »Bekommst du ihn auf demselben Weg auch wieder klein?« *Biiiiiiitte mach's aber nicht,* dachte sie.

»Nein. Außer du hörst damit auf«, sagte er lächelnd. »Doch ich kann blockieren, was immer da herauskommen will.«

»Oh?«

»Ja, das ist ziemlich simpel«, sagte er. »Man kann auch mit den Fingern blockieren.«

»Warum erzählst du mir das? Willst du vielleicht, dass ich weitermache?« Sie umschloss nun sein Glied fest mit beiden Händen und sehnte sich danach, es in ihren Schoß zu führen.

»Nein.« Er nahm ihre Hände hoch in die seinen und küsste sie. »Ich dachte, das könnte bei dir auch so funktionieren.«

»Blockieren?«, fragte sie. »Was soll ich denn blockieren?«

»Der andere Teil davon könnte dir vielleicht bei der Meditation helfen.«

»Der andere Teil?«

»Die Stimulation«, sagte er.

»Ich verstehe«, gab sie zurück. »Okay, wo setze ich die Ferse an?«

»Dort wo es weich ist, gleich hinter dem Knochen da unten. Versuchs mal und sieh.«

Sie richtete sich etwas auf, legte die Ferse unten an sich und setzte sich darauf. »Mmmmm … das fühlt sich gut an.«

»Das ist bei dir vielleicht nicht genau dasselbe«, sagte er. »Du musst ein wenig experimentieren. Aber ich sitze jetzt immer so in der Meditation.«

Sie bewegte sich etwas auf der Ferse und die steigende Leidenschaft spiegelte sich in ihren Augen. »Wie soll ich so meditieren. Das stimuliert soooo sehr ...«

»Bei mir war es anfangs genauso«, sagte er. »Ich konnte gar nicht still sitzen. Allmählich hat sich das dann beruhigt. Nun verschmilzt es in der Meditation mit der Tiefe von *ich bin*. Es ist wundervoll. Versuch es mal zusammen mit der Meditation. Du wirst schon sehen.«

»Gut, ich werd's versuchen«, sagte sie etwas benommen von ihrer Erregung. »Kann ich masturbieren, wenn es zu stark wird?« Ihre Hände sehnten sich danach, das Verzücken an ihrer Öffnung zu unterstützen.

»Wenn es sein muss«, sagte er. »Ich mache das manchmal. Ich kann aber inzwischen durch das Blockieren verhindern, dass irgendetwas austritt. Das ist viel besser. Eine Evolution. Es geht immer leichter. Es ist der Mühe wert. Die Wirkungen sind gigantisch.«

»Wirkungen? Wie seh'n die aus?« Sie fühlte, wie ihre Stimme aus ihr quoll.

»Ich bin der ›schnellste Mann der Welt‹, du erinnerst dich?«

»Du meinst ...«

»Ja, und das ist noch das Wenigste davon. Es gibt eine ungeheuer große Energie in uns, und die hat mit uns was Besonderes vor.« Er schaute hinunter zu seinem Schritt. »Diese Art des Sitzens ist ein Weg, sie sehr gut zu stimulieren. Es gibt jedoch noch mehr Dinge, die im Körper und mit dem Atem getan werden können. Wenn du willst, kann ich dir das zeigen.«

»Ja, ja!«, schrie sie, als ob er in sie eindringen würde. Sie wusste nicht, was sie sonst mit dieser Stimulation tun sollte, die sie im Inneren erleuchtete. Beider Gelächter tanzte über das steigende Wasser.

»Alles, was ich habe, gehört dir, meine himmlische Göttin.«

Er erzählte ihr von seinem visionären Traum auf dem Moccasin Mountain und den Entwicklungen in seinen Übungen seither. Er zeigte ihr die Bewegungen, die im Laufe der letzten Monate zu seiner zweiten Natur geworden waren. Er demonstrierte ihr das Anhalten des Atems bei vollen Lungen und wie empfänglich der Körper darauf reagiert, indem er die befreite Lebensessenz hinauf in die sich entwickelnde neue Biologie zog. Er erklärte ihr seine Erfahrung mit dem silbernen Faden und seine Beunruhigung über den ständig größer werdenden Energiesturm, der darum nach oben umherwirbelte. Er erzählte ihr von seinen Bemühungen, diese Ströme zu zerstreuen, wie diese zu seinen ruhelosen Zitterbewegungen und seinem unstillbaren Drang zu laufen führten.

»Geh langsam voran, bis du dich an die aufsteigenden Liebeswellen in dir gewöhnt hast«, sagte er, »und du weißt, wie du damit umgehen musst. Bei mir fehlt noch etwas, etwas, das das alles ausgleichen und beschleunigen wird. Ich bin mir aber sicher, dass es kommt, auch wenn ich nicht ganz genau weiß, was es ist. Ich werd es herausfinden. Der Hunger wird mich dahin führen.«

Danach meditierten sie zusammen am Ufer im Wurzelsitz. Devi war von ihrer Erregung abgelenkt. Sie konnte dem Drang nicht widerstehen, den Anusschließmuskel und die Öffnung ihrer Weiblichkeit sanft zusammenzudrücken. Es begann im selben Augenblick, als John anfing, davon zu erzählen. Die Unterweisungen, die ihr ihre führsorgliche Mutter mitgegeben hatte, ähnelten dem so sehr und erhielten eine neue Bedeutung – das Zusammendrücken und das Nach-oben-Locken. Als die Wellen des Vergnügens in ihr aufstiegen, beförderte sie diese durch Becken und Bauch nach oben, und das erleuchtete ihr Brust und Kopf. Alles stand in Verbindung mit dem natürlichen Pulsieren ihrer Liebesblume, die auf ihrer Ferse ruhte. Nach einer Weile gelang es ihr, loszulassen und tief in die Meditation zu gehen. Sie füllte sich an mit der sich ausdehnenden Glückseligkeit des *ich bin*, die sich mit der beständig von den Lenden aufsteigenden Energie mischte. Sie verschmolz dort am Strand damit und vergaß alles um sich herum. Etwas zitterte ekstatisch tief in der Kehle und das veranlasste ihren Kopf, sich leicht von einer Seite zur anderen zu bewegen. Tränen quollen herauf, traten aus ihren geschlossenen Augen und sie wurde nach oben in eine mysteriöse, alles verschlingende Leidenschaft gezogen, die ihren Körper und ihre Seele umhüllte. *Oh Gott, das ist so wundervoll …*

Dreißig Minuten vergingen, bis sie langsam aus ihrer ekstatischen Meditation herauskamen. Ihre Blicke umschlangen sich zu einer Vereinigung jenseits fleischlicher Begierde. Der Himmel verfärbte sich zu einem sanften rosarot. Die Flut war bis zur Höhe ihrer Plätze gestiegen. Das Wasser floss ruhig um ihre Wurzelsitze herum. Die seichten Wellen rosa angehauchten Meerwassers kamen und gingen, jede bemüht, das Ufer höher hinaufzukriechen. Zog sich das Wasser zurück, stiegen Millionen winziger Muschelkalkplättchen auf beiden Seiten der Uferlinie aus dem nassen Sand, jedes eine Galaxie von Blau, Gelb und Rot. Schwappte das Wasser herauf, nahm es den Muschelkalk mit sich bis zur höchsten Stelle, wo die Plättchen sich alle eingruben, bevor es sich wieder zurückzog. Dann mit dem nächsten Anbranden des Meeres wurden sie wieder aus dem Sand hochgewirbelt und noch höher den Strand hinaufgetragen. Auf diese Weise folgte der Muschelkalk der sich mit der Flut verändernden Uferlinie.

»Hier kommt der Muschelkalk.« Devi beobachtete, wie er an ihnen vorbeischwebte.

»Die Flut steigt«, sagte John. »Genauso geht es zu bei der menschlichen Rasse.«

»Viel langsamer – oder meinst du nicht?«

»Ja, doch das beginnt, sich zu beschleunigen. Ich spüre es. Die Kluft zwischen dem menschlichen Bewusstsein und *ich bin* verringert sich. Viele werden da noch dazustoßen. Der Hunger danach wird größer. Kommt die Flut heran, hat der Muschelkalk genauso wenig Wahl wie wir. Wir müssen da einfach mit nach oben gehen.«

»Und welche Rolle wirst du bei diesem großen Ereignis spielen, John Wilder?«, fragte sie und stierte ihn dabei demonstrativ an.

Mit einem leichten Lächeln zuckte er die Achseln. Sie schaute ihm wissend in die Augen. Als sie so im Wurzelsitz dasaß, wallte göttliche Glückseligkeit wie aus einer Quelle in ihrem Inneren auf. Die sexuelle Frustration hatte sich gelegt und sie war angefüllt mit göttlichem Licht. Sie breitete die Arme auf beiden Seiten so weit aus, wie sie konnte, als wollte sie die ganze Uferlinie umfassen, ganz so wie Moses, als er bereit war, das Meer zu teilen.

»Schau! Die Himmelfahrt der menschlichen Rasse!«, rief sie laut. Genau in diesem Augenblick quollen die Muschelkalkplättchen in einer Welle meilenweit in beide Richtungen aus dem rosarot angehauchten Sand hervor. Sie wandte sich um und grinste ihn an. »Siehst du? Es funktioniert.«

»Ziemlich beeindruckend«, bemerkte er. »Was immer ich tun werde, du wirst auf jeden Fall das Kommando führen.«

Sie erhoben sich und gingen langsam den Strand hinauf Richtung Haus.

Bums …

Wieder traf ihn die Hüfte.

»Hey, was soll das?«, rief er.

Devi stellte den Kopf etwas auf und warf ihm einen gerissenen Blick zu. »Wann werden wir also dann mal ganz nackt sein?«

Sein Blick wanderte zur Dachgaube seines Heiligtums im zweiten Stock, hoch oben auf der Düne, auf der sie unterwegs waren. Sie folgte seinem Blick. Im Zwielicht hielten sie an und umarmten sich. Ihr Schoß lechzte schon wieder nach ihm.

Kapitel 11 – Zwei Brüder

Als Kurt fort aufs College ging, hatte er klare Vorstellungen, was er tun wollte. Als Hauptfach wählte er BWL und Politische Wissenschaften nahm er als Nebenfach hinzu. Er hatte vor, die Firma seines Vaters zu übernehmen, und mit dieser so lange zu wachsen, bis daraus ein riesiges Konglomerat geworden sein würde. Er wusste, dass dazu nicht nur Geschäftsbeziehungen nötig waren. Auch eine Einflussnahme auf Politiker auf allen Regierungsebenen wäre unabdingbar. Sein Vater hatte die ersten Schritte gemacht. Unter seiner Ägide war die Wilder Corporation zu einem regionalen Machtzentrum für Technik und Anlagenbau aufgestiegen. Kurt wollte das bis zur nationalen Ebene und darüber hinaus fortführen. Das war seine größte Sehnsucht.

Je länger er an der Florida State University studierte, desto mehr legte er von seiner jugendlichen Unbeholfenheit ab. Auch sein Gewicht bekam er in den Griff und er trainierte mehrmals die Woche im Fitnesscenter der Uni. Er hatte auch begonnen zu laufen. Nicht wie John. Niemand lief wie John. *Verdammt …*

Allmählich wurde er äußerlich zu der Person, die er schon immer sein wollte. Innerlich war er immer noch der Gleiche: Unsicher, aggressiv und hungrig danach, um jeden Preis in allen Angelegenheiten erfolgreich zu sein, die ihm wichtig waren: Geld und Macht. Diese beiden summierten sich zu dem, was er am meisten ersehnte: Achtung. So dachte er zumindest. Das war der einfache Bauplan, nach dem er sein Lebensgebäude errichtete.

Kurt engagierte sich in der Studentenvertretung und kandidierte in seinen ersten Jahren an der Hochschule für den Vorsitz. In einer engen, schmutzigen Kampagne konnte er schließlich das Rennen für sich entscheiden. Er lernte, Vorschriften so auszulegen, dass er das bekam, was er wollte. Es gab Gerüchte, dass er einmal eine Eins in einem seiner Kurse zur ›Politischen Wissenschaft‹ erhielt, weil er vor einem Professor eine zufällige Bemerkung fallen ließ, er hätte ihn während der Abschlusswochen in Begleitung einer jungen Kommilitonin in einem überfüllten Restaurant gesehen. Es hieß, er habe dem Professor sogar ein Bild gezeigt. Er habe nie von dem Professor behauptet, dass er seine Frau betrüge und mit einer seiner Studentinnen ins Bett gehe. Doch der Professor verstand und Kurts Drei verwandelte sich auf wundersame Weise in eine Eins.

Unter seinen Gleichgestellten in der Verwaltung studentischer Belange war er ähnlich einflussreich. Er hatte den Dreh heraus, wie er das erhielt, was er wollte. Er schien über jeden etwas zu wissen. Als er so weit war, sein Examen mit Auszeichnung abzulegen, war er von vielen gefürchtet und viele hatten den Eindruck, dass er es in der Geschäftswelt weit bringen würde.

In den Semesterferien arbeitete Kurt in der Wilder Corporation. Bald hatte er sich die Geschäftsgepflogenheiten angeeignet. Harry hatte schon fest eingeplant, dass er nach seinem Abschluss in die Firma eintreten würde. Aufgrund seiner fehlenden technischen Ausbildung dachte er daran, ihn in der Finanzabteilung unterzubringen, damit er von dort aus den Karrierepfad bis ins leitende Management durchlaufen könne. Kurt hatte da aber andere Vorstellungen.

Kurt war übers Wochenende zu Hause und wollte seinem Vater einen Vorschlag unterbreiten. Sie saßen vor dem offenen Kamin auf dem luxuriösen Wohnzimmersofa, Marke Bretz.

»Dad, ich denke, wir sollten in Tallahassee eine Niederlassung eröffnen.«

»Warum das?«, fragte Harry. »Bisher funktionierte die Zusammenarbeit mit staatlichen Stellen von Jacksonville aus sehr gut.«

»Die ganze Zeit auf der Uni dort habe ich beobachtet, wie die Dinge in der Staatsregierung laufen. Dort ist die Machtzentrale. Dort müssen wir vertreten sein und ich selbst möchte da auch sein.«

»Was? Du ganz alleine in einem Büro? Wie sollst du da irgendetwas über unsere Geschäftsvorgänge lernen?«

»Ich werde auch hier Zeit verbringen«, antwortete Kurt. »Und ich werde auch nicht allein sein. Nicht wenn es nach meinen Plänen geht.«

»Du hast einen Plan?«

»Natürlich. Hast du schon einmal etwas von Darren McKenzie gehört?«

»Ist das nicht der, der in Washington die großen Dinger für die International Design and Construction Corporation dreht? Mann, die machen Milliarden mit ihren staatlichen Aufträgen.«

»Genau der«, meinte Kurt. »Ich habe ihn getroffen und er würde gerne mit uns in Tallahassee ins Geschäft kommen.«

Harrys Augen begannen zu leuchten. »Wirklich? Können wir uns den leisten?«

»Ich denke schon. Er möchte nach Florida ziehen, um aus diesem Hamsterrad in Washington herauszukommen. Er hätte hier gern ein eigenes Büro, um seinen Hut ablegen zu können, seinen Einfluss auf der hiesigen Regierungsebene geltend zu machen und uns ganz nebenbei die Türen zu großen bundesstaatlichen Aufträgen zu öffnen. Er ist auch bereit, mein Mentor zu sein, wenn ich dich nur für die Sache gewinne.«

»Wann können wir mit ihm darüber reden?«

»Nächste Woche.«

»Das hört sich interessant an«, meinte Harry. »Leite das mal in die Wege. Dann werden wir schon sehen, wohin uns das führt.« Er erhob sich vom Sofa. »Übrigens, wie geht es dem reizenden jungen Mädchen, mit dem du dich an der Uni immer getroffen hast? Mary? So hieß sie doch?«

»Ja, sie ist in Ordnung«, sagte Kurt. »Doch ich glaube nicht, dass das etwas Festes ist.«

»Warum nicht? Sie war sehr reizend, als sie mit dir beim letzten Thanksgiving Fest hier war. Sie ist auch intelligent. In unserer Familie können wir immer eine Rechtsanwältin gebrauchen.«

»In meinen Augen ist sie einfach nicht ehrgeizig genug. Ich brauche jemanden an meiner Seite, der genauso weit reichende Ziel hat wie ich. Verstehst du, was ich meine?«

»Ich glaube schon, mein Sohn«, sagte Harry. »Denke aber dran, dass eine Freundin kein Geschäftspartner zu sein braucht, auch wenn sich das manchmal so ergibt. Deine Mutter hatte an meiner Karriere kaum einen Anteil, außer bei gesellschaftlichen Anlässen. Doch sie hat den Haushalt geführt und sich die ganzen Jahre um die Erziehung von euch Jungs gekümmert, während ich die Firma aufbaute.«

Kurt zuckte mit den Achseln. Für seine Mutter empfand er nicht sonderlich viel Achtung. Für ihn war sie zu weich, zu entgegenkommend und feige. Sie hatte ihn und seinen Bruder nie dazu ermutigt, ihre Ziele aggressiv zu verfolgen. Er dachte, dass das der Grund dafür war, dass John in Bezug auf die Schule und seine Karriere so passiv blieb. Sie war daran schuld.

»Gut, was soll's, Dad. Mama ist okay, doch ich würde gerne jemanden heiraten, der stark ist.«

Harry blickte Kurt eine Sekunde an, als würde er nicht verstehen, obwohl Kurt wusste, dass er sehr wohl verstand. Seine Mutter war das Kreuz, das sein Vater zu tragen hatte. Sie alle litten unter ihrer Schwäche. Er selbst würde bei der Wahl seiner Frau nicht denselben Fehler machen.

Innerhalb von drei Monaten eröffnete die Wilder Corporation in Tallahassee ihre neue Niederlassung mit drei Beschäftigten.

Darren McKenzie war an dem Punkt, dass er etwas leiser treten wollte. Doch er war noch nicht am Ende. Der listige alte Lobbyist hatte über die Jahrzehnte mit staatlichen Aufträgen, für die er sich auf die eine oder andere Weise den Zuschlag erschlich, seine Arbeitgeber sehr reich gemacht.

Kurt war glücklich, einstweilen Darrens Vertreter zu sein, und war bereit, alles nur Erforderliche zu tun, in die heiligen Hallen der Staatsregierung einzudringen, um an die fetten Aufträge zu kommen.

Mable Butkus saß am Schreibtisch im Eingangsbereich, sorgte für Ordnung im Büro und bezirzte mehr als einen Vertreter des Kapitols zu Gunsten der Firma. Die Kaugummi kauende wuschelige Blondine mit erotischer Ausstrahlung war in der letzten Administration Bürochefin des Gouverneurs gewesen. Einige behaupteten sogar, sie war der wirkliche Motor hinter ihm und einige witzelten: der Motor unter ihm. Jeder wusste, dass sie sehr viel intelligenter war, als sie aussah, und jeder hörte gut zu, wann immer sich ihre roten Schmolllippen verformten, um Worte zu artikulieren, denen sie mit regelmäßig platzenden rosaroten Kaugummiblasen Nachdruck verlieh.

Es dauerte nicht lange, da zogen sie bereits kleine Staatsaufträge für die Wilder Corporation an Land und erzeugten Überschüsse. Kurt wollte aber viel mehr. Er war immer daran, den größten Projekten nachjagen, die ausgeschrieben wurden, und gab sich mit nichts Geringerem zufrieden. Im Jacksonviller Büro wurde er berüchtigt für seine Wutanfälle, wenn er bei der Verfolgung einer Vielzahl großer Projekte nicht die Unterstützung bekam, die er sich wünschte. Viele dachten im Stillen, der junge Mann sei geisteskrank. Er strapazierte die Geschäftsentwicklung und die finanziellen Ressourcen der Firma ständig bis zum Äußersten. Doch Harry unterstützte Kurt und die Wilder Corporation schaffte langsam den Aufstieg in eine höhere Liga. Es war nie genug. Kurts Ehrgeiz erstreckte sich über Tallahassee hinaus zum größten Machtzentrum der Erde, Washington, D.C.

John hielt sich in der Wilder Corporation und auch überall sonst mit Bedacht zurück. Sein Ruhm als gefeierter Weltrekordhalter folgte ihm, doch tat er nichts, diesen Ruhm lebendig zu erhalten. Meist ignorierte er alles, was darauf anspielte. Er saß seine Zeit bei der Arbeit ab und weitete seine spirituellen Übungszeiten am frühen Morgen und späten Abend aus. Den Abend lief er entweder am Strand oder verbrachte ihn mit Devi. Oft meditierten sie zusammen. Das war ihre Art des Liebesspiels: mit lockerer Bekleidung in tiefer Meditation dazusitzen, mit dem *ich bin* in die zähflüssige Glückseligkeit der inneren Reiche einzutauchen und hungrig die aus ihrem Inneren aufsteigenden Essenzen zu transformieren.

Einmal luden sie Luke ein, sich ihnen bei der Meditation anzuschließen. Bald kamen noch andere dazu und das wurde zu einer wöchentlichen Veranstaltung. Das Erlebnis innerer Erfahrungen wurde in den Gruppenmeditationen noch verstärkt. Das Ganze war irgendwie größer als die Summe der Teile. Donnerstagabend wurde zum Meditationsabend und sie rotierten dazu zwischen den Häusern einiger Teilnehmer auf Coquina Island.

Die Verbreitung der *ich bin* Meditation war im Stillen geschehen und immer wurde die Weitergabe vom Antippen des Brustbeins begleitet. Es wurde zu einer unausgesprochenen Grundregel, dass jeder, der einmal von dem *ich bin* berührt war, jedem sein Wissen weitergeben konnte.

John hatte Jimmy Marco und Coach Johnson einige Wochen nach dem Sportfest dazu gebracht, als er versuchte, ihnen zu erklären, wie es ihm gelungen war, die Meile in Weltrekordzeit zu laufen. Diese wiederum steckten andere an. Dwane Culpepper, Johns und Devis früherer Englischlehrer, war jemand, der über Coach Johnson dazukam. Beide wurden zu regelmäßigen Teilnehmern an der Donnerstagsveranstaltung. Schon vor seinem Abschluss hatte John den hochgradig interessierten Ted Warner, den Klassenprimus, angesteckt, der nicht aufhörte, bevor er zu Harvard ging, John nach seinen Geheimnissen zu befragen.

Luke brachte die meisten seiner Freunde der Duval High American Fußballmannschaft dazu. Hal Hunter, der Quarterback gab es an seine Freundin Melony Crighten weiter, bevor er wegen eines Stipendiums an die University of Southern California ging. Melony wurde zu einer in der Coquina Island Gruppe, die sich am meisten für Meditation begeisterte. Sie begann manchmal sanft zu stöhnen, wenn sie in das *ich bin* eintauchte, und nahm dabei alle Anwesenden mit sich tiefer hinein. Luke infizierte auch einen unauffälligen Dreher, George Talbot, der in der Maschinenfabrik seines Vaters arbeitete. George entpuppte sich als jemand mit einer ausgeprägten spirituellen Intuition.

Auch Devi brachte einige Freundinnen mit. Carol Frasier war eine von denen, die auf das *ich bin* ganz natürlich ansprachen, genauso wie Wendy Pinto.

Diejenigen, die stark waren, konnten an den wöchentlichen Treffen teilnehmen oder auch Monate, bisweilen sogar Jahre lang fernbleiben und trotzdem ihre tägliche Praxis aufrechterhalten. Einige brauchten die Unterstützung der Gruppe, damit sie bei der Stange blieben, zumindest zu Beginn. Das war alles eine Frage von Hunger und Durst.

Und so verbreitete sich das Wissen um die *ich bin* Meditation durch vertrauliche Mund-zu-Mund-Propaganda von einer Seele zur anderen. Nicht immer blieben die Leute dabei oder gaben sie wieder weiter. Viele, wie Kurt Wilder, die sich für einen ausschließlich äußeren Zugang zum Leben entschlossen, wurden eingeführt, scheuten jedoch das Meditieren. Indessen, das *ich bin* wirkte auch in ihnen weiter, hinter den Kulissen. Durch das *ich bin* wurde jeder Person die Wahrheit in ihrem

Inneren gezeigt und jeder machte es mit sich aus, ob er dieser Spur weiter folgen wollte oder nicht.

Der Ablauf der Gruppenmeditationen am Donnerstagabend war einfach. Zuerst unterhielt man sich über die Prinzipien und die Übung von *ich bin*, dazu gab es kleine Snacks und schließlich folgte die Meditation. Danach unterhielt man sich weiter über die Übungen. Einige gingen nachhause, während andere länger blieben, um sich noch über fortgeschrittene Übungen auszutauschen. Bei jedem war das Niveau des Hungers ein anderes. John teilte sein wachsendes Wissen und seine Erfahrungen offen mit. Er hielt nicht viel davon, in der Gruppe große formale Strukturen aufzubauen. Er war überzeugt, es sei am besten, wenn jeder mit den Flügeln seiner eigenen Wünsche fliegt, um seine inneren Erfahrungen zu entfalten. Nichts gab es zum Nulltarif. Er ermunterte die anderen ständig, sich in ihren Übungen vor allem auf sich selbst zu verlassen.

Einige wollten versuchen, durch eine aktive Werbung für dieses besondere Wissen, das dabei war, sich herauszubilden, mehr Zulauf zu gewinnen. John war dagegen, weil er sich selbst noch als Anfänger und solch einer Verantwortung nicht gewachsen fühlte. Das war der Beginn einer steinigen Straße, die unter dem Label *Wilders Geheimnisse* weite Verbreitung finden sollte. Am steinigsten sollte sie für John selbst werden. Es gab immer noch sehr viel für ihn zu entdecken.

Im Laufe des täglichen Praktizierens auf seinem Bett dehnte sich die Zeit, die John den Atem anhalten konnte, aus. Sein Bedürfnis, die Kanäle seines Körpers zu reinigen, war größer als sein Bedürfnis nach Atemluft. Über die Monate hatte er eine klarere Vorstellung über den Sinn seiner Routine gewonnen. Die Beruhigung des Atems in Begleitung bestimmter Kniffe, die er mit seinem Körper ausführte, öffnete in ihm Tausende Nerven. Die Drosselung des Atems weckte in ihm aber auch sexuelle Essenzen, die nach oben stiegen und eine zunehmende Läuterung der vitalisierten Nerven durch das *ich bin* sowohl während als auch außerhalb seiner Meditationen erleichterten. Die sich ausdehnende Manifestation von *ich bin* akzentuierte seinen Wunsch, die göttliche Gegenwart ganz zu verstehen, was ihn wiederum noch mehr motivierte, seine Übungen zu intensivieren. Das Aufkommen von Licht und das Aufkommen von Sehnsucht gaben ihm Anlass zu den Übungen. Das führte zu mehr Licht, mehr Sehnsucht und noch mehr Übung. Wie in einer Spirale ging es nach oben.

Es gab da in seinem Körper physische Vorgänge, die über die willentlichen Bewegungen und Kniffe hinausgingen. Sogar die willentlichen Bewegungen wurden mehr und mehr zu Reflexen, manchmal so fein, dass sie kaum wahrnehmbar waren, wenn er die köstlichen Energien mit kleinsten Muskelbewegungen im Perineum, Becken, Bauch oder den Augen nach oben lockte.

Wie mich die Augen von innen her streicheln!

Wenn er sie zum Punkt zwischen den Augenbrauen nach oben wandte, fühlte er in seinen Lenden ein Entzücken, als ob ihn etwas von innen her liebkoste.

In seiner Verdauung zeigte sich eine sonderbar neue Chemie. Seine Gedärme füllten sich von irgendwoher mit Luft und fühlten sich für seine innere Wahrnehmung angenehm glühend an. So war er auch in der Lage, sie leicht auf ihrer ganzen Länge durchzuscannen. Manchmal entließ sein Anus etwas Samenartiges. Er erklärte sich das damit, dass in seinem Verdauungstrakt alchemistische Vorgänge abliefen, ein mysteriöses Gemisch aus Nahrung, Luft und Sexualessenzen. Dieser Stoff war eine Substanz, von der in seinem Inneren reines Licht ausstrahlte. Manchmal konnte er all seine Organe durchdrungen und erleuchtet von der willkommenen Invasion lebendigen Geist-Safts sehen, der in alle Richtungen von den Wänden seiner Därme ausfloss.

Das Entzücken, das sich da breitmachte, führte dazu, dass sich seine Zunge zurückdrehte und gegen die Munddecke drückte. Da war ein Punkt, wo der harte auf den weichen Gaumen stieß. Diese Stelle stand mit den erwachenden Lustströmen in ihm in Verbindung. Je mehr er meditierte, desto mehr drehte sich seine Zunge zurück. Sie drehte sie umso mehr zurück, je mehr sich seine Augen nach oben drehten. Jedes Fluten lebendigen Lichts in ihm zog die Zunge zurück. Doch warum? Allerdings begann das ständige Zurückziehen der Zunge, den Kiefer anzustrengen. Nach Wochen ekstatischen Zehrens von den inneren Strömen suchte er nach einem Weg, das etwas angenehmer geschehen zu lassen. Irgendetwas musste da nachgeben.

Eines Samstags spätnachts hatte John gerade eine Extra-Meditation beendet. Er stand auf, ging zum großen Dachgaubenfenster und setzte sich aufs Fenstersims. Es war fast Mitternacht und der Vollmond warf eine Straße aus schimmernd weißem Licht über die ruhige See. Er sah, wie sie vollkommen gerade auf ihn zulief. Dann steckte er einen Zeigefinger in den Mund und betastete den Ort an der Munddecke, der die Zunge so anzog, genau da, wo der weiche in den harten Gaumen überging. *Das ist dort richtig empfindlich.* Die Zungenspitze reichte gut zu der Stelle hin. Doch dazu war eine ständige Anstrengung nötig. *Was hält sie zurück?* Er tastete unter die Zunge und stieß auf die Membran, die dort gespannt war und die Zunge in Schach hielt.

Dann ging er ins Badezimmer und schaltete das Licht an. Er beugte sich übers Waschbecken, öffnete den Mund und hob und schob die Zunge so weit zurück, wie es ging. Da war sie also, die Schuldige, die Membran da unten. Sie war so dünn. Es war eigentlich gar nichts dran. *Welchen Sinn hat die dort? – Soll sie verhindern, dass ich meine Zunge hinunterschlucke und daran ersticke? Nee.*

Er drückte stärker drauf, versuchte sie zu strecken. Sie gab nicht viel nach. *Es könnte Jahre dauern, bis es an diesem sensitiven Punkt angenehm wird, auch wenn ich sie jedes Mal ein bisschen strecken könnte. Wie wär es aber, wenn ich da ein bisschen nachhelfe?*

John öffnete den Medizinschrank und fand darin den Nagelhautschneider, diese kleine Schere, die so praktisch und präzise beim Entfernen jeder Art unwillkommener kleiner Hautstücke am Körper war. *Dann pass mal auf.*

Er schaute noch einmal unter die Zunge. *Sie ist so dünn und hat einen winzigen Rand, nicht viel dicker als ein Haar. Und es sieht aus, als ob dahinter ein Segel wäre, nur eine dünne, breitgezogene Haut. Vielleicht sollte ich diesen winzigen Rand etwas anschneiden, ganz wenig, nicht einmal so viel, dass es richtig bluten kann.*

Schnipp…

Ich bin immer noch da. Ich lebe noch. Es hat nicht einmal wehgetan. Er untersuchte alles mithilfe des Spiegels noch einmal. Da, wo er geschnitten hatte, war eine winzige Stelle etwas rot. Er schloss den Mund, tastete mit der Zungenspitze hinunter und spürte die kleine Schnittwunde, die er sich zugefügt hatte. Dann zog er die Zunge zurück, um zu sehen, wie viel mehr Reichweite er dadurch gewonnen hatte.

Er fühlte, wie etwas im Mund riss und losließ. Seine Zunge ging nun locker zurück zu der Stelle, die er vorher kaum erreichen konnte. *Das fühlt sich schon viel besser an.* Dann überkam ihn eine Welle der Furcht. *Aber was war da drin los?*

Er öffnete den Mund und sah, dass beide verschwunden waren: der Rand und das Segel. Ist der Rand zerschnitten und die Zunge geht zurück, dann verschwindet die ganze Membran. Dort, wo die Membran war, blieb höchstens ein Tropfen Blut zurück. Er schleckte ihn mit der Zungenspitze ab und schluckte. Dort unten, wo die Membran vorher war, war es glatt. Nun betrachtete er den schmalen Rand von mehr Flachs, der unterhalb der Zunge ganz bis nach hinten verlief. Er rollte die Zunge zurück und kitzelte die sensitive Stelle an der Munddecke. Die Zunge konnte er nun leicht dort ruhen lassen. *Gut, das war gar nicht so schlecht.*

Er ging zurück und setzte sich im Wurzelsitz aufs Bett, um wieder zu meditieren, nun mit der Zunge locker an den Punkt angelegt, wo der harte und der weiche Gaumen aufeinandertreffen. Die Energie strömte nach oben und zirkulierte glückselig. Er war froh, dass das Problem gelöst war.

Nachdem er einige Male in die strahlende Stille von *ich bin* losgelassen hatte, war er erstaunt, dass die Zunge noch weiter zurückdrängte, hinter den sensitiven Punkt. Sie streckte sich entlang des weichen Gaumens nach hinten. Dann blieb sie wieder stecken, kurz vor dem Gaumenzäpfchen, obwohl sie sich bemühte, noch weiter nach hinten zu kommen.

Das ist doch irre. Wo will sie denn hin? Nun war er entschlossen, alles herauszubekommen. Er fasste mit dem Zeigefinger hinein und bebte, als er nervös der Energie folgte, die ihn von jedem zitternden Nerv anrief. Er schob die Zunge zurück, zurück und weiter zurück …

Da schlüpfte etwas und plötzlich verschwand die Zunge hinter dem weichen Gaumen. Sie glitt geradewegs hinauf zum Zentrum des Kopfes.

Kapitel 12 – Die geheime Kammer

Von der geheimen Kammer gehen viele Höhlungen aus. In der Mitte steht ein großer schmaler Altar, der vom Boden bis zur Decke reicht. Das ist der Altar der Glückseligkeit, der die Tore zum Himmel aufschließt. Der Altar steht zwischen zwei dunklen Tunneln. Große Trompeten bewachen die Tunnel, eine auf jeder Seite.

Es war drei Uhr morgens. John legte den Kugelschreiber zur Seite. Die Worte auf dem blau linierten Papier in seinem Notizbuch starrten ihn an. Er konnte kaum glauben, was er gerade geschrieben hatte. Er schloss das dicke Notizbuch, in dem er jeden Schritt seiner Reise dokumentierte, und legte es auf den Nachttisch, oben auf den Stapel mit der Bibel und der abgegriffenen *Gray's Anatomie*.

Er hatte die letzten paar Stunden damit zugebracht, den Nasen-Rachen-Raum mit der Zunge zu erforschen. Sie ging hinter dem weichen Gaumen nach oben, in diesen großen Hohlraum, in den sich die Zunge ganz natürlich einpassen wollte. Die ersten Male war es ein bisschen anstrengend. Er zog die Zunge sofort wieder zurück, nachdem er das erste Mal eingedrungen war. Es war so schockierend. Die starke elastische Sehne, die sich hinter dem hinteren Rand des weichen Gaumens versteckte, hatte sich plötzlich wie eine Falltüre um das Untere der Zunge ausgedehnt und er befand sich darin. Die Augen und die Nase tränten heftig. Er musste niesen und wurde äußerst erregt. Seine Gefühle liefen Galopp und sein Herz pochte, wie er sich das bei einer Braut beim ersten Eindringen in der Brautnacht vorstellte. Er hatte gerade seine Jungfräulichkeit verloren. So in der Art fühlte sich das an.

Nach dem ersten Mal stand er auf und kauerte sich im Mondlicht auf die Fensterbank. Innerlich zitterte er. Als er da saß, versuchte er es noch einmal. Es ging schon etwas leichter. Die Falltür begann sich zu dehnen und glitt einladend unter die Zunge. Er zog sie aber schnell wieder zurück. Dann ging er wieder hinein und begann etwas von dem wohligen Gefühl eines Heimkommens zu erleben. Als er es zum dritten Mal hineinschaffte, ging er auf Erkundung. Er erspürte den hinteren Rand der Nasenscheidewand, den schmalen Altar in der Mitte, der von unten nach oben verlief. Das war so feinfühlig, besonders die kleine Erhebung ungefähr den halben Weg nach oben. Er erkannte jetzt, dass dieser Punkt an der Munddecke der etwas weniger sensible Teil der Hauptnervenverbindung darüber in der Nasenscheidewand war. Der kleine Hügel auf der Nasenscheidewand war genauso sensibel wie sein Sexualorgan, nur auf eine andere Weise. Er zog wie ein ekstatischer Staubsauger in einer großen Fontäne leuchtenden Vergnügens alles aus seinen Lenden heraus und nach oben. Das erhöhte sein zuvor erreichtes Niveau innerer Stimulation durch die anderen Methoden, mit denen er praktizierte, beträchtlich. Die Glückseligkeitsparty wurde einfach um einiges fetziger.

Auf beiden Seiten der Nasenscheidewand befanden sich die inneren Öffnungen der Nasengänge, diese Röhren. Darin traf er auf ein überaus sensitives und erigierbares Gewebe, das er mit seiner Zunge aber nicht berühren durfte. Noch nicht. Es löste einen Tränen- und Niesreiz aus, der ihm zu viel war. An den äußeren Rändern der Nasengänge lagen sonderbare hornige Strukturen, auf jeder Seite eine: die Trompeten mit kleinen Löchern in der Mitte, die eustachischen Röhren. Das Septum und die Nasengänge trafen am oberen Ende des Nasen-Rachen-Raums aufeinander und von dort kurvte eine weiche, nasse, fleischige Wand den Rücken hinunter. Der ganze Hohlraum war weich und feucht. Die Erkundungen mit der Zunge riefen darin nur noch mehr schlüpfrige Nässe hervor. *Das fühlt sich an wie eine Vagina mitten in meinem Kopf!*

John stellte fest, dass es unmöglich war, durch den Mund zu atmen, wenn sich die Zunge dort oben im Nasen-Rachen-Raum befand. Dabei ging das Atmen durch die Nase aber problemlos. So konnte er dort oben also bleiben, solange er wollte. Am Ende seiner Entdeckungsfahrt versuchte er in den frühen Morgenstunden noch eine Meditation. Zuerst war es etwas unangenehm. Der Mund füllte sich immer wieder mit Speichel und er musste herauskommen, um ihn hinunterzuschlucken. Am Ende trocknete der Nasen-Rachen-Raum auch etwas aus und stach, was ihn veranlasste, sich für diese Nacht zurückzuziehen.

Sein Schlaf war angefüllt mit einem köstlichen Gefühl des Wohlseins und von Visionen, wie er mit Leichtigkeit durch die großen Weiten des inneren Weltraums flog.

Als John am nächsten Morgen aufwachte, begann er wieder damit. Er schaffte es, ungefähr die Hälfte seiner Übungszeit in der geheimen Kammer zu bleiben. Die davon ausgehende Stimulation war kaum auszuhalten. Fast genau das Gleiche wie beim Erlernen des Wurzelsitzes: Die Gewöhnung an den Ansturm eines neuen Energielevels brauchte seine Zeit.

Immer wieder während seiner Übungen musste er herauskommen und den Speichel hinunterschlucken, der sich im Mund, während die Zunge oben steckte, angesammelt hatte. Die Speichelabsonderung wurde aber geringer, nachdem sich der Mund an die neue Konstellation gewöhnt hatte. Der Speichel besaß eine Süße, wie er sie vorher noch nie bemerkt hatte. Auch die Nässe, die von irgendwo oberhalb seines Nasen-Rachen-Raums herunterkam, war süß. Das tropfte hinunter in die Kehle, vereinigte sich mit der Alchemie des Verdauungstrakts zu kleinen Lichtexplosionen und breitete sich dann in ihm aus. Er wusste nicht, wo das herkam. Er dachte zuerst, das sei vielleicht ein frischer Duft, der durchs offene Fenster mit der Morgenluft hineinkam. Später wurde ihm klar, dass das mit seiner Atmung zusammenhing und irgendwo aus seinem Inneren kam. Der Duft war gegen Mittag so ziemlich verflogen. *Oder habe ich mich vielleicht nur an ihn gewöhnt?*

In den folgenden Wochen war John bestrebt, die Zunge die ganze Übungszeit hindurch auf den empfindlichsten Teilen der Nasenscheidewand zu halten. Instinktiv fand die Zunge Wege, den Altar langsam zu lieben. Das verlieh seinen Erfahrungen mit der verliebten *ich bin*-Stille, die durch den Körper tanzte, einen heftigen Auftrieb. Er fühlte sich während seiner täglichen Aktivitäten wie betrunken, als ob er sich in einem beständig schwelenden inneren Orgasmus baden würde und er quoll über vor geschmolzener Stille.

Niemandem erzählte er etwas von seiner neuen Entdeckung, nicht einmal Devi. *Später, wenn ich einmal weiß, was ich da tue und wenn ich weiß, was das alles bewirkt.*

Im Laufe der nächsten Wochen brachte John noch mehr winzige Schnitte an der Flachse unterhalb der Zunge an, um damit den Eintritt in den Nasen-Rachen-Raum noch weiter zu erleichtern. Jedes Mal hatte sich an diesem Jungfernhäutchenflachse, sobald der winzige Schnitt abgeheilt und gestreckt war, ein verhärteter Rand gebildet. Das machte es ziemlich einfach, der Zunge ohne Schmerzen oder Blutverlust langsam eine Freiheit zu verschaffen, dass sie ihrer höheren Bestimmung dienen konnte. Die Heilung jedes kleinen Schnitts ging schnell vonstatten. Es dauerte nur ein paar Tage. So war er in der Lage, das Projekt jede Woche ein wenig voranzutreiben. Mit der Zeit gelang es ihm, ohne Zuhilfenahme der Finger in den Nasen-Rachen-Raum einzudringen. Er stellte fest, dass es links vom weichen Gaumen am leichtesten war hineinzukommen, der kürzeste Weg zum Altar der Glückseligkeit. Er ging oft hinein und blieb lange Zeitspannen, um sich dort in kraftvolle Glückseligkeitszustände hineinzustimulieren. Das war etwas, was er überall tun konnte, ohne dass irgendjemand etwas davon bemerkte, solange er den Mund geschlossen hielt. Wurde er angesprochen, ließ er die Zunge unbemerkt herausgleiten und antwortete. Er schob die Zunge sogar während des Laufens nach oben, was dazu führte, dass der «schnellste Mann der Welt« noch schneller rannte. Allerdings stoppte er die Zeit nicht mehr. Er hatte genug von allen Weltrekorden. Die Suche nach Gott war alles, was für ihn noch zählte. Alles und jeden betrachtete er in diesem Licht.

Devi nahm eine Arbeit als Kundenbetreuerin bei einer Krankenversicherung in Jacksonville an. Den ganzen Tag trug sie ein Telefonheadset und half kranken Menschen bei ihren Klagen über die chronisch offenen Behandlungsanträge. Zweimal die Woche belegte sie abends einen Kurs am städtischen College. Ihre Übungen machte sie geflissentlich. Eine stille Glückseligkeit breitete sich in ihr wie ein Betonfundament aus, ein Fels, der jeder Erschütterung standhielt. Hatte sie nicht den größtmöglichen Schock ihres Lebens bereits erlebt? Als die Monate ins Land zogen, wartete sie immer geduldig auf jede Gelegenheit, da sie John wiedersehen konnte. Ihr Leben drehte sich um die Erwartung, wieder in seiner Nähe zu sein. Die ständige intensive Sehnsucht nach ihm ließ sie wachsen. Diese Sehnsucht zog tief aus ihrem Inneren Energien hervor, die ihr Herz in einem schneidenden Schmerz aufrissen. Dazu kam es schon, wenn sie nur einen Tag von ihm getrennt war. Das ähnelte dem Atemanhalten bei den Übungen. Die Zügelung des Atems löste ein Nach-oben-Ziehen der Essenzen aus den Lenden aus. War sie nicht mit John zusammen, erfüllte sie das mit dem Geist von *ich bin.* Sie sehnte sich nach John, wusste dabei aber, dass sie sich in Wirklichkeit nach dem *ich bin* sehnte. Diese waren ein und dasselbe und sie war innerlich immer gespannt. Ihre Sehnsucht brachte gleichzeitig die Erfüllung. Jedes Gefühl dient einem höheren Zweck.

Als Devi auf ihrem Nachhauseweg über die hohe Intercoastal Waterway-Kanalbrücke fuhr und ganz oben dem Himmel nah war, öffnete sie weit die Fenster und atmete tief die frische Luft der Coquina Island ein. Die salzigen Marschen wichen der üppig bewaldeten Landschaft der Insel. Drüben kräuselte sich das Meer wie eine glückliche Mutter, die ihre heimkehrenden Kinder begrüßt. Viele der Autos, die mit Devi über die Brücke defilierten, hatten ebenfalls die Fenster geöffnet. Das waren alles Flüchtlinge aus der Arbeitswelt, zumindest bis morgen früh.

Als sie um die Ecke bog, sah sie Papas Bronco quer im Garten an der Seite stehen, nicht in der Zufahrt.

Oh nein, nicht schon wieder. Papa hatte sich so gut gemacht. Er war zu den Anonymen Alkoholikern gegangen und hatte dort inzwischen den Status eines sich dauerhaft erholenden Alkoholikers erreicht. Er war sich seiner *höheren Kraft* bewusst geworden und hatte erwähnt, wie er eine Verbindung wahrgenommen habe. So hatte er etwas Hoffnung geschöpft und sie hatte ihm von der *ich bin* Meditation erzählt und dabei ihre kleine Hand auf seine Tonnenbrust gelegt. Er meinte, er würde es ausprobieren. Nun war es wieder so weit. Wahrscheinlich war er betrunken. Als sie in die Zufahrt kam, sah sie, dass die Haustüre halb offenstand. *Sehr gut, dann haben wir auch noch Moskitos im Haus.*

«Papa, ich bin zu Hause«, rief sie, als sie hereinkam, die Haustüre hinter sich schloss und ihre Handtasche auf den Tisch warf.

Sie ging in den Flur und sah, dass die Schlafzimmertür geschlossen war. *Vielleicht schläft er.* Sie zog die Schuhe aus, ließ sich rücklings auf die Couch plumpsen und schloss die Augen. *Ein paar Minuten noch, dann geh ich und meditiere.*

Doch schon nach einigen Augenblicken trieb sie ein gespenstiges Gefühl, die Augen halb zu öffnen. Sie stocherten im Zimmer herum, fanden einen Ruhepunkt am Kaminsims, auf der Glasvitrine, die John um das Modell der George Washington Brücke herumgebaut hatte. Darauf lag ein Fetzen Papier. *Was ist das?* Sie stand auf, ging hinüber und langte hinauf, um danach zu greifen. Das Gekritzel war kaum lesbar. Es war die Handschrift Papas:

Tut mir leid, mein Liebes,
Ich kann nicht mehr.
Ich liebe dich.
Papa

Devi erstarrte. Der gleiche Schrecken ergriff sie an der Kehle, der sie heimsuchte, als sie in der Nacht kamen und ihr mitteilten, dass Mutter und Joe ermordet worden waren.

«Papa ... Papa!« Sie lief zu seiner Tür. «Papa, komm bitte heraus. Oh, bitte komm heraus.«

Keine Antwort. Sie drehte am Türknopf und öffnete langsam die Tür. Der Lichtschutz war heruntergezogen. Drinnen war es dunkel. Sie tastete hinein und schob den Lichtschalter neben der Tür nach oben.

Der Stuhl lag umgestürzt auf dem Boden. Charles Durans Körper baumelte über ihr an einem Seil, das an der Ventilatorhalterung festgemacht war.

Sie fiel auf die Knie und krümmte sich vor der leicht schwingenden Leiche ihres Vaters nach vorn, das Gesicht in den Händen begraben.

«Ooahhh ...« Sie konnte sich nicht bewegen. Sie war unfähig zu fühlen oder zu denken. Sie konnte auch nicht schreien.

Nach ein paar Minuten stand sie auf und ging in die Küche, nahm das Telefon und wählte 911.

«Mein Vater hat sich im Schlafzimmer erhängt«, sagte sie.

«Berühren Sie nichts«, sagte eine weibliche Stimme. «Ist Ihre Adresse 216 Waterway Lane?«

Devi sank zu Boden und lehnte sich zurück gegen den Küchenschrank. Die Telefonschnur hatte sich zwischen ihren Füßen verheddert.

«Ist dort 216 Waterway Lane?«

«Ja ...«, Devis Stimme versagte.

«Polizei und Krankenwagen sind auf dem Weg.« Die Stimme wurde mitfühlend. «Halten Sie durch, bis sie kommen?«

«Ich ... ich ... weiß nicht.« Devi drückte den Aufhängeknopf des Telefons. Es war zu spät für Papa. Sie war der einzige Notfall, und es hatte bei ihr noch gar nicht richtig eingeschlagen.

Sie ließ den Knopf los. Der Wählton erfüllte das Haus, das vor Todesleere gähnte. Sie wählte die Nummer der Wilders.

«Hallo?«

«Frau Wilder? Ist John da?« Devis Stimme zitterte.

«Er ist oben in seinem Zimmer. Ist mit dir alles in Ordnung? Du hörst dich nicht gut an.«

«Mein Vater ... mein Vater ... er ist tot. Holen Sie bitte John?« Ihre Stimme brach ab.

«Oh mein Gott, oh meine Liebe, das tut mir so leid. Ich hole ihn.«

«Bitte schicken Sie ihn herüber. Ich weiß nicht, was ich tun soll. Ich weiß nicht, was ich tun soll ...«. Tränen begannen, Devis Wangen herunterzulaufen.

«Natürlich, meine Liebe. Ich schicke ihn sofort.«

Noch einmal drückte Devi den Aufhängeknopf und legte sich auf den blanken Linoleumboden. Tanzen fällt heute aus.

John hielt mit einem Quietschen vor Devis Haus und sprang heraus. Die Sanitäter schoben die Transportliege mit dem bedeckten Leichnam in den Krankenwagen. Zwei Polizeiautos mit blinkenden Lichtern beleuchteten den Garten. Eine kleine Traube von Nachbarn hatte sich auf der gegenüberliegenden Straßenseite gebildet.

Devi befand sich mit drei Polizisten im Wohnzimmer. Einer füllte ein Formular aus. Als sie ihn sah, rannte sie in seine Arme.

«Oh, John. Er hat es getan. Papa hat sich umgebracht.« Sie brach in Tränen aus.

Er umarmte sie, wusste aber nicht, was er sagen sollte. Deshalb drückte er sie nur fest an sich. Das war alles, was er tun konnte. Sie sog von ihm Kraft auf. Er ließ in *ich bin* los und das floss in sie hinüber.

Der befehlshabende Polizist bemerkte: «Frau Duran, wir gehen jetzt. Wenn Ihnen noch irgendetwas einfällt, rufen Sie uns bitte an. Ihr Verlust geht uns sehr nahe.«

Und sie machten sich auf den Weg.

Devi und John saßen auf dem Sofa. Sie blieb lange Zeit in seinen heilenden Armen.

«Warum musste er so etwas tun?«, schluchzte sie. «Warum muss so etwas irgendjemand tun? Um Himmels willen, wir sind doch göttliche Wesen. Es gibt so viel, für was man leben kann.«

«Nicht jeder erkennt das«, antwortete er. «Wie könnte man so etwas sonst erklären. Wie könnte man Misshandlungen und das Leid in der Welt sonst erklären?«

«Was können wir tun, damit sie es erkennen, John?« Sie hob die tränenden Augen zu ihm. «Wie? Ich will nicht, das noch ein Leben vergeudet wird. Ich will, dass jeder weiß, was wir wissen.«

»Die Menschen müssen sich dafür entscheiden, anzufangen, ein bisschen zu sehen«, sagte er. »Dann müssen sie sich ständig weiter entscheiden, bis sie mehr sehen. Wir können ihnen ein wenig zeigen. Doch sie müssen sich dafür entscheiden, mehr sehen zu wollen. Wir können nicht für jemand anders entscheiden, auch wenn wir uns das gerne wünschen würden.«

»Papa sagte, dass er sich bei den Anonymen Alkoholikern entschieden habe«, meinte sie. »Doch das hat ihn nicht gerettet.«

»Wenn man etwas sagt, bedeutet das nicht, dass man auch danach handelt. Da muss erst noch ein inneres Licht dazukommen, ein etwas erwachtes *ich bin.* Eines Tages wird das einmal in allen viel stärker sein. Es hängt nur von uns ab, ob es in uns kultiviert wird. Kultivieren wir es in uns, kultivieren wir es auch in anderen. Dann wird es mehr *ich bin*, mehr Hoffnung geben. Dann können sich die Menschen für das Licht entscheiden. Sie werden es sehen wie wir jetzt.«

»Ich entscheide mich für das Licht«, sagte sie und wiegte sich in seinen Armen. »Jetzt und immer.«

In diesem Augenblick wusste John, dass die Würfel gefallen waren. Was sie sich wünschten, würde geschehen. Jede blinde Handlung auf Erden würde zu mehr Erkenntnis des *ich bin* führen. Mit der Zeit würden das alle erkennen.

John Wilder würde sich für dieses Erwachen aber opfern müssen.

Kapitel 13 – Verbrannt

Der Tod von Devis Vater befeuerte John noch mehr. Er musste durchbrechen, weil alle es brauchten. In den folgenden Monaten machte er seine Übungen mit zunehmendem Eifer und war entschlossen, die stählernen Zwiebelschalen seines Körpers abzuschälen, um das innere Licht für immer zu offenbaren. Die Energie, die durch die Mitte seiner Wirbelsäule nach oben wirbelte, wurde stärker und aggressiver. Das wurde zu einem eigenständigen Leben, das ihn von innen her bräunte. Sein Eintritt in die geheime Kammer vervielfältigte das Inferno. Sein Gehirnstamm schmerzte wochenlang, als ob er explodieren wollte. Eine tobende Energiesäule erfüllte seinen Körper. Die Ströme pfiffen durch ihn. Sie verfärbten sich von Weiß nach Blau, nach Gelb, nach Dunkelrot, während sie überall durch den Körper marodierten. Ein kronenförmiger Zapfen intensiver Energie loderte aus dem Scheitel des Kopfes und drohte ihn in die Besinnungslosigkeit herauszuziehen. Der Energiezapfen am Scheitel des Kopfes war fürchterlich vergnüglich, und das regte ihn an, mit der Aufmerksamkeit darauf zu bleiben. Tat er das, wurde es stärker. Er kostete das unbekümmert aus. Er war besessen. Er wurde aus dem Inneren aufgeknackt. Etwas musste nachgeben.

Wenn er nicht meditierte oder etwas für die Wilder Corporation erledigte, lief er wie ein Verrückter am Strand, ein Strich, der über die Uferlinie flog, im verzweifelten Bemühen, die durch ihn aufbrausende überschüssige Energie zu zerstreuen. Es wurde alles immer stärker. Es war außer Kontrolle geraten.

Es war spätnachmittags. Stella kam mit einer Einkaufsladung vom Supermarkt zurück und fuhr die Einfahrt hoch. Sie trat mit einer Tasche im Arm durch die Küchenhintertür herein, stellte sie auf die Theke und wollte wieder zurück zum Auto, um den Rest zu holen, als sie von hinter dem Tresen, der den Küchenbereich vom Essbereich abteilte, ein Stöhnen vernahm. Sie ging herum.

»John? Was machst du da?«

Er war in der Ecke am Boden zusammengekauert, dort, wo der Tresen an die Wand stieß. Er hatte eine kurze Laufhose und ein T-Shirt an, troff vor Schweiß und war wie zu einem Ball zusammengezogen.

»John? Ist alles in Ordnung?«

Beim Klang ihrer Stimme zuckte er zusammen. Sein Gesicht drehte sich zu ihr hoch. Es war geschwollen und rot. Seine Augen waren Schlitze. Er konnte sie kaum öffnen. »Mama, ich glaube, ich bin krank.«

Sie zog einen Stuhl vom Tisch herüber. »Steh auf, mein Lieber. Komm, setz dich hierhin, wo ich dich sehen kann.«

Er mühte sich hoch, fiel in den Stuhl und beugte sich vornüber.

Dann sah sie es. Sie schnappte nach Luft: »John, bei dir ist ja alles geschwollen!«

Sein Atem ging schwer. »Ich breche überall heraus, auch innen.« Seine Arme und Beine waren genauso rot wie sein Gesicht und genauso aufgebläht. Seine Hände und Füße waren aufgedunsen und eiterten.

»Du musst erst mal ins Bett«, sagte sie. »Ich rufe den Arzt.«

»Keinen Arzt! Lass mich nur mal eine Nacht gut durchschlafen. Dann wird alles wieder in Ordnung sein. Ich brauche nur Ruhe.«

»Bist du dir sicher?«, fragte sie. »Kannst du nach oben gehen? Oder willst du lieber im Gästezimmer hier unten bleiben?«

»Gästezimmer«, stöhnte er.

Er stand auf und wankte aus der Küche. Sie folgte ihm. Vom Wohnzimmer führte der Flur zum Gästezimmer. Darin stand auf einem kunstvollen Perserteppich ein verziertes Himmelbett aus Mahagoni, ein großer dazu passender Schreibtisch und vor dem Fenster ein hellrosarotes Sofa. Das Zimmer war dunkel. John fiel aufs Bett und rollte sich zur Seite. Er zitterte.

Stella schob ihm ein Kissen unter den Kopf und deckte ihn mit einer Steppdecke zu. Sie legte die Hand auf seine Stirn. »Kein Fieber. Ich bin gleich zurück.«

John lag auf dem Bett und explodierte von innen heraus. Rotes Feuer züngelte wütend durch jeden Nerv seines Körpers. *Jetzt ist es mir passiert. Ich habe zu viel Tempo gemacht, und das ist die Quittung dafür.*

Diesen Nachmittag hatte er eine lange Atemanhalte- und Meditationssitzung durchgeführt. Da war es ihm innerlich sehr heiß und kribblig geworden. Danach war er laufen gegangen. Auf dem halben Weg begann es zu schwellen, so dass er es kaum mehr nachhause schaffte. Am ganzen Körper juckte es ihn jetzt wie verrückt. Nicht nur brannten ihm Beine, Arme und Kopf. Auch der Oberkörper brach heraus. Es schüttelte ihn heftig, während sich das Feuer einen Weg aus ihm heraus erkämpfte.

Stella kam mit kalten Umschlägen zurück, die sie mit Eiswürfeln aus der Gefriertruhe hergestellt hatte. Sie hatte auch eine Antihistamin-Tablette und ein großes Glas eiskaltes Wasser gebracht.

»Hier nimm das«, sagte sie.

John schluckte die Pille. Das Wasser fühlte sich beim Weg durch den Schlund gut an. Auch sein Inneres war entflammt.

»Wir legen überall Eiswickel an, wo es etwas hilft«, sagte sie. »Bist du dir sicher, dass du keinen Arzt willst?«

»Keinen Arzt«. *Wie hätte ein Arzt das alles verstehen sollen?* Er legte sich eine Eispackung zwischen die Oberschenkel, wo das Jucken am größten war, und die anderen um Hände und Füße. Mit denen, die er in der Hand hielt, umschlang er die explodierende Brust. »Da-da-danke Mama. Ich würde jetzt gerne schlafen.«

»Rufe bitte, wenn es schlimmer wird«, sagte sie. »Ich werd auch immer wieder mal vorbeischaun. Dein Vater ist gerade in Mobile. Ich rufe ihn an. Sollte es schlimmer werden, wird er nachhause fliegen.«

Als sie ging, bemerkte er, dass sie fast in Panik geraten war. Doch hatte sie sich dem Umstand gewachsen gezeigt und er war dafür dankbar. Sie zog von ihm keine Energie ab, wie sie das so oft tat. Er brauchte im Moment all seine Energie selbst. Er würde es überstehen. Selbst wenn er krank war, er war zäh.

Johns Schlaf war unruhig und voller Albträume. Rote Dämonen, die seinem Körper entwuchsen, jagten ihn. Sie hielten ihn die ganze Nacht nieder. Er konnte sie nicht überwältigen. Am nächsten Morgen waren sie immer noch da. Beim Schwinden des Deliriums konnte er beobachten, wie die Dämonen sein Fleisch verschlangen. Sonderbarerweise blieb der Kern seines Wesens davon jedoch unberührt. Hinter dem allen blieb er in seiner Stille ganz.

Später stand er auf und ging ins Bad, wo er feststellte, dass die Schwellungen immer noch da waren und sich in Blasen überall auf dem Körper entluden; auf den Innenseiten der Arme und Beine, den Bauch hinauf und hinunter, am Rücken und auf beiden Seiten des Nackens und Gesichts. Es sah aus und juckte auch wie der schlimmst vorstellbare Giftefeu-Ausschlag. Die Blasen platzten auf und eine klare Flüssigkeit troff seinen Körper hinunter. Das alles stank ekelhaft. Er sah aus und roch wie eine Leiche. Doch er lebte noch. Als seine Mutter zufällig hereinkam, fiel sie fast in Ohnmacht.

»Oh mein Gott, John, du stirbst.«

»Nein, nein«, sagte er trotz seiner Qual. »Das ist nur ein schlimmer Ausschlag. Das geht vorüber.«

»Nur ein Ausschlag? Nur ein Ausschlag?«, schrie sie. »Was stinkt denn da so bestialisch?«

»Ich weiß nicht«, sagte er. »Ich muss mich nur ruhig hinlegen. Es juckt, wenn ich mich bewege.«

Er lag also den ganzen Tag halb schlafend, halb verfaulend da. Das Zimmer übernahm den Gestank des Todes. Seine Mutter brachte immer wieder kalte Kompressen für seine aufbrechende Haut. Es schien ihm, als seien Tage vergangen, als er später wieder die Augen öffnete. Doch es war nur Abend geworden.

»John, ich bin's«, sagte Devi sanft.

»Und ich, Bruder John«, sagte Luke.

»Hallo, da sind ja meine zwei liebsten Menschen auf der Welt«, sagte John schwach. »Willkommen in der Leichenhalle.«

Devi küsste ihn sanft auf die Stirn und Luke legte seine riesige heilende Hand auf seinen Scheitel.

»Ich bin froh, dass du deinen Humor nicht verloren hast«, sagte Devi. »Was ist geschehen?«

»Zuviel des Guten, denke ich ... das hat sich selbstständig gemacht.«

»Da hat sich wirklich etwas selbstständig gemacht«, meinte Luke.

»Dieses Jucken, dieses Jucken bringt mich um. Wenn es da irgendeinen Teil von mir geben sollte, der nicht juckt, dann habe ich ihn noch nicht entdeckt. Es juckt sogar innen. All meine Zellen explodieren.«

»Wird es schlimmer?«, fragte Devi. »Wäre es nicht besser, wenn du im Krankenhaus wärst?«

»Ich weiß es nicht, es ist die innere Energie. Feuer kommt heraus. Ich mache jetzt keine Übungen mehr. Es wird heilen, denke ich; hoffe ich. Ich will das hier durchstehen. Keine Ärzte.«

»Harter Junge, huh?«, bemerkte Devi.

»Du wirst doch nicht den Geist aufgeben, oder?«, sagte Luke.

»Ich hoffe nicht«, murmelte John. »Es gibt noch viel zu –« Er verstummte. Er war erschöpft und die Antihistamin-Tabletten, die ihm seine Mutter gegeben hatte, machten ihn duselig.

Mitten in der Nacht wachte er auf. Luke war fort. Devi saß im Wurzelsitz auf dem Sofa und meditierte. Im dunklen Licht erkannte er, dass sie leicht schaukelte. Der Ozean säuselte im Hintergrund.

Dann hörte sie auf. Er fühlte, wie sich ihre Augen zu ihm öffneten. Ihre Füße kamen unter ihr hervor, sie kam herüber und legte ihre Hand sanft auf die seine. »Hallo du Hübscher. Wie geht es dir?«

Sein Mund und seine Kehle waren trocken. Er konnte nicht sprechen. Sie umschlang seinen Kopf mit ihrem Arm und gab ihm etwas Wasser. Dann ging sie und holte mehr kalte Kompressen, um sie auf seine blanke Haut zu legen. Die ganze Nacht blieb sie bei ihm und auch den ganzen folgenden Tag, die Nacht darauf und die Wochen, die folgten. Sie wich nie für mehr als ein paar Stunden von seiner Seite.

Ab und zu kamen Besucher, um John zu sehen. Luke war die ganze Zeit mehrmals die Woche da.

Alle waren damit beschäftigt, in die Arbeit oder Schule zu gehen, mit der täglichen Lebensroutine Schritt zu halten. Die Donnerstagabendmeditation verlief ohne Johns Anwesenheit im Sande. Die meisten meditierten privat weiter, doch nicht alle. Jene, die für ihre spirituelle Motivation auf andere anstatt auf ihren eigenen Hunger nach der lebendigen Gegenwart des *ich bin* in ihrem Inneren angewiesen waren, hörten völlig auf zu meditieren. Jeder brauchte mehr innere Energie und John wusste das, auch in seinem verminderten Zustand. Er sah sich in der Pflicht, da etwas zu tun. Er wusste, dass sein spiritueller Fortschritt und der von jedem anderen ein und dasselbe war. Deshalb drängte er innerlich, so gut er konnte, vorwärts, auch wenn es Monate sein konnten, bis er wieder in der Lage sein würde, etwas Bedeutendes in Richtung strukturierter Übungen zu tun.

Wochen waren vergangen. John wachte auf und dachte, er würde hochrutschen, sich auf das Kissen setzen und meditieren. Doch er konnte sich kaum bewegen. Die riesigen Krätzen, die darum kämpften, die träufenden Wunden einzudämmen, begannen langsam, sich zu lockern. Es bestand Hoffnung, dass sich darunter eine neue sensitive Haut bilden würde. Er hatte nur eine baumwollene Unterhose und ein weißes T-Shirt an. Ein zerknittertes weißes Bettlaken bedeckte ihn bis zur Hüfte. Er beobachtete die barfüßige Devi, wie sie ihr rosarotes Bett auf der Couch glättete. Sie hatte eine faltige blaue Bluse an, das Unterteil schloss sich eng um ihre nackten Hüften. Ohne Gürtel hingen tiefe, lockere Musselinhosenbeine von den Hüften herab. Das kristallene Kreuz baumelte aus ihrer Bluse heraus, als sie sich über die Couch beugte. Ihre Brüste schwangen darin frei herum. Die morgendlichen Sonnenstrahlen, die durchs Fenster drangen, zerstoben am Kreuz in eine Vielzahl kleiner Regenbogen, die auf der Wand und der Decke tanzten. Unter ihren Augen hatte sie dunkle Kreise, kein Make-up. Ihr Haar hing locker herab und verhedderte sich.

»Du bist schön, wenn du erschöpft bist«, bemerkte er.

Sie stand auf. »Schönen guten Morgen«, sagte sie. »Mit Schmeicheleien erreichst du alles.«

Sie strich durch ihr Haar und hob es über den Kopf, warf ihre Brust heraus und wackelte vor ihm mit den Brüsten, wobei sie einen Schmollmund machte.

»Oh Gott, wo ist mein Rohr?«, sagte er schwach.

»Es lebt noch«, sagte sie und beobachtete, wie es unter der Bettdecke wuchs. Sie lächelte zärtlich und ließ das Haar fallen.

»Mit Müh und Not. Das letzte Mal, als mir jemand sagte, mit Schmeichelei würde ich alles erreichen, bin ich am Ende zum ersten Mal in das *ich bin* eingetaucht.«

»Weiß nicht, ob ich da noch eins drauflegen kann«, sagte sie.

»Das hast du schon«, sagte er, als er sich mühsam gegen das Kissen hochrackelte. »Du bist das inkarnierte *ich bin*. Du bist reine Liebe und ich liebe dich.«

Sie setzte sich aufs Bett und umarmte ihn. Dann küsste sie ihn auf die Lippen. Sanft rieb sie ihre Nase an der seinen, vor und zurück. »Ich bin so glücklich, dass du wieder unter uns weilst. Sollen wir meditieren, Liebling?«

Seine Welt befand sich in ihren Augen. »Ja, ich muss langsam wieder in die Gänge kommen.«

Sie lehnte sich zurück. »Ich hoffe aber nicht bis dahin, wo du das letzte Mal über die Klippe gestürzt bist.«

»Nein. Das soll mir nicht nochmal passieren.«

»Was dann?«

»Ich werde mich zurückhalten«, sagte er. »Und vorsichtiger sein, diesseits von Zuviel bleiben.«

»Das hört sich nicht wie du an«, meinte sie.

»Das muss es aber. Ich muss klüger vorgehen, wenn ich das hinbekommen will.«

»Jo«, sagte sie, als sie sich ihm gegenüber am Fußende des Betts in den Wurzelsitz setzte.

Gemeinsam tauchten sie in die Glückseligkeit des *ich bin*.

In den folgenden Monaten wurde John ganz gesund und nahm schrittweise seine Übungen wieder auf. Er ließ sich immer Zeit bei der Anpassung an die resultierenden Energieflüsse. Paradoxerweise ließ ihn seine fast fatale Bekanntschaft mit der Ganzkörperzellzerstörung als reineres Transportmittel für das lebendige Licht des *ich bin* zurück, so dass er mehr Ekstase mit weniger Widerstand im Nervensystem aushalten konnte als zuvor. Doch vermied er es geflissentlich, über die Fähigkeiten seines Körpers hinauszudrängen, wie er das früher gemacht hatte. Er entschleunigte seine Routine und passte sie immer an seine Energien an. Seinen Körper trainierte er auf eine Weise, dass er die Energieflüsse ausglich und nicht noch verstärkte. Auch seine Diät passte er an. Er verringerte den Anteil an sauren und würzigen, Hitze erzeugenden Nahrungsmitteln und nahm, wenn nötig, schwerere Kost zu sich, um damit das Aufflackern von Feuer zu unterdrücken, das in ihm immer noch von Zeit zu Zeit entfacht wurde. Er erkannte, dass das, hinter dem er her war, ihn von einem auf den anderen Tag aus dem Körper vertreiben konnte. Seine Nachlässigkeit beim Ausgleich der Bedürfnisse seines Körpers mit den Bedürfnissen der feurigen Ströme hatte ihn in die Bredouille gebracht. Seine Beziehung zu Gott entwickelte sich in gemäßigteren Bahnen.

Weil seine Energien dazu tendierten, sich selbstständig zu machen und in viele verschiedene Richtungen zu laufen (von denen einige die Aufschrift »unangenehm« verdienten), entwickelte er Methoden, auf direktere Weise mit ihnen umzugehen. Atemrückhaltung und Meditation führten eher zu einer Verschlimmerung, doch auf keinen Fall wollte er mit seinen Übungen aufhören. All seinen spirituellen Fortschritt aufzugeben, nur um ein normales Leben auf der physischen Ebene zu führen, kam für ihn nicht infrage. Da wollte er lieber tot sein.

Eines Tages saß er am Entwurfstisch in der Wilder Corporation und fühlte die Energien durch sich rauschen. Er hatte den Arm wie ein Armringer auf den Tisch gestellt und begann mit seinem Vorderarm und der Hand langsam vor- und zurückzuwehen. Zu seiner Überraschung verlangsamten sich die Energieflüsse im Arm, sobald die Bewegungen mit dem Arm sehr langsam wurden. Als er diese Nacht nachhause kam, stellte er sich in die Mitte seines Zimmers und machte einige sehr langsame Bewegungen mit dem Oberkörper und den Armen, die sich über den Beinen schwenkten. Zuerst legte er all sein Gewicht auf ein Bein und dann beim langsamen Wechseln und Drehen das ganze Gewicht auf das andere. Dabei bewegte er die Arme auf eine Weise, dass sich die in ihm bewegenden Energien beruhigten. Daraus wurde ein Zeitlupenenergietanz. Als er zusammen mit seinen Bewegungen die Augen durch das ganze Schlafzimmer schwenken ließ, wurden die Grenzen seiner Blickachse verschwommen und verschmolzen mit den sich in ihm setzenden Energien, sodass er selbst ausgebreitet und stabilisiert wurde. Nachdem er zehn Minuten damit zugebracht hatte, fühlte er sich entspannt und gefestigt. Die langsamen rhythmischen Bewegungen beruhigten seine inneren Ströme und führten zu einem Ausgleich, den er wirklich nötig hatte. Er nahm diesen, wo immer er ihn finden konnte. Diesen langsamen Energietanz nahm er noch zu seiner Routine hinzu und baute ihn gleich vor seinem spirituellen Strecken ein.

Devi zeigte er den Energietanz und sie tanzten ihn im Freistil zusammen. Manchmal machten sie auch in Zeitlupe ein Dirty Dancing, verloren absichtlich das Gleichgewicht und lagen schließlich lachend und küssend umeinander geschlungen auf dem Boden. Doch das Ausgleichen von Johns eigensinnigen inneren Energien war eine ernste Angelegenheit und sie taten beide ihr Bestes, die heiklen, feurigen Energieströme in ihm ruhigzustellen. Der langsame Energietanz im Zusammenspiel mit den anderen konservativen Mitteln, die er anwandte, half sehr. Zusammengenommen erleichterte das alles die Erdung der launischen Energien.

Es frustrierte ihn, dass er so vorsichtig sein musste. Er fühlte sich, als sei er völlig zum Stillstand gekommen, obwohl seine Zustände an Glückseligkeit beachtlich waren. Es lag ihm aber nichts daran, in einer festen Erfahrungsebene festzusitzen, wie vergnüglich diese auch sein mochte. Er musste weiterkommen. Es verlangte ihn nach schnellerem Wachstum und er war immer auf der Suche nach einem Weg hindurch. Er glaubte daran, dass er früher oder später Kenntnisse erwerben könnte, die es ihm erlauben würden, zurück auf die Schnellstraße zu gelangen.

Er sehnte sich danach, dass Devi und auch die anderen all seine Geheimnisse wüssten, doch er konnte das Wissen über die geheime Kammer und den Altar der Glückseligkeit mit niemandem teilen, bis er die Tür zum unbegrenzten Energiefluss öffnen konnte. Es war zu gefährlich.

Wenn ich nur einen Weg finden könnte, wie ich diese gefräßige Energie sowohl stimulieren als auch stillen könnte, ohne dass sie in dem Prozess das Fleisch dieses Körpers verzehrt. Die Antwort liegt irgendwo hier drinnen ...

Kapitel 14 – Der heilige Tunnel

»Ja, ja, ja, Horace«, tschilpte Mable Butkus ins Telefon. »Komm, du weißt, es ist nie zu spät. Du musst dich heute mit Darren und Kurt treffen.«

Sie deckte den Hörer des Telefons mit der Hand ab und blinzelte Kurt zu. »Wir haben ihn in der Tasche.«

Ihre Kiefern kauten wie besessen. Dann bewunderte sie ihre langen roten Fingernägel. »Erinnerst du dich an die Party letztes Weihnachten, Horace? ... Oh yeah, was für eine Gaudi. Ich dachte, wir würden nie nachhause kommen. Wie geht's der Misses überhaupt? Ich lief ihr letzte Woche bei Penneys über den Weg. Schönes Kleid, das sie - oh? Wann? Drei Uhr? Großartig, sie werden dort sein. Bye, lieb ...«

Kurt klatschte sie ab. »Gut gemacht, Mable! Der Vorsitzende des Staatshaushaltsausschusses gehört uns.«

»Gern geschehen, mein Schatz«, sagte sie. »Gibt es da noch jemanden, den wir bei diesem länderübergreifenden Projekt beeinflussen können?«

»Ich denke, wir haben sie alle. Ein paar Kniffe noch von Darren mit seiner dicken Brieftasche in Washington und wir können ein Siegel drauf machen. Der größte Auftrag, den wir bisher an Land gezogen haben – einhundert Millionen für die Wilder Corporation.«

»Jippiiee, das bedeutet, ich bekomme eine Gehaltserhöhung?«, fragte sie.

»Wenn du bei mir bleibst, bekommst du eine Erhöhung wie niemand anders.«

»Gut, das lässt sich hören, Baby!« Mable ließ eine Kaugummiblase zerknallen und versank wieder in ihrer Tabellenkalkulation.

Kurt bewunderte noch ihren Po, als er sich auf den Weg in Darren McKenzies Büro machte.

Darrens Anzug war zerzaust. Sein grauer Haarschopf war etwas in Unordnung geraten und er schielte über seine Brille, als Kurt hereinkam. Er warf die Zeitung, in der er gelesen hatte, mit einem Geratter in den runden Papierkorb, der in der Ecke stand.

»Hast du das mitbekommen?«, fragte Kurt. »Um drei Uhr im Büro bei Wallace. Wegen Mable und seinen Buchhaltungsfehlern haben wir ihn beim alten Yin-Yang. Glaubst du, dass ich den Zuschlag bekomme?«

»Wir sind nah dran«, meinte Darren. »Aber es ist erst in trockenen Tüchern, wenn wir die Unterschrift haben. Ein paar weitere Anrufe beim Bund und, gut, ich gebe dem im Augenblick achtzig Prozent.«

»Das sind zumindest ziemlich gute Gewinnchancen«, sagte Kurt.

»Es dreht sich alles um Gewinnchancen, Bursche.«

»Apropos Gewinnchancen«, sagte Kurt. »Wie läuft es bei Glades?«

»Wir bemühen uns noch«, sagte Darren. «Da hat noch einiges in Washington D.C. zu geschehen. Ich fahre heute Abend los. Ich muss dem Senator Weatherhold etwas in den Arsch kriechen und er braucht auch noch etwas von dem unerwähnbaren Ding, über das wir gesprochen haben.«

»Gib mir Bescheid, wenn er so weit ist«, sagte Kurt. »Ich werde mich darum kümmern.«

»Ich dachte, du willst, dass ich in Florida arbeite. Warum zum Teufel soll ich zum dritten Mal in diesem Monat in diese menschliche Jauchegrube zurückkehren?«

»Für eine Milliarde Dollar«, sagte Kurt. »Darum. Bekommen wir das neue Luftwaffenbasisprojekt in Glades, kannst du dir ein schönes Stück von Florida kaufen und brauchst da niemals mehr wegzugehen.«

»Ich könnte jetzt schon in Rente gehen. Das geht über das hinaus, für was ich mich verpflichtet habe. Meine Frau schäumt, während ich hier oben sitze und für dich das mache, was ich die letzten 35 Jahre für jeden anderen in diesem stinkenden Geschäft gemacht habe. Ich lebe jetzt hier.«

Kurt ging vor Darrens olivgrünem metallenen Bürotisch auf und ab. »Ich verspreche dir, wenn wir diesen einen noch bekommen, brauchst du nie mehr nach D.C. zu gehen. *Ich* werde da hinziehen. Bekommen wir Glades, müssen wir unser

Büro in Fort Myers vergrößern und wir brauchen auch Leute in D.C. Das ist meine Eintrittskarte für die große Zeit.«

»Besser du als ich, Junge«, sagte Darren. »Dies ist die letzte große Suppe, die ich hier zusammenbraue. Verstanden?«

»Ja, mein Herr«, antwortete John. »Auf jeden Fall. Nach diesem Ding hier brauchst du mir nur noch zu zeigen, wo die großen Knochen in diesem Sumpf schwimmen und ich werde hineintauchen und sie selbst herausfischen.«

Darren lehnte sich in seinem Drehstuhl zurück und fuhr mit beiden Händen durch sein graues Haar. »Gut, mein Sohn, Washington steht vielleicht für die herrlichen hohen Ideale unseres Landes. Doch dort leben auch die größten Diebe.«

Kurt hielt inne und schaute Darren direkt in die Augen. »Damit habe ich kein Problem.« Er hätte alles gesagt oder getan, um sich ein gehöriges Stück vom Glades-Projekt zu sichern. Das würde der größte Fluss von Bundesgeld nach Florida sein seit der Glanzzeit des Weltraumprogramms. Und Kurt wusste, dass es zu mehr führen würde, zu viel mehr.

Am Ende tricksten sie ganz schön an den Regularien herum – und neben den Bundesstraßenaufträgen erhielt die Wilder Corporation auch im Glades-Projekt eine führende Rolle.

»Ich vermisse Papa«, sagte Devi, als sie mit dem Bronco auf die A1A abbog. Sie fuhren an den Geschäften und Einkaufsmeilen entlang.

John ließ den Ellbogen aus dem offenen Fenster hängen. Sie sah, wie die warme Nachtluft durch sein Haar blies. Sein heiteres Gesicht verriet ihr, dass er wieder lebendig war. Er schien die einfachen Dinge zu schätzen wie das Herumfahren mit ihr an lauen Sommerabenden. »Es gibt so viel, für was wir alle zu leben haben«, sagte er.

»Papa hätte es schaffen können, wenn er sich ein bisschen mehr Zeit gegeben hätte«, sagte sie. »Jetzt habe ich das Haus, die Ersparnisse, das Auto und keine Familie.«

»Du hast doch mich. D.h. das, was von mir noch übrig ist.« Er streckte den Arm aus und legte die Hand auf ihre Schulter. Sie hätschelte sie mit ihrer Wange.

Sie fuhren nach Norden zu seinem Zuhause.

»Hier kommt es«, sagte sie. »Der Ort, wo es geschehen ist.«

Als sie am Minimarkt vorbeifuhren, starrte sie hinüber. »Und hier verließ der Rest meiner Familie diese Welt. In dieser Gasse.«

»Warte!« Schrie John. »Stopp! Schnell!«

Sie trat auf die Bremse, dass es quietschte, und kam in einer Parkbucht am Rande der A1A, einen dreiviertel Block von dem Laden entfernt, zum Stehen. »Was?«

John sprang aus dem Wagen und begann zurückzulaufen.

Was zum ...! Devi stellte den Motor ab, stieg aus dem SUV und machte sich in die Richtung auf, in die er gelaufen war. Er war in die gleiche Gasse gerannt, wo Mama und Joe vor fünf Jahren erstochen und stranguliert worden waren. *Dahin möchte ich heute Nacht nicht gehen. Wo ist er hin?* »John! John«. Dann begann sie doch, zur Gasse hinzulaufen. Als sie am Zugang anlangte, hielt sie an und schaute hinein. Ein Haufen metallener Mülltonnen blockierte teilweise ihre Sicht. Leere Kisten waren entlang der Außenwand des Geschäfts aufgestapelt. »John?«

»Hier ... ich bin hier drüben«, rief er hinter den Mülltonnen hervor.

Sie näherte sich vorsichtig. Als sie um die Mülltonnen herumkam, sah sie John auf Knien über einen Mann gebeugt, der auf dem Boden lag. Der Mann wand sich vor Schmerz. Hinter John hielt sie an. »Was ist passiert?«

»Ich sah, wie jemand ihn schlug, als wir vorbeifuhren«, sagte er. »Der Kerl hat sich nach hinten aus dem Staub gemacht, als er mich kommen sah.«

John hielt seine Hand ins Licht hoch, das von der Straße in die Gasse drang. Sie war blutüberströmt. »Man hat ihn niedergestochen. Geh bitte zum Verkäufer ins Geschäft und sage ihm, er soll Hilfe rufen.»

Devi rannte um die Ecke. Als sie wieder aus dem Geschäft kam, erkannte sie, dass der Mann nur ein paar Schritte von dem Ort entfernt liegen musste, wo das mit Mutter und Joe geschehen war. Ihre Fantasie malte die grässliche Szene aus, mit der sie als Teenager so oft nachts schwitzend aufgewacht war. *Doch vielleicht ist dieser Mann noch zu retten.* Sie rannte zu John und dem blutenden Mann. Als sie näherkam, erkannte sie, dass das ein Obdachloser war. Er war unrasiert, dreckig und zerlumpt. Ein kleiner abgenutzter Schlafsack und eine

Plastiktüte voller Aluminiumdosen lagen neben ihm auf dem Boden.

Er wandte den Kopf von einer Seite zur anderen und stöhnte. »Oh Gott, oh Gott. Gott, erbarme dich meiner.«

Sie sah, wie das Blut um Johns Hand herum, die er flach auf das Herz des Mannes gedrückt hielt, hervorquoll. Das alte blaue Hemd war triefend rot. Sie sank auf die Knie, legte den Schlafsack unter den Kopf des Mannes und strich das lange graue Haar aus dem verschwitzten bärtigen Gesicht.

»Bitte bleiben Sie ruhig, Sir. Es kommt gleich Hilfe«, sagte John.

»Ich kann nicht, ich ... Oh, oh, es ist so schön.«

John sah auf. »Ja, ich sehe es. Es ist schön. Doch sind Sie sich sicher?«

»Ja, ich will ...«

»Aber es kommt gleich Hilfe«, sagte John.

»Nein, ich sehe Jesus. Ich bin gerettet. Lass mich gehen. Bitte, lass mich gehen.«

John nahm seine blutige Hand von dem Mann und sah auf. Beide, er und der Mann, hielten für eine Minute ihren Blick wie versteinert nach oben gerichtet. Devi sah überhaupt nichts, nur wie die beiden nach oben starrten. Sie fühlte eine friedvolle Gegenwart. Schließlich atmete der Mann lange aus und war tot. John blickte weiter nach oben. Auch noch, als der Krankenwagen auf den Parkplatz fuhr und sie in blinkendes rotes Licht hüllte.

Devi legte ihre Hand auf Johns Schulter. »Kommen sie zu spät?«

»Nein. Es ist in Ordnung«, sagte er. »Er heißt Matthias und es geht ihm gut. Ich sehe ihn immer noch. Sie haben ihn jetzt.» John streckte die blutigen Hände hoch in die Luft der Gasse.

Devi schaute ebenfalls nach oben und folgte dabei der Richtung, die Johns Arme vorgaben, dorthin, wohin auch sein Blick ging. Sie sah eine undeutliche Öffnung. Ein winziger Lichtpunkt, der irgendwie sehr groß war. *Was?*

»Dort verschwinden sie – jetzt sind sie fort.« Als die Ärzte herbeieilten, erhob er sich von den Knien und setzte sich neben dem Körper auf den Boden. Er schaute zu ihnen hoch. »Er ist fort, doch es geht ihm gut.«

Sie blickten ihn verwundert an und begannen, den Körper wiederzubeleben.

Sie saßen wieder im Bronco und fuhren auf der A1A. Devi saß wieder am Steuer. Eine Weile schwiegen sie.

»Was ist dort hinten geschehen?«, fragte sie.

»Ich habe gesehen, wie er gegangen ist«, sagte John. »Es war sehr schön. Da war ein Lichttunnel, der aus seinem Kopf herausging. Der begann ganz unten an seinem Rückgrat. Durch diesen Tunnel ist er hinausgegangen. Er hat sich dafür entschieden. Es war am Ende so herrlich und irgendjemand war da. Sie kamen zu ihm. Er ging glücklich fort. Das Leben für ihn hier war so schwer. Er hat sich alle Mühe gegeben. Er wollte es wirklich besser machen. Er war Buchhalter, hatte eine Frau und drei Kinder. Dann verlor er seinen Arbeitsplatz. Das zerstörte sein Selbstvertrauen. Sie haben sich zerstritten. Schließlich hat sie ihn mit den Kindern verlassen. Er hat es nie überwunden. Er lebte seit sieben Jahren auf der Straße.«

»Woher weißt du das alles?«

»Ich habe es in mir gesehen.«

Johns Lippen zitterten. Er begann zu weinen. »Ich war in ihm. Ich war er. Oh, welche Lasten wir in diesem irdischen Leben tragen«, schluchzte er. »Es gibt so viel zu tun.«

»Musst du das alles machen?«

»Ja.«

»Warum?«

»Weil ich es kann. Wir müssen alle tun, was wir können.« John starrte aus dem Fenster in die Sommernacht. Die Tränen rannen ihm immer noch von den Wangen.

Sie sprachen nicht mehr, bis sie bei der Auffahrt vor seinem Haus anlangten.

»Ich gehe morgen wieder arbeiten«, sagte sie. »Wird es bei dir gehen?«

»Ja, ich werde wieder meditieren«, er verharrte für ungefähr eine Minute in Stille. »Weißt du was?«

»Was?«

»Ich glaube, das heute Nacht war kein Zufall. Matthias hat mir etwas gegeben, ein Geschenk. Jetzt muss ich herausfinden, was ich damit anfangen soll.«

»Lässt du es mich wissen, sobald du drauf gekommen bist?«

»Du wirst die Erste sein.« Er lehnte sich zu ihr hinüber und küsste sie. Sie legte ihren Arm um seinen Hals. Er hatte immer noch den Geruch von Matthias Blut an sich, doch das machte ihr nichts aus. Sie küssten sich zehn Minuten, bevor sie sich schließlich für diese Nacht voneinander losrissen.

Als Devi fortfuhr, grübelte sie immer noch nach. *Wie konnte John all das sehen? Wie gelingt es ihm, all dieses heilige Wissen zu erkennen? Ich liebe ein spirituelles Genie und er liebt mich. Wie kann es zu so etwas kommen?* Sie war von Gefühlen überwältigt. Am Ende der Beach Road, ein paar Straßenzüge vom Wilderhaus entfernt, fuhr sie an den Straßenrand, legte die Arme aufs Lenkrad und weinte darauf gebeugt los. Die stille Stärke von *ich bin* floss von ihr in aufwärts strömenden Wellen über, als sie sich in dieser stillen Straße ausweinte. Ein weicher Glanz weißen Lichts strahlte dabei von ihr aus, füllte den Bronco und erleuchtete die warme Nachtluft um den Lastwagen herum. Sie bemerkte das nicht. Doch von diesem Augenblick an wusste sie, dass sie sich auf einer heiligen Mission befand, die die Welt verändern sollte und dass es kein Zurück mehr gab.

Monate vergingen und John arbeitete immer noch in der Entwicklungs- und Konstruktionsabteilung der Wilder Corporation. Das alles war zu einer festen Routine geworden. Kompromisse waren nie ein herausragender Aspekt seiner Persönlichkeit. Obwohl seine spirituellen Erfahrungen mehr als angenehm waren, wurde er immer ungeduldiger. Er hatte aber eine Strategie der Mäßigung und vorsichtigen Regulierung seines Lebensstils entwickelt, und damit gelang es ihm, ein ähnliches Desaster wie das vom vergangenen Jahr zu vermeiden, und er fragte sich, ob das auch damals vermeidbar gewesen wäre. *Wie kann sich die menschliche Rasse ohne solche Gefahren weiterentwickeln? Wie können wir die nächste Entwicklungsstufe ohne irgendwelche Fehlschläge erreichen?*

Jeder schien ein gesundes und risikoloses Leben zu bevorzugen. Aber trotzdem starren wir am Ende in den gleichen großen Schlund, *Tod* genannt. Mit einem wohnungslosen Mann namens Matthias hatte er genau da hineingeschaut. Das war aber gar nicht so schlimm. Tatsächlich sah das freundlicher aus als das irdische Leben.

Wollte er jedes Risiko vermeiden, müsste er die Vision, die sich immer wieder in ihm Raum verschaffen wollte, opfern und das Ergebnis wäre ein Leben im Mittelmaß. Das wurde ihm mehr und mehr klar. Er befand sich im gleichen Zustand wie so viele, die gestrauchelt waren und sich eingeschüchtert wieder hocharbeiteten. Er war voller strahlender Ausblicke und sah Dinge, die andere offensichtlich nicht sahen. *Wo geht es also weiter? Was ist der nächste Schritt?* Er kam zur Einsicht, dass ein Festsitzen auf einem Erfahrungsplateau genau so schlimm sein konnte wie das Eingeschränktsein durch eine körperliche Krankheit. Ja, das Verweigern der Suche, der alles verzehrenden Vision, war auch eine Krankheit. Die Zeit war gekommen, weiterzugehen. Es war wieder Zeit, die Furcht zu überwinden. *Doch wie stelle ich das an? Ich bin doch nicht blöd. Das Springen ins Feuer hat nicht funktioniert, überhaupt nicht. Da muss es einen anderen Weg hindurch geben, einen intelligenteren Weg.*

Als er im Wurzelsitz auf seinem Bett saß, schrie sein Herz innerlich nach Gott. Seine Zunge liebkoste den Altar der Glückseligkeit in der geheimen Kammer und erfüllte ihn mit ekstatischer Energie. Er ließ los, tauchte in die schweigsame Tiefe von *ich bin* und nahm das schwächste Gefühl seiner Sehnsucht mit sich. Immer wieder ließ er mit dem Loslassen des *ich bin*-Samens in die unendliche innere Ausdehnung den Samen seines Begehrens los. Mit dem Loslassen begann etwas aufzutauchen.

John hatte am meisten das Atemanhalten beschnitten, weil dieses den größten Stimulationseffekt auf seine innere Energien hatte. Im Zusammenspiel mit allen anderen Mitteln war das Atemanhalten die Maschine, die den feurigen Geist aus der Flasche entließ. Ohne das Atemanhalten lief alles andere langsamer ab. Das Anhalten des Atems war das Gaspedal, das die Nerven aufschloss und den Treibstoff der sexuellen Essenzen in den Körper hinauf entließ, wo die biologische Alchemie auftrat. Er erkannte, dass das Atemanhalten in irgendeiner Form wieder Bestandteil sein musste, wenn er besser vorwärtskommen wollte. Er begann, damit vor jeder Meditation zu experimentieren. Sobald er nach der Einatmung den Atem für eine beliebige Zeit anhielt, züngelten gleich die Feuer hoch. Deshalb versuchte er, statt den Atem anzuhalten, nur langsam zu atmen. Das half, doch die Feuer flackerten immer noch auf. Sie brausten nach oben durch den silbernen Faden, den winzigen Nerv, der im Zentrum der Wirbelsäule nach oben lief, und ergossen sich in alle Richtungen nach außen, wirbelnd, verzweifelt auf der Suche nach etwas.

Mit dem Geist ging er beim Atmen in den Wirbelsäulennerv und stellte sich ihn als einen Tunnel vor. Ja, ein Tunnel! So einen, wie der sterbende Matthias ihm gezeigt hatte. Einatmend zog er den Atem langsam durch den Tunnel nach oben – nach oben, nach oben, nach oben ... den ganzen Weg nach oben und hinaus, wo er sich vorstellte, dass das helle Licht am Ende des Tunnels sein würde, hinaus durch die Stirn am Punkt zwischen den Augenbrauen und nach oben zu einem hellen, aufgehenden, inneren Stern. Dort war Matthias gewesen. Da war er dann ganz mit Atemluft angefüllt. Danach kam John wieder durch diesen Tunnel zurück nach unten, zurück durch die Stirn, weiter zum Zentrum des Gehirns und mit einer lang gezogenen, langsamen Ausatmung durch das Rückgrat hinunter – hinunter, hinunter, hinunter ... den ganzen Weg zurück zu seiner pulsierenden Wurzel am Perineum. Dann bei der nächsten Einatmung wieder langsam nach oben und bei der Ausatmung wieder langsam nach unten. Das fühlte sich gut an, geschmeidig, und etwas Sonderbares geschah. Die Feuer wichen und eine erhabene glückselige Weiträumigkeit füllte den Nerventunnel. Die Wände des Tunnels verschwanden und er befand sich in einem riesigen Raum.

Zum ersten Mal konnte sich John innerhalb des silbernen Fadens halten. Die züngelnden Feuer wichen einer himmlischen Vision. *Doch warum?* Er beobachtet das, als er weitermachte. Er sah, wie sich sein aufsteigender Atem in den absteigenden Atem auflöste und der absteigende Atem löste sich in den aufsteigenden auf. Die Dualität von nach oben und unten löste sich in seinem Rückgrat in eine neue Einheit auf, die die Stürme der inneren Unausgeglichenheit augenblicklich besänftigte. Er war immer davon ausgegangen, dass die Reise ein Weg nach oben war. Nun war er daraufgekommen, dass das Geheimnis im Auf und Ab bestand. In ihm gab es eine Polarität von Energien, die eines Ausgleichs im Wirbelsäulennerv bedurften – durch den heiligen Tunnel, der Erde und Himmel miteinander verband. Das war viel stabiler als der richtungslose und manchmal gefährliche Pfad, dem er in der

Vergangenheit gefolgt war. Das Hinausgehen vorne durch den Punkt zwischen den Augenbrauen zeigte dazu noch eine sofortige beruhigende Wirkung auf seinen hungrigen angeregten Scheitel, der einer der Hauptursachen für das Chaos in ihm gewesen war. Das langsame Nach-oben-und-unten-Gehen mit dem Atem im Inneren des Wirbelsäulennervs zwischen der Wurzel und der Stirn brachte sowohl einen Ausgleich wie auch eine Öffnung hervor. *Ausgeglichenheit! Oh, wie sehr habe ich mich danach gesehnt. Habe ich nun endlich das Geheimnis des Atems gelüftet?*

In den folgenden Monaten arbeitete John daran, die Wirbelsäulenatmung im heiligen Tunnel zwischen Wurzel und Stirn zu einer hohen Kunst zu vervollkommnen. Im Zusammenspiel mit seinen anderen Übungen schloss sie sein Nervensystem weit zur Herrlichkeit Gottes, *ich bin*, auf.

Schließlich fand er den Weg, wie er seine aufwallenden Energien transformieren konnte. Es gab keine Grenzen mehr. Er umfing wieder ganz seine Vision und diese umfing ihn.

Kapitel 15 – **Das Gute teilen**

Kurt fuhr den Georgetown-Hügel zur langen Reihenhauskette hoch. Er lehnte sich über das Lenkrad nach vorn und schaute durch die Windschutzscheibe seines Mercedes hinauf zu dem Apartment im Obergeschoss, das er in dem Dreier-Komplex gemietet hatte. *So, hier beginnt die neue große Ära.*

Darren McKenzie hatte ihn bereits bei den Topmaklern Washingtons eingeführt und er freute sich darauf, diese Beziehungen auszubauen. Damit sollte es ihm möglich sein, auf den wachsenden Erfolgen der Wilder Corporation mit dem Glades Projekt aufzubauen. In D.C. hatten sie ein Verbindungsbüro eröffnet und Nebenprodukte der Ingenieurarbeiten wurden dort schnell vermarktet. In Crystal City hatten sie Büroräume zugemietet. Dort beschäftigten sie bereits 73 Angestellte, Tendenz steigend.

Das Machtgefüge in Washington war ein richtiger Morast. Kurt wusste aber, dass er mit den Gegebenheiten und der Notwendigkeit, ordentlich zu schmieren, gut zurechtkommen würde. *Lass mich in dieser Suppe nur mitmischen.*

Eine athletische junge Frau in Shorts und T-Shirt kam die Treppe des Reihenhauses heruntergehüpft und hätte Kurt fast umgerannt. Ihre Hände umschlossen einen Haufen loser Wäsche. Er trug eine große Tasche mit Kleidern nach oben. Auf derselben Stufe neben ihm hielt sie an. Sie atmete tief, als ob sie schon mehrmals die Treppe hinauf- und hinuntergelaufen sei. Er spürte ihre Vitalität sich durch die Wäsche und die Kleidertasche hindurch ausbreiten wie Röntgenstrahlen.

»Entschuldigung, ich versuche diese Nachzügler noch hineinzubekommen, bevor der Waschdurchgang abgeschlossen ist. Ziehst du hier ein?«

»Ja, ich habe das Apartment im zweiten Stock gemietet. Mein Name ist Kurt Wilder.« Er reichte ihr die Hand.

Ihre blauen Augen fixierten die Seinigen, als ob sie ihn bereits kannte, und sie streckte ihm unter ihrer dreckigen Wäsche die Hand entgegen. »Nadine Grant, ich wohne im ersten Stock. Willkommen in dieser bescheidenen Unterkunft.«

»Wo kann ich hier einen Bissen essen?«, fragte er.

»Im nächsten Block die Straße hoch gibt es ein kleines Café, ich gehe da hin, sobald ich diesen Haufen verräumt habe. Willst du mitkommen?«

»Gerne.« Er fand sie bereits sympathisch. Sie war unkompliziert und sie war schön.

Eine halbe Stunde später saßen sie an einem kleinen Tisch am Fenster des Cafés einander gegenüber und aßen ein Sandwich.

»Was führt dich nach Washington?«, fragte sie.

»Lobbying«, antwortete er kauend.

»Irgendeine bestimmte Richtung?«

»Hoch- und Tiefbau. Große Bundesaufträge. – Und was machst du?« Er parierte ihren spielerischen Blick.

»Ich arbeite im Büro von Senator Weatherhold«, sagte sie. »Verwaltungsassistentin. Ich versteh von allem etwas, kenn mich jedoch nirgends richtig aus.« In einer Geste der Hilflosigkeit streckte sie die Arme aus und warf den Kopf zurück. Hilflos wie eine Löwin. »Arbeitest du vielleicht zufällig für die Wilder Corporation, Herr Wilder?«

»Wie hast du das nur erraten?« Er lächelte und verbarg seine Überraschung über den Zufall dieser Begegnung. Er hatte es lieber, wenn sie glaubte, das sei alles geplant gewesen. »Ich hatte noch nie die Gelegenheit, den guten Senator kennenzulernen. Wärst du vielleicht so nett, mich ihm einmal vorzustellen?«

»So bist du also der große Unbekannte hinter Darren McKenzie?«, sagte sie. »Was du für Schachzüge angewandt hast. Ich liebe es, zuzusehen, wenn hungrige Männer miteinander wetteifern. Herzlichen Glückwunsch! Du hast gewonnen.« Sie lachte und schüttelte ihr kurzes braunes Haar auf eine Art, die ihn anmachte.

»Kommst du heute Abend mit mir essen?«, fragte er.

»Du verschwendest wohl keine Zeit, oder?«

Kurt zuckte mit den Achseln. »Nicht fragen heißt nicht bekommen. Und wenn man nicht etwas Gutes anbietet, bekommt man genauso nichts.«

Sie lächelte. »Was hast du denn Gutes anzubieten?«

»Komm und du wirst sehen.«

Er blickte in ihre bohrenden blauen Augen und wusste, dass sie diese Nacht im Georgetown-Komplex entweder in ihrem oder seinem Stockwerk sein würden.

Es ging noch viel weiter als das ...

»Bist du fertig?«, fragte John.

»Fertig für was?«, antwortete Devi.

»Für das gute Zeug.«

»Uh oh, ich wittere Ärger«, sagte sie.

»Das ist mein mittlerer Name.«

»Ich weiß. Ich war dort. Erinnerst du dich?«

John hob den Kopf von ihrem Schoß und stand von der Couch auf. Dann schritt er langsam in Devis Wohnzimmer auf und ab. Die Hände hatte er hinter sich verschränkt. Den Kopf verrenkte er einige Male leicht zur einen und zur anderen Seite, als ob er etwas im Inneren seiner Wirbelsäule ausräumen wollte. Sie wartete gespannt. Sie wusste, dass er in dem Jahr seit seiner Krankheit wieder zu seinen intensiven Übungen zurückgekehrt war. Aber er war Gott sei Dank seither nicht wieder explodiert. Er erzählte ihr nicht, welche neuen Dinge er machte. Er sagte nur, dass er nicht wolle, dass sie das auch alles durchzumachen habe, was er durchzustehen hatte. Das hörte sich für sie vernünftig an. Deshalb drängte sie ihn nicht. Sie machte selbst äußerst glückselige Erfahrungen. Deshalb wartete sie ab und beobachtete, wie er schön langsam zu einer strahlenden Lache von Vergnügen schmolz. Nun aber hatte er etwas Ernstes in seinem Gesicht, als er in der Mitte des Wohnzimmers stand und die Arme wie ein Exerziermeister verschränkt hatte.

»Okay, du hast doch die Meditation bekommen?«, sagte er.

»Das stimmt.«

»Du machst sie zweimal am Tag, oder?«

»Wie ein Uhrwerk«, sagte sie. »Nur ein Dummkopf würde das verpassen.«

»Der Wurzelsitz?«

»Ja.« Sie schob einen Fuß unter ihre Baumwollhose. »Siehst du?«

»Das Heben des Bauches?«

»Roger«, sagte sie. »Was? Bereiten wir uns hier etwa darauf vor, in den Weltraum abzuheben?«

»Wir heben in den inneren Weltraum ab. Alles an Bord«, sagte er. »Den Kinnverschluss hast du verstanden?«

»Jawohl.« Sie ließ das Kinn in die Kehlgrube fallen. Dann hob sie den Kopf wieder. Es fühlte sich allseitig gut an. »Das Atemanhalten? Du bist damit vorsichtig umgegangen, wie ich es gesagt habe, oder?«

»Absolut«, gab sie zurück. »Ich möchte nicht brutzeln wie du.«

»Gut. Wir bekommen das in den Griff«, sagte er. »Okay, was noch?«

»Wie stehst's mit dem Anspannen des Afterschließmuskels, dem Heben der Wurzel. Diesen Teil liebe ich besonders.«

»Ja, ich auch«, sagte er. »Gut, sonst noch etwas?«

»Wie ist das mit den Augen?«, fragte sie. »Sind die nicht auch wichtig? Wenn ich die zusammen anhebe, wirkt das genauso gut wie das Zusammenzwicken des Pos. In Wirklichkeit kann ich das eine nicht ohne Stimulierung des anderen tun. Es ist, als seien sie elektrisch miteinander verknüpft.«

»Das ist perfekt«, sagte er. »Ja, das Richten der Augen nach oben ist wichtig. Hebst du die Augen und richtest du sie auf den einen Punkt zwischen den Augenbrauen, wird dein ganzer Körper mit Licht angefüllt.«

»Oh ja«, sagte sie. Sie zog die Augen nach oben und ihr Bauch und die Beckenmuskeln wurden sichtlich ebenfalls mit nach oben gesaugt. Sie zog unten sanft und rhythmisch zusammen und das *ich bin* begann, hell in ihrem Inneren zu summen. Das alles arbeitete wie eine einzige organische Funktion zusammen. Dabei ging ihr Gesicht in ein stilles Seufzen über.

»Okay, okay«, sagte er. »Du hast bestanden. Haben wir irgendetwas vergessen?«

»Ich denke, das ist alles, Captain«, schnurrte sie, als ihre feuchten Augen wieder von der himmlischen Glückseligkeit herunterkamen. »Ist das nicht genug? Ich würde jetzt nur noch gern mit dir meditieren.«

»Es ist nie genug.«

»Meine Güte«, sagte sie.

»Wirbelsäulenatmung«, sagte er.

»Ich glaube nicht, dass ich die schon kenne.«

»Die geheime Kammer«, sagte er.

»Auch die nicht«, sagte sie. »Außer du sprichst von der geheimen Kammer, die ich für dich seit der Highschool aufspare.«

»Nö, nicht davon«, sagte er. »Die geheime Kammer, von der ich spreche, haben wir beide.«

»Wirklich?«

»Ja.«

»Faszinierend«, sagte sie.

Das erste Mal bei dem Drill lächelte er breit und sie wusste, dass etwas Wundervolles geschehen würde.

»Erinnerst du dich an Matthias, den verstorbenen Obdachlosen?«, fragte John.

»Wie könnte ich den vergessen?«

»Er hat mir gezeigt, dass der Wirbelsäulennerv mehr ist als ein Nerv. Es ist ein heiliger spiritueller Tunnel. Ein Tunnel, durch den wir die Wirbelsäule nach oben und unten wandern können und hinaus in das volle Licht des Himmels, zu dem Ort, zu dem wir gehen, wenn wir sterben. Gehen wir so nach oben und unten, vereinigen wir in unserem Inneren zwei Arten von Energie in einer besonderen Form des Liebens miteinander.«

»Du weißt, dass ich immer bereit bin für die Liebe«, kommentierte sie.

»Wir sind die Kuppler«, sagte er. »Gott Vater kommt vom Himmel herunter. Gott Mutter kommt von der Erde, unserer Wurzel, herauf. Wenn wir sie absichtsvoll nach oben und unten atmen, verschmelzen sie in uns und, voilà, ein neues Leben ist geboren.«

»Ich hoffe, das ist freundlicher als das Leben, das letztes Jahr in dir gewütet hat«, sagte sie.

»Das war nicht das neue Leben. Das war die Mutter, die von unten aufgescheucht wurde und keinen Ehemann fand. Sie hat in jeder Zelle in mir nach ihm gesucht und das hat die Hölle verursacht.«

»Damit kann ich etwas anfangen.« Manchmal fühlte sich Devi, als könnte sie John auf der Stelle vergewaltigen. Sein Hinhalten, um sich stattdessen der Suche nach Gott zu widmen, machte sie bisweilen wahnsinnig. Sie fühlte sich, als würde sie selbst in einer kleinen Hölle sitzen. *Aah!*

»Wirbelsäulenatmung ist die Lösung«, sagte er. »Das bringt die männliche Energie die Wirbelsäule nach unten und vereinigt sie mit der weiblichen Energie, die nach oben kommt – ein neues Leben.«

»Also, was für eine Art von Atmung ist das?«, fragte sie.

»Laaangsaaameees Atmen. Du atmest von der Wurzel durch den winzigen Tunnel nach oben zum Kopf und durch die Stirn nach vorne hinaus zu dem hellen Stern des Himmels, ungefähr in dieser Höhe.« Er zeigte dahin, wohin ihre Augen in Ekstase auf natürliche Weise wanderten. »Wir gehen dahin, wo die Glückseligkeit ist. Das ist dort, wohin sie kamen, als sie Matthias abholten. Das ist auch dort, wohin Gott Vater in uns herunterkommt. Nach dem Aufsteigen beim Einatmen fühlst du die Ausatmung vom Stern bis zur Wurzel durch den Tunnel langsam zurück nach unten und folgst dabei dem gleichen Weg. Diese Rundreise machst du immer wieder.«

»Und dieser Stern ist Jesus?«, fragte sie.

»Ja, Jesus, *ich bin*, der Vater, sind alle das Gleiche«, sagte er. »Ich habe ihn dort noch nicht persönlich getroffen. Doch von dort kommt eine riesige Energie nach unten, und das ist es, was das Feuer der aufsteigenden weiblichen Energie bezwingt.«

»Wie sieht das genau aus?« Sie stellte die Füße auf den Boden und kam mit den Ellbogen auf den Knien zum Rand der Couch. Sie holte das Kristallkreuz, das ihr ihre Mutter gegeben hatte, aus ihrem Hemd hervor, hielt es in der Hand und liebkoste es mit dem Daumen.

»Das ist die sich ausdehnende Leichtigkeit. Die äußere Welt verschwindet. Die Wände des Tunnels verschwinden. Es ist ein anderer Ort in unserem Inneren. Alle Sinne arbeiten da zusammen, doch ist es nichts Physisches. Es ist wie das andere Ende unserer Sinne dort drinnen, die Sinneswahrnehmung auf dem höchsten Niveau, das man sich vorstellen kann. Gut, das ist in Wirklichkeit unvorstellbar. Dort draußen ist das alles ziemlich grob. Da drinnen sind die Lichter, Klänge, die Gefühle davon, ich denke, *himmlisch* ist der beste Weg, das zu beschreiben. Du musst es selbst versuchen.«

»Das will ich gerne«, sagte sie.

»Komm, wir machen das jetzt mal zusammen«, sagte er.

Sie setzten sich nebeneinander aufs Sofa und er führte sie durch den Tunnel durch. Sie machten für zehn Minuten die langsame Wirbelsäulenatmung im Wurzelsitz. Zuerst hatte sie damit Schwierigkeiten, doch am Ende wurde es geschmeidiger.

»Wie war es?«, fragte er.

»Klobig, doch zum Schluss wurde ich innerlich ziemlich ausgebreitet. Das ist nicht genau so wie bei der Meditation, oder?«

»Nein, das ist anders, aber es wird noch einfacher werden«, sagte er. »Mache das zehn Minuten lang vor der Meditation. Versuche, die Wirbelsäulenatmung nicht mit der Meditation zu vermischen.«

»Ich weiß gar nicht, ob ich das könnte, wenn ich es wollte«, sagte sie. »Was unterscheidet die beiden?«

»Das Atmen pflügt den Boden des inneren Körpers, das Nervensystem. Das erleichtert die Meditation und verhilft dieser zu Breite und Tiefe. Der Same des *ich bin* geht in der so gepflügten Erde des Nervensystems durch die Meditation auf, wie du das nicht für möglich halten würdest. Der gesamte innere Raum vibriert dann mit dem *ich bin.*«

»Oh Gott«, sagte sie. »Da bekomm ich ja eine Gänsehaut.« Ein Schauer von vibrierendem *ich bin* lief durch sie. »Können wir jetzt meditieren?«

Zuerst machte sie die Wirbelsäulenatmung. Diese schloss sie innerlich auf. Dann meditierte sie mit dem *ich bin* und war erfüllt von einer Vielzahl innerer Sinneswahrnehmungen. Was vorher eine glückselige Stille war, wurde lebendig und zu einem riesigen inneren Raum, der angefüllt war mit himmlischen Ausblicken und Tönen von *ich bin.* All ihre inneren Sinne waren angenehm ekstatisch angeregt.

Am Ende kam sie langsam aus den inneren Dimensionen, in denen sie sich befand, heraus. Erst nach ein paar Minuten war sie fähig zu sprechen. »Das ist ja unglaublich.«

»Erstaunlich, nicht wahr?«, sagte er. »Es gibt kein Limit, bis wohin man damit kommen kann. Man kann die Wirbelsäulenatmung auf verschiedenen Wegen auch noch kraftvoller machen. Ob du das willst, musst du aber selbst entscheiden.«

»Erzähl mir mal etwas davon«, sagte sie.

»Man kann erst einmal sein Pozusammenzwicken weiter beibehalten. Das macht schon sehr viel aus. Ein guter Rhythmus dabei ist, ihn bei der aufsteigenden Einatmung zusammenzuzwicken und ihn bei der nach unten gehenden Ausatmung wieder zu entspannen. Oder du kannst es auch andersherum anfangen – beim Nach-oben-Gehen locker lassen und beim Nach-unten-Gehen zusammenzwicken.«

»Das ist leicht für mich«, sagte sie lächelnd, und als sie diese Worte sprach, begann sie noch einmal glückselig von unten heraufzuziehen.

»Etwas anderes, was du noch tun kannst, ist die Drosselung und die Verlängerung der Ausatmung mit Zuhilfenahme der Epiglottis.«

»Der was?«

»Der Epiglottis, dem Kehldeckel, mit dem wir unsere Luft in den Lungen halten«, sagte er. »Das ist das Tor zur Luftröhre. Du tust so, als würdest du den Atem anhalten, lässt dabei aber angenehm gedrosselt etwas Luft austreten. Dadurch entsteht ein hohes Hissen, als ob du eine Schlange in deiner Kehle hättest. Denke daran, dass das auf dem Weg zurück nach unten im Wirbelsäulentunnel ist. Atmest du wieder ein und gehst dabei mit der Aufmerksamkeit den Tunnel nach oben, öffnest du deine Kehle tief unten so weit, wie du kannst. Gehe langsam in beide Richtungen. Drossle nicht die Einatmung. Die Lungen mögen das nicht. Ich weiß das, weil ich es selbst ausprobiert habe.«

Sie versuchte das Hissen in der Kehle mit der Ausatmung, die sie dabei den Tunnel hinunterführte. »Okay, ich sehe. Wird dadurch mehr Luft irgendwohin gedrückt?«

»Ja, das bringt mehr Sauerstoff in die Zellen«, sagte er. »Wenn ich das so mache, hört meine Atmung während der Meditation danach praktisch auf. Alles im Körper hört auf, sogar der Puls verschwindet fast völlig, und dann schließt sich das Innere wirklich auf.«

»Wow, das hört sich gut an«, sagte sie. »Ich glaube, ich kriege das schon hin. Es dauert nur eine Weile, bis ich mich daran gewöhnt habe. Doch das sollte kein Problem darstellen, besonders, wenn es derartige Erfahrungen erzeugt.«

»Oh, es wird noch besser werden«, sagte er.

»Menschenskinder, wo sind wir da nur hingeraten?«

Er lächelte und gab ihr einen Stoß in die Rippen. »Gottessuche.«

Sie sprang auf ihn zu und rang ihn auf der Couch auf den Rücken nieder. Rittlings auf ihm sitzend hielt sie seine Arme über seinem Kopf fest.

»Ja, schon wieder hast du mich«, sagte er.

»So sieht es aus.« Sie lehnte sich nach vorne und küsste ihn. Dann zog sie ihn hoch. »Das Beste hast du bis zum Schluss aufgehoben, wenn ich mich nicht irre?«

»Wie konntest du das nur erraten?«

»Ich kenne dich inzwischen, John Wilder. Komm, jetzt auch noch das. Wo ist diese geheime Kammer?«

Kapitel 16 – Eine Flut von Wissen

Devis Badezimmertür war lange geschlossen. Sie war darin mit etwas Heldenhaftem beschäftigt.

Plötzlich durchhallte ein Schrei die Stille. Ihre Stimme durchstach die geschlossene Tür, erfüllte das leere Haus und drang bis hinaus auf die Straße.

Niemand hörte sie.

Die Badezimmertür flog auf und Devi rannte nur mit einem Slip bekleidet hinaus. Sie schrie immer noch. Sie tauchte ins Bett und wand sich auf der dicken Steppdecke wie verrückt herum. Während sie sich wand, ging ihr Schreien in ein hysterisches Gelächter über.

»Ich kann's nicht glauben!«, schrie sie und schüttelte den Kopf, so dass das Haar wild umherflog. »Ich fasse es nicht! Das ist eine zweite Klitoris!«

Sie setzte sich in der Mitte der prallen Decke auf, ging in den Wurzelsitz, steckte den Zeigefinger in den Mund und schob die Zunge von unten her langsam zurück und nach links. Die Zunge rutschte allmählich nach oben in die geheime Kammer und fand auf dem sensiblen Altar der Glückseligkeit ihr Zuhause.

Ich kann's nicht glauben ... ich kann's nicht glauben ... ich ... sie ließ los, ihre Augen wanderten nach oben. Sie ging in den tiefen köstlichen Schwingungen des *ich bin* auf.

Alles, was von dem Aufruhr übrig blieb, war der Ausdruck ekstatischer Glückseligkeit auf ihrem Gesicht.

Das Meditationstreffen am Donnerstagabend hatten sie wieder aufgenommen. John erzählte allen in der Gruppe von den erweiterten Übungen – der geheimen Kammer und der Wirbelsäulenatmung. Viele saßen schon im Wurzelsitz und praktizierten bereits das Atemanhalten.

Luke, Carol, Melony, George, Coach Johnson und Mr. Culpepper nahmen die neuen Übungen mit Enthusiasmus an.

Zum Ende des Sommers waren ein Dutzend geheime Kammern zum ersten Mal betreten worden. Damit und als mehr und mehr *ich bin* Meditierende die Wirbelsäulenatmung aufnahmen, gesellten sich zur Schönheit der Coquina Island neue Dimensionen innerer Ekstase. Die Palmen, Eichen, Dünen und das rauschende Meer jubilierten alle mit der ekstatischen Schwingung des *ich bin.* Die Nachricht ging von Mund zu Mund und die Versammlung am Donnerstagabend wurde immer größer.

John führte seine Untersuchungen zu spirituellen Übungen in der Stille seines Zimmers fort und notierte sich jeden Schritt in das dicke Notizbuch, das aus Platzmangel schon lange seine Fortsetzung in einem zweiten und nun in einem dritten Band gefunden hatte. Das Tempo nahm zu. Jeder Tag brachte neue Entdeckungen. Seitdem er mit der Wirbelsäulenatmung begonnen hatte, waren seine Energien viel stabilisierter und die meiste Zeit glückselig leuchtend. Nachdem der wütende Hurrikan in ihm abgeflaut war, konnte er die Seitenwege der Energie in ihm klarer sehen und fühlen. Der Wirbelsäulennerv war nicht länger ein versengender Silberfaden. Er war in ihm und nahm veränderliche Schwingungseigenschaften an, wenn er während der Wirbelsäulenatmung durch seine weiten offenen Räume nach oben und unten wanderte. Die Wurzel war das dichtere irdische Reich. Je weiter er nach oben kam, desto verfeinerter wurden die Schwingungen, bis er schließlich den hellen weißen Stern oberhalb und jenseits des Punkts zwischen den Augenbrauen erreichte. Es fühlte sich an, als würde er durch ein spirituelles Auge blicken, das sich von der Mitte des Kopfes bis über den Punkt zwischen den Augenbrauen erstreckte. Die Reiche zwischen der Wurzel und dem Stern besaßen ihre besonderen Farben, die dem Spektrum des Regenbogens folgten. Es begann mit einem intensiven Rot an der Wurzel, ging beim Durchwandern des Wirbelsäulentunnels über in ein Orange, dann Gelb, Grün, Blau, Indigo und Violett. Ganz oben war das reine weiße Licht des Sterns.

Alle Sinne waren an der Reise nach oben und unten beteiligt. Die Wurzel gab einen charakteristischen summenden Ton ab. Sobald er höher stieg, hörte er mystische Flöten und Harfen in sich hallen. Reizende Kreaturen berührten ihn mit ihrem sanften Atem. *Sind das Engel?* In seinem Herzen klang ein mystischer Gong, der den riesigen Raum in ihm erfüllte. Für ihn fühlte es sich so an, als ob jeder um ihn herum diesen Gong hören müsste. Doch tatsächlich schien das nicht der Fall zu sein, obwohl er selbst ihn manchmal in anderen hörte. Jeder Mensch hatte seinen eigenen eindeutigen Gongklang. Wenn er ihnen auf die Brust tippte, stimmte er ihren Gong mit dem *ich bin* ab, was es der Energie in ihnen ermöglichte, sich in ihnen zu beschleunigen. Weiter oben in seiner Kehle hörte er brausende Geräusche. Sie riefen nach ihm und forderten, dass er dort etwas tat. Doch was? Und schließlich gab es da noch das ekstatische Brummen des *ich bin* in seinem Kopf, das aus dem funkelnden weißen Stern heraus und hinein pulsierte. Oft umfing das *ich bin* sein gesamtes Rückgrat, seinen ganzen Körper. Zu Hause war es in der Mitte des Kopfes, in dem Raum, der am Hirnstamm begann und bis zum Punkt zwischen den Augenbrauen und hoch in den aufgehenden Stern reichte. Von dort befehligte es mit seiner unaussprechlichen Glückseligkeit alle tiefer liegenden Bereiche in ihm.

Er konnte auch Tausende leuchtender Nerven sehen, die seinen Körper durchdrangen. Es war unmöglich, sie alle zu zählen. Drei hoben sich jedoch von den anderen ab: der Wirbelsäulennerv und zwei andere, die sich wie Schlangen um die Wirbelsäule herum von einer Seite zur anderen nach oben wanden. Sie überkreuzten sich mehrmals. Wo alle drei aufeinandertrafen, sah er flammende Schnittpunkte aus Licht, fast so hell wie der innerliche Stern oberhalb von ihm. Solche lodernden Schnittpunkte gab es in seinen Lenden, nahe dem Solarplexus, in der Nähe des Herzens, tief in der Kehlgrube, in der Mitte des Gehirns, wo es leuchtend nach oben zum Scheitel der Tausend Strahlen ging und am Punkt zwischen den Augenbrauen, wo es sich hinaus und nach oben in den hellen inneren Stern auflöste. Er fühlte die Lichter genauso stark, wie er sie sah – alles unterschiedliche Schattierungen von Vergnügen ... so viele Arten von Ekstase. Er konnte sie nicht alle beschreiben. Er erkannte aber, dass sein Körper eine Glückseligkeitsmaschine war. Nun verstand er, warum Jesus davon sprach, dass der menschliche Körper der Tempel Gottes sei.

Führte er sein spirituelles Dehnen aus, bevor er sich zur Wirbelsäulenatmung hinsetzte, leuchteten die Nerven stärker.

Die Wirbelsäulenatmung nahm ihn dann nach innen, schloss die Nerven auf und füllte diese mit den sexuellen Essenzen, die von seinen Lenden aufstiegen.

Aufgrund der Geschmeidigkeit, die mit der Wirbelsäulenatmung kam, empfand er, dass er als Nächstes wieder zum langen Atemanhalten zurückkehren konnte, ohne Energieungleichgewichte fürchten zu müssen. Die Vermählung seiner männlichen und weiblichen Energien hatte weit reichende stabilisierende Wirkungen. Nach Beendigung des regulären Übungsabschnitts seiner langsamen Wirbelsäulenatmung atmete er noch einmal durch die Wirbelsäule ein und verharrte so mit vollen Lungen eine Weile. Saß er im Wurzelsitz, praktizierte er das Anheben der Wurzel und des Bauches, machte den Kinnverschluss und ließ die Zunge langsam auf den Altar der Glückseligkeit wandern, wie er dies auch während der Wirbelsäulenatmung tat. Den Atem hielt er so lange an, wie er konnte.

Waren die Lungen nach der Einatmung mit Atemluft angefüllt, begann sich sein Kopf mit der Energie zu bewegen. Das war nichts ganz Neues. Seit Jahren hatte er bereits die Erfahrung gemacht, dass sein Nacken oft automatisch auf die eine oder andere Seite zuckte, wenn die Energie durch ihn floss. Das war ein automatischer Reflex mit einem offensichtlichen inneren Zweck. Doch nun wurde die Bewegung ausgeprägter.

Saß er nach Beendigung der Wirbelsäulenatmung mit vollen Lungen auf dem Bett, begann sich sein Kinn zuerst nach hinten und dann nach vorn in den Kinnverschluss auf der Brust zu bewegen. Das war sehr angenehm. Danach ließ er den Kopf sich in einem kleinen Kreis bewegen. Das war genauso angenehm. Später ging das über in einen großen Kreis – den ganzen Weg auf einer Seite nach oben, zurück, zur anderen Seite, um schließlich schnell wie ein Stein wieder nach unten aufs Brustbein zu fallen, so dass es auf der Brust einen dumpfen Schlag machte. Das Kinn kam dort nicht zum Stehen. Es fegte auf seinem Weg zur nächsten Kreisbewegung über das Brustbein und erzeugte dabei eine Reibung in der Brust, wie wenn ein Nerv über einen Knorpel schlüpft. Das sandte einen Strom hoch in den Nacken und in den Kopf und war das Angenehmste von allem. Er machte das zunächst im Uhrzeigersinn, dann im Gegenuhrzeigersinn, wechselte also mit jedem Atemanhalten die Richtung. Dieses Wirbeln in wechselnde Richtungen bei jeder gehaltenen Einatmung dauerte zehn Minuten, manchmal länger. Danach flossen Brust und Kopf über vor Licht und Glückseligkeit. Mit der Entwicklung dieser Übung über Wochen und Monate wuchs die Intensität des Lichts und der Glückseligkeit an und wurde zu einer Konstante in seinem Leben.

Er nannte die Übung »Kinnpumpe«, weil sie buchstäblich ekstatische Energie in Brust und Kopf pumpte.

Eine andere Übung, die ihm zuflog, kam nach der Meditation, am Ende jeder Sitzung. Die Augen bereiteten ihm so viel Vergnügen, dass er die Zeigefinger an deren äußere Ecken, ans untere Lid anlegte. Durch das untere Lid schob er die Augäpfel fest nach oben Richtung Punkt zwischen den Augenbrauen. Das rief einen Energiestrom hervor, der von der Wurzel heraufkam. Er stellte fest, dass dies durch ein Runzeln der Stirn zwischen den Augenbrauen noch akzentuiert werden konnte. Durch das Runzeln entstand ein Zug am Stamm in der Mitte des Gehirns (nach *Grays Anatomie* musste es sich dabei um die Medulla oblongata handeln) und das fühlte sich sehr vergnüglich an, die Wirbelsäule ganz hinunter bis in seine Lenden hinein. Er hatte sich angewöhnt, dabei nach der Einatmung die Luft anzuhalten, die Luft aber mittels der Lungen in die oberen Nasennebenhöhlen zu pressen und ihr gleichzeitig durch Druck mit den Mittelfingern gegen die Nasenflügel und durch Führen der Zunge hinauf in die geheime Kammer den Weg zu versperren, so dass sie weder durch die Nase noch durch den Mund entweichen konnte. Die Stirn hielt er während dieser Übung in dem »Medulla-Zug«, wie er das bei sich nannte, d.h. gerunzelt. Seine Aufmerksamkeit war dabei auf den hellen inneren Stern, einer Vision, die seinen ganzen Körper fühlbar mit Freude erfüllte, gerichtet. Er hielt also den Atem an, hatte die Zeigefinger an die äußeren Ecken der Augen gelegt und verschloss die Nase von beiden Seiten mit den Mittelfingern. Auf diese Weise war es ihm möglich, die Nasengänge und die Nasennebenhöhlen durch den Druck der Luft auszuweiten, und das erfüllte den Kopf mit mehr Licht. Das machte er am Ende jeder Meditation mehrmals. Er nannte diese Übung »Reinigung des spirituellen Auges«, weil das unmittelbar auf die entzückenden Ströme einwirkte, die zwischen dem Punkt zwischen den Augenbrauen, dem Gehirnzentrum und hinunter durch die Medulla oblongata in die Wirbelsäule flossen. Die Medulla stellte sich als Zentralorgan bei dieser Metamorphose heraus. Sie war wie ein Sexualorgan im Kopf, das ständig pulsierte, zitterte und manchmal zuckte, wenn ekstatische Energien sich nach oben in den Kopf ergossen und hinein in den inneren Stern. Die Medulla lebte mit dem *ich bin* auf. Wenn er diesen heiligen Namen Gottes nur ganz schwach mit einem Gedanken berührte, sandte ihn das in Ekstase. Seine Meditationen waren zu Orgien geworden.

Manchmal, während ekstatischer Episoden, beschleunigte sich seine Atmung sehr stark in eine Art Hecheln wie bei einem Hund. Kam es dazu, stimulierte das sein gesamtes Inneres außerordentlich. Dieses schnelle Hecheln hielt oft ohne sein Zutun über fünf oder zehn Minuten an und nahm John in eine viel tiefere Erfahrung mit. Insgesamt wurde aus seiner Atmung eine ekstatische Handlung. Das bewusste Atmen war vergleichbar dem sexuellen Geschlechtsverkehr.

Aber welche sexuellen Erfahrungen hatte er bereits gemacht? Nicht viele. Doch wusste er schon eine Menge über die Ganzkörperekstase. Er war voller Lust und hörte auf die Liebe, die sich in ihm regte. Seine Wonne erhielt er aus dem Gesetz des Herrn. Das Gesetz von *ich bin* vibrierte in seinem menschlichen Körper und darin meditierte er Tag und Nacht.

All diese Übungen hatten sich organisch entwickelt, einfach, indem er dem tiefen Behagen folgte, das durch seinen Körper strömte. Doch eine Entwicklung hob sich von allen anderen hinsichtlich Dramatik ab: als die Zunge nach oben und weit über seinen Altar der Glückseligkeit hinaus ging. Dazu kam es ziemlich überraschend.

In den zweieinhalb Jahren, seit er das erste Mal in die geheime Kammer eingedrungen war, hatte John immer wieder winzige Schnitte am Jungfernhäutchen unter der Zunge gemacht, gewöhnlich nicht viel dicker als ein Haar. Das war etwas, was er weiter betrieb. Die Schnittlein verheilten in ein bis zwei Tagen und er machte alle paar Tage einen neuen. Jedes Mal nach dem Verheilen erschien ein schwieliger Rand, den man völlig schmerzlos anschnippeln konnte. Er hatte das nur in der Zeit nicht gemacht, als er nach den inneren Energieexplosionen und den darauf folgenden Hautausschlägen am ganzen Körper zu krank war, um aus dem Bett zu steigen.

Das Schnippeln gab der Zunge mit der Zeit mehr Freiheit beim Eindringen in die geheime Kammer. Er experimentierte mit den inneren Nasenlöchern und versuchte, ohne viel Erfolg, in sie hineinzukommen. Die Nasenlöcher waren zu eng, als dass er es in sie mit der horizontal liegenden Zunge hätte hineinschaffen können. Man musste sie auf die Seite legen. Der natürliche Weg schien zu sein, die Zunge auf *die* Seite nach außen zu drehen, auf der er von der Nasenscheidewand hineinging. Dadurch kam er an die sensitiven erogenen Gewebe heran, auch an der Außenseite, an der reliefierten Oberfläche der Zunge, was ziemlich verwirrend war. Außerdem stimmte der Winkel nicht, als dass man hätte weit hineingehen können.

Als er eines Tages im Wurzelsitz auf seinem Bett saß und experimentierte, spürte er mit der Zungenspitze den oberen Rand des aufgeweiteten Horns einer seiner eustachischen Röhren nach. Da ging ein Kanal nach oben über das Horn und weiter nach innen zum Nasenloch. Er glitt mit der Zungenspitze den Kanal hinunter und versuchte zu erspüren, wie es möglich war, in die Seite des Nasenlochs zu gelangen. Dann erkannte er, dass der Kanal die Zunge nach innen führte und dabei die Oberseite der Zunge zur Mitte der geheimen Kammer, d.h. zur Wand der Nasenscheidewand hin, verdrehte. Ein derartiges Drehen zur Mitte hin wäre ihm ohne die Führung des Kanals, dem er folgte, nicht leicht gewesen.

Dann betrat seine Zunge in dieser mit der Oberseite zur Nasenscheidewand gekehrten Lage das Nasenloch und glitt schnell im Inneren den ganzen Weg nach oben zum Punkt zwischen den Augenbrauen. Die Mühelosigkeit und Erotik, mit der er dieses neue Ekstaseniveau erreichte, schockierten ihn. Das war unglaublich stimulierend. Die ersten Male, da ihm dies gelang, tränten ihm die Augen und er zitterte am ganzen Körper. Wieder war er im Inneren überbeansprucht wie eine frische Braut. Die geschmeidigere Unterseite der Zunge glitt ohne Irritierung über die erogenen Gewebe. Er ging an seinem Altar der Glückseligkeit vorbei und kam zu einem neuen Niveau der Stimulation viel weiter oben. Die Zunge glitt bei ihrem Weg nach oben und auch wieder auf dem Weg zurück über die sensible Vorwölbung am Rande der Nasenscheidewand. Die Zungenspitze küsste die sensitive Stelle zwischen den Augenbrauen von innen her. *Das ist erstaunlich!*

Er stellte fest, dass er dies, d.h. das Drehen hin zur Mitte und das Nach-oben-Gleiten zur Innenseite der Stirn entlang der sensitiven Nasenscheidewand, auf dem Weg durch beide Nasenlöcher erreichen konnte, wenn er sich vom Kanal oberhalb der eustachischen Röhre auf der jeweiligen Seite führen ließ. Das jeweilige Nasenloch, das er nutzte, wurde dadurch blockiert. Er begann die Wirbelsäulenatmung so durchzuführen, dass er mit der Zunge immer in einem der Nasenlöcher war und bei jeder Einatmung die Seite wechselte. Das steigerte das Niveau der ekstatischen Effektivität der Wirbelsäulenatmung enorm und auch diesmal erweiterten sich seine inneren Erfahrungen auf vielfältige Weise. Seine ekstatische Leitfähigkeit ging so tief wie niemals zuvor. Er staunte über diese fantastische Entdeckung und begann jeden Menschen als prächtigen Glückseligkeitstempel anzusehen, der nur darauf wartete, entdeckt zu werden. *Wie soll ich ihnen das alles erklären?*

Er nannte diese neue Übung Eintritt in die »oberen Gänge« der geheimen Kammer. Das war ein gewaltiger Durchbruch.

Auch wenn es schien, dass all die Übungsmethoden jede Woche tiefer gingen, empfand er doch, dass der größte Friede und die größte Glückseligkeit der strahlenden Stille von der einfachen *ich bin* Meditation, die den zweiten Teil seiner Übungspraxis ausmachte, herrührte. Er führte diese im Wurzelsitz aus und legte dabei die Zunge auf den Altar der Glückseligkeit. Das war alles. Die Meditation bildete sein Zentrum und er war sich wohl bewusst, dass die Quelle für dieses Zentrum das *ich bin* war. Alles andere pflügte nur den Boden, um ihn für den Samen des *ich bin* vorzubereiten. Er pflügte und das *ich bin* wuchs auf bemerkenswerten Wegen weiter.

Einige Monate später kam John aus der Meditation auf seinem Bett heraus und lehnte sich zurück auf sein Kissen, um sich auszuruhen. Seine Augen fielen auf eine schmutzige Socke, die über die Lehne des Schreibtischstuhls auf der gegenüberliegenden Seite des Zimmers drapiert war, und er meinte, dass sie eigentlich in dem Haufen Kleider auf dem Boden stecken sollte. Verschmitzt winkte er mit der Hand und dachte:

... bewege dich ...

Er griff den Gedanken tief im Inneren schwach auf und ließ ihn in den Abgrund der resonierenden Stille fallen. Etwas zuckte in ihm – eine Energie. Er atmete durch, während seine Lungen in einer sonderbaren reflexartigen Bewegung leicht zusammensackten.

Die Socke rutschte von der Stuhllehne und fiel zu Boden.

Was zum ...?

Er setzte sich aufrecht hin und betrachtete den am Boden liegenden Socken. Warte mal. Er griff den Gedanken noch einmal auf, diesmal mit der Absicht, den Socken auf den ein Meter entfernten Haufen zu bewegen:

... bewege dich ...

Wieder griff er den Gedanken schwach auf und ließ ihn los. Diesmal machte er keine Handbewegung dazu. Die Lungen betätigten sich wieder in einer innerlichen reflexartigen Bewegung in Form eines unsichtbaren Atem- und Energiestoßes durch ihn.

Die Socke glitt einen Meter über den Boden und stieß zu dem Haufen schmutziger Wäsche vor dem Bücherregal.

John bekam am ganzen Körper Gänsehaut. Ein Teil von ihm war jedoch überhaupt nicht beeindruckt. *Ist das nun wieder so etwas wie das Aufstellen eines Weltrekords? Das brauche ich wirklich nicht. Gut, wenn ich das mache ...*

Er wiederholte das Ganze. Dieses Mal fügte er die Absicht hinzu, den ganzen Haufen Wäsche durch das Zimmer zu werfen:

... bewegt euch ...

Die Socken, Hosen, Hemden, Unterwäsche, alles in dem Haufen flog auf und wild durcheinander, als ob gerade ein Hurrikan durchs Zimmer gefegt wäre. Doch da war kein Wind – nur die schwache Absicht des John Wilder, die wie ein Bumerang als reine Energie aus der unendlichen stillen Tiefe des *ich bin* zurückkam.

Oh Mann, das ist zu viel! Ich will das nicht.

Er zog sich die schmutzigen Socken an, die auf dem Bett vor ihm gelandet waren, verließ sein unaufgeräumtes Zimmer und hüpfte die hintere Treppe hinunter.

Ein paar Minuten später rannte er in Weltrekordgeschwindigkeit den Strand entlang. Er fühlte, wie die Energie durch ihn nach oben strömte. Sie war ekstatisch, geschmeidig und klar. Er sah ein, dass er mit dieser alles machen konnte, was er wollte. Das flößte ihm Furcht ein. Er bekämpfte sie. Er rannte schneller und widerstand dem Drang, nach Luft zu schnappen.

Ein älteres Ehepaar, das einen Strandspaziergang machte, beobachtete ihn, wie er vorbeiflitzte. Verblüfft sahen sie auf den nassen dunklen Sand, der sich unter seinen nackten, aufwühlenden Füßen aufhellte und die weißen Funken, die aus seinen schnell wedelnden Händen sprühten.

Kapitel 17 – Wundertäter

John fühlte sich nicht als Wundertäter. Er wollte kein Wundertäter sein. Er wusste, dass damit eine ziemliche Verantwortung einherging. Er wollte auch nicht von seinen Übungen abgelenkt werden. Er stand vor seinem Badezimmerspiegel und hielt sich einen Vortrag dazu.

»Du denkst wohl, dass du so etwas Besonderes bist? Das ist schön für dich. Moses teilte das Meer. Jesus ging auf dem Wasser und speiste die Tausende. Und du, was hast du gemacht? Du hast Wäsche überall durch dein Zimmer geschmissen, du kluger Esel.«

Er versuchte sich, solange es ging, an seiner normalen Menschlichkeit festzuhalten. Doch es war bereits zu spät. Der Schmetterling musste seinem Kokon entschlüpfen und fliegen.

Nat Cleveland war ungefähr zur selben Zeit gestorben, als John die Kleidung durchs Zimmer schleuderte. Nat war der reichste Mann in Jacksonville. Seine Großeltern hatten den Löwenteil des unerschlossenen Landes östlich der Stadtmitte besessen. Als Jacksonville in Richtung Ozean wuchs, wurden die Clevelands immer reicher. Nat war der derzeitige Patriarch. Er starb auf seinem Laufband mit Blick durch das große Panoramafenster über den St. Johns River. Die Beerdigung war in der angesehenen First Church of Christ in der Stadtmitte angesetzt. Nats weitschweifige Verwandtschaft würde dort sein, der Bürgermeister und auch die Lokalpolitiker. Der Gouverneur hatte sein Kommen zugesagt, genauso wie ausgewählte Staats- und Bundesbeamte.

Für die wichtigsten Geschäftsleute der Großstadt war das ein Pflichttermin, das hieß also auch für die Wilders. Mehr als 500 Teilnehmer wurden erwartet.

Als John im dunklen Anzug, mit roter Krawatte und glänzenden schwarzen Schuhen in die Kirche schritt, war er wie vor den Kopf geschlagen vom Überfluss an weißem Marmor darin. Die reichlich verzierten Säulen, die das hohe Dach der Kirche trugen, waren aus Marmor. Der Altar war aus Marmor. Die Kanzel war aus Marmor und er vermutete, dass der Boden unter dem satten roten Teppich, über den sie sich zu den polierten hölzernen Kirchenbänken auf dem halben Weg nach vorne hineinschoben, ebenfalls aus Marmor war.

Über dem Altar an der weißen Marmorwand war ein riesiges goldenes Kreuz befestigt, an dem ein leidender Jesus in Lebensgröße hing, gemalt wie echt.

Nat Clevelands Mahagonisarg mit der weißen Einfassung war am Fuß der zum Altar hinaufführenden Stufen, über die ebenfalls ein roter Teppich gelegt war, aufgebahrt.

»Ist das nicht schön?«, flüsterte Stella, als sie sich alle vier auf das weiche rote Samtkissen setzten, das über die gesamte Bank gelegt war.

Kurt sah sich in der Kirche um. »Super, schau dir all diese Makler an.« Er war von Washington heruntergeflogen, um die Gelegenheit zu nutzen, sich hier unter die Elite Floridas zu mischen.

»Ja, sie sind alle hier«, sagte Harry. »Da vorne bei der Cleveland-Familie sitzt der Gouverneur, daneben der Bürgermeister und ...« Harry und Kurt unterhielten sich flüsternd. Sie planten, wem sie nach dem Gottesdienst über den Weg laufen wollten.

John legte bestätigend eine Hand auf Stellas Arm. »Ja, es ist wirklich schön, Mama.« Dann schloss er die Augen und meditierte, während noch mehr Menschen hereinkamen.

Als die Orgel zu brausen begann, um eine vom Priester angeführte Prozession von weiß gekleideten Messdienern anzukündigen, die den Gang auf eine bewusst zurückhaltende Weise heraufschritt, öffneten sich langsam seine Augen. Der Priester trug ein aufwändig geschnittenes weißes Gewand, das vorne mit einem großen goldenen Kreuz bestickt war. Ein weiteres wurde auf dem Rücken sichtbar, sobald er vorübergeschritten war. Er war ungefähr sechzig Jahre alt, hatte weißes Haar und trug eine Brille, die Inkarnation eines wohleingeübten Inventars dieser christlichen Institution.

Die Zeremonie folgte dem protestantischen Protokoll. Bei John rief das häufige Aufstehen, Wiederhinsetzen, das Nachgeplappere heiliger Sätze, die Hymnen und Gebete wie auch die Gemeinplätze über das Sterben in die Arme des ewigen Lebens Jesu Ruhelosigkeit hervor. *Gut, wie sah das mit dem Sterben in die Arme von Jesus, dem* ich bin *aus, solange du noch am Leben warst, Herr Cleveland? Jetzt ist es ein bisschen spät, nicht wahr? Für uns alle wird es ein bisschen spät.*

Etwas flutete in John hoch. Er wusste nicht, was es war. Irgendetwas war bei der ganzen Sache hier falsch. Es wallte in ihm nach oben wie ein Pferd, das fest am Zügel riss. Er nahm die Hand vom Arm seiner Mutter, auf dem sie immer noch locker ruhte, und griff auf beiden Seiten nach dem Rand der Bank unter sich, gerade als ein Anflug von Schwindel durch ihn taumelte. Er hielt sich fest, denn er wusste, dass er aus der Bank fallen würde, wenn er losließ. Ein Druck baute sich in ihm auf.

Der Priester ging in seiner Predigt auf. Er stellte Nat Clevelands Leistungen für die Kirchengemeinde heraus und malte ein Bild, das jeder gern hören wollte.

Und dann sagte der Priester: »... Und ich weiß, dass Nat Cleveland heute mit Jesus im Himmel ist, weil er eine zuverlässige Stütze für unsere große Kirchengemeinde war. Ein Platz im Himmel ist ihm sicher –».

John explodierte: »Neeeeiiiiiin!«

Der Priester schreckte auf, hielt inne und schweifte mit seinem Blick über die Menge, bis er den jungen Mann im dunklen Anzug und der roten Krawatte erfasste, der aufgestanden war und schrie.

»Du Heuchler! Wie kannst du es wagen, dieses Haus Gottes als Zollstation für den Himmel zu missbrauchen!«

Stella fasste verzweifelt einen Zipfel von Johns Jacke. »Setz dich hin, John. Oh, Gott, setz dich hin!«, schrie sie flüsternd.

»Nein!« Er riss sich von ihr los, sprang hoch auf den samtenen Sitzplatz und schrie weiter: »Niemand hier braucht jemanden wie dich, um Gott zu finden! Du bist nur ein Hindernis auf dem Weg zu Gott!«

Die Menschen um John herum, seine Familie eingeschlossen, versuchten ihn zu fassen und wieder herunterzuziehen. Ein lautes Murmeln ging durch die überfüllte Kirche. Die beiden Bodyguards des Gouverneurs liefen den Flügel hoch zur Bank, in der die Wilders saßen.

John hüpfte auf die Rückenlehne der Bank vor ihm, sprang von Lehne zu Lehne in Richtung Altar der Kirche und winkte dabei verärgert dem Priester. Es sah aus, als renne er mit riesigen Schritten. Das Gemurmel in der Kirche wuchs an zu einem Brausen. Viele riefen ihm Beleidigungen zu. Die Bodyguards folgten im Mittelschiff seinen Bewegungen. Sie würden ihn zu fassen bekommen, sobald er vorne ankam. John war jedoch zuerst dort und sprang in den freien Bereich zwischen der ersten Bank und den Stufen zum Altar. Von dort rannte er am Sarg vorbei nach oben, blieb mitten auf den Stufen stehen und wandte sich um.

Die Leibwächter, gefolgt von einem halben Dutzend anderer Männer, waren schon zur Stelle und umzingelten ihn. Da schwang er nur den Arm in einer breiten, wischenden Geste gegen sie und alle wurden wie Bowlingkegel auf den roten Teppich zurückgeworfen.

John hielt für einen Moment inne und betrachtete ungläubig die zu Boden geworfenen Männer. Neugierig blickte er auf seine Hand und zuckte mit den Achseln. Die Bodyguards erhoben sich und zogen ihre Pistolen.

John hielt seine offenen Handflächen nach außen zu den Seiten und schloss die Augen. Eine Ruhe überkam die Menge. Niemand bewegte sich. Obwohl ihm das im Augenblick nicht klar wurde, überwältigte die Ähnlichkeit von Johns Haltung mit der lebensgroßen Verewigung der Kreuzigung an der Wand hinter ihm die Menge. In der Kirche wurde es still. Sollte das hier eine Schießerei oder eine Epiphanie Gottes werden? Oder beides?

Nach einer halben Minute hatte noch niemand geschossen. Es war auch niemandem möglich zu sprechen. Und es war offensichtlich, dass sie es nicht wagten, ihn noch einmal anzufallen. John ließ seine Arme langsam sinken, wandte sich um und ging gelassen die restlichen Stufen nach oben, dorthin, wo der Priester nervös bei der Kanzel stand. Vor dem Priester hielt an. Johns Auftreten hatte sich von unverblümtem Ärger in eine strahlende Ruhe verwandelt. Die Pistolenläufe waren allerdings immer noch auf ihn gerichtet.

Der Priester hielt seine Notizen in den Händen. Sie zitterten. John streckte langsam die rechte Hand aus und legte sie auf die Brust des Priesters, oberhalb des goldenen Kreuzes, das dort eingewebt war.

»*ich bin*«, sagte er sanft. »Können Sie das sagen, Sir?«

»ICH, ICH, ICH BIN«, sagte der Priester.

Johns Blick durchdrang ihn bis in die Tiefe.

»*ich bin*«, wiederholte der Priester. Seine Stimme zitterte immer noch.

John nahm seine Hand weg. Als die Schwingung von *ich bin* durch ihn wogte, ließ der Priester die Notizen los. Die Blätter fielen zu Boden und verstreuten sich auf dem roten Teppich. Der Kopf des Priesters beugte sich leicht.

John sprach sanft weiter: »Bitte, Sir, predigen Sie von jetzt ab nur noch das innere Wort Gottes, Jesus, *ich bin*. Dies ist das Gebetshaus des Herrn. Ich bitte Sie.« John sank auf die Knie und legte die Stirn auf die glänzenden schwarzen Schuhe des Priesters, die unter seiner weißen Robe herausragten. Der Priester war durch die von seinen Füßen nach oben wogende göttliche Energie gelähmt. Er begann zu weinen und die Gemeinde schaute in Verwunderung zu.

John blieb eine Minute lang regungslos. Bis auf die gelegentlichen Seufzer des Priesters und ein fast sichtbares weißes Licht, das von ihm ausging, herrschte in der großen marmornen Kirche Stille.

Schließlich stand John auf und ging die Treppen hinunter zurück. Der Priester wandte sich wohlwollend um und beobachtete ihn, ohne sich selbst von der Stelle zu rühren. Die Männer, die ihre Pistolen immer noch auf ihn gerichtet hatten, senkten diese. Sie und alle, die sich vorne in der Kirche versammelt hatten, traten mit einem gedämpften Geraschel zurück, als John nach unten kam. Er hielt am Sarg von Nat Cleveland, legte beide Hände darauf und schließlich die Stirn. Diejenigen, die weiter vorn standen, sahen, wie er zitterte, während eine unsichtbare Energie aus ihm herauskam. Dann richtete er sich wieder auf und ging in Richtung Mittelgang.

Als John bei der ersten Bankreihe anlangte, drehte er sich zu einem kleinen Mädchen in einem dunkelblauen Kleid, das zwischen dem Bürgermeister und seiner Frau unmittelbar vor den Sitzbänken im Rollstuhl saß. Er ging zu ihr. Ihre Augen waren auf ihn geheftet und sie lächelte. Er kniete sich vor sie hin und blickte ihr in die Augen.

Danach legte er seine Hand auf ihre Brust und sagte: »*ich bin*.«

Sie blieb still. Ihr Körper bebte leicht. John nickte langsam und das kleine Mädchen sagte, ihm in die Augen blickend, »*ich bin*«.

Er stand auf und nahm ihre Hand, um ihr aufzuhelfen. Da stand sie nun und klammerte sich an seine Hand. Er ging ein wenig zurück und sie machte einen Schritt und noch einen. Die Frau des Bürgermeisters begann es zu schütteln. Sie brach in Tränen zusammen. Dann noch ein Schritt und noch einer. John ließ sie los. Sie wandte sich ihren Eltern zu, lachte sie auf ihren wackeligen neuen Beinen an und lief zurück zu ihnen, in ihre Arme und Tränen.

Ein Raunen erhob sich in der Menge.

Der Bürgermeister stand auf. »Wer sind Sie, junger Mann?«

»Ein ganz gewöhnlicher Mensch«, sagte John. »Einer wie jeder andere hier.«

»Das glaube ich eher nicht«, antwortete der Bürgermeister. Seine Hand stützte seine Tochter, die neben ihm stand. Er blickte auf ihr freudevolles Gesicht und zurück zu John. »Was Sie hier heute getan haben – danke.«

John nickte und lächelte das kleine Mädchen breit an, das ihn jetzt ankicherte. Dann drehte er sich zum Mittelschiff und ging. Die Menge, die vorher vor ihm zurückgeschreckt war, lief nun auf ihn zu. Viele drängten geräuschvoll aus ihren Bänken heraus in den Mittelgang und blockierten ihm den Weg, strömten näher heran, berührten ihn, um alles, was er hatte, aus ihm saugen zu können. Er spürte ihren Schmerz, ihre Verzweiflung, ihre innere Unfreiheit, von der sie sich Linderung ersehnten. Instinktiv streckte er die Hände aus und gab freizügig von seinen inneren Energien. Sie fassten ihn, drückten in wachsender Raserei näher heran, um zu nehmen, was sie konnten. Die Kirchengemeinde war zu einem Mob geworden und sie verschluckte ihn.

Dann ging er zu Boden.

»Er hat das Bewusstsein verloren!«, schrie eine Stimme. »Ruft Hilfe!«

Kapitel 18 – Himmlische Heilung

»Wir wissen nicht, Herr und Frau Wilder«, sagte Dr. Chu. »Er befindet sich in einer Art Koma, jedoch keines, wie wir es bisher gesehen haben. Sein Körper ist heruntergefahren, er atmet nicht, seine Herzfrequenz liegt bei 36, doch sein EEG ist aktiv. Das heißt, dass sein Gehirn normal arbeitet, was höchst ungewöhnlich ist.«

»Oh, Gott«, sagte Stella. »Was ist mit unserem John geschehen? Das ist so bizarr. Plötzlich beginnt er, ungeheuerliche Tricks aufzuführen und jetzt das hier.«

»Kann man da noch irgendetwas anderes tun?«, fragte Harry.

»Im Moment nicht. Wir lassen ihn noch ein paar Tage in Ruhe. Ist er dann nicht wach geworden, versuchen wir es mit einem neuronalen Stimulator.«

»Was ist denn das?«, fragte Harry.

»Das sind besondere Medikamente, die Komapatienten manchmal helfen«, sagte Dr. Chu. »Doch die können schreckliche Nebeneffekte haben. Das ist eine äußerst risikoreiche Vorgehensweise. Deshalb hoffen wir, dass er von alleine herauskommt.«

John lag im Krankenhausbett im Koma. In seinem Handrücken steckte eine intravenöse Nadel und er war mit einem Beatmungsapparat verbunden, der seine Luftröhre hinunterging. Es machte groteske Sauggeräusche, wenn der Kolben auf dem kleinen Stahltisch auf Rädern gleich neben dem Bett nach oben und unten pumpte. Seine Atmung hatte in der Kirche angehalten und seither nicht mehr eingesetzt. Niemand dachte in dem Chaos des hungrigen Mobs daran, Wiederbelebungsmaßnahmen zu ergreifen. Die Ärzte hatten keine Erklärung dafür, wie er überleben konnte, bis die Sanitäter kamen.

Innerlich war er wach, genährt von den Vitalessenzen, die ständig in seinem Körper aufstiegen.

John befand sich in einem riesigen Raum aus reinem weißen Licht. Da waren Lichttunnel, die in alle Richtungen führten, mehr als er zählen konnte. Sie wurden blau, golden und schließlich rot, als sie sich weiter von dem weißen Reich entfernten, in dem er sich befand. Es war ein Teppich aus reinem weißen Licht und Millionen winziger Tunnel. Viele andere Wesen befanden sich mit ihm in dem weißen Reich, endlose Wellen von Wesen, die überall um ihn herum schwebten. Einige bewegten sich in Tunnel hinein, andere kamen aus Tunneln heraus, doch die meisten schwebten nur vergnügt wie er. Er hielt sich dort auf und trank den grundtiefen Frieden und Glückseligkeit. Es drängte ihn überhaupt nicht, hier fortzugehen. Die Landschaft von Lichtwesen schien überall gleich und sich in Wellen unendlich in alle Richtungen auszubreiten, über sein Blickfeld hinaus.

Nachdem er einige Zeit in der Glückseligkeit geschwebt hatte, er wusste nicht, wie lange, bemerkte er eines der Wesen, das in seine Richtung kam. Als es sich näherte, sah er eine menschenähnliche Gestalt, die von einem strahlenden Energiemantel umgeben war. Sie sprach zu ihm:

»ich bin.«

Es war das schwächste Gefühl der Schwingung, der er sich so viele Male zuvor bereits hingegeben hatte. *»ich bin«*, wiederholte er, als ob er sich tief in Meditation befände.

»ich bin Jesus«, sagte das Lichtwesen.

John erzitterte in seinem Lichtkörper vor Demut. Er verbeugte sich vor dem Lichtwesen und sagte: *»ich bin dein Diener, Jesus, Herr, ich bin.«*

Jesus wandte sich um und zeigte auf eine bestimmte Region in der riesigen Anordnung von Tunneln. Sie begannen sich, in diese Richtung zu bewegen.

»Muss ich zurückgehen?«

Jesus bestätigte mit einem unsichtbaren Nicken. *»Du wirst dich uns anschließen, sobald du deine Arbeit auf Erden abgeschlossen hast. Viele haben so getan.«* Er zeigte auf die zahllosen Wesen, die um sie herumschwebten.

»Wer sind diese?«

»Die Heilande zahlloser Glaubensbekenntnisse in zahllosen Welten. Wir sind ich bin. *Alles ist* ich bin. *Alles stammt von dem Einen. Das Wissen, das dir gegeben wurde, wurde zu jeder Zeit an jedem Ort mitgeteilt. Die Wahrheit von dem Gottvater aller Wesen ist zeitlos und grenzenlos.«*

Ein anderes Lichtwesen näherte sich und blieb neben Jesus. Es besaß ein eigenartiges inneres Glühen und eine schwache grünliche äußere Aura. Die Schwingung war ihm irgendwie vertraut. *»Christi? Bist du das, Christi?«*

Das Lichtwesen verneigte sich etwas und John fühlte Wellen der Liebe aus ihr kommen. Bevor er noch reagieren konnte, wurde er in einen der Tunnel der Regionen, zu der Jesus ihn geführt hatte, hineingesogen. Die beiden göttlichen Gestalten, die nebeneinander schwebten, verschwanden schnell, als es immer weiter in die Tiefe ging. Er beschleunigte beim Durchgang durch den Tunnel. Da waren viele Blitze und farbige Lichter, die er beim Durchzoomen bemerkte. Es schien, als würden Minuten vergehen, während er wieder tief in das irdische Reich zurückging. Und dann, plötzlich, würgte er an dem Atemgerät, das in seiner Luftröhre steckte.

»Er kommt heraus«, sagte eine Stimme. »Der neuronale Stimulator wirkt.« Dann war ein langer Piepton hörbar und John schwand zurück nach oben in den Tunnel, hin zu dem weißen Licht. Er war glücklich, dass es wieder zurückging.

»Arzneimittelwirkung. Herzstillstand. Wir verlieren ihn! Elektrodenkontakte fertig ... Los!«

Ka-thunk! ...

»Kein Puls ... Noch einmal ... Los!«

Ka-thunk! ...

»Immer noch nichts ... Noch einmal ... Los!«

Ka-thunk! ...

»Okay, wir haben einen Puls. Wir haben ihn zurück ...«

John würgte noch einmal. Seine Brust schmerzte schrecklich. Alles war verschwommen. Er wusste nicht, wo er sich befand oder wer er war. Er wusste nur, dass er sich sehr unbehaglich fühlte ... ganz sicher war er nicht mehr im himmlischen Reich. Doch seine innere Stille war noch da. Der tiefste Teil von ihm hatte also, wie immer, seinen Frieden. Im

Augenblick war da nur noch etwas hinzugekommen – eine neue Verbindung und eine neue Tiefe.

Leute kamen und gingen. Überall im Raum wurden Blumen abgestellt. Schließlich trat eine Pause im Besucherstrom ein.

»John ... John, hörst du mich?«

John hatte einen glasigen Blick. Devi warf Luke einen Blick zu.

»Er ist total neben der Spur«, sagte sie. »Seit einer Woche ist er schon heraus, doch er ist so zugedröhnt mit Medikamenten, dass er überhaupt nichts weiß.«

»Dasselbe haben sie auch mit mir gemacht, als ich in Atlanta fast vor die Hunde ging«, sagte Luke. »Sie haben es lieber, wenn man mit Medikamenten benebelt ist, als dass es einem gut geht. Meine Eltern hatten mich schließlich aus dem Krankenhaus herausgebracht, sodass ich mich von dem erholen konnte, was die Medikamente angerichtet hatten.«

Devi faltete vor Abscheu die Arme. »Man denkt, sie sollten inzwischen draufgekommen sein, dass die Behandlung von Nebenwirkungen mit Medikamenten, die noch mehr Nebenwirkungen erzeugen, zu nichts führt. Er bekommt sechs Medikamente, eins schlimmer als das andere. Neuronale Stimulatoren, Beruhigungsmittel, Antipsychotika, Antibiotika, Antinausea ... Anti-was-auch-immer, das alles bekommt er durch diese Nadel in seine Vene verabreicht.«

»Hast du dich mit der Logopädin getroffen?«, fragte Luke.

»Der Logopädin?«

»Ja, jetzt, wo er so voll mit Medikamenten ist, dass er nicht sprechen kann, wollen sie ihm das Sprechen beibringen.«

»Du machst Witze«, sagte sie.

»Nein.«

»Deevvi ...«

»Ich bin hier John«, sagte sie und kam ganz nah.

»Wee da daa?« John deutete auf den freien Raum beim Fenster.

»Niemand. Da ist niemand da.«

»Ih wi dor geeeeh.« Er streckte den Arm in den Raum, in das Nichts aus.

»Können wir ihn nicht von dem Zeug losbekommen?«, fragte sie.

»Das müssen die Wilders entscheiden«, sagte Luke. »Und die werden die vier Ärzte nicht infrage stellen, die ihm das verabreichen. Jedes Mal, wenn ein neuer Arzt kommt, verschreibt er ihm ein neues Medikament. Kurt ist inzwischen schon nach Washington zurückgefahren. Nicht, dass er helfen würde. Doch wir können überhaupt nichts machen.«

»Ist er krank, Luke?«

»Ich weiß es nicht. Sie sagen, dass er bei dieser Beerdigung etwas Außerordentliches vollbracht hat. Das stand in allen Zeitungen. Du weißt, dass die Frau des Bürgermeisters bereits zweimal mit ihrer süßen kleinen Tochter hier war. Sie sprang durch die Halle. Sie sagen, sie sei gelähmt gewesen, bevor er sie berührt hat. Ist er krank? Ich weiß es nicht.«

Devi warf ihr Haar über die Schulter zurück. »Wir müssen ihn von hier fortschaffen, irgendwohin, wo er sich erholen kann. Zu viele Menschen wissen nun von ihm. Sie sind alle hinter ihm her.«

Luke rieb sich am Kinn. »Was hältst du von Blue Ridge Hollow? Niemand weiß, wo das ist.«

»Wo?«, fragte sie.

»Blue Ridge Hollow. Das ist dort, wo mein Dad aufwuchs, weit oben in den Bergen von North Carolina. Ich habe da Verwandte. Das ist wirklich abgelegen. Dorthin könnten wir mit ihm gehen.«

Devis Augen hellten sich auf. »Heute Nacht ... wir nehmen ihn heute Nacht mit.«

Luke richtete sich zu seinen fast 2 Metern Größe auf. Der sanfte Riese türmte sich über der winzigen Devi. »Das ist dein Mann. Wenn du ihn mitnehmen willst, nehmen wir ihn mit.«

»Deevvvi! Deeevvvi!«

Sie beugte sich hinunter zu ihm. »Ich bin da, John.«

»Hallo, ich bin Prissy Flailing, Johns Logopädin.«

Devi und Luke sahen von ihren Stühlen auf, in denen sie halb schlafend hingen. Devi betrachtete Prissy. Sie war eine kleine, sehr gepflegte Blondine, sehr elegant, sehr beherrscht und sehr verspannt.

»Sie wollen diesem von Medikamenten völlig benebelten Mann das Sprechen beibringen?«, fragte Devi.

»Oh, das kommt nicht von den Medikamenten. Er hat einen neurologischen Schaden davongetragen und wir können ihm helfen, das zu kompensieren. In einigen Wochen wird er wieder in der Lage sein zu kommunizieren.«

Devi rollte die Augen. »Ich bin wirklich froh, das zu hören.«

»Deeevvvi!«

»Können Sie ihm beibringen, wie man ›Devi‹ sagt?«, fragte Luke.

»Schaun wir mal«, Prissy setzte sich neben dem Bett auf einen Stuhl. »John, ich heiße Prissy, ich bin Ihre Logopädin. Hören Sie mich?«

»Prifffie!«

»Ich heiße ›Prissy‹. Können Sie ›Prissy‹ sagen, John? Lassen Sie ihre Zunge nach vorne kommen und machen Sie einen »Ssss« Ton.«

»Prifffie!«

»Mit der Zunge, John – ›Prisssssy‹«, sagte Prissy. »Können Sie ihre Zunge benutzen?«

»Prifffie!«

»Können Sie mir ihre Zunge zeigen, John? Lassen Sie sie mir bitte sehen. Strecken Sie sie heraus.«

John machte eine Bewegung im Mund und öffnete ihn dann weit.

»Das ist schön, ... wo ist die Zunge? Da ist keine Zunge. Mein Gott, er hat keine –».

Plötzlich ließ John die Zunge aus der geheimen Kammer herausrutschen und schnellte sie weit aus dem Mund auf Prissy zu, sperrte die Augen auf und traf sie fast an der Nase, weil sie sich über ihn gebeugt hatte. Dabei machte er ein lautes »Ahhhhhh!«

Prissy sprang schockiert vom Stuhl auf. »Oh Gott, was ist das?«

John zog die Zunge wieder ein und öffnete den Mund weit zu ihr hin. Keine Zunge. Dann schnellte er sie wieder heraus auf sie. »Ahhhhh!«

Prissy entfuhr ein Schrei des Entsetzens und sie sprang zur Krankenzimmertür hinaus.

Zum Abschied gab ihr John noch ein weiteres »Ahhhhh!« mit auf den Weg, als sie schon hinaus und die Treppe hinunter durch die Halle rannte. Sie hörten ihr Geschrei noch aus drei Treppenfluchten herüberhallen.

Devi und Luke grinsten sich an.

»Trotz all dieser Chemikalien muss er noch alles schnallen«, sagte sie. »Er findet immer noch seine geheime Kammer und ist auch zu Späßen aufgelegt.«

»Im Abstellraum unten in der Halle stehen einige Rollstühle herum«, sagte Luke.

»Heute Nacht«, antwortete sie.

Gerade da traten sechs Leute mit Blumen in die Tür. Eine stämmige Frau sagte: »Ist das dieser John Wilder von der First Church of Christ? Wir brauchen eine Heilung.«

»Er braucht auch Heilung, verehrte Frau«, sagte Luke. »Er braucht auch Heilung.«

Sie zuckten alle etwas zusammen, als sie den riesigen schwarzen Mann mit den dunklen engelhaften Augen sahen.

Es herrschte finsterste Nacht und alles war still im Krankenhaus. Devi zog die intravenöse Infusionsnadel heraus. Die farblosen Chemikalien tropften langsam herunter und fielen zu Boden. Mit Lukes Hilfe zog sie ihm seine Anzughose, sein weißes Hemd und die glänzend schwarzen Schuhe an, die noch von der Beerdigung stammten. Bald darauf gingen sie so unauffällig, wie sie konnten, hinaus. John saß im Rollstuhl. Sein Kopf bewegte sich auf der Brust hin und her und er murmelte unzusammenhängendes Zeug. Sie schafften es vorbei am Stationszimmer der Krankenschwestern, den Aufzug hinunter und befanden sich bereits auf der Zielgeraden durch die Haupteingangshalle. An der Wand prangte ein großer Caduceus, das Symbol der medizinischen Zunft, ein Stab mit zwei Schlangen, die sich spiralförmig um diesen herumwanden, um schließlich ganz oben in die Flügel einer Kugel zu beißen.

Johns Kopf hüpfte hoch. Ein Blick des Erkennens erhellte sein Gesicht.

»Daaasss biiiinnn iiiichchch!«, johlte er und zeigte auf den Caduceus. »Daaaass biiiinn iiiichchch!«

»Schhhhh«, machte Devi, als sie sich beeilten, zum Haupteingang zu gelangen. Luke, der etwas nervös umherschaute, ging voraus. Devi schob hinter ihm den Rollstuhl her.

»Daaasss biiiinnnn iiichchch!«, johlte John noch einmal. Seine Arme wiesen zurück über die Schulter zum Caduceus, als sie weitereilten.

»Ja, ganz richtig«, sagte Devi. »Diese Menschen hier würden einen wirklichen Caduceus nicht erkennen, wenn er auftauchen und ihnen in den Hintern beißen würde.«

Nur eine Reinigungskraft sah den riesigen Schwarzen und die kleine temperamentvolle indische Schönheit, die diesen komplett Gestörten aus der Haupteingangstür hinausschob. Er beobachtete sie, bis sie hinter der Ecke des Gebäudes in die Nacht hinaus verschwanden, zuckte mit den Achseln und wischte weiter.

Kapitel 19 – Der Geschäftemacher

»Willst du mich heiraten?«

»Bist du dir sicher, dass die Zeit schon reif ist?«

»Ich weiß, was ich will.«

»Das war mir schon klar, als wir uns das erste Mal trafen.«

»Dann ist die Antwort: ja?«

»Oh, warum nicht? Ich wollte schon immer einen Millionär heiraten.«

Kurt zog den Zwei-Karat-Ring aus der Tasche und streifte ihn über Nadines Finger.

»Er passt«, sagte sie.

Er lächelte. »Wenn er passt, dann trage ihn.«

»Mach dir nichts draus, wenn ich ihn trage.«Sie hielt den funkelnden Stein nach oben ins Licht. »Nicht schlecht. Wann ist also der glückliche Tag?«

»Sobald ich das neue Geschäft mit der Marine abgeschlossen habe und das mit dem kleinen Fleck am Potomac unter Dach und Fach ist.«

»Du meinst das Woodmere Grundstück?«, fragte sie. »Der kleine Fleck?«

»Ja, die ganzen 80 Hektar dort«, sagte er. »Sie haben noch das Steinhaus und das Bootshaus als Bonus dazugelegt.«

»Wie nett von ihnen.«

»Das habe ich erwartet. Die Bedingung war: entweder das mit dazu oder überhaupt kein Geschäft.«

»Ein harter Unterhändler. Wann ziehen wir ein?«

»Nächsten Monat.«

»Ich vermute, bis dahin müssen wir noch primitiv leben«, sagte sie und bewunderte noch einmal den Diamanten.

»Das werden wir überstehen«, meinte er.

Der eintönige, regierungsgrüne Versammlungsraum war gespickt mit Männern in Anzügen, jeder mit Aktentasche und Computerausdrucken.

»Zehn Prozent«, sagte Kurt. »Gib dich mit dem zufrieden oder lass es bleiben.«

»Wir haben die ganze Zuarbeit geleistet«, sagte Clive Naegle. »Die Minderheitsbeteiligung ist mehr als zehn Prozent wert.«

»Nicht in diesem Markt. Ich kann zu jedem Gauner von eurem Kaliber gehen und bekomme überall das Gleiche. Es sind die dicken Brieftaschen wie wir hinter euch, die der Bund haben will. Euch braucht er nicht. Fragen Sie Mahoney im Beschaffungsbüro. Der wird das bestätigen. Was glauben Sie, warum es Minderheitsbeteiligungsgeschäft heißt?«

»Bruder, dafür wirst du in der Hölle schmoren«, sagte Clive. »Anfangs hast du von fifty-fifty gesprochen und jetzt, wo du uns hast, sind es neunzig zu zehn.«

»Finden Sie sich damit ab«, sagte Kurt. »Willkommen im Jungle. Sind Sie dabei oder nicht?«

»Was denkst du?«

»Gut. Carl, gib ihnen den Vertrag. Ihr Jungs unterschreibt und wir sind im Geschäft. Ich muss fort.« Und er verließ die Versammlung, weitere 50 Millionen vor Augen. Kurt beglückwünschte sich, als er den Aufzug hinunterfuhr. *Jede Regel kann man irgendwie umgehen. Die Geschäfte fallen wie Regen aus dieser D.C. Jauchegrube. Ich liebe diese Scheiße!*

Das Gravitationszentrum der Wilder Corporation hatte sich von Jacksonville nach Washington verlagert und Kurt bestand darauf, dass D.C. nun Hauptsitz der Firma wurde – mit ihm als Leiter. Harry pflichtete ihm bei, blieb aber weiterhin Vorstandsvorsitzender und Leiter der Projekte im Südwesten. Gegen Kurts Dampfwalzenansatz hatte er keine Argumente, wenn er nur die Tausende betrachtete, die für ihn in Washington und in Dutzenden anderer Büros überall im Land, von denen viele durch Zukauf erworben waren, arbeiteten. Er hoffte nur, dass dem meteorhaften Aufstieg der Firma kein katastrophaler Zusammenbruch folgen würde. Alles schien zu schön, um wahr zu sein.

Es war gerade eine der Wohlfühlsitzungen zur Mitarbeiterentwicklung im Washingtoner Büro der Wilder Corporation im Gange. Kurt gesellte sich in der Halbzeit dazu.

Dave Smart, der Personalchef, führte im Augenblick eine informelle Studie mit psychologischen Testprofilen durch, die die annähernd hundert Teilnehmer am Morgen erstellt hatten. Jeder Teilnehmer hielt am Ende ein vierseitiges Profil mit den wichtigsten Charaktereigenschaften, aus denen ihre Lebens- und Arbeitseinstellung hervorging, in der Hand. Daraus ging ebenso die Kompatibilität und Inkompatibilität mit anderen Profilen hervor, was zur Verbesserung der Mitarbeiterbeziehungen und Produktivität herangezogen werden konnte.

»Wie viele INTJs haben wir also heute hier?«, fragte Dave.

Ungefähr fünfzehn Teilnehmer hoben die Hand.

»Und wie viele ENFPs?«

Zwanzig Hände gingen nach oben.

»Und wie viele –«

»CEOs ... wie viele CEOs[1]?« Kurt war auf den Beinen und lief im großen Versammlungsraum nach vorn. »Nur einen und das bin ich. Jetzt geht jeder wieder an die Arbeit. Hinaus!« Er winkte auf dem Weg nach vorn mit den Armen zu den beiden Doppeltüren hinten im großen Versammlungsraum.

Die ganze Masse der Menschen begann, sich murmelnd einen Weg nach draußen zu bahnen.

Als Kurt herannahte, stellte Dave Smart sein Notebook auf das Podium. »Herr Wilder, ich –«

»Hör zu, Dave: Wenn du hierbleiben willst, dann rate ich dir, dich auf das Antrainieren von Fähigkeiten zu konzentrieren und nicht diesen Unsinn zu veranstalten.«

»Gut, das ist aber wichtig für das Betriebsklima und die Produktivität –«.

»Technische Schulungen«, sagte Kurt. »Wir haben dreihundert Leute, die nicht fähig sind, mit den neuen CAD-Geräten umzugehen, und du verschwendest deine Zeit mit diesem Schmusebullshit. Wenn wir mit den Entwürfen nicht rechtzeitig fertig werden, bekommen wir kein Geld. Bekommen wir kein Geld, verlierst du deinen Job. Hast du verstanden?«

---

1 CEO ist die Abkürzung für Chief Executive Officer, d.h. Generaldirektor.

»Ja, ich –«

»Gut, mach dich also an die Arbeit, Mann«, sagte Kurt. »Und keine Vorschläge mehr, die Gehaltsstufen aufzustocken. Wir müssen diese Bastarde zwicken, sonst werden sie uns gnadenlos über den Tisch ziehen.« Dabei zeigte er auf die letzte Gruppe, die gerade dabei war am anderen Ende des Raumes hinauszugehen. »Kapiche?«

»Ja, Sir«, sagte Dave.

Es war ein sonniger Tag draußen auf dem Woodmere Anwesen. Kurt stand im Bademantel auf der Terrasse.

»Erwähne niemals meinen Namen bei diesen Geschäften«, sagte Kurt, während er über die großen Steinplatten auf und ab ging. »Bei keiner Gelegenheit, in keiner Notiz und keiner E-Mail. Verstanden?«

Die Stimme am anderen Ende der Leitung zögerte: »Und was ist mit –?

»Keine von diesen. Bei keinem dieser Kreisdiagramm-Geschäfte. Ich darf nicht erwähnt werden. Du machst das einfach. Bei diesen Verträgen, wer immer gewinnt, wir teilen das auf, verstanden? Wir sind alle erwachsene Männer. Es macht keinen Sinn, über das Geschäft zu streiten.«

»Okay«, sagte die Stimme. »Du weißt, es ist nicht legal.«

»Das habe ich nicht gehört«, sagte Kurt. »Du bringst das Geschäft einfach unter Dach und Fach. Was immer dazu notwendig ist, mach es. Wenn wir im nächsten Jahr die zwei Milliarden Umsatz erreichen wollen, dann musst du das Notwendige in die Wege leiten. Wie steht es mit den Zukäufen. Wie viele gehen durch?«

»Sechs.«

»Ist das alles?«, fragte Kurt. »Du brauchst mindestens zehn, damit wir das Umsatzziel erreichen. Das heißt, wenn wir die Kuchengeschäfte bekommen. Suche mindestens noch vier weitere zum Aufkauf!«

»Wie steht's mit dem Cashflow?«

»Cashflow, Smash Flow! Schließ das verdammte Geschäft ab, Scott, oder ich suche mir einen anderen Geschäftsführer. Lass das Geld meine Sorge sein.«

»Okay, Kurt. Ist das alles?«

»Was willst du noch? Gut, wie wäre es, wenn du Mable mit den Abteilungsberichten, die ich schon gestern hätte haben sollen, hier herunterschickst.«

»Okay.«

Kurt warf das Handy auf den Tisch und ließ sich in den Sessel fallen. Die kühle Virginialuft blies durch sein Haar. Auf dem Fluss fuhr gemütlich eine Jacht vorbei. *Da sollte ich eigentlich gerade sein.* Er blickte auf den 12 Meter langen Kabinenkreuzer, der neben dem Bootshaus festgemacht lag. *Vielleicht fahren Sid und ich hinaus. Mable kann auch mitkommen. Mit ihr hat man immer eine gute Zeit. Außerdem bin ich gespannt über ihre Exklusivberichte, was alles hinter meinem Rücken im Büro abgeht.*

Er lag dort eine Weile und döste ein. Als er aufwachte, fühlte er *ich bin* sich in seine Gedanken schleichen. Er warf es hinaus. *Nein, das nicht. Ich würde gern wissen, was mit meinem dummen Bruder gerade los ist? Mensch, was für ein Spinner.* Das Telefon klingelte wieder ...

»Ja? ... Oh, hallo, Liebling. Kommst du nachhause? Nicht? Morgen? Gut. Wirklich? Sicher ... viel Vergnügen in New York. Ich halte hier die Stellung ... schön, alles ist in Ordnung. Die alten Firmenkriege, du weißt schon ... ich liebe dich auch ... tschau.«

Das Telefon klapperte wieder auf dem Terrassentisch. *Ja, ganz bestimmt nehme ich die gute alte orale Mable heute mit auf eine Bootsfahrt.*

Kurt stand auf und ging ins Haus. Als er vorne in die gähnende Empfangshalle trat, hörte er ein Auto in der Zufahrt halten. Er öffnete die große eichene Eingangstür noch rechtzeitig, um zu sehen, wie sich ein langes schlankes Bein aus dem Jaguar schwang und ein zehn Zentimeter hoher Absatz in den Kies krachte. Das andere Bein verweilte lange genug, um zu viel zu offenbaren.

Mable Butkus ließ eine Kaugummiblase platzen. »Hallo, Baby.«

»Sid!« Gellte Kurt über die Schulter, ohne die Augen von ihr abzuwenden. Seine Stimme tönte durch das riesige Foyer.

Eine Antwort hallte weit hinten aus der Küche wieder. »Ja, Sir, Herr Wilder.«

»Geh hinunter und mach bitte das Boot fertig. Wir fahren ein bisschen hinaus.«

Kapitel 20 – Gott in Blue Rich Hollow

Der hintere Raum der in zwei Räume unterteilten Baracke war dunkel. Darin brannte nur eine einzige schwache Lampe, die vom Dachsparren hing. Oben war die Innenseite des Blechdachs sichtbar, das man an dem Balken mit Nägeln befestigt hatte. John lag auf dem Bett. Das erste Mal kam er zu Bewusstsein. Devi saß neben ihm.

»Wo sind wir?«

»Blue Ridge Hollow«, sagte sie. »Erinnerst du dich daran, was geschehen ist?«

»Das Letzte, an was ich mich erinnere, ist eine Meute, die mich angefallen hat ... bei der Beerdigung.«

»Nur bis dahin?«, fragte sie. »Du warst zwei Wochen im Krankenhaus. Zuerst lagst du im Koma. Da bist du herausgekommen. Dann haben sie dich unglaublich mit Medikamenten vollgestopft. Wir haben dich dann einfach mitgenommen. Nun sind wir schon drei Tage hier.«

»Ich erinnere mich daran, dass ich bei Jesus war. Ich erinnere mich genau daran. Es war so real. Christi Jensen war auch da.«

»Wirklich?«, sagte sie und sah ihm dabei in die Augen. »Haben sie etwas gesagt?«

»Nicht viel, doch ich habe ihre Anwesenheit in mir gefühlt. Ich fühle das jetzt immer noch. Sie sind *ich bin*. Wir alle sind *ich bin*. Alles ist *ich bin*. Das ist so klar. Ich soll hier mit der Arbeit weitermachen. Ich muss nachhause zurückkehren.«

»Es wird einige Zeit dauern, bis du dich erholt hast. Das hier wird also leider für eine Weile dein Zuhause sein müssen«, sagte sie und sah sich dabei in dem kleinen dunklen Raum um.

John versuchte aufzustehen und fiel aufs Bett zurück. Er war zu erschöpft.

»Siehst du? Mutti weiß es am besten.«

»Wie geht's meiner Familie?«

»Wir haben sie von der kleinen Kirche unten an der Straße angerufen. Sie wissen, dass es dir gut geht«, sagte sie. »Doch niemand weiß, wo wir uns genau befinden. Nur Luke. Er brachte uns hierher. Du bist jetzt eine Berühmtheit. Es wird noch mehr Meuten geben.«

John seufzte. »Ich musste das so machen. Ich hielt es nicht mehr aus.«

»Du hast das gut gemacht«, sagte sie. »Aber wie ist das mit den Wundern gegangen?«

»Ich weiß es nicht. Sie sind nur so passiert. Angefangen hat es mit einer Socke in meinem Zimmer.«

»Einer Socke?«

»Ja, ich wollte sie nicht mehr bewegen, aber sie hat sich doch noch bewegt.«

»Du hast ein kleines Mädchen geheilt. Erinnerst du dich daran?«

»Ja, ich musste zu ihr hingehen. Sie hatte so viel Mut. Wenn wir nur glauben, ziehen wir *ich bin* in uns hinein. Sie hat mich angezogen. Die Meute hat nicht geglaubt. Sie wollten nur immer mehr nehmen.«

»Sie haben dich fast umgebracht.«

»Ich weiß es nicht«, sagte er. »Es musste so kommen. Das hat mich in das Reich des Lichtes geworfen, heraus aus meinem Körper in die Arme von Jesus.«

»Du hast aufgehört zu atmen. Dein Herz schlug nicht mehr.«

»Ich war nicht tot. Innerlich war ich lebendig. Hätten die Ärzte mich alleine gelassen, wäre ich ohne Weiteres wieder zurückgekommen. Jesus hat mich zurückgesandt. Ich weiß, dass er das tat.«

Devi legte ihre Hand an seine Stirn. »Du liebst es, in der Nähe des Abgrunds zu leben, nicht wahr?«

»Was gibt es anderes?«, sagte er. »Wir baumeln alle an dem kleinen Ball, der sich drehend durch den Weltraum rast, einen Atemzug davon entfernt, nicht da zu sein – immer am Abgrund.«

»Hmmm«, machte sie.

»Ja.« Er nahm ihre Hand. »Oder so scheint es zumindest. Doch der Abgrund ist eine Illusion. Der Tod ist eine Illusion. Wir sterben nie.«

»Warum sollten wir dann nicht gleich da hindurchgehen, huh?«, fragte sie.

»Ja, warum nicht?«, antwortete er. »Aus einem guten Grund –« Seine Stimme wurde schwächer. Er schlief langsam ein. »Ich verspreche, dass ich zu dir zurückkomme. Wirst du da sein?«

»Ich werde es versuchen«, sagte sie. »Doch kann ich nichts garantieren. Ich könnte jeden Augenblick von diesem rotierenden Ball herunterfallen.«

Sie beugte sich vor und küsste ihn sanft auf die Lippen. Strahlende Energie floss zwischen ihnen hin und zurück. Darauf schlief er ein.

Die Wochen vergingen und John wurde zusehends kräftiger. Er und Devi gingen auf dem Schotterweg zur Kirche und auch auf kurze Spaziergänge auf dem Pfad im Wald hinter der Hütte. Der Pfad führte zu einem Wasserfall mit einem Teich davor. Man nannte ihn Juwelenteich. Die Baracke war Eigentum von Lukes Familie. Luke schaute jedes zweite Wochenende vorbei. Er arbeitete in der Maschinenwerkstatt seines Vaters in Jacksonville und bereitete sich darauf vor, das Geschäft zu übernehmen, wenn sein Vater in Rente ging. Obwohl Luke eine vielversprechende Football-Karriere in Aussicht hatte, entschied er sich schließlich aus weit gehend denselben Gründen wie John für einen Lebensweg, der weniger im Fokus der Öffentlichkeit stand. Weniger im Fokus der Öffentlichkeit?

Blue Ridge Hollow lag in einem Tal nicht weit von der berauschenden Blue Ridge Panoramastraße, in der Nähe des Mount Mitchel, dem höchsten Gipfel östlich der Rocky Mountains. Die Gemeinde war aus einer Gruppe von befreiten Sklaven nach dem Bürgerkrieg hervorgegangen. Über hundert Jahre lang lebte sie von der Landwirtschaft und der Schmuckherstellung mit Halbedelsteinen, die in mehreren kleinen Minen im Tal geschürft wurden. Jeder in Blue Ridge Hollow schlief mit einem funkelnden Saphir, Rubin oder Smaragd unter der Matratze. Es hieß, das würde den Geist näher zu Gott erheben. Das gesellschaftliche und spirituelle Leben kreiste um die Blue Ridge Hollow Kirche. Diese war vom ursprünglichen Führer der Gemeinde, einem charismatischen ehemaligen Arbeiter an einer Baumwollentkernmaschine namens Elijah, gegründet worden. Lukes Großvater, O'Pa Smith, ein direkter Nachkomme von Elijah, war fünfzig Jahre lang Pastor der Kirche gewesen.

Die alte Kirche war schlicht und unfertig, aber in ihr war Gott lebendig. Die Sonntage in Blue Ridge Hollow waren ein gesellschaftliches Ereignis. Jeder kam und alle klemmten sich zwischen die abgenutzten Bankreihen oder setzten sich auf den Boden und das Tal bebte vor Anbetung der göttlichen Gegenwart.

An zwei Sonntagen hintereinander schüttelte es John im Bett und er wäre fast abgehoben, als diese Wellen das Tal heraufrollten.

Devi musste ihn unten halten. Sie dachte, er würde Krampfanfälle bekommen.

»Nein«, sagte er danach. »Es ist die Liebe, die mich schüttelt.«

Am dritten Sonntag war John stark genug, um hinunter in den Gottesdienst zu gehen. Luke war aus Jacksonville zu Besuch gekommen und er ging mit ihnen.

Alte Autos und Pick-ups parkten verstreut auf dem kleinen Feld vor der Kirche. Viele kamen zu Fuß.

»So ist es schon immer gewesen«, sagte Luke, als sie auf das wackelige, betürmte Gebäude zugingen.

Mit ihnen liefen ganze Familien, die für diesen Höhepunkt der Woche fein herausgeputzt waren.

Devi ergriff Johns Hand vor Bewunderung für die eifrig der Kirche zuströmenden Gemeindemitglieder. Das Kirchengebäude sah vor dem Hintergrund der steil bis zum Himmel aufragenden, bewaldeten Berge zwergenhaft aus.

»Da ist etwas Besonderes mit diesem Ort«, sagte sie. »Ich hab durch und durch ein prickelndes Gefühl.«

»Oh, warte erst mal ab«, sagte Luke.

John war ruhig. Er schien sonderbar konzentriert.

In der lauten Kirche fanden sie ein paar leere Plätze am äußeren Ende einer hinteren Bank und setzten sich. Die Menschen grüßten einander lebhaft mit übertriebenem Händeschütteln, nachdem sie sich eine Woche nicht gesehen hatten. Kinder sprangen in den Gängen auf beiden Seiten und in der Mitte auf und ab. Ein Baby schrie. Bei all dem herrschte eine wahrnehmbare Erwartungshaltung in der Menge.

Devi saß still auf der Bank und glitt mit halb geöffneten Augen in das *ich bin*. Sie sah die Kanzel aus rissigem Holz, die die Vorderseite der Kirche schmückte, die kleine Orgel, an der die fast winzige alte O'Ma in ihrem getupften Kleid saß, und den Chor aus scheu blickenden Mädchen und Jungen in abgenutzten weißen Gewändern. Als Altar diente ein hölzerner Tisch, über dem auf der unverputzten Wand ein Kreuz hing. Das Kreuz bestand aus zwei zusammengebundenen Stöcken.

»Das hat noch Elijah gebaut«, sagte Luke, »und so hat er es im Jahr 1900 hinterlassen, als er gestorben ist.«

Von irgendwoher kamen jubelnde Schwingungen, die immer mehr alles und jeden durchdrangen. Auch Devi fühlte sie und ihre Augen gingen in Glückseligkeit nach oben. Doch die Szene, die sich in der Kirche abspielte, war zerfahren und chaotisch. Glückseligkeit und Chaos – enge Bettgenossen.

John saß ruhig am Ende der Bank und hatte die Augen ebenfalls geschlossen. Er begann, leicht gegen Devi zu schwingen. Sie begann, mit ihm zu schwingen. Dann Luke neben ihr. Gleich darauf die Person daneben, eine große Frau mit einem Fächer. Das setzte sich fort zur Familie am anderen Ende der Bank und sprang über zur Reihe davor und zur Reihe dahinter. Das Schwingen machte seine Runde durch die Kirche.

Eine Seitentür öffnete sich und hereinspazierte ein hutzeliger alter Mann im schwarzen Anzug – O'Pa. Ein Anflug von Stille überkam die Andächtigen. Die umherrennenden Kinder setzten sich zu Boden. Der Säugling hörte auf zu schreien. Nur das wandernde Wiegen setzte sich in der ganzen Kirche fort. Die Orgel begann, mit leisen Klängen zu ertönen. O'Pa kam nach vorne ins Zentrum und betrachtete die sich rhythmisch bewegende Kirchengemeinde.

»Gelobt sei Gott«, sagte er sanft.

Devi kam es vor, als sei er sehr schwach. Die Augen des alten Mannes waren kaum geöffnet und er stand ein bisschen gebeugt da.

»Gelobt sei Gott«, antwortete die Gemeinde ruhig und entspannte sich, während sie sich immer noch bewegte.

Devi hörte es John noch einmal flüsternd wiederholen: »Gelobt sei Gott«.

Dann kam es lauter von O'Pa: »Gelobt sei Gott.«

Die Orgel hörte auf zu spielen. Für ein paar Sekunden war es totenstill im Raum.

Plötzlich explodierte der Jugendchor in eine dreistimmige Harmonie, alle setzten gleichzeitig ein:

»Gelobt sei Gott!«

Die Stimme einer jungen Frau, die Stimme eines Engels, erhob sich über alle anderen. Die gesamte Kirche war für einen Augenblick ausgefüllt von dem göttlichen Klang.

Dann trat wieder eine Stille ein, die nur etwas vom Rauschen der reinen Gewänder und gottinspiriertem Atmen gestört war ... zehn Sekunden vergingen. Dann erscholl wieder die Orgel O'Mas, diesmal lauter und schneller.

O'Pa richtet sich gerade auf, die Jahre verschwanden aus seinem Gesicht.

»Gelobt sei Gott!« Er tanzte nun auf der Stelle, drehte sich von rechts nach links und machte mit den Händen Bewegungen dazu.

O'Ma brach mit einer kaskadierenden Orgelharmonie los. Gleichzeitig stimmten die Kirchengemeinde und der Chor mit ein. Alle folgten der Engelsstimme, die aus der Mitte des Chors erklang.

»Gelobt sei Gott!«

»Gelobt sei Gott!«

»Gelobt sei Gott!«

»Gelobt sei Gott!«

Jeder war auf den Beinen, sang, klatschte, schaukelte, mit allem, was er hatte und das musikalische Mantra setzte sich fort. Vielen rannen Tränen die Wangen herunter. Auch John und Devi, als sie sich in die Schwärmerei des singenden Geistes verloren.

Eine Frau in der ersten Reihe, die mit ihrem weißen Taschentuch wedelte, ging zu Boden. Ihr Mann hob sie auf und sie wedelte weiter mit dem Taschentuch. Hände waren überall in der Luft.

Auch John wiegte die Hände über sich. Er wirbelte sie in zwei getrennten Spiralen rhythmisch aufeinander abgestimmt.

Dann stieg er hinaus in den Seitengang im hinteren Teil der Kirche und sang: »Gelobt sei Gott!« Er wirbelte immer noch. Sein ganzer Körper wiegte nach vorne auf die Kirchengemeinde zu, wenn seine Hände vor ihm über dem Kopf zusammenkamen.

Und dann passierte es.

Helle, weiße Lichtflecken kamen von seinen Händen wie eine Staubwolke und breiteten sich über der singenden Menge aus. Alle wandten sich um und sahen John umgeben von diesem gefleckten weißen Licht. Es kam alles über ihnen heraus und die Kirchengemeinde wurde ekstatisch:

»Gelobt sei Gott!«

»Gelobt sei Gott!«

Das wurde zu:

»Komm, Jesus!«

»Komm, Jesus!«

»Komm, Jesus!«

»Komm, Jesus!«

»Gelobt sei Gott!«

»Gelobt sei Gott!«

Der Raum war voll von göttlichem Licht. John bewegte sich. Er schien zur Vorderseite der Kirche zu schweben. Er kam bis hin zu O'Pa und ging vor ihm auf die Knie. Seine Hände machten weiter die Bewegungen und die Lichtflut strömte unaufhörlich. Das Licht umgab den tanzenden O'Pa. Er war in Bann geschlagen und sang und tanzte die ganze Zeit.

Einige der Anwesenden hörten auf zu singen, als sie das sich bewegende Licht sahen, und gingen dort, wo sie standen, auf die Knie. Mit der Zeit mehr. Einige weinten. Einige hatten die Augen nur weit aufgerissen. O'Pa sang immer weiter, auch der Chor. Die Worte änderten sich zu:

»Amen, Jesus!«

»Amen, Jesus!«

»Amen, Jesus!«

»Amen, Jesus!«

Als die Kirchengemeinde wieder einzustimmen begann, kam O'Pa teilweise zu seinem irdischen Bewusstsein zurück. John ließ die Hände nach unten sinken und warf sich vor O'Pa flach auf den Boden. So blieb er regungslos. Das Licht verlor an Intensität, blieb aber als ein schwacher weißer Schimmer in der Luft.

Das Singen klang allmählich aus und alle beobachteten John. Devi stand hinten auf der Bank und hatte die Hände auf

Lukes Schulter gestützt. Tränen rannen ihnen von den Wangen. *Was hat dieses Wunder zu bedeuten? Wer ist dieser Mann, den ich liebe?*

Schließlich begann sich John wieder zu bewegen. Er richtete sich vor O'Pa auf und beugte den Kopf.

O'Pa legte die rechte Hand auf Johns gesenkten Kopf und sagte sanft: »Amen.« Er nahm sie weg und stand da.

John hob den Kopf und blickte dem alten Mann in die Augen. Langsam streckte er die rechte Hand aus, tippte mit den Fingerspitzen auf O'Pas Brustbein und sagte sanft *»ich bin«*. Plötzlich atmete O'Pa so ein, als würde er nach Luft schnappen. Alle sahen, wie ein Licht durch ihn nach oben und durch den Scheitel des Kopfes herausschoss. Dann sagte er: *»iiiiich biiinnnnnnnn«*.

Die Kirchengemeinde war still. John ging zur Seite und setzte sich neben vier kleine Jungs, die in der Kirche ganz vorne saßen, kreuzbeinig auf den Boden. Lächelnd beugte er sich zu jedem von ihnen vor, tippte ihnen mit den Fingerspitzen auf das Brustbein und sagte: *»ich bin.«* Als er nickte, sagte jeder: *»ich bin.«* Dabei stieg weißes Licht von ihnen auf.

Er stand auf und andere kamen mit gesenktem Haupt zu ihm nach vorn. Schließlich reihten sich alle im Mittelgang in eine Schlange ein. Er tippte sie alle auf die gleiche Weise an und jeder sagte wie er: *»ich bin.«* Von jedem, der berührt wurde, stieg Licht auf. An diesem Tag in der Blue Ridge Hollow Kirche wurden Krankheiten geheilt. Lukes Onkel Kemo ließ seine Krücken an der Kirchenbank zurück und lief nachhause.

»Seit ich klein war, habe ich ihn nicht mehr so laufen sehen«. Bemerkte Luke zu Devi. »Dort, wo John mir das *›ich bin‹* gab, diese Hütte in Georgia, die gehört ihm.«

»Mir gab er es in meinem Wohnzimmer«, sagte sie. »Jetzt gibt er es jedem.«

Devi und Luke blieben im hinteren Teil der Kirche und beobachteten, wie die Menschen in einem spirituellen Rausch umherliefen. Langsam gingen sie nach draußen. Sie waren durchdrungen von der Stille des *ich bin.* O'Pa kam und küsste John auf die Wange. John flüsterte ihm mehrere Minuten lang etwas ins Ohr. O'Pa nickte immer wieder. John küsste ihn auf die Wange und O'Pa ging zum Haupteingang hinaus zur Kirchengemeinde. John war wieder schwach und Devi ging und holte ihn. Sie setzten sich vorne auf die erste Bank.

»Geht's dir gut?«

»Ja, ich fühle mich sehr gut«, sagte er. »Bin nur ein bisschen müde.«

»Das ist schön«, sagte sie.

»Hey, Bruder Luke«, sagte er geschwächt, als Luke näherkam.

»Bruder John«, sagte dieser. »Ich weiß nicht, was ich sagen soll«.

»Du brauchst nichts zu sagen«, meinte John. »Meditiere nur weiter. Das reicht schon.«

Die drei saßen auf der Bank und lehnten sich gegeneinander. Nach all den Wundern waren sie alle drei erschöpft.

»Luke? Luke Smith? Bist du das?«

Sie sahen auf und da stand der wunderschöne singende Engel des Chors, lächelte und strahlte immer noch ein wenig das weiche, weiße Licht aus.

»Joy!«, sagte Luke.

»Ja, ich bin's«, sagte sie. »Ich habe mich gefragt, ob du mich noch erkennst?«

»Ja natürlich erkenne ich dich. Deine Stimme hat sich aber sehr schön entwickelt, seit wir als Kinder hier im Sommer barfuß herumgelaufen sind. Genauso, wie der ganze Rest von dir. Wo hast du all diese Kurven her?«

»Luke!« Sie gab ihm einen Faustschlag in den Arm.

»Du hast dich nicht ein bisschen verändert.« Er lächelte und rieb sich den dicken Arm, wo sie ihn getroffen hatte.

»Du singst wie ein Engel«, sagte Devi.

»Ah, danke«, gab Joy zurück. »Meine Mutter hat mich unterrichtet.«

»Danke Gott für die Mamas«, bemerkte Devi.

»Ja, das stimmt«, meinte Joy. Ihr Gesicht wurde ernst und sie beugte den Kopf vor John. »Danke, dass du mich berührt hast. Das fühlt sich innerlich so gut an, als ob ich den ganzen Tag gesungen hätte.«

»Es ist das *ich bin*, das singt«, sagte John, »und es singt immer in uns. Wir müssen nur über *ich bin* meditieren.«

»Meditieren?«

»Ja.« Und er erklärte ihr wie. Anschließend meditierten alle vier zusammen auf der leeren Bank in der Kirche. Als sie herauskamen, war Joy wie getränkt in Glückseligkeit.

»Oh, das ist so wundervoll«, sagte sie. »Wie kann ich dir jemals danken?«

»Gib es weiter«, sagte John und machte dabei eine tippende Fingerbewegung in die Luft.

»Ja, das werde ich. Ich verspreche es.« Und sie explodierte in einen Gesang, dass die leere Kirche bis zum Überfließen damit erfüllt war.

»Gelobt sei Gott! ...«

Diese Nacht klopfte ein leichter Regen auf das Blechdach der Baracke herunter. Devi lag auf der Seite gegen die Wand des Hinterraums gelehnt im Bett, unter ihrem Kopf das Kopfkissen. Sie beobachtete John, der auf der gegenüberliegenden Seite des Raums schlief. Ab und zu zuckte er leicht und stöhnte, wenn die Kraft des *ich bin* ihn durchlief, die ständig die subtilen Reiche seines Körpers zu göttlichen Zwecken umordnete. *Er wird zu einem Gott-Mann.*

Sie drehte sich auf den Rücken, zog den zerknitterten Zipfel ihres Hemds unter ihre abgestützte Rückseite und ließ sich darauf fallen. Dann öffnete sie den untersten Knopf und legte die flache Hand auf den Bauch über der Gebärmutter. Ihr kleiner Finger wickelte ein Büschel Schamhaare auf.

John war seit Jahren hinsichtlich Sex zweideutig geblieben, immer zärtlich, doch niemals lüstern. Sie hatte sich ihm noch niemals völlig nackt gezeigt, hatte ihn nur gereizt, ihm nur geholfen »seine Liebe zu entfalten«, wie er es nannte. Sie konnte sich nicht dazu überwinden, ihn zu verführen. Nun war es offensichtlich, dass seine Liebe in der Form reinen weißen Lichts zu allen hinausging, und das war äußerst wichtig.

Seine sexuellen Energien verwandeln sich zu einem höheren Zweck. Das kann ich verstehen. Das ist genau das, was auch ich will. Ich fühle, wie die Essenz meiner Weiblichkeit in mir als Licht nach oben gezogen wird.

Sie zog das Perineum sanft zusammen und fühlte die Ströme ansteigen. Ihr Bauch wurde ein und nach oben gesaugt. Die sich breitmachende Annehmlichkeit zog ihre Augen nach oben. Ihre Zunge schlüpfte in die geheime Kammer und liebkoste den empfindlichen Altar der Glückseligkeit. Ihre Augen strebten vor innerer Lust noch weiter nach oben.

Einen Augenblick später kamen ihre Gedanken zurück.

Ich verstehe. Wenn seine Liebe zu anderen ausfließt, schwächt ihn das. Er zahlt für dieses göttliche Lieben einen Preis mit seinem Körper. Ich werde den Rest meines Lebens für ihn sorgen. Das ist meine Berufung. Was ist aber mit dem Kind, das er vor so langer Zeit vorausgesagt hat? Unser Kind. Mein Sticheln zielt nicht mehr auf eine sexuelle Tollerei. Es geht darüber hinaus. Oh, wie ich diesen Samen in meinem Schoß begehre. Wie ich mich danach sehne, unser Baby in mir heranwachsen zu fühlen. Ich lebe für ihn und für unser zu erwartendes Kind. Doch wie soll es dazu kommen? Etwa durch eine unbefleckte Empfängnis?

Ihre Sehnsucht für ihre Vereinigung und ihr Kind blieb die ganze Nacht wach. Aufgrund dieser Sehnsucht und ihrer Übungen transformierte das *ich bin* ihren Körper auf Tausenden Wegen. Sie wurde vorbereitet.

Als er wieder zu Kräften kam, arbeitete sich John auch mit seinen Übungen zurück zur vollen Stärke. Ein hartnäckiger Hunger zog seine Zunge hoch hinauf in die Nasengänge. Wenn er durch das Zentrum der Stirn auf das helle weiße Reich blickte, das sich in seinem spirituellen Himmel immer deutlicher abzeichnete, wurde der Hunger intensiv. Das ergriff alle Energien in seinem Inneren und der Körper musste folgen. Das Halteband unter der Zunge war inzwischen fast völlig verschwunden. Er stieß von innen her locker hinauf bis ans obere Ende der Nasengänge, wo er eine weiche schwammartige Decke berührte. So konnte er den Bereich zwischen den Augenbrauen und auch die von unten nach oben verlaufenden sensiblen Gänge von innen her köstlich stimulieren. Der Altar der Glückseligkeit am Eingang zu den oberen Gängen erhielt ebenfalls eine ständige Stimulation, sobald die Zunge beim Hinein- und Herausgehen in die oberen Gänge darüberglitt. Dies war ein Liebesspiel, das seine sich beschleunigende Transformation befeuerte.

Wann immer er die spirituelle Augenreinigung durchführte, füllte der Druck aus den Lungen die oberen Gänge, und das wirkte über den Bereich zwischen den Augenbrauen zurück auf das Zentrum des Gehirns und hinunter durch die Medulla bis in das Rückgrat. Er betrachtete dieses Luftdruckmanöver als eine Art Spülwasser, das den Kanal reinigte. Deshalb nannte er es auch Reinigung. Die normale Richtung des Flusses süßer Substanz ging die Wirbelsäule nach oben, durch die Medulla und nach vorne durch das Zentrum des Gehirns. Als Teil dieses Prozesses runzelte sich Johns Stirn automatisch leicht in der Mitte, sobald die Augen nach oben gingen und das übte einen ekstatischen Sog auf die Medulla aus. Von der Vorderseite des Gehirns ging die Substanz durch die nasalen Gänge nach unten und gelangte bis in den Verdauungstrakt. Dort vereinigte sie sich mit der Alchemie der Verdauungsorgane und fand schließlich ihren Weg wieder zurück hoch in die Wirbelsäule. So wurde dies zu einem richtigen Kreislauf. Er bestaunte diesen natürlichen Prozess, der sich in ihm entfaltete, und tat, was er konnte, um ihn zu befördern.

Manchmal, wenn sich John hoch oben in den Gängen befand, schoss ein Energiestrom von der Brust in den Kopf und hinaus durch den leuchtenden Stern. Seine inneren spirituellen Energieflüsse machten Überstunden und er ging, wenn sich die Zunge weit oben befand, ganz natürlich in lange Phasen des Luftanhaltens über. Sein Atembedürfnis wurde geringer und geringer. Da von seinen Lenden eine ständige Quelle von Vitalität durch ihn nach oben floss, wurde das Atmen allmählich immer weniger zu einer Notwendigkeit. Während des Atemanhaltens rotierte sein Kopf natürlich in Art der Kinnpumpe nach unten und über die Brust, zuerst eine Zeit lang in eine Richtung und dann in die andere. Auch während der Kinnpumpe befand er sich mit der Zunge hoch oben in den oberen Gängen.

Eine dramatische neue Energiedynamik offenbarte sich, die John in ein neues Reich an Erfahrung und Kraft katapultierte. Das transformierte ihn. Er wurde zu einem spirituellen Dynamo und jeder im Umkreis von Kilometern wurde davon erfasst und mit positiver Energie geimpft.

Das besiegelte sein Schicksal als moderner Heiland für die Menschheit. Darüber war er sich im Augenblick noch nicht im Klaren – es war auch nichts, was er anfangs gewollt hatte. Doch je mehr sich sein Selbstverständnis in die Welt um ihn herum ausdehnte und sich mit dieser identifizierte, war es unvermeidlich, dass er tun würde, was immer notwendig war, um jeden Bewohner des Planeten auf dem Weg zur Erleuchtung voranzubringen – denn es wurde für ihn unzweideutig, dass alle nur ein Ausdruck seines eigenen süßen *ich bin* waren.

Kapitel 21 – Vereinigung

»Komm, Faulpelz. Steh auf. Gehn wir zum Wasserfall.«

Devi öffnete ein Auge und sah John, der in hochgerollten Jeans und heraushängendem Flanellhemd über ihr stand. »Huh?« Sie war etwas verwirrt.

»Komm, gehen wir zum Wasserfall. Ich möchte dir dort etwas zeigen.«

Sie rieb sich die Augen und stützte sich auf die Ellbogen. »Du willst mir etwas zeigen?«, murmelte sie, immer noch nicht ganz wach.

»Ja. Zieh dich an, okay? Ich mach dir etwas Orangensaft.«

»Okay, ich komm schon.« Sie stieg mühsam aus dem Bett und hielt dabei im Halbschlaf verlegen das Nachthemd um sich.

Es war bereits drei Monate her, dass sie in Blue Ridge Hollow eingetroffen waren. Sie war glücklich, dass John wieder gesund war. Er meditierte jeden Tag stundenlang im Hinterzimmer – einige Stunden mehr als sie. Er brauchte diese Stunden für sich und sie respektierte das. Er machte auch wieder seine Dauerläufe, wenn auch nicht so intensiv wie in jüngeren Tagen. Sein Körper hatte zur alten Stärke zurückgefunden, doch dabei umgab ihn eine Zartheit, eine Art Lichtdurchlässigkeit. Er schien seinen Körper nur wie ein paar lose Kleider zu tragen, die er jederzeit ablegen könnte. Devi erschien er mehr als eine Energie als ein Körper. Doch er war immer noch John: fröhlich, humorvoll, liebevoll und todernst, wenn es um die Fortsetzung seiner spirituellen Transformation ging – ohne Rücksicht auf seinen Körper.

Sie gähnte breit. *Was immer er ist, was immer aus ihm wird. Ich liebe ihn. Wenn er bei Sonnenaufgang zum Wasserfall gehen will, dann will ich ebenfalls bei Sonnenaufgang zum Wasserfall gehen.*

Sie zog ihre Jeans an, krempelte sie hoch, schlüpfte in ein langärmeliges Flanellhemd, ohne es zuzuknöpfen, kämmte die Haare und band sie zu einem Pferdeschwanz, glitt in ihre Flip-Flops und ging hinaus.

Die Sonne stieg bereits hinter dem Gehölz hoch, als sie Arm in Arm den schmutzigen Pfad von der Hütte zum Wasserfall entlang stapften. Es waren rund 400 Meter zu laufen. Der sommerliche Wald war lebhaft grün und der Tau intensivierte alle Düfte. Vögel sangen ihren Morgengruß. Sie stießen auf ein Reh mit ihrem Kitz, die am Rande des Wegs grasten. Die zwei hielten beim Fressen inne und erfühlten die Stille, die von den Vorbeilaufenden ausging.

»Was willst du mir denn zeigen?«, fragte sie schließlich.

»Oh, das wirst du sehen.«

»Eine Überraschung?«

»Oh, vielleicht.« Er lächelte schalkhaft.

In der Ferne hörten sie bereits den Wasserfall, den Klang des Wassers, das unaufhörlich von der Felskante hinab in den Edelsteinteich stürzte. Als sie die letzte Krümmung des Wegs erreichten, kamen der Teich und der Wasserfall in Sicht. Die Sonne begann über die Baumwipfel in die Lichtung zu scheinen, spendete neues Leben und erzeugte einen weichen Regenbogen in dem Nebel, der vom Wasserfall am anderen Ende über den Teich zog.

»Es ist immer so schön hier«, sagte sie. »Danke, dass du mich geweckt hast.«

»Dort hinüber«, John zeigte auf den einer Bank ähnelnden Fels am Teichrand. Sie stiegen hin und setzten sich, wie sie das schon so oft getan hatten. Er legte den Arm um sie und sie kuschelte sich mit ihrem Flanellhemd in der kühlen Morgenluft an ihn.

Nachdem sie einige Minuten der Ansprache des Wasserfalls dreißig Meter entfernt auf der anderen Seite des Teichs gelauscht hatten, strampelte John seine Flip-Flops beiseite, stand auf und ging zum Teichrand. Dort streckte er ein Bein aus und tauchte mit dem großen Zeh ins Wasser.

»Brrr, das ist kalt«, sagte er.

»Was, sollen wir vielleicht ins Wasser?«, fragte sie.

»Zu kalt. Gut, vielleicht nur ein wenig.«

Er machte einen Schritt nach vorn in den Teich und stand nun mit den Sohlen seiner nackten Füße kaum unter Wasser, wo es 20 Zentimeter tief war. Er drehte sich um, streckte die Hand zu ihr aus und lud sie ein, sich ihm anzuschließen.

»Was?«, sagte sie mit Verwunderung.

»Hab keine Angst, das ist nicht gefährlich. Komm.« Er machte ein paar Schritte auf der Stelle, um sie davon zu überzeugen, dass man auf dem Wasser gut stehen kann. Kleine Kräusel entfernten sich wellenartig von seinen Füßen.

Sie stand langsam auf und legte die Hände an die Hüften. »Erwartest du von mir, dass ich das tue?«

»Halte nur mal meine Hand«, sagte er. »Das wird schön. Schau, hier.« Er schlurfte ein paar Schritte in den Teich hinein, machte dann einen Bogen und stand schließlich wieder in der Nähe des Ufers, wo er zuvor gestanden hatte. Seine Füße plantschten, als ob er in einer einen halben Zentimeter tiefen Pfütze stehen würde. »Siehst du? Kein Problem.«

»John Wilder, was hast du als Nächstes vor?«

Er lächelte: »Gott alleine weiß das.«

Sie ließ ihre Flip-Flops bei der Felsenbank, schlich zum Uferrand, streckte die Hand aus und fasste die seine, die ihm entgegenkam. Mit einem vorsichtigen Schritt trat sie nach vorn ins Wasser und erwartete, dass sie unbedingt 20 Zentimeter eintauchen müsste. Das tat sie nicht. Sie stand vor ihm auf dem Wasser. Unten, an ihren nackten Füßen fühlte es sich kühl und feucht an. Eine sonderbare neue Energie schlich durch ihre Wirbelsäule und veranlasste sie, tief einzuatmen. Eine sinnliche Weite erfüllte sie und die Umgebung färbte sich in ihrem Geist surrealistisch ein.

»Siehst du? Es funktioniert«, sagte er. »Jetzt greife alle paar Sekunden eine schwache Schwingung von ... *innerer Raum – Leichtigkeit von Luft* auf. Sehr schwach, tief in *ich bin*, und lass es gehen.« John zog sie behutsam ein wenig weiter weg vom Ufer zum tieferen Wasser.

Mit ihrer freien Hand klammerte sie sich an sein Hemd, weil sie sich ein bisschen unsicher fühlte. »Okay, ich versuche es.«

»Versuchen ist nicht erlaubt«, sagte er. »Es ist genau das Gleiche wie bei der Meditation, außer dass du tief im Inneren eine Absicht aufgreifst und dieser dann Zeit gibst, mit der

Kraft Gottes wieder zurück nach draußen zu kommen, *ich bin.*«

»Okay, dann kein Versuchen.« Sie griff die schwache, verschwommene Schwingung von ... *innerer Raum – Leichtigkeit von Luft* auf und ließ sie los. Innerlich erfuhr sie erneut das angenehme Taumeln und fühlte, wie sie auf dem Wasser gefestigter wurde, je mehr sie sich innerlich ausdehnte. »Oh, yeah, ich sehe ... Kann ich jetzt zurück zum Ufer gehen?« Sie drehte sich zur Uferböschung, die sich in drei Meter Entfernung befand, und wunderte sich, wie sie es geschafft hatte, so weit auf dem Wasser zu laufen.

»Machen wir doch erst einmal eine Spritztour um den Teich«, antwortete er. Er stieß sie weg, hielt sie aber immer noch an einer Hand. Sie glitt auf dem Wasser, als stünden sie auf einer Eisfläche. Dann begann er, mit ihr im Schlepptau auf dem Teich herumzulaufen. Sie fand heraus, dass sie eine Bodenhaftung wie er haben konnte, wenn sie die Absicht in der Schwingung von *... innerer Raum – Leichtigkeit von Luft* hielt. Die zweite Runde um den See lief sie etwas wackelig neben ihm. Das dritte Mal hatte sie den Dreh heraus.

Dann nahm er sie mit zur Mitte des Teiches, hielt an und entfernte sich ein wenig von ihr, bis sie sich nur noch an den Fingerspitzen berührten und sich fast losgelassen hätten. Sie ging bis zu den Knöcheln im Wasser unter und sank weiter.

»Noch nicht ganz bereit«, sagte sie, während sie spürte, wie das kalte Wasser begann, die nackten Waden hochzukriechen. *... innerer Raum – Leichtigkeit von Luft ... innerer Raum – Leichtigkeit von Luft ... innerer Raum – Leichtigkeit von Luft ...*

»Nuh-uh, kein Versuchen. Du wirst bereit sein«, sagte er. »Du musst nur noch ein paar weitere Türen nach innen öffnen und dann, voilà ...«

Er fasste ihre Hand und sie kam wieder zurück nach oben. Er verbeugte sich vor ihr und sagte: »Darf ich um diesen Tanz bitten, Fräulein?«

Sie machte mit ihren hochgekrempelten Jeans einen Knicks, wobei sie den losen Zipfel ihres Flanellhemds mit der freien Hand wie ein feines Abendkleid weghielt. »Aber natürlich, verehrter Herr.«

Und sie tanzten ... zur Melodie des tosenden Wasserfalls rund herum auf dem Edelsteinteich. Zu den nassen Schritten ihres Liebestanzes klang dies für sie wie ein Walzer. John ließ sie immer wieder in seine Arme einrollen und herausrollen, während sie über das Wasser glitten und dabei ein wenig an der Oberfläche spritzten und kleine Bugwellen anschoben. Als sie wieder in die Mitte des Teiches kamen, hielt er ihre beiden Hände fest in den seinen. Sie ging hoch über seinen Kopf und hing bei den Drehungen, bei denen sie die Füße von ihm weg-streckte, horizontal in der Luft. Dann hob auch er ab und lag bald, die Füße von ihr weggestreckt, ebenfalls horizontal in der Luft, so dass sie sich wie ein riesiger zweiblättriger Deckenventilator um die gemeinsame Achse drehten. Nach einiger Zeit nahmen sie ihre vertikale Position wieder ein und berührten sich fast. Etwa einen Meter über dem Wasser dreh-ten sie sich langsam in der Luft. Der Tanz wurde langsamer und langsamer. Sie umarmten sich, stiegen hoch über den Teich, über den Wasserfall, fast bis zu den Wipfeln der Bäu-me, drehten sich sanft und hielten sich gegenseitig in den Armen. Eines ihrer Beine wickelte sich um das seine und sie erschienen wie eine Einheit. Ruhig kamen sie spiralförmig nach unten und setzten sanft auf dem Wasser auf. Schließlich geleitete er Devi graziös zurück zum Teichrand und sie küss-ten sich, sobald sie das Ufer erreicht hatten.

Dann sammelte sich John und trat einen Schritt zurück. »Oh, ich hätte fast vergessen ...«

Devi riss sich aus ihrer levitierenden Liebestrance. »Vergessen?«

»Ja, da war doch noch was, was ich dir zeigen wollte, erinnerst du dich?«

Sie gestikulierte zum Teich hin: »Du meinst, dass das noch gar nicht das war?«

»Nein. Es wird noch viel besser«, sagte er. »Ich hab hier schon eine Weile etwas für dich aufbewahrt, bis ich den Mut beinander hatte ...«.

Er ging hinter die Felsbank und griff nach unten. Als er wieder nach oben kam, hielt er etwas in der Hand.

Devi war verdutzt. »Was ist das?«

Er öffnete die Hand. Ein weißer Stein in der Größe eines Eis kam zum Vorschein, dessen geschwungene weiße Oberfläche von einigen dünnen Goldlinien durchzogen wurde.

Sie verdrehte ein wenig den Kopf: »Was ist das?«

Er legte es vorsichtig in ihre Hand.

Sie betrachtete das, was John in ihre Hand gelegt hatte. »Uhm, das ist ... sehr schön. Das ist ein Stück Felsgestein, nicht wahr? Ein besonderes Gestein?«

John wandte sich ein wenig und schaute ein bisschen verlegen. »Oh ja. Gut, er ist noch nicht ganz fertig. Warte ...« Er nahm ihn zurück und umschloss ihn mit beiden Händen. »Warte eine Minute. Das ist Feldspat und da laufen dünne Goldadern durch. Da ist aber noch etwas sehr Schönes darin. Ich hole es für dich heraus.«

Ein feiner weißer Staub kam aus seinen geschlossenen Händen. Das Stück Fels bewegte er mit seinen Händen herum, so dass es ihr aus den Augen verschwand, obwohl sie neugierig darauf schaute.

»Gleich fertig«, sagte er. »Schau.«

Er streckte die Hand zu ihr aus und öffnete sie. In seine Handfläche schmiegte sich ein lieblicher goldener Ring, der mit einem kleinen glänzenden hellblauen Saphir bestückt war.

John ging vor ihr auf die Knie und schaute hoch in ihre Augen.

»Liebste Devi, himmlische Göttin meines Lebens, ich liebe dich. Willst du mich heiraten?«

Ihre Augen quollen tränenvoll hervor. Ihre Stimme brach: »Oh John ... Oh John ... Ja, ich will dich heiraten. Natürlich will ich dich heiraten ...«, und sie lag auf den Knien in seinen Armen und seufzte in sein weiches Hemd.

Nach einem Moment sagte er: »Zieh ihn über.«

Sie gab ihm die linke Hand und er streifte den Ring über den Ringfinger. Er passte wie angegossen. Als eine ihrer Tränen auf den Stein fiel, funkelte er hell. Sie blickte in seine liebenden Augen. »Ich werde ihn tragen bis an mein Lebensende.«

Dann griff sie unter ihr Haar hinter dem Nacken und löste die silberne Kette, an dem das Kristallkreuz hing, das sie immer trug, und zog diese aus ihrem Hemd hervor.

»Bitte nimm das von mir an«, sagte sie. »Das ist alles, was ich bin, und ich will, dass du das hast.«

»Ich werde es immer tragen«, sagte er.

Sie griff um seinen Nacken und legte sie ihm um. Es reflektierte die hellen Strahlen der Morgensonne. Dann ließ sie es in sein Hemd verschwinden.

Darauf sprach John:

»Im Namen Gottes, des Herrn Jesu, *ich bin*, erkläre ich uns heute, diesen Tag und unser ganzes Leben in heiliger Vereinigung zu Mann und Frau.«

Er berührte ihr Brustbein mit den Fingerspitzen der rechten Hand und sagte: *»ich bin.«*

Sie berührte sein Brustbein mit den Fingerspitzen der rechten Hand und sagte: *»ich bin.«*

Auf den Knien am moosigen Ufer des Edelsteinteichs küssten sie sich und John und Devi waren Mann und Frau.

Schweigsam liefen sie zurück zur Hütte. Das Reh und ihr Kitz ästen immer noch in der Nähe des Pfads die Blätter der jungen Schösslinge. Die Mutter leckte ihr Kleines zärtlich am Nacken. Devi schaute zu John auf, als sie so nebeneinander herliefen, schlang ihren Arm um seine Taille und zog ihn eng zu ihrer Hüfte heran. Ihre andere Hand legte sie auf seinen Bauch. Seinen Arm hatte er um ihre Schulter gelegt. Er blickte ihr in die Augen und nickte. Da hielten sie an und küssten sich. Die Zeit war nun endlich gekommen.

Als sie schließlich im Schlafzimmer der Hütte angekommen waren, verspürte Devi eine Nervosität. Sie hatte nicht gedacht, dass sie nervös sein würde, wenn der Augenblick da war. Sie waren nun beide 25 Jahre alt und schon vor sieben Jahren hatte sie diesen Tag herbeigesehnt. Nun waren sie hier und standen sich von Angesicht zu Angesicht gegenüber.

»Du weißt, dass ich dich noch niemals nackt gesehen habe«, sagte er. »Außer in meinen Träumen natürlich, tausend Mal in meinen Träumen.«

Sie errötete. »Ich habe dich gesehen, als ich dich bei deiner Krankheit gepflegt habe, doch das zählt nicht, oder?« Sie sah, dass auch er nervös war.

»Ich bin froh, dass du da warst,«, sagte er. »Du hast mich gerettet.«

»Du hast mich am ersten Tag, an dem wir uns sahen, gerettet.« Sie kam näher.

Er knöpfte ihr weiches Flanellhemd auf und sie das seine. Als ihre Hemden zu Boden fielen, kamen sie zusammen und sie fühlte seinen Körper, wie er ihre empfindlichen Brüste zum ersten Mal berührte. Sie bewegte sich langsam zu ihm hin und wieder weg und erfreute sich an dem Gefühl, das die Berührung erzeugte.

Er öffnete ihren Pferdeschwanz und verlor sich in dem glänzenden schwarzen Haar. »Du riechst so gut.«

Sie entfernten sich leicht voneinander. Seine Hände fanden ihre Brüste und umschmiegten sie liebevoll. Er küsste sie auf die Lippen und ihre Zungen vollführten einen langsamen Liebestanz. Dann küsste er sie auf den Nacken. Ihr beider Atem wurde hörbar. Ihr Kopf wand sich in Verzückung zurück, als er mit seinen anbetungsvollen Küssen allmählich immer tiefer kam.

Seine Hände glitten nach unten, er öffnete ihre Jeans und schob sie zusammen mit ihrem Höschen nach unten. Sie stieg aus ihnen heraus. Er ging auf die Knie und küsste ihren Bauch. Seine Hände umfassten ihre schmale Taille.

»Hier drin?«, sagte er und verteilte Küsse über ihren Schoß.

»Jaha«, sagte sie. »Aber es geht weiter unten hinein.«

Sie setzte sich aufs Bett und lehnte sich auf die Ellbogen. Sie öffnete die Beine. Er war vor ihr auf den Knien und küsste ihr weiches dunkles Schamhaar. Dann ließ er die Hände sanft von den Hüften hinunterwandern zu den Oberschenkeln und noch weiter bis zu den Knien. Von dort tastete er sich schließlich auf der Innenseite behutsam nach oben. Er küsste sie und begann sie zärtlich mit den Fingern und der ungebundenen Zunge zu liebkosen.

»Ohhhh ... ohhh, Johhhn.« Ihre Hände wühlten in seinem Haar, während sie von seinen Liebkosungen immer tiefer in den Zustand kam, den nur eine Frau erleben kann.

Nach einigen Minuten kochte sie vor Verlangen. »John, John, bitte, komm in mich hinein. Oh, bitte, komm hinein ...«

Sie setzte sich am Bettrand aufrecht hin, er kam nach oben, küsste sie leidenschaftlich und streichelte dabei ihre nasse Weichheit mit den Händen. Sie schmeckte ihre eigene Liebesessenz in seinem Mund.

Er stand auf und sie öffnete seine Jeans. Als sie seinen Slip nach unten zog, bekam sie seine ganze Männlichkeit zu Gesicht. Sie küsste und liebkoste ihn mit Zärtlichkeit. Dann blickte sie nach oben in seine Augen, legte sich zurück aufs Bett und rief ihn mit den Armen und ihrer Seele zu sich. Er kam zu ihr und drückte den Kopf gegen ihre Schulter. Sie lagen ruhig da. Sein Bein war zwischen den ihren eingeklemmt. Nach einigen Minuten begann er sanft, ihre Brüste zu liebkosen. Er küsste sie langsam an allen Stellen. Das schickte Wonneschauer durch sie. Schließlich fanden seine Lippen wieder zu den ihren und sie tranken aus der Tiefe voneinander.

Oh, wie lange habe ich darauf gewartet, dass mein Geliebter zu mir kommt. Jetzt ist er hier.

»Mein heiß geliebter Ehemann«, stöhnte sie.

Er kam mit den Hüften über sie. Die Knie lagen unter ihren gespreizten Beinen. Sie hob diese und schlang sie um seine Taille, damit er möglichst nahe herankommen konnte. Er stützte sich auf die Ellbogen. Als sie sich einander liebevoll in die Augen blickten, griff sie mit den Händen nach unten und führte ihn ein. Er stieß etwas in sie hinein und verweilte am Eingang. Beide zitterten. Sein Kopf kam auf ihre Schulter herunter.

»Weiter«, flüsterte sie in sein Ohr. »Weiter.«

»Oh Devi, ich liebe dich.« Er glitt langsam in sie hinein, sie holten tief Atem. Sein strahlendes Licht verschmolz tief im Inneren mit dem ihren.

Sie begann, ihre Hüften rhythmisch unter ihm zu bewegen. Zur selben Zeit fing er an, heraus- und hineinzustoßen. Ihr Venushügel massierte ihn an der Stelle über seinem Schambein, was seine Erregung beschleunigte. Ihre Muskeln zogen jedes Mal, wenn er sich zurückzog, fest an ihm, was ihn größer und steifer werden ließ. Sie umhüllte seine sich ausdehnende Liebe jedes Mal völlig, wenn er hereinkam. Sie ging in dem heiligen Liebestanz, der sie immer wieder ausfüllte, völlig auf. Nach einigen Minuten spürte sie, dass er kurz davor stand, seinen heiligen Samen in sie zu spritzen. Sie war wild danach, sie wand ihre Hüften, schnappte nach Luft und stöhnte. Dann, plötzlich, zog er sich von ihr völlig zurück und blieb gleich vor ihrer angeschwollenen Blume regungslos. *Was?*

»Stimmt etwas nicht?«, kam es aus ihr heraus, vor Furcht, er könne gehen.

»Nein, ich will nur dir zuliebe noch etwas länger aushalten.«

»Doch ich will, dass du mich jetzt ausfüllst«, flehte sie verzweifelt. Sie versuchte ihn wieder in sich aufzunehmen, doch er ließ sich nicht beirren.

»Du wirst alles bekommen, mein Liebling. Doch Sex muss für uns etwas anderes sein. Es muss *so* sein.«

»Ohhhh, bitte«, flehte sie weiter. Alles in ihr schrie nach seinem Samen. *Ich kann nicht mehr warten. Ich kann nicht warten. Ich kann nicht –.*

Plötzlich, als sie es gar nicht mehr erwartete, tauchte er tief in sie ein und kam langsam wieder ganz heraus.

»Ahhhhhh!«, schrie sie. *Oh Gott, was macht er?*

Dann neckte er ihre Öffnung, durchdrang sie kaum und zog sich wieder zurück.

»Ohhhhh, Johhhn ... Johhhhn ...«

Dann überraschte er sie wieder und ging plötzlich den ganzen Weg bis zu ihrer Gebärmutter tief im Inneren.

»Ahhhhh! Oh Gott! ...«

John glitt wieder langsam heraus, um dort erneut eine Pause zu machen und zu warten. Devi öffnete sich erwartungsvoll immer weiter. In dieser Art fuhr er unberechenbar fort – stieß einmal, zweimal oder dreimal und hielt dann an. Sie wusste nie, was als Nächstes kommen würde. Er entzückte sie damit so lange, bis sie es nicht mehr aushielt. Ein riesiger Energieball schwoll in ihren Lenden an. Er wurde größer und größer, bis er kurz vor dem Platzen stand. Er muss das gewusst haben, denn er kam aus ihr heraus und hielt eine Weile völlig still.

»John! Biiitttee!«

Bei dieser Stille ebbte ihr Energieball langsam ab. Er küsste sie zärtlich. Dann begann er wieder und brachte sie zurück an den Rand der Besinnungslosigkeit. Anschließend hielt er wieder inne. Je länger es so weitermachte, desto mehr Stehvermögen schien er zu entwickeln. Sie war hilflos. Alles schloss sich in ihr auf. Sie fiel und fiel, verlor alles Gefühl für ihren Körper. Sie war jenseits allen Stöhnens. Sie waren ein einziges ekstatisches Wesen. So ging es weiter und weiter. Sie wusste nicht wie lange. Zeit hatte keine Bedeutung.

Schließlich ging er über in ein gleichmäßiges und stetiges tiefes Stoßen, ohne damit aufzuhören. Immer wieder drang er tief in sie ein. Der alles verzehrende Ball ekstatischer Energie in ihr kam herauf und wurde größer und größer. Sie war dabei zu explodieren. Diesmal hielt er nicht an. Etwas veranlasste sie, ihm in die liebenden Augen zu sehen, während er immer wieder in sie eindrang. »Oh, oh, oh, Johhhn, mmmmm, uh, uh, uh, Gott, oh Gott ...«

Als sie die Schwelle zum Orgasmus überschritten hatte, verschmolzen ihre Augen mit den seinen. Sie fühlte, wie er völlig losließ. Dann begannen sie gemeinsam in Ekstase zu schreien und zu zucken, als auch er über eine Schwelle ging, von der sie wusste, dass er sie viele Jahre nicht überschritten hatte.

»Ahhh! Ahhh! Ahhhh!«, stöhnten sie, als sie zum Höhepunkt kamen.

Tränen quollen aus Devis Augen, sobald sie seinen warmen strahlenden Samen sich in sich ergießen fühlte.

»Oh, John! Fülle mich aus, John! Fülle mich ganz aus!«

Während seine Lebensessenz in sie hineinfloss, gingen sie ineinander auf. Instinktiv zog sie ihren Bauch nach oben, um auch das kleinste Bisschen seines wertvollen lebenden Samens in ihre glühende goldene Gebärmutter zu ziehen.

Schließlich schmolz er langsam auf ihren weichen Körper. Zwischen ihnen befand sich nur noch ihr ineinander gelaufener und vermischter Schweiß. Sie lagen in Liebe vereint zusammen da.

Einige Zeit später begann sie sein Haar zu liebkosen, seinen Rücken, seinen Hintern, alles, was sie erreichen konnte, während er auf ihr lag. Sie wollte ihn berühren und immer noch mehr berühren. Er befand sich weiterhin in ihr und sie liebkoste ihn auch dort. Das Kristallkreuz, das von seinem Hals hing, ruhte in der Lache ihres glühenden Schweißes, die sich in ihrer Kehlgrube gebildet hatte. Sie fühlte sich ganz und wünschte sich, er würde den ganzen Tag in ihr bleiben. Doch sie wusste, dass er ausruhen musste. Es tat ihr weh, als sie fühlte, dass er aus ihr herausschlüpfte. Er küsste sie, als das geschah, sanft auf die Lippen. Dann schliefen sie, einander in den Armen liegend, ein und wachten erst ein paar Stunden später wieder auf. Sie liebten sich noch einmal. Und dann noch einmal. Heute war ihr Tag und der ihrer unbekümmerten Hemmungslosigkeit – ihre Hochzeitsreise.

Sie wusste, dass es nicht ewig so weitergehen konnte. Sein Same war zu kostbar. Seine spirituelle Reise hing von diesem Samen ab. So viele andere würden von seiner Lebenskraft zehren, weil diese der Mittler des reinen weißen Licht Gottes, von *ich bin,* war. Wie viele würde er schließlich mit seiner Liebe berühren? Eine endlose Vergeudung seines heiligen Elixiers in sie hinein konnte es nicht geben, besonders wenn sein Zweck erreicht und sie schwanger war. Würden sie sich weiterhin körperlich lieben? Sie hatte nun endlich das ganzheitliche Sein kennengelernt und dieses hing davon ab, dass Johns Lebensessenz in ihr war.

Sie hoffte, dass sie den Liebesakt irgendwie so gestalten könnten, dass seine kostbare Lebensenergie dabei erhalten bliebe. Sie dachte an die Blockierungstechnik, von der er ihr vor Jahren erzählt hatte und die Lektionen ihrer Mutter. Am Ende fand alles zusammen. *Ich bin die Nährerin und Beschützerin des kostbaren Samens meines Mannes. Ich bin die Göttin, die die Liebe des Gottesmannes aufblühen lässt. Ich bin die Mutter, die göttliches Leben auf allen Wegen in die Welt bringt.*

Es dauerte einige Tage, bis John seine Vitalität zurückgewann. Er wusste, dass seine Vereinigung mit Devi ihm Energie kosten würde. Das war diesmal aber nicht wichtig. Er wollte sie auf jede Weise ausfüllen. Seine Liebe für sie war bedingungslos, zentral für seine Suche nach Gott. Ihre Erfüllung war genauso seine Erfüllung. Die Zeit war für sie gekommen und sie würden als geheiligtes Ehepaar, als Mann und Frau, vorwärtsgehen. Ihre Liebe und ihre Vereinigung würden ein neues Leben hervorbringen.

Kapitel 22 – Tanz in der Stille

In den folgenden Monaten veränderte sich die Welt um John in Gestalt und Konsistenz, zumindest aus seiner Sicht.

Manchmal, wenn er sich zu den Übungen hinsetzte, wurde er stundenlang ganz von dem Kronenlicht am Scheitel des Kopfes in Anspruch genommen. Beförderte er es bewusst hoch und brachte er es in die Form einer Schale, saugte ihn das nicht mehr in wütendem Feuer aus, wie das vor Jahren noch der Fall war. Die Wirbelsäulenatmung erlaubte es ihm, die Öffnung des Scheitels zu regulieren, so dass er nicht mehr in Extreme verfiel. Jetzt gab es praktisch keinen feurigen Widerstand mehr zu den starken Energien, die durch ihn zu seinem erhobenen Scheitel strömten. Innerlich war er wie ein unendliches strömendes Meer aus ekstatischer Glückseligkeit. Während die kosmische Erfahrung aus seinem Inneren überfloss, wurde die Welt um ihn herum zu einem Teil dieser inneren Realität.

John spürte, dass es da in seinem Scheitel noch mehr gab, etwas viel Größeres. Er war sich sicher, dass in diesem Scheitel das letztendliche Geheimnis seiner Mission verborgen lag. *Was ist das? Und wann wird es mir offenbar?*

Er ging auf lange einsame Spaziergänge in die Wälder. War er zurück, machte er am wackeligen Tisch in der Hütte in seinem Notizbuch Einträge zu seinen ständig neuen Entdeckungen und sich ändernden Wahrnehmungen. Was früher Bäume, Tiere, Erde, Wasser und Himmel waren, wurde nun zu auftauchenden Visionen von sich bewegender Energie und sich bewegendem Licht. Was sich so viele Jahre in seinem Körper abgespielt hatte, schien sich nun überall um ihn herum abzuspielen. Nicht einmal mehr die Schwerkraft hielt ihn zurück. Manchmal wurde es sehr verwirrend und er lachte nur. *Welche Richtung geht es nach oben? Ist das der Rand des*

Baumes oder befindet er sich hier? Ist das der Boden oder ist er dort oben um die Knöchel herum? Derartig wurde die physische Realität manchmal verschwommen. Demgegenüber nahm er eine positive Haltung ein und stellte sich schnell auf diese neu entstehenden Realitäten ein.

Das hatte alles zu tun mit der kraftvollen Energietransformation, die er durchlaufen hatte, seit er zum Blue Ridge Hollow gekommen war, und diese waren eine direkte Folge der Übungen, die er gemacht hatte und immer noch machte. Das alles führte zu diesem unentrinnbaren Zustand. *Früher oder später wird jeder dieses gleiche Schicksal erfüllen. Wir sind alle dazu geschaffen. Daran gibt es keinen Zweifel.*

Die Menschen von Blue Ridge Hollow kamen zu John, um sich von ihm in der Meditation unterweisen, sich heilen und beraten zu lassen. Oft reichte schon seine Berührung aus. Der Fluss des *ich bin* in ihnen, der sich durch ihn beschleunigte, erfüllte sie mit Antworten, mit Heilung oder was immer sie brauchten. Sie waren wunderbare Menschen und er liebte sie. Sie erschienen ihm jetzt so ganz anders, wie Engel. Seine Sichtweise erweiterte sich immer mehr, genauso die ihre.

»Hallo John«, sagte Jo Smith, die den Pfad zur Hütte mit drei Freunden heraufkam. Jo war Lukes Cousine. Sie hatte ihr ganzes Leben in Blue Ridge Hollow zugebracht. Sie war klein und schlank, körperlich der völlige Gegensatz zu Luke. Doch auch sie besaß das warme freundliche Smith-Herz.

John lag auf der Veranda und schaute nach oben auf die funkelnde Struktur des Berghimmels. Er war voller winziger Wesen und er konnte ihnen stundenlang zusehen. Manchmal kamen sie, setzten sich auf ihn und wedelten ihm mit ihren summenden vogelähnlichen Flügeln Wind zu.

Er setzte sich auf und schielte durch die Energiefelder, um zu erkennen, wer da kam.

»Hi Jo. Wen bringst du denn da mit?«

»Das sind meine Freunde vom Mitchell-Tal dort drüben.« Sie zeigte über den Berg hinüber quer über die Hütte zur schwarzen Nachbargemeinde. »Das ist Henry, das Mark und das Grace.« Sie waren alle ungefähr so alt wie John, schüchtern, doch der Eifer stand ihnen in den Augen. »Willst du sie nicht berühren, wie du mich berührt hast?«

»Sicherlich«, sagte John. »Doch unter einer Bedingung, okay?«

»O-O-Oh, si-si-si-cher«, sagte Henry. »Ich wu-wu-wu-wu-sste, da-da-da-ss daaa ein Ha-ha-ha-ken da-da-da-bei ist.«

»Kein Haken, Henry«, sagte John, der aufgestanden war und auf ihn zuging. »Nur eine Wahrheit, das ist alles.«

»W-w-w-was?«

»Gut, ich möchte es gern vermeiden, euch irgendetwas vorzumachen. Auf dieses spirituelle Zeug – da hab ich kein Monopol drauf. Es geht nicht um mich. Es geht um euch. Wenn ihr es nur genug wünscht, werdet ihr es bekommen. Es ist in uns und überall um uns herum. Es gehört niemandem. Ich kann euch eine Starthilfe geben, doch das alles hängt von euch ab. Mir hat auch einmal jemand eine Starthilfe gegeben und hier bin ich nun. Die Bedingung ist also die, dass ihr, wenn ihr das wirklich wollt, es nehmen und etwas damit anfangen müsst. Es gibt nichts geschenkt – so etwas gibt es nicht. Versteht ihr?«

»G-g-g-gut –«

»Ich verstehe«, sagte Grace. Sie war eine große und schlanke Frau und hatte intensive dunkle Augen. »Ja, ich kann das schon. Ich will Gott kennenlernen. Ich kann das. Bitte berühre mich.«

Sie kam zu John nach vorn und schaute ihm mit einer unsicheren Kühnheit in die Augen. Das weckte in ihm die Erinnerung daran, wie er sich fühlte, als er vor so vielen Jahren in die Island Christian Church ging. Es erfüllte ihn mit Freude, dass er die Wohltat, die durch Christi Jensen zu ihm gekommen war, wieder zurückgeben konnte. Mit den Fingerspitzen seiner rechten Hand tippte er ihren Brustknochen an. Ihr entfuhr ein leichter Schrei, als die Luft aus ihr entwich, und sie fiel fast vorn über. John und die anderen griffen nach ihr, um sie festzuhalten, doch sie fing sich selbst, richtete sich langsam auf und atmete wieder ein. Ihr Gesicht zeigte einen Ausdruck von orientierungsloser Glückseligkeit.

»Hier«, sagte John, »komm setzt euch hin.« Sie kamen alle und setzten sich auf den Rand der Veranda.

Dort schüttelte es Grace einige Minuten lang. Dann wandte sie sich zu John und lächelte. »Es geht mir gut. Danke.« Dann schloss sie die Augen und versank in den Wellen des durch sie rauschenden *ich bin*.

»Berührst du mich auch?«, fragte Mark, ein großer Bursche mit Brille und ziemlichem Übergewicht.

Ihn umgab eine süße Aura, die John sofort anzog. Er berührte ihn.

Whuuuusch ... Marks Lungen sackten zusammen. Als er wieder einatmete, begann er zu lachen. Er konnte sich nicht halten. Es schüttelte ihn überall, wie einen Wackelpudding.

»Es wird alles gut sein«, sagte John und klopfte Mark bestätigend auf den Rücken. »Manchmal fängt es so an. Bei jedem ist das anders. *ich bin* ist ein starker Reiniger, weißt du. Wenn deine lustige Ader eine Reinigung braucht, wird dich das zum Lachen bringen.«

Sie lachten alle gemeinsam mit Mark. Nach ein paar Minuten beruhigten sie sich wieder.

»Ok-k-k-kay«, sagte Henry nervös. »I-i-ich bi-bi-bin be-be-be-reit.«

John nickte und Henry kam näher. Er schaute bedenklich, setzte sich neben ihn. John streckte die Hand nach vorn und berührte Henrys Brustknochen. Nichts passierte.

»I-i-i-ch ha-a-a-be ni-i-ichts ge-ge-gespü-ü-ürt!«

»Das ist schon okay, Henry.« John blickte ihm konzentriert in die Augen. Er sah Furcht und tiefer unten auch Terror. Henry war ein kleiner, stämmiger Mann, der immer etwas verkrampft war.

»Es ist in Ordnung, Henry«, sagte er. »Du bist unter Freunden. Willst du das?«

Tränen quollen aus Henrys Augen. »Ja-a-a-a.«

John berührte ihn noch einmal an der Brust. Henry blickte in Johns Augen und zeigte ihm ängstlich, dass etwas dahinschmolz, losbrach, einstürzte.

»I-i-ich ka-ka-kann ni-nicht –«.

»Doch, du kannst schon, Henry«, sagte John. »Lass los. Lass alles los und lass den Frieden und die Glückseligkeit von *ich bin* herein.«

Henry krümmte sich, als die Luft aus ihm herausrauschte. Er schnappte nach Atem. Dann, als die Dunkelheit dem hellen Licht, das aus seinem Inneren kam, wich, explodierte er in große Schluchzer. Sie alle sahen es. Henry fiel in Johns Schoß und heulte wie ein Baby. John hielt ihn und wiegte ihn.

»Es ist gut, Henry. Alles wird gut.«

Zehn Minuten lang saßen sie gemeinsam dort am Verandarand der alten Hütte und hatten die Arme umeinander geschlungen.

Da kam Devi den Pfad heraufgeschlendert. Sie hoben die Köpfe und erblickten sie.

»Hallo Schatz«, rief John. »Willst du dich zu uns gesellen?«

»Auf jeden Fall«, sagte sie. »Ich lass mir keine Gruppenumarmung entgehen.« Sie stellte ihre mit Früchten und Gemüse vollbepackte Leinentasche auf die Veranda, kniete sich hinter sie und hüllte ihre Arme, so weit sie konnte, um die fünf. Eine Weile schaukelten sie dort und sonnten sich im inneren Licht.

»Danke, John«, sagte Jo, als sie begann, sich zu regen. »Das bedeutet uns so viel.«

Die Umarmung wurde lockerer und brach schließlich auf. Alle saßen an der Veranda und schauten sich um.

»Denkt daran, das ist nur eine Starthilfe«, sagte John. »Alles Übrige hängt von euch ab. Was ihr selbst jeden Tag tun könnt, ist Folgendes: ...«

John erklärte ihnen, wie die *ich bin* Meditation geht, und ermunterte sie, mit Leuten in Kontakt zu bleiben, die mit den Übungen Fortschritte machten.

»Es gibt sehr viel, was man für die Beschleunigung der Arbeit von *ich bin* tun kann. Das hängt jedoch von jedem selbst ab.«

»Ich versprechs, ich w-werde das tun«, beteuerte Henry. »Ich ve-verspreche es ganz bestimmt.« Er machte ein erstauntes Gesicht, weil er sich seiner flüssiger werdenden Stimme gewahr wurde.

»Ja, ich verspreche es!« Henry stand auf, und begann vor der Hütte herumzutanzen und dabei diesen Ausdruck immer wieder zu singen. Sie alle standen auf und tanzten mit ihm, hielten Hände, lachten und sangen zusammen.

»Ich verspreche es!«

»Ich verspreche es!«

»Ich verspreche es! ...«

Devi und John wurden ein bisschen davongetragen und schwebten ein wenig über dem Boden. So lagen sie einander in den Armen und tanzten im Kreis herum. Das schien nichts Besonderes. An diesem Tag in Blue Ridge Hollow lagen Wunder in der Luft. Doch viele Tage waren so.

Devi blieb in der Nähe und sorgte für John, während dieser sich mit der Zeit an seine sich verändernde Beziehung zur Welt gewöhnte. Ihr Liebesleben war maßvoll; beide stimulierten und bewahrten die Essenz des durch sie fließenden *ich bin*. Sobald das fruchtbare goldene Glühen in ihrem Schoß stark genug geworden war, füllten sie es jedes Mal mit seinem Samen, um den Weg zu bereiten. Sie wussten, dass ihr Kind kommen würde, sobald die Zeit reif dazu war.

Devi schritt in ihren Erfahrungen schnell voran. Sie war inzwischen in den oberen Gängen ihrer geheimen Kammer angelangt, küsste ihr spirituelles Auge mit der Zungenspitze und füllte sich mit strahlend weißem Licht. Sie beherrschte es schon fast, ganz alleine auf dem Edelsteinteich zu laufen. Fast. Einmal vermasselte sie es in der Mitte des Teichs und kam dann triefend nass nachhause. Für ihn sah es so aus, als sei sie mit tropfendem Licht getränkt. Er lachte hysterisch, als sie in die Hütte kam und diesen Anblick abgab. Sie sprang auf ihn und polierte ihn mit ihrem nassen Haar, um ihm möglichst viel der Nässe abzugeben. Sie lachten und lachten, schälten dann ihre durchnässte Kleidung ab und gingen zum Liebesspiel über. Ihr Gelächter verwandelte sich in Stöhnen und sie vereinigten sich in ihrer langen Ekstase.

Als sich seine Beziehung zu den Energien um ihn herum entwickelte, erkannte John ein Muster in seinen Wünschen und dem Fluss des *ich bin* überall. Er sah, dass alles, was existierte, sein eigenes *ich bin* war, sein eigenes Selbst. Die Trennung zwischen dem, was er als sein Selbst empfand und dem, was ihn umgab, löste sich auf. Seine zentralen Wünsche wurden sogar noch universeller als zuvor. Er suchte einen Weg diese universellen Wünsche auf eine Weise zu formulieren, damit die Menschen in ihren Übungen davon profitieren konnten, einen Weg, mit dem man den eigenen Fortschritt beschleunigen konnte. So entstanden die »neun Gebete des *ich bin*«.

»Hallo Bruder Luke«, sagte John. »Schön, dich hier oben wieder mal zu sehen.«

Sie befanden sich auf der kleinen vorderen Veranda der Hütte.

»Oh, du weißt«, sagte Luke. »Seit Joy nach Jacksonville heruntergekommen ist, um zu arbeiten, hatte ich nicht mehr viel Gelegenheit, hier heraufzukommen.« Er legte den Arm um Joy, die neben ihm saß. »Wie gefällt euch beiden das Eheleben? Wir denken auch daran, nicht wahr, Joy?«

»Mehr als nur denken«, kommentierte Joy mit einem breiten Lächeln. »Für Luke wird es Zeit, dass er entweder was tut oder den Mund hält.«

»Wirst du wieder anfangen zu singen?«, sagte Luke. »Sie singt immer, wenn wir –«.

»Nur wenn du es willst, Liebling«, sagte sie.

»Wie sind die Leute so auf Coquina Island?«, fragte John.

»Oh, das ist ziemlich trocken, Bruder John«, sagte Luke. »Die Donnerstagmeditationen existieren fast nicht mehr. Wir vermissen euch beide schrecklich.«

»Eines Tages werden wir zurück sein«, sagte Devi. «Dies ist eine Zeit des Wachsens hier. Du hast für uns so viel getan, Luke.« Sie legte die Hand auf seinen gewaltigen Arm.

»Ja, wir haben eine Menge zusammen durchgemacht«, sagte Luke. »Eine Menge.«

»Es gibt noch mehr«, sagte John. »Bist du am Neuesten interessiert?«

»Gut, warum glaubst du, sind wir den ganzen Weg hier heraufgekommen?«, sagte Luke. »Meinst du, wir wollen nur herumsitzen und Däumchen drehen? Raus mit der Sprache, Bruder John.«

John erzählte ihnen also alles, was vorgefallen war. Lukes und Joys Augen weiteten sich bei jeder neuen Infragestellung der irdischen Realität, als John ihnen davon berichtete, wie er die Welt nun sah.

»Du meinst, wir sind alle nur die gleiche Energie?«, fragte Joy.

»Das hast du bereits gewusst, oder nicht?«, John blickte ihr in die Augen.

»Ich glaube, dass wir es alle auf eine gewisse Art wissen.« Luke schaute für eine Sekunde zur Seite. »Doch, allmächtiger Gott, wie du das weißt und siehst, klingt es wie aus einer anderen Welt.«

»Das ist genau diese Welt. Wir haben es bis jetzt nur noch nicht gemerkt.« John hielt eine gefühlte Minute inne ... »Gut, hier ist etwas, das auch du sehen kannst.« Er schwebte nach oben, weg von der Veranda und verharrte 20 Zentimeter darüber. »Devi?«

Sie schloss die Augen, kam einige Zentimeter über die Veranda hoch, wenn auch nicht so geschmeidig und weit wie John.

»Was?«, Luke und Joy standen nervös auf.

»Jetzt habt mal keine Angst vor Geistern«, Devi öffnete die Augen und kam mit einem deutlich hörbaren *Bums* zurück nach unten. »Jeder kann das. Es ist nur eine Frage von innerer Reinigung und man muss wissen, wo die Kontrollhebel sind.«

Joys Augen weiteten sich. »Warum soll man so etwas machen. Die Leute werden das nicht verstehen.«

»Ich denke, ihr habt recht«, John kam sanft herunter und ruhte auf der Holzveranda. »Doch wo würden wir heute sein, wenn es keine Menschen gäbe, die auf die kleinen Schiffe gehen und über den großen Ozean segeln oder eine Rakete besteigen würden und sich in den Weltraum schießen ließen? Wir Menschen müssen einfach herausfinden, was es da draußen – und auch da drinnen – alles gibt.« Seine Hand lag auf seiner Brust. »Das ist eine Notwendigkeit, dass wir herausfinden, was wahr ist.«

»Darum geht es«, sagte Devi. »Einfach die Wahrheit. Die Wahrheit ist immer mit Aberglauben ummantelt, bis sie bekannt wird. Nachdem man sie kennt, ist es etwas ganz Normales, nicht wahr?«

»Aber du musst doch zugeben, dass das überhaupt nicht normal ist«, Lukes Stimme war besonders tief.

»Heute noch nicht«, sagte John. »Doch wenn einmal einige Jahre vergangen sind, wird es das sein. Das ist nur der Anfang.«

Eine lange Pause trat ein ... die vier guten Freunde genossen die innere Stille, an der sie Anteil hatten.

Schließlich lächelte Joy. »Gut, ich glaube, es ist das Beste, wenn wir dem Klub beitreten. Wir wollen nicht die Letzten sein, die durch die Luft schweben.«

»Genau«, sagte Luke. »Heißt das, dass wir das Auto hier stehen lassen und nachhause fliegen können?«

»Ich glaube nicht, dass du so fliegen willst wie ich«, grinste Devi. »Man muss das erst lernen ... oder sich ernsthaft innerlich öffnen, umschreibt das vielleicht besser.« Dann sang sie das, was am wichtigsten war: »Üüübuuungeeen ...!«

»Sorry«, sagte Devi. »Meine Stimme ist Schrott gegenüber der deinen, Joy.«

»Aber nicht schlecht, Liebes«, sagte Joy.

Dann sagen sie beide gemeinsam: »Üüübuuungeeen ...!«

John stand auf und zog den großen Zeh seines Turnschuhs durch die lockere Erde vor der Veranda. »Hör zu, es gibt noch etwas, was du tun kannst, das dem *ich bin* dazu verhelfen wird, durch dich nach außen zu fließen und jeden und alles um dich herum zu erwecken. Das Schweben ist nur Teil davon. Sogar nur ein kleiner Teil. Da gehört noch mehr dazu. Es ist etwas, das du gleich nach deiner Meditation mit hinzunehmen kannst. Ich nenne das ›die neun Gebete von *ich bin*‹.«

»Die neun Gebete?«, wiederholte Luke.

»Ja«, sagte John. »Du nutzt jedes auf dieselbe Weise der Reihe nach nach der Meditation. Das erste lautet ... *Liebe*. Du greifst es einfach ganz schwach auf, wie du das mit dem *ich bin* auch tust, und lässt es dann für ungefähr fünfzehn Sekunden in Ruhe. Dann greifst du es auf dieselbe Weise noch einmal auf, nur schwächer. Machst du das ein paar Mal mit jedem Gebet, wirst du über die Wirkung erstaunt sein.

»Wie lauten die anderen Gebete?«, wollte Joy wissen und lehnte sich am Rand der Veranda nach vorn.

John trat erneut mit dem äußeren Rand seines Turnschuhs in den Staub. »Die neun lauten: Liebe, Ausstrahlung, Einheit, Gesundheit, Stärke, Überfluss, Weisheit, innere Sinnlichkeit und last, but not least innerer Raum – Leichtigkeit der Luft. Das Letzte macht den Körper sehr leicht. Das Beste ist, wenn wir sie einige Male laut wiederholen.

Das taten sie auch.

John schritt langsam auf der Vorderseite der Veranda auf und ab. »Das kann man sich leicht merken, oder? Man wendet jedes auf dieselbe Weise an, wie ich es dir schon erklärt habe. Greife es locker und leicht auf und lass es für 15 Sekunden in die Stille gehen. Mache jedes zweimal. Jedes Gebet nimmt also rund eine halbe Minute in Anspruch, weil man es jeweils 15 Sekunden in die Stille einwirken lässt, insgesamt ungefähr fünf Minuten. Du kannst jedes davon auch extra noch zusätzlich für höchstens fünf weitere Minuten machen.«

»Ich wende das Leichtigkeitsgebet in der Extrazeit an«, lächelte Devi.

John fuhr fort: »Das sind also insgesamt höchstens zehn Minuten für den Anfang. Machst du sie auf diese Weise nach der Meditation, hat das eine große Wirkung.«

»Welche denn?«, fragte Joy.

»Gut, lasst uns hinsetzten und für zehn Minuten zusammen meditieren. Dann machen wir die neun Gebete und du wirst sehen, was da herauskommt, okay?«

»Das klingt gut. Komm, fangen wir gleich an«, sagte Luke.

Sie lehnten sich alle gegen die Hütte und meditierten. Zehn Minuten später gingen sie in die Gebete, wiederholten jedes Gebet innerlich zweimal schwach und verschwommen und ließen zwischen den Wiederholungen 15 Sekunden in die Stille einwirken:

... *Liebe* ...
... *Ausstrahlung* ...
... *Einheit* ...
... *Gesundheit* ...
... *Stärke* ...
... *Überfluss* ...
... *Weisheit* ...
... *innere Sinnlichkeit* ...
... *innerer Raum – Leichtigkeit von Luft* ...

Als sie fertig waren, schwiegen zunächst alle. Schließlich sagte Luke:

»Ich fühle mich, als ob bei mir innerlich alles zusammenklebt.«

»Ich auch«, meinte Joy. Sie winkte vor dem Gesicht langsam mit der Hand. «Es fühlt sich an, als würde ich mich überall bewegen, wenn ich mich hier bewege.«

»Ihr habt es richtig gemacht«, sagte John. »Das genau richten die neun Gebete aus. Sie bringen *ich bin* überall heraus und das ist niemand anderes als du selbst. Du bringst es heraus in deine Bewusstheit. Wenn du dich das erste Mal in allem siehst, fühlt sich das an, als sei alles zusammengeklebt. So ähnlich ist das auch. Alle Sinne haben daran ihren Anteil.«

»Warte erst, bis du wieder mal zu singen versuchst«, sagte Devi lächelnd. »Die Dinge, die wir lieben, werden sogar noch liebenswerter.« Sie ergriff Johns Hand, brachte sie zu ihren

Lippen hoch und küsste sie sanft. »Alles Lieben wird so sanft, so süß, ein Teil unseres innersten Wesens.«

»Erwartet aber keine Wunder«, sagte John. »Darum geht es nicht. Es geht um die Beschleunigung eurer allseitigen Öffnung. Es ist äußerst effektiv, wenn man es in die Routine mit Meditation, Wurzelsitz, geheime Kammer, Wirbelsäulenatmung, Atemanhalten und dem Rest integriert. Am besten macht man die ganzen Gebete gleich nach der *ich bin* Meditation. Die Gebete wirken als Ganzes zusammen und bringen ein deutliches Ergebnis hervor.«

»Wie steht es mit der Sinnlichkeit?«, fragte Joy. »Entfernt man sich damit nicht von Gott?«

»So könnte es scheinen«, sagte John. »Doch wir halten das innerhalb von *ich bin*. Es handelt sich um eine *innere Sinnlichkeit*, es geht also nicht um körperliche Sinnlichkeit oder Lust. Es geht um das innere Spektrum von Sinnlichkeit. Wir wollen mit den feinen Sinnen des Geistes die Wahrnehmungsfähigkeit für unsere innere Realität entwickeln. Es handelt sich also um die Öffnung der inneren Schönheit hinter dem Körperlichen.«

»Bei der Nutzung des Ausdrucks *innere Sinnlichkeit* sollte also diese Absicht mitschwingen«, sagte Joy, »und nicht die körperliche Sinnlichkeit?«

»Genau«, antwortete John. »Durch unsere Absicht geben wir den Gebeten eine Färbung. In der Tat stärken Gebete die Absicht. Geh also vorsichtig damit um, was du dir wünschst. Deine Wünsche gewinnen sehr viel mehr Kraft.«

»Kann man dies auch für etwas Böses nutzen?«, wollte Luke wissen.

»Nein«, sagte John. »Denn die Kraft kann nur von *ich bin* kommen und in *ich bin* gibt es nichts Böses, nur das reine Licht Gottes. Jemand könnte zwar auf die Idee kommen, das auch für etwas Böses zu nutzen. Doch damit erreicht er dann nicht viel. Das funktioniert nicht. Dunkelheit kann nicht im Licht gedeihen. Dies sind Gott-Gebete. Denke daran, dass das äußere ICH BIN wenig Kraft besitzt. Das innere *ich bin* besitzt die ganze Kraft. Spricht man die Gebete von der Ebene des äußeren ICH BIN aus, bleibt das schwach, egobasiert. Das bewirkt nicht viel. Spricht man sie aber in der Tiefe des inneren *ich bin*, bringt das die ganze Kraft Gottes hervor.«

»Mein Gott«, sagte Luke, »was für eine Entdeckung.«

»Das ist das, was wir sind, Bruder Luke«, sagte John. »Wir sind alle die Kinder Gottes. Sind wir völlig mit dem *ich bin* durchtränkt, dann werden auch unsere äußeren Worte zu *ich bin.*«

Luke fuhr mit der Hand über den Scheitel des Kopfes. »Bruder John, du hast es schon wieder gemacht.«

»Auch du wirst das machen, lieber Freund. Gib bitte alles, was du hier gehört hast, an die Leute auf Coquina Island weiter. Sag ihnen, sie sollen weiter die Übungen machen. Sag ihnen, dass wir zurückkommen werden. Coquina Island wird wieder auferstehen.«

Eine Woche später saßen John und Devi am wackligen Tisch in der Hütte beim Abendessen. Sie aßen gerade den Salat, während die Suppe, die Devi soeben vom Holzherd genommen hatte, abkühlte. Sie beobachtete ihn, wie er seinen Salat, der ihm vorkam wie ein heiliges leuchtendes Leben, verspeiste. Er fühlte, dass sie ihn aufmerksam beobachtete.

»Das ist ziemlich primitiv, meinst du nicht auch?«, sagte er.

»Was heißt primitiv?«

»Dass ich den Salat und die Tomaten in mich aufnehme. Viel lieber würde ich die Energie direkt vom Sonnenlicht und der Luft ziehen. Daran arbeite ich gerade.«

»Oh, das hört sich gut an«, sagte sie, trommelte mit den Fingern auf den Tisch und schaute hoch zu den dunklen Balken. »Alles hat einen Sinn, weißt du.«

»Ja?«, sagte er. Er fühlte eine neugierige Schwingung von ihr. »Und? ...«

Sie stand auf, kam herüber und setzte sich auf seinen Schoß.

»Das ist viel besser als essen.« Er legte seinen Arm um sie und schmuste mit ihr. Er blickte weiter hinunter und fühlte ganz leicht die Ströme von *ich bin* in ihrer Gebärmutter.

»Oh, du weißt, wie ich es liebe, wenn du das tust«, sagte sie und vergrub ihr Gesicht in seinem Nacken. »Was fühlst du dort, Liebling?«

Tief in den Leben spendenden Geweben ihrer goldenen Birne sah John eine winzige helle Energieflamme. Ihre Lebensströme geronnen um dieses Licht herum, das bei der

Erschaffung von etwas Neuem in seiner geliebten Devi herumwirbelte. »Mein Gott, du bist schwanger.«

»Ja! Ja! Ja!«, schrie sie, umschlang seinen Hals und schwang ihre Füße in die Luft, sodass sie sich vom Stuhl abhoben und in die Mitte des Raumes schwebten.

»Oh, das ist unglaublich«, sagte er. »Fantastisch! Das ist ein echtes Wunder.«

Er zog ihr Hemd hoch, ließ seine Hand über ihren glatten braunen Bauch hinuntergleiten und hielt über dem heiligen neuen Leben in ihr an.

Sie schaute ihm in die Augen, wie das nur eine werdende Mutter kann. »Unser Baby, mein Geliebter. Zwei Wochen alt und noch achteinhalb Monate bis zur Geburt.«

Er küsste sie zärtlich auf die Lippen. Sie umarmten sich lange, während sie in die Mitte des vorderen Raumes der baufälligen alten Hütte schwebten und sich langsam in der Luft drehten.

Kapitel 23 – Liebeswellen

Die Startbahn des Flugplatzes von Key West war kurz. Harry Wilder zog den Steuerknüppel des Firmenjets zurück und er und Stella gingen mit einem Dröhnen hoch, weit über dem Stacheldrahtzaun am Ende der Startbahn.

»Ich liebe Key West«, sagte Harry. »Wir müssen bald wieder zurückkommen.«

»Können wir das nächste Mal mit dem Auto fahren?«, sagte Stella nervös. »Du weißt, wie sehr ich das Fliegen hasse.«

»Das ist sicherer als Autofahren, Liebling. Das weißt du doch. Mit dem Jet können wir sogar über das meiste schlechte Wetter drüber fliegen.«

»Trotzdem fahre ich lieber mit dem Auto.«

Als sie später die Reiseflughöhe erreicht hatten, schaltete Harry den Autopiloten ein. »Jetzt können wir für eine Stunde nach hinten gehen und ein bisschen schlafen. Der nächste Halt ist in Jacksonville. Komm meine Liebe.« Er tat so, als wolle er aufstehen und nach hinten gehen.

»Harry!«

Er setzte sich wieder hin. »War nur Spaß.«

Sie flogen eine Weile und schauten aus dem Fenster auf den hellen, blauen Himmel und die Küstenlinie von Florida, die sich unter ihnen erstreckte.

»Was meinst du, wie's mit John inzwischen steht?«, fragte er. »Es ist schon Monate her, dass er das letzte Mal angerufen hat.«

»Ich habe mir so viele Sorgen um ihn gemacht«, antwortete sie. »Keine Anschrift, keine Telefonnummer. Alles, was wir bekommen, sind die Anrufe alle heiligen Zeiten mal. Und er klingt überhaupt nicht normal. Weit weg, weißt du.«

»Ich weiß, wo er sich aufhält«, sagte er. »Die Nummer, von der er anruft, gehört zu einer Kirche oben in den Bergen von North Carolina. Eine schwarze Kirche. Doch ich denke, wir sollten ihn in Ruhe lassen. Es war schon gut, dass er sich aus Jacksonville verzogen hat.«

»Nach diesem ... diesem Chaos bei der Beerdigung vor zwei Jahren?«

»Das stimmt«, sagte Harry. »Das war schon skurril. Das musste aufhören. Dort draußen irgendwo in den Wäldern ist er wahrscheinlich besser aufgehoben. Du weißt, dass Devi bei ihm ist. Das ist ein ordentliches Mädel. Ich denke, es geht ihm gut.«

Stella schaute zu Henry herüber. »Ich wünschte mir nur, wir könnten mit eigenen Augen sehen –«.

Plötzlich gab es einen lauten *Knall* und es *zischte* unter ihren Sitzplätzen.

»Was ist das?«, fragte sie. »Meine Ohren ...«

»Ich weiß es nicht –«.

Ein Alarmton piepste. Harry schaute auf das Steuerfeld, auf dem rote Lampen blinkten. Sein Blick trübte sich.

»Kabinendruck –«

Die Sauerstoffmasken hingen neben ihnen. Doch es war bereits zu spät. Sie waren beide bewusstlos auf 11 000 m. Die Temperaturanzeige fiel rasch – zehn Grad ... null ... minus zehn ... minus zwanzig ...

John meditierte in glückseliger Stille auf dem Bett in der Baracke. In der Tiefe von *ich bin* hörte er einen lauten Knall, der ihn aufschreckte. Er ging in seinem Inneren zu dem Ort, wo das herkam. Er sah zwei vertraute Wesen, die gerade dabei waren, in ein helles Licht über ihnen aufzusteigen.

Ich muss dort hin ... ich bin ...

Harry fühlte, wie etwas auf seine Brust klopfte und wie die Maske über sein Gesicht gezogen wurde.

»Bring die Maschine herunter«, sagte eine Stimme in ihm. Das war Johns Stimme.

Es war eiskalt. Harry schaltete den Autopiloten ab und schob den Steuerknüppel nach vorn. Das Flugzeug ging nach unten. Er wusste, was geschehen war. Der Kabinendruck war plötzlich gesunken und sie mussten schnell auf 3000 Meter hinuntergehen. Als sie kreischend in einem kontrollierten Sinkflug nach unten flogen, schaute er zur Seite und sah John Stella wiederbeleben. Sie hatte die Sauerstoffmaske auf und kam langsam wieder zu Bewusstsein.

»John, was machst du hier?«, fragte Harry.

John wandte sich zu seinem Vater. »*Du hast mich gebraucht. Jetzt ist es wieder gut ...*«

»Doch wie –«

Harry sah, wie Johns Gestalt verblasste und er starrte nur noch auf Stella, die benommen die Augen öffnete.

»Oh, Harry. Gott sei Dank, dass du es noch geschafft hast, die Masken anzulegen«, sagte sie geschwächt. »Was ist geschehen. Es ist so kalt –.»

»Das war nicht ich«, sagte er. »Halte noch etwas durch, wir gehen hinunter auf eine Höhe, wo es Luft gibt und wo's nicht so kalt ist. Wir haben Kabinendruck verloren.«

»Du warst das nicht?«, fragte sie. »Das versteh ich nicht.«

Harry schwieg. Sobald er das Flugzeug auf eine sichere Höhe heruntergesteuert hatte, wandte er sich zu Stella. »Es war John. John war es. John hat uns gerettet.« Die Tränen rannen ihm die Wangen herunter.

»John? Aber wie?«, fragte sie.

»Ich weiß es nicht. Doch er war hier. Er hat uns wiederbelebt, er hat mir gesagt, ich solle die Maschine nach unten bringen. Er hat dir auch die Maske angelegt.«

»Mein Gott«, sie schnaufte tief durch. »Oh mein Gott.« Sie begann zu weinen.

Sie sprachen nicht viel in der Stunde, die sie noch bis Jacksonville zu fliegen hatten. Harry gab das Problem mit dem Jet über Funk weiter und eine Mannschaft wartete auf sie, als sie landeten. Jeder bestätigte, dass Harry und Stella Glück gehabt hatten, noch rechtzeitig an den Sauerstoff gekommen zu sein, nachdem der Kabinendruck in 11 000 Meter unvermittelt abgesunken war. Harry erzählte ihnen nicht, was wirklich geschehen war. Niemand hätte das verstanden.

An diesem Tag wurden Stella und Harry zu Gläubigen der Gottessuche Johns und sehnten sich umso mehr danach, ihn wieder zu Hause begrüßen zu dürfen.

Devi befand sich in tiefer Meditation. Die glückseligen Schwingungen des *ich bin* strömten auf natürliche Weise in ihrem Inneren. Jedes Mal, wenn sie die schwächste Spur von *iiichch* ... aufgriff, stieg die Energie durch sie nach oben, bis sie in dem hellen weißen Stern weit außerhalb und über dem Zentrum der Stirn widerhallte. Ihre Augen waren weit nach oben gerichtet und sie schmeichelte der ekstatischen Energie reflexartig mit einem leichten Runzeln zwischen den Augenbrauen. Das übte einen Sog auf die Medulla aus. Ihr ganzer Körper summte innerlich vor Vergnügen.

iiichch verschmolz in *biinnn* ... zitterte in tiefer Stille nach unten durch den Hirnstamm und ging weiter hinunter bis zur Wirbelsäulenwurzel. Glückseligkeit strahlte in alle Richtungen aus, während die beiden subtilen Klänge in ihr sich immer wieder zu einer Einheit bündelten. *iiichch ... biinnn, iiichch ... biiinnn, iiichch ... biinnn ...* Das lange, glatte *›ich‹* mit seinem Kristallsternpunkt; das war der liebende männliche Gott in ihr und genauso ihr Wirbelsäulennerv, der über die Augenbrauen bis zum hellen inneren Stern hinausreichte. Das alles aufsaugende *›bin‹* mit seiner Offenheit, den köstlichen Kurven und endlosen ekstatischen Schwingungen war die liebende Göttin in ihr und genauso ihre eigene tiefe Ekstase.

Sie wusste, dass Gott, *ich bin*, sowohl die Essenz des männlichen wie des weiblichen ist und loszulassen und tief in *ich bin* zu meditieren, ist ein göttliches Liebesspiel im menschlichen Körper. Mit welchem göttlichen Kind würde sie da in dieser heiligen Vereinigung, die sie mit der still sich bewegenden Glückseligkeit ausfüllte, schwanger werden? Dem Sprössling Gottes, *ich bin,* in menschlicher Gestalt: dem Christkind. Die menschliche Gestalt war zu diesem heiligen Zweck geschaffen. Dies ist das größte Geheimnis von *ich bin*, das sich in menschlicher Gestalt manifestiert, das größte der vielen Geheimnisse. Diese feinsinnigen Gedanken spielten in ihr, als sie immer wieder in ihre innere Stille eintauchte.

Während Devi meditierte, liebkoste ihre Zunge langsam den Altar der Glückseligkeit in ihrer geheimen Kammer. Mit jedem Streicheln gaben ihre Beckenmuskeln eine reflexartige Erwiderung und lockten Entzücken in ihr hervor. Sie sah die helle weiße Flamme, die sich in ihrer strahlenden Gebärmutter ausdehnte, als ihr Baby Gestalt annahm. Die Gestaltung jeder neuen Zelle erfüllte sie tiefgründig. *Ahhh ...*

Dann lehnte sie sich nach vorn, ging nach oben und glitt dabei ein wenig auf Johns Härte hoch. Ihre Arme ruhten auf seinen Schultern, ihre Finger gruben sich in das Haar seines Hinterkopfes. Sie schwebte geringfügig über seinem Schoß. Die Beine hatte sie um ihn geschlungen, während er im Wurzelsitz unter ihr meditierte. Seine Hände fassten sanft ihre Hüfte. Sie fühlte einen leuchtenden Schauer, als ihre Brüste leicht durch seine Brusthaare fegten und die Kühle des Kristallkreuzes berührten, das er immer trug. Dann wurde sie ein weiteres Mal entzückt, als ihre Lippen die seinen abweideten. Sie verharrte dort eine Minute und sank dann langsam wieder auf ihn zurück. Als seine Fülle in sie nach oben ging, stöhnten sie beide ruhig in ihrer tiefen Liebesmeditation.

So ging es bereits eine Stunde, zwei göttliche Wesen zu einer Einheit vereinigt, verloren sich in der wogenden Glückseligkeit des *ich bin*, während sie dem neuen Leben huldigten, das sie zusammen schufen.

Nachdem sie verheiratet waren, hatten John und Devi bald Meisterschaft in der Kunst der langen vororgasmischen sexuellen Vereinigung erlangt und zogen die ganzen Vorteile für die spirituelle Entwicklung daraus. Sie wurden immer mehr vertraut mit den Möglichkeiten dieser intelligenten regenerativen Beziehung. Bevor sie verheiratet waren, hatten sie schon jahrelang die bekleidete Version davon praktiziert und die Vision der Gottessuche war dabei sehr hilfreich. Nun brachten sie einen göttlichen Sprössling sowohl für die Welt wie für den Kosmos hervor.

Nachdem sie ihre Meditation beendet hatten, blieben sie noch in Vereinigung sitzen und schauten einander in die Augen. Sie waren umhüllt von einem Kokon sinnlich silbernen Lichts und wollten daraus nicht fort. Es war etwas jenseits körperlicher Berührung, jenseits ihrer Körper, was da zusammenfand.

»Ich möchte niemals von hier weggehen«, sagte Devi. »Ich will nie aus diesem Bett aufstehen oder heruntergehen von deinem Schoß.«

»Ich will auch, dass du bleibst«, erwiderte John.

Ihre Hüften schwebten in langsamen Kreisen auf ihm, in dem Tanz, der niemals aufhören wollte.

»Doch man ruft uns«, sagte er schließlich mit einem tiefen Seufzer.

»Ich weiß.«

»Wir werden bald von hier fortgehen ... auf die Coquina Insel.«

»Ja«, sagte sie mit einem sanften Stöhnen in seinen Nacken.

»Es gibt noch viel zu tun, die Verbreitung von *ich bin* kommt ins Rollen.«

»Hier in diesem Bett ist der Ausgangspunkt«, sagte sie, »und von hier geht es hinaus in die ganze Welt.«

»Das stimmt«, sagte er. »Wenn *ich bin* die Liebe macht, verändert sich die ganze Welt.«

»Dann lass uns so noch ein bisschen weitermachen«, sagte er.

Sie verharrten also noch eine weitere Stunde in dieser Vereinigung und gingen auf eine lange langsame Reise durch die Gebete von *ich bin.* Sie griffen die schwächste Schwingung von jedem der Gebete viele Male auf und ließen sie in der Stille von *ich bin* brüten. Riesige Heilwellen gingen von ihnen in die ganze Welt hinaus.

... *Liebe* ... Ausstrahlung ... Einheit ...

Kapitel 24 – Rückkehr

Unauffällig zogen die beiden einige Monate später in Devis Haus auf Coquina Island. Außer Luke und Joy wusste niemand, dass sie zurück waren. Devi war im fünften Monat und ihre Schwangerschaft war deutlich sichtbar. Jedes Mal wenn John auf sie blickte, fing sein Herz an zu schmelzen. Als Erstes hatte er vor, mit ihr zum Büro der Kreissteuerbehörde auf der Insel zu gehen, um eine Heiratsurkunde zu erwirken.

Sie saßen im alten Bronco und fuhren die A1A hinunter.

»Warum machen wir das?«, fragte Devi. »Unsere gegenseitigen Schwüre sind für mich völlig ausreichend.«

»Dem Gesetz Gottes nach sind wir verheiratet«, sagte John. »Nach den Gesetzen des Staates, in dem wir leben, nicht.«

»Was macht das für einen Unterschied?«

»Damit für dich und unser Kind gesorgt ist, was immer passiert. Ich will, dass du dem Gesetz nach eine Wilder bist.«

»Oh, was sollte dir schon passieren?« Da durchfuhr sie ein Schauer, als ihr klar wurde, dass ihr John vielleicht etwas mitteilen wollte.

Sie blickte ihn an. John fuhr.

»Liebling, gibt es da etwas, das ich wissen sollte?«

»Nur, dass es dir niemals an materieller Unterstützung fehlen wird«, sagte er mit Nachdruck.

»Das ist nicht genug«, sagte sie. »Ich will *dich*. Zur Hölle mit aller materiellen Unterstützung.«

Johns Gesichtsausdruck wurde sanfter. »Einige Dinge liegen außerhalb unseres Einflussbereichs. Ich will nur sicherstellen, dass du und unsere göttliche Flamme dort niemals darben müsst. Jede Familie braucht einen Plan B für Notfälle.«

»Gut, das gefällt mir aber nicht besonders«, sagte sie.

Die örtliche Steuerbehörde befand sich in der Ladenfront eines Einkaufszentrums neben der A1A. Sie warteten darin 15 Minuten in einer Schlange. Leute zahlten ihre Stromrechnung, Kfz-Anmeldung oder Eigentumsübertragungen. Als sie schließlich am Schalter standen und zum Notar »Ich will« sagten, brach Devi weinend zusammen.

Die dicke Frau hinter dem Schalter sagte: »Haben Sie nur keine Angst, meine Liebe. Sie sehen wirklich so aus, als ob es für Sie wichtig war, heute verheiratet zu werden.«

Devi wandte sich an John. »Es ist nur der Grund, warum wir das tun, was mich so mitnimmt.« Sie warf die Arme um ihn und schluchzte. Er drückte sie an sich. Die Leute in der Schlange hinter ihnen wunderten sich über das weiche weiße Licht, das sie umgab.

»Ahhh, ist das nicht süß«, sagte die dicke Frau. »Herzlichen Glückwunsch, Herr und Frau Wilder.«

Alle in der Steuerbehörde begannen zu lächeln und applaudierten.

»John! John!«, schrie Stella, als sie rannte, um ihn am Haupteingang des Wilderhauses zu umarmen. »Zweieinhalb Jahre ist eine zu lange Zeit. Ich habe dich sehr vermisst. Und Devi, Devi, es ist so schön dich – aber, aber, du bist ja in guter Hoffnung«. Ein Schatten von Verstimmung begann sich, in ihr Gesicht zu schleichen.

»Schon gut, Mama«, sagte John. »Wir sind getraut. Wir haben letztes Jahr geheiratet.«

Stellas Bestürzung wandelte sich in ein Glühen. »Meine Güte. Das heißt ja, dass ich Großmutter werde? Oh, Devi, ich bin so stolz auf dich.« Sie umarmte Devi überschwänglich, ohne dabei ihre Steifheit ganz abzulegen.

»Danke schön, Frau Wilder«, sagte Devi.

»Nenn mich doch einfach ›Mama‹, meine Liebe.«

»Gerne«, sagte Devi.

Harry stand ruhig hinter Stella und beobachtete schweigsam. Er war sich nicht sicher, wie er auf das Wiedersehen mit John reagieren sollte. In ihm regte sich eine Vielzahl verschiedenster Gefühle.

»Hey, Dad.« John ging auf ihn zu und umarmte ihn.

Harry fühlte, wie er von einer Welle der Liebe ergriffen wurde, und zog John nah an sich heran. »Mein Sohn, ich bin so froh, dass du zurückgekommen bist.«

»Ich auch«, antwortete John.

Nach dem Abendessen gingen Harry und John ins Arbeitszimmer, Stella und Devi begaben sich in die Küche.

»Es sieht so aus, als ob wir eine Weile in dieser Gegend bleiben werden«, bemerkte John.

»Hast du schon irgendwelche Pläne?«, fragte Harry. »Nicht dass die notwendig wären. Wenn du keine Pläne hast, ist das für mich auch in Ordnung. Da lege ich keinen großen Wert mehr drauf.« Er hob die Hände hoch, als ob er seine Unschuld beteuern wolle.

»Ist schon in Ordnung, Dad. Ich würde auch danach fragen, wenn ich du wäre. Ich habe dir niemals viel erzählt, weil ich nichts Genaues wusste. Ich bin dir sehr dankbar, dass du zu mir gehalten hast, während ich noch ausgebrütet habe.«

»Und was hast du ausgebrütet?«

»Ich werde unterrichten«, sagte John. »Ich denke, das ist meine Zukunft. Aber es ist nicht so etwas, wie du dir das vielleicht vorstellst.«

»Höre, wenn du irgendwelche Hilfe brauchst, was auch immer, dann lass es mich wissen. Ich meine das ernst.«

»Danke, Dad.«

»Und ich würde mich gern für deinen ersten Kurs anmelden. Ich denke, Mutter wird das auch wollen.«

»Das ist wunderbar«, sagte John. Er stand auf, ging zu seinem Vater hinüber, tippte mit den Fingerspitzen der rechten Hand auf Harrys Brustbein und sagte sanft: *»ich bin.«* Die Luft strömte aus Harry. Er atmete tief ein und fühlte einen angenehmen Strom durch seine Mitte aufsteigen.

»Was war das?«

»Das war die erste Kursstunde«, sagte John und grinste. »Die zweite Stunde ist sogar noch besser.«

»Ähm, gut, ich bin dabei«, sagte Harry. Er fühlte sich ein wenig desorientiert und schwindelig.

»Sollen wir gehen und den Frauen helfen?«

»Sicherlich«, sagte Harry und stand auf. »Darf ich dir aber, bevor wir gehen, eine persönliche Frage stellen?«

»Natürlich.«

»Ähmm, kennst du dich etwas mit Düsenflugzeugen aus, mein Sohn?«

John lachte. »Nicht sehr, Dad, nur dass man damit nicht in 11 000 Metern Höhe mit offenen Fenstern fliegen sollte.«

»Oh, okay, okay«, sagte Harry. »Das reicht mir schon. Komm gehn wir und suchen wir die Mädchen.«

Als sie das Arbeitszimmer verließen, legte John den Arm um die Schultern seines Vaters. »Das wird eine wilde Fahrt werden. Lass dich also nicht so schnell abschütteln.«

»Noch wilder als die Wilder Corporation?«

»Auf jeden Fall und viel spaßiger.«

»Ein bisschen Spaß könnte ich gebrauchen. Dein Bruder hat uns allen ganz schön eingeheizt.«

John und Devi waren noch keine zwei Tage zurück, da begannen Leute, sie zu Hause aufzusuchen. Luke und Joy waren fast jeden Abend dort zur Meditation und auch einige Teilnehmer von der ursprünglichen Donnerstagabendgruppe. Es fehlte aber auch nicht an neuen Gesichtern. Nach einigen Wochen wurde das Haus für all die Interessierten, die eintrafen, zu klein. Deshalb verlegten sie die Zusammenkunft hinaus in den Hinterhof mit Blick über den Kanal. Dort ging es bald zu wie auf einem Rummelplatz.

Ein Reporter, Hermann Welsch, kam von der Jacksonviller Unionszeitung, um John zu interviewen. Sein Auftreten in der First Church of Christ vor einigen Jahren war noch nicht in Vergessenheit geraten. Außerdem gab sein nachklingender Ruhm als der »der schnellste Mann der Welt, der nicht laufen wollte« der ganzen Geschichte einen willkommenen mysteriösen Beigeschmack.

John und Devi saßen mit Hermann auf der rückseitigen Veranda ihres Hauses mit Blick über den Hof, die Marsch und der Kanal in ihrem Rücken. Hermann hatte sein Aufnahmegerät eingeschaltet.

»Herr Wilder –«

»Nenn mich einfach ›John‹, okay?«

»John, wo habt ihr denn die letzten fünf Jahre gesteckt?«, wollte Hermann wissen.

»In einem Rückzugsort in den Bergen von North Carolina. Dort habe ich meditiert, war mit dem Menschen zusammen, den ich liebe, und habe einfach nur gelebt«, sagte John, während er Devis Hand hielt.

»Wirkst du immer noch Wunder?«

»Wunder?«

»Ja, du hast doch die Tochter des früheren Bürgermeisters geheilt und du hast die Leibwächter des Gouverneurs zu Boden geworfen, ohne sie zu berühren. Davor bist du vor einigen Tausend Menschen die Meile in drei Minuten dreißig Sekunden gelaufen. Diese Art von Dingen.«

»Ach, das meinst du. Nicht, wenn ich das umgehen kann.«

»Das heißt, dass du das immer noch kannst?«

»Überzeuge dich von dem größten Wunder, das ich je gesehen habe. Es ist eine vereinigte Anstrengung.« Er lächelte und legte die Hand behutsam auf Devis gewölbten Bauch. »Ist das nicht ein Wunder?«

»Bei allem Respekt«, sagte Hermann, »aber das können wir doch alle.«

»Wir können auch alle die anderen so genannten Wunder wirken.«

»Wirklich?«

»Auf jeden Fall«, antwortete John. »Wir sind alle aus derselben unendlichen Schwingung Gottes, *ich bin*, gesponnen. In uns allen liegt dasselbe Potenzial. Der einzige Unterschied zwischen einigen andern Leuten und uns ist der, dass wir eine Anstrengung unternommen haben, uns wieder an die innere Quelle anzubinden. Deshalb besitzen wir ausreichend Zugang dazu. Das kannst aber auch du erreichen. Soll ich es dir zeigen?«

»Gut, ich –«

John streckte die Hand aus und tippte Hermann mit den Fingern auf die Brust. Whuuusch ... Hermann entfuhr der Atem.

»Nun, wie fühlt es sich an?«, fragte John.

Hermann sog seinen ersten tiefen Atemzug ein. Dabei schwebte er fünf Zentimeter über dem Kissen des Korbsessels und fiel dann wieder zurück.

»Hast du gesehen? Das ist nicht so schwer«, sagte John. »Du kannst das schon auch.«

»Herr Wilder, ich –«

»Nenne mich ›John‹.«

»John, ich, ich weiß nicht, was ich als Nächstes fragen soll. Ich, ich fühle mich ein bisschen sonderbar.« Plötzlich platzte Hermann mit einem unkontrollierten Gelächter heraus. Er wäre fast aus dem Sessel gefallen.

Devi kicherte.

»Beunruhige dich nicht, Hermann«, sagte John. »Es wird alles gut sein. Man muss sich nur erst daran gewöhnen. So geht es uns allen.«

Hermann sammelte sich wieder, zumindest so ziemlich. »Gut, außer mit diesem Antippen von dir, wie kommen die Menschen in Kontakt mit dieser unendlichen Schwingung, von der du sprichst?«

»Ganz einfach«, sagte John. »Mit Übungen. Man macht Tag für Tag seine Übungen.«

»Übungen?«, staunte Hermann.

»Genau, Übungen. Wir lenken unsere Wünsche um auf diese großen Dinge, die wir alle machen können: Meditation, Atemübungen, Körperstellungen und verzeih bitte, Haushalten mit sexueller Energie.«

»Haushalten mit sexueller Energie? Meinst du damit vielleicht den Zölibat?« Hermann machte ein langes Gesicht.

»Oh nein, nichts dergleichen«, sagte John, »auch wenn manche bisweilen dazu neigen können. Sehen wir aber wie Zölibatäre aus? Haushalten mit sexueller Energie, das ist alles. Das ist wie sicherer Sex. Nur ist dieser Sex intelligenter. Man macht sogar mehr Sex, nicht weniger. Man steuert ihn aber so, dass der Körper durch den Geist erleuchtet wird.«

»Den Körper durch den Geist erleuchten?«, staunte Hermann.

»Das ist eine Metapher. Die stille innere Schwingung, *ich bin*, die man in der Meditation belebt, wandert durch die Nerven. Sie wandert am besten, wenn die sexuelle Energie im Körper nach oben zirkuliert und nicht nach unten und aus dem Körper heraus. Je mehr sexuelle Energie zirkuliert, desto mehr göttliches Licht zirkuliert. Deshalb ist es gut, wenn man viel sexuelle Energie nach oben stimuliert. Deshalb ist auch mehr Sex gut – allerdings auf eine andere Art, als sich die meisten Menschen das vorstellen, und bei Anwendung von einigen besonderen Tricks dabei. Klingt das plausibel?«

»Ähhm, gut, ich denke, ich weiß, was du meinst«, sagte Hermann. »Das ist aber schon ein bisschen unkonventionell, oder?«

»Gut, es funktioniert zumindest«, sagte John. »Es hat gerade in dir funktioniert.«

»Du meinst –«.

»Genau, dieser Sog von Vergnügen, den du gespürt hast, wie er hochging und dich vom Sessel hochgehoben hat, das war deine nach oben gehende sexuelle Energie, zusammen mit dem *ich bin.*«

Hermann wischte den Mund nervös mit der Hand ab. »Ich werde mich da auf deine Aussagen verlassen müssen.«

»Das darfst du nie«, sagte John. »Du musst die Dinge immer selbst überprüfen. In diesem Ansatz gibt es keine Dogmen, nichts, was du auf Treu und Glauben annehmen musst. Es gibt da Prinzipien, die in uns wirken, Gesetze der Natur, und es gibt Übungen, die sich diese Prinzipien zunutze machen. Diese sind wie Hebel, mit denen man große Felsen bewegen kann, weißt du. Ich behaupte nicht, dass das, was ich entdeckt habe, der Weisheit letzter Schluss dazu ist. Das ist eine neue Wissenschaft. Ich ermuntere die interessierten Leute dazu, das zu verifizieren, was wir bisher herausgefunden haben und falls möglich zu verbessern. Vertraue mir also nicht aufs Wort. Gehe selbst auf die Suche nach der Wahrheit. Wenn irgendetwas, das ich getan habe, hilft, ist das großartig.«

»Herr – ähm, John, das ist eine Menge zu verarbeiten. Ich –«

»Gut«, sagte John. »Dazu sind wir hier. Höre, wir müssen jetzt gehen. Da drin warten sehr viele Menschen auf uns. Danke, dass du gekommen bist. Komme wieder und lerne zu meditieren. Wir werden einige Kurse dazu organisieren ...«

John und Devi standen auf und gingen schweigend ins Haus. Hermann meinte, er sähe sie beide vom Boden abheben, als sie über die Veranda liefen. Und dieses angenehme weiche Licht umgab sie. Dieses Licht folgte Hermann an diesen Abend auf seinem Nachhauseweg.

Aufgrund von Hermanns Artikel kamen die Menschen zu Hunderten zu John und Devi, sogar von Miami und Atlanta. Ständig standen Schlangen von Autos und Menschen vor ihrem Haus. Die Nachbarn, auch wenn sie dem Ganzen wohlgesonnen gegenüberstanden, brauchten eine Pause. Das Gleiche galt für John und Devi. John ging zu seinem Vater und sie beschlossen, das große alte Coquina Dame Hotel am südlichen Ende der Insel zu kaufen. Das war ein imposantes Relikt aus vergangenen Zeiten mit zweihundert Zimmern und einem riesigen Saal. Seit Jahrzehnten war es verlassen und dem Verfall preisgegeben. Unter dem Druck von Bauunternehmern hatte sich der Stadtausschuss der Coquina Island dazu bewegen lassen, die Dame für abbruchreif zu erklären. Nostalgie musste wirtschaftlichen Interessen weichen. Niemand glaubte, er könne die Dame wieder zum Laufen bringen, auch wenn die meisten Bedenken trugen, sie abzureisen, besonders die Familie Hudson, die das Gebäude seit Generationen besaß. Als die Anlage für abbruchreif erklärt wurde, standen sie kurz davor, sich zu fügen und das wertvolle Grundstück am Ufer des Ozeans an Sly Grossman, einen hungrigen Investor in hochgeschossige Wohnblocks, zu verkaufen. Als die Wilders ein Angebot mit dem Versprechen machten, den traditionsreichen Komplex zu renovieren, fingen die Hudsons Feuer. Harry wollte das Geld für den Kauf und das Material für die Renovierung zur Verfügung stellen.

John fühlte sich ziemlich sicher, dass er die damit verbundene Arbeit stemmen konnte. Er wollte jeden, der vorbeikam, im Gegenzug für Übernachtung und Unterweisung in die Übungen ins Hotel einladen und dort arbeiten lassen. Für alle schwierigeren Baumaßnahmen stand die Wilder Corporation bereit.

John und Devi wagten sich zum ersten Mal in den privaten Wohnbereich des Besitzers der Dame, die Chef-Suite. Die Deckenplatten hingen herunter und waren mit Feuchtigkeitsflecken durchsetzt. Die Teppiche waren aufgerollt und zu einem Haufen auf der Seite des Zimmers getürmt. Eine ausgebleichte Großaufnahme der Coquina Dame in ihren großen Tagen hing schief an der Wand. Die Küche war ein Trümmerhaufen. Sie gingen in eines der beiden Schlafzimmer. Ein Baldachinbett lag zusammengebrochen auf dem Boden und verrottete. Eine Brise vom Ozean wehte durch ein zerbrochenes Fenster auf der Meeresseite und blähte die strähnigen Gardinen auf.

»Nun, was denkst du?«, fragte er.

»Gut, du weißt, dass ich mich immer danach gesehnt habe, einmal in einem Luxushotel zu leben, Liebling«, sagte sie und ging durch den verstreuten Müll auf ihn zu. »Es ist einfach so ... romantisch.« Sie beugte sich über ihren hervorstehenden Bauch nach vorn und gab ihm einen leidenschaftlichen Kuss.

Devi ging ins Badezimmer. Nach einigen Sekunden kam sie mit einem ernsten Gesicht zurück. »Das Badezimmer gefällt mir wirklich gut. Wir sollten darin überhaupt nichts verändern.«

John ging hinein. Die Wände, an denen einst die eleganten Fliesen hingen, bestanden aus horizontal zusammengenagelten Holzlatten. Die Scherben der Fliesen lagen im ganzen Badezimmer verstreut, so wie sie vor vielen Jahren zu Boden gefallen waren. Auch in Toilette und Badewanne lagen große Haufen. Hier war ebenfalls die Decke heruntergebrochen und eine Schicht zerstäubten Gipsputzes überzog alles. Wo das Waschbecken war, befand sich ein dickes Loch in der Wand. Der Raum roch stark nach Schimmel.

Er brach in Gelächter aus und wankte heraus. »Ja, wir sollten da drin überhaupt nichts verändern. Es ist ... es ist perfekt.«

»Okay«, antwortete sie. »Nachdem wir uns über das Badezimmer geeinigt haben, welche kleineren Renovierungsmaßnahmen sollten wir im Rest des Gebäudes einleiten?«

Sie gingen ins Wohnzimmer zurück und zogen an der salzbedeckten Schiebeglastür zum Balkon. Widerspenstig öffnete sie sich mit einem *Kreischen.*

Sie gingen in die Sonne hinaus und wurden empfangen vom Panorama des ruhelosen Ozeans und der frischen Meeresluft. Die Brandung umarmte den Strand. Links und rechts erstreckte sich ein Rückgrat aus Dünen.

John legte einen Arm um Devi. »Genau dort unten hat es angefangen, weißt du.« Er zeigte zur großen Düne vor der Dame. »Dort unten ist für mich die Entscheidung gefallen.«

Sie drehte sich um und schaute ihm tief in die Augen. »Ich bin so froh, dass du das alles getan hast. Das hat so viel bewirkt.«

Sie umarmten sich und blickten im Stehen über den wackeligen Rand des Balkons aufs Meer hinaus.

Die größte Wirkung sollte sich aber erst noch einstellen.

Kapitel 25 – Das Schenken einer Mutter

John befand sich mit rund hundert Menschen im riesigen, maroden Saal der Coquina Dame. Infolge des undichten Dachs hing die Decke im hinteren Teil ziemlich stark durch. Die Kronleuchter waren eingehüllt in Spinnweben und nur einige der kleinen flammenförmigen Glühbirnen brannten. Die Wände schälten sich ab. Die einstmals eleganten Vorhänge der großen Fenster zum Meer hin hatten eine trostlose purpurne Farbe angenommen. Er saß im Wurzelsitz auf einem alten wassergebleichten Sofa im vorderen Bereich des Raumes. Alle hockten zufällig verteilt an diesem Ende des riesigen Raumes auf heruntergekommenen leichten Sesseln, muffigen Klappstühlen und auf mitgebrachten Kissen auf dem Boden. Einige lagerten auch direkt auf dem feuchten Teppich.

John erhob die Hände majestätisch in die Luft. »Willkommen im Paradies. – Es ist nur noch ein bisschen Arbeit nötig.«

Alles lachte.

»Genauso, wie das bei jedem von uns der Fall ist.«

Noch mehr Gelächter ...

»Wir sind göttliche Wesen«, fuhr er fort. »Wir alle, jeder ist ein Strahl des lebendigen Gottes, *ich bin*, hier auf Erden. Es gibt viele Möglichkeiten, unseren individuellen Strahl bis zu seinem Ursprung zurückzuverfolgen und auf unser Geburtsrecht zu pochen: die ewig stille Glückseligkeit von *ich bin*. Das ist es, was wir sind. Wir müssen auf keine Erlösung warten. Die Erlösung ist bereits hier. Wir müssen sie nur entdecken. Genauso, wie hier das große alte Coquina Dame steht und nur darauf wartet, wiederentdeckt zu werden. Genauso sind wir, das Wort Gottes, *ich bin,* bereit, wiederentdeckt zu werden. Aufgrund der uns eigenen Sehnsucht nach Gott können wir heute und jeden Tag so handeln, dass wir unsere Bestimmung erfüllen. Hier ist der Ort, an dem wir das vollbringen können. Jetzt ist die Zeit, dass wir das tun können. Können wir es an einem anderen Ort und zu einer anderen Zeit tun? Sicherlich. Doch wenn es das ist, was du willst, dann gehörst du nicht hierher in diese luxuriöse Umgebung.«

Gerade in diesem Augenblick löste sich eine nasse Schalldämmplatte, segelte herab von der hohen Decke und landete mit einem Klatsch auf dem fleckigen Teppich, keine zwei Meter vor John. Er schaute auf die Platte und dann in dem einsturzgefährdeten Festsaal umher. »Die Dame ruft uns.«

Die Menge tobte vor Gelächter. John saß still, bis sie sich beruhigt hatten. Dann sprach er mit einer Energie, die tief im Herz eines jeden vibrierte.

»Und genauso ruft uns das *ich bin.*«

Kisten waren gepackt und standen bereit vor Johns und Devis Haus. Sie würden bald in die Coquina Dame umziehen. Stella und Devi, die nächste werdende Wilder-Mutter, saßen auf der Couch. Sie hörten den alten verbeulten Ford nicht, der neben das Haus heranfuhr; auch nicht, wie sich knarrend die rostige Tür schloss, nicht die schweren Schritte, die sich von der Vordertür her näherten.

»Was meinst du also?«, fragte Devi, den Katalog auf den Schoß haltend. »Braun oder weiß?«

»Ich habe eine Vorliebe für Weiß«, sagte Stella. »Aber du musst entscheiden.«

»Weiß passt. Da sieht man den Schmutz leichter und kann alles besser sauber halten.«

»Deshalb habe ich mich auch für diese Farbe entschieden. Man kann ein Kinderbett nicht sauber genug halten.«

Devi drehte sich auf der Couch und wandte sich Stella zu. »Ich fühle mich, als würde ich eine Wassermelone herumtragen. Acht Monate und er wird immer noch größer.« Sie legte die Hände fürsorglich auf den Bauch.

Stellas Augen tränten, als sie auf Devi blickte. »Ich beneide dich. Es ist so etwas Besonderes, ein Kind zu bekommen. Das ist das Heiligste, was eine Frau tun kann. Ich fühle mit dir mit und erlebe das alles noch einmal durch dich.« Sie legte die Hände auf die Devis, beugte sich über ihren riesigen Bauch und küsste sie zärtlich auf die Wange. »Du bist so lieb. John ist ein glücklicher Mann. Danke, dass du mich zu dir hier eingeladen hast.«

»Ich zähle wirklich auf dich, Mama«, sagte Devi. »Du hast das ja alles schon zweimal durchgemacht und –«.

Plötzlich schlug die Vordertür laut auf und ein großer dicker Stiefel stampfte ins Wohnzimmer. Dann ein zweiter unerträglicher Rums und er war drin. Da stand der große Jake Lasher in schmierigen Jeans, seine riesigen tätowierten Arme unter seiner bedrohlichen, behaarten Brust übereinandergeschlagen. Die langen verschwitzten Haare an den Seiten seines Gesichts waren verfilzt. Er lächelte und es kamen einige faulige Zähne zum Vorschein. Sein Gestank verbreitete sich und umhüllte Devi und Stella auf ihren Sitzplätzen.

»Gut, hallo ihr Huren. Macht es euch was auch, wenn ich bei der Party mitmache?«

Er trat nochmal gegen die Tür, so dass sie krachend ins Schloss fiel.

»Jeder hier kennt die *ich bin* Meditation, oder nicht?«, sprach John in die Menge im Festsaal. »Kennt sie jemand nicht?«

Keiner hob die Hand.

»Gut, dann meditieren wir jetzt ungefähr zwanzig Minuten und danach schauen wir, was hinterher jedem in die Gedanken kommt.«

John schloss die Augen, mit ihm hundert eifrige Suchende.

Devi beobachtete Jake, wie er vor der Feuerstelle auf und abschritt. Sie und Stella saßen immer noch auf der Couch.

»Du weißt, dass ich zwei Jahre im Stark-Gefängnis zubrachte, nachdem wir uns das letzte Mal getroffen hatten«, sagte er. »Mein Vater saß in einer Todeszelle im gegenüberliegenden Flügel. Am Morgen, als sie ihn gebraten haben, wurden die Lichter dunkel. Etwas ging schief. Sie sagten mir, dass es drei Stromschläge brauchte, ihn kaltzumachen.«

»Das tut mir sehr leid, Jake«, sagte Devi, »für das alles –«.

»Halt's Maul, du Hure!« Mit einer grotesken Grimasse schlug Jake die Faust unkontrolliert auf seinen Oberschenkel. »Seit diesem Tag habe ich auf diese Gelegenheit gewartet. Den Tag, an dem ich zu dir komme und mit dir abrechne.«

»Für was denn?«, fragte Devi. »Weil dein Vater meine Mutter und meinen Bruder umgebracht hat? Für den Selbstmord meines Vaters? Was, Jake? Was willst du?«

Jake schaute in die Ferne, als ob sein Entschluss schon fest gefasst sei. Er lehnte sich ans Kaminsims und bewunderte die Vitrine mit dem Streichholzschachtelmodell der George Washington Brücke darin. Er fuhr mit einem schmutzigen Finger die geschliffene Holzeinfassung entlang, die John vor vielen Jahren sorgsam gestaltet hatte. »Das ist sehr nett? Wer hat das gemacht?«

»Mein Bruder.«

»Dein Bruder?« Jakes Faust krachte herunter und zerschlug den Kasten und die Brücke darin. Er leckte Blut von der Hand. »Möge er im Halbbluthimmel in Frieden ruhen.«

Devi und Stella waren aufgestanden und eilten zur Vordertür. Jake war jedoch schneller, stellte sich in den Weg und trat näher. Devi konnte den Alkohol in seinem Atem riechen. Seine Schwingungen waren dick und dunkel. Das *ich bin* in ihm war sehr stark verhüllt.

»Jake, wir sind zwei hilflose Frauen. Du willst uns doch nichts antun, oder? Schau, ich bin im achten Monat schwanger.«

Für eine Sekunde wurden Jakes Augen weicher und ein schwacher Schimmer von Mitleid schien in seinem Gesicht auf. Dann verdunkelte sich sein Ausdruck wieder und er griff in die enge Vordertasche seiner Jeans. Eine lange dicke Ausbeulung hob sich dort ab. Er bekam etwas an einem Ende mit den Fingern zu fassen und zog ein langes gefaltetes Messer heraus. Mit einem Ruck seines Handgelenks ließ er es aufschnappen. Die scharfe, gezackte Klinge hielt er auf Devi gerichtet. Stella stand mit vor Angst geweiteten Augen gleich hinter Devi. Als das Messer zum Vorschein kam, keuchte sie: »Nein ... nein.«

»Ich liebe es, Frauen etwas anzutun«, höhnte er. »Und außerdem, du ... du siehst so aus, als hättest du eine Abtreibung nötig, du Hindu-Hure. Dieses Baby soll das Licht des Tages nicht sehen.« Er schwang die Klinge in Richtung Devi durch die Luft. Noch rechtzeitig machte sie aber einen Schritt zurück, so dass er nur ihre Umstandskleidung streifte und sich ein Schlitz zwischen ihren Brüsten und dem Bauch auftat.

Nun erhob sie die rechte Hand gegen ihn. Stella befand sich gleich hinter ihr. Jake machte einen Schritt auf sie zu, traf aber auf einen unsichtbaren Widerstand, der von Devi ausging.

Er hielt eine Sekunde inne und zog eine konfuse Miene. Dann bäumte er sich dagegen auf und kam näher.

Devi schloss die Augen und das Feld wurde zu einer sichtbaren weißen Energie zwischen ihr und ihm. Eine Sekunde lang war er verdutzt und stemmte sich schließlich mit aller Gewalt gegen die weiße Energie, die jedoch nicht nachgab. Funken sprühten, wo seine Gewichtsmasse gegen die weiße Energie presste.

»Du Schlampe! Du kannst mich nicht aufhalten!«

Er arbeitete sich näher heran und schwang das Messer wie eine Machete durch das Energiefeld. Jedes Mal, wenn er durch die weiße Energie wischte, stoben blutrote Lichtblitze und ein Geräusch von statischer Elektrizität war zu hören. Schon bald kam er näher und war nicht mehr weit davon entfernt, Devi zu erreichen. Sie hatte die Augen geschlossen und streckte die Hände weiter gegen Jake, der sich über ihr aufbäumte. Er griff ihren Arm und lehnte sich gegen die Energie, die sie ausstrahlte. Hinterhältig zog er das Messer ein letztes Mal weit hinter sich zurück und begann seinen Arm von unten gegen sie hochzuschwingen. Die lange scharfe Klinge kam geradewegs auf Devis liebliches, ungeborenes Kind zu.

»Neieieieieien!«, schrie Stella.

John saß mit der großen Gruppe im stattlichen Festsaal bei der Meditation. Hundert Seelen nahmen teil. Einige ruhten regungslos in der stillen Glückseligkeit von *ich bin.* Andere wurden aufgrund ihres eigenen Loslassens in *ich bin* und des beruhigenden Einflusses der Gruppe dort hineingezogen. Einige kämpften, versuchten die Stille von *ich bin* herbeizuzwingen und hatten viele andere Gedanken. In einigen überwogen verärgerte Gedanken:

»Was zum Teufel mache ich hier?«

»Dieser Platz hier ist zum Kotzen, was für eine ekelhafte Schweinerei.«

»Ich muss jetzt gehen, muss den neuen Wagen abholen ...«

»Diese Leute hier sind Idioten. Wenn das hier um ist, gehe ich ...«

All das war normal. John wusste, dass sich alle nach der Meditation besser fühlen würden, weil sie etwas von ihrem inneren Gepäck abgeladen hatten. Er war da, um diesen Prozess etwas zu schmieren. Sie alle waren dazu da, sich gegenseitig zu helfen. Während das alles am Laufen war, wurde er bepackt mit dem Gepäck von allen anderen. Das war der Preis dafür, dass er sich überall wiederfand. Die Welt war angefüllt mit unendlichen Freuden und mit unendlichen Leiden und mit allem dazwischen.

Plötzlich fühlte John, wie etwas in seinen Geist stach, eine lange, scharfe, gezackte Energie tauchte tief in seinen Magen. Dann drehte sie sich. Er schrie vor Schmerz und fiel von der Couch nach vorn auf den Boden. Alle öffneten die Augen und gierten danach zu sehen, wie John sich, seinen Bauch umfassend, in Agonie vor der Couch auf dem Boden wälzte. Einige liefen zu ihm hin. Er ging innen zu dem Schmerz und suchte seine Ursache. Etwas Schlimmes war geschehen. Er folgte dorthin.

John erschien neben Devi im Wohnzimmer. Seine Mutter hatte ihren Arm um Jakes dicken Hals gelegt und hielt an ihm fest, während dieser zurücktaumelte. Er drückte sie weg, sie fiel und das lange blutige Messer kam aus ihrem Bauch, als sie stöhnend zu Boden fiel: »Nein ... tu ihnen nichts. Nein ...«

Jake blickte auf sie nach unten. Er war bestürzt, wischte sein schweißiges Gesicht mit dem Unterarm ab und wandte und drehte sich zu Devi, um sein blutiges Messer erneut nach ihr zu schwingen. Dann sah er John.

Seine dumpfen zornigen Augen öffneten sich weit, teilweise aus Überraschung, teilweise aus Furcht.

»Was ... was zum Teufel machst du hier?«, knurrte er.

John stellte sich vor Devi und schaute Jake in die Augen: »*Hör auf damit.*«

Der Ton hallte in Jakes Kopf, als würde er aus dem Inneren kommen. Er schlug um sich, versuchte, John zu treffen, und schnitt auch mit dem Messer durch seinen Körper. Es schnitt durch Johns Brust, ließ aber keine Spur zurück. Jake schaute verwirrt. Dann stach er geradewegs von oben in John hinein und drang von oberhalb des Schlüsselbeins tief in ihn ein.

John hob nur die Hand und Jake flog zurück. Er stürzte vor der Feuerstelle zu Boden, das Messer mit ihm. Auf John zeigte der tiefe Einstich in seinen Oberleib keine negative Wirkung. Eine weiße Aura bewegte sich aus ihm heraus auf Jake zu.

»Halte dich jetzt zurück, Jake«, sagte John im Inneren von Jakes Kopf. *»Dein Hass wird dich zerstören, wenn du nicht aufhörst.«*

Jake stand langsam auf, fuchtelte etwas mit dem Messer herum und gab ein gezwungenes hoffnungsloses Lachen von sich. »Ich soll mich zurückhalten? Jake Lascher sich zurückhalten? Niemals.«

Er holte mit dem Messer in Richtung John aus und schnitt durch die Luft. Seine hassgetränkte Energie prallte auf die weiße Aura Johns. Zornrote und orangefarbene blitzartige Funken wurden auf ihn zurückreflektiert. Jake taumelte und verbrannte in seinem reflektierten Zorn, als ob ihn ein starker elektrischer Strom durchflösse. Er fiel zurück gegen das Kaminsims. Sein Ellbogen stieß dort gegen den Rest der Vitrine. Glassplitter prickelten nach unten auf die backsteinerne Feuerstelle. Jake klammerte sich an das Kaminsims, das Messer immer noch fest in der Hand haltend. Er blickte auf John, der seelenruhig in dem weißen Licht stand. Hinter ihm erkannte er Devi, deren Augen mit Leidenschaftslosigkeit auf ihn gerichtet waren und dann mitleidsvoll zu Stella hinüberwanderten, die regungslos auf dem Boden lag. Er atmete tief durch und machte dann, das Messer vor sich ausgestreckt, einen erneuten Anlauf auf sie beide. Wieder traf er auf die weiße Energie und das Feuer seines Hasses blitzte zurück in ihn, so dass sein Körper chaotisch zuckte und mit Wucht gegen die Feuerstelle zurückgeworfen wurde. Wie ein Häuflein Elend brach er in das verstreute Glas zusammen. Das Messer klapperte locker auf den offenen Kamin.

In Jakes Gesicht offenbarten sich die letzten Züge seines Todeskampfes, dann war es aus mit ihm. Alles, was übrig blieb, war ein Körper, den er selbst vernichtet hatte und der zuvor 29 Jahre lang einen dunklen, irregeleiteten Lebensstrom beherbergt hatte. Wo würde dieser nun hinwandern?

John kniete sich neben seine Mutter auf den Boden und legte die Hand auf ihr Schlüsselbein, während Devi den Notarzt rief. Dann kam auch sie zu John und Stella.

John in seiner luminiszierenden Gestalt schaute in Devis Augen und schüttelte den Kopf. Seine Stimme erklang in ihrem Kopf. *»Sie geht. Ich kann sie nicht zurückhalten.«*

Devi begann zu weinen und sprach zu ihm im Innern. *»Sie hat sich vor mich gestellt und das Messer in sich aufgenommen, um unser Kind und mich zu retten.«*

Stella öffnete noch einmal leicht die Augen. »Alles in Ordnung, Liebes?«

»Ja, dem Baby und mir geht es gut«, brachte Devi unter Tränen hervor.

»Ich sehe dein Baby jetzt«, sagte Stella. »Sie ist stark und gut, ein helles Licht wie du ...« Ihre Stimme klang bereits wie aus einer anderen Welt. »John, bist du das?«

»Ich bin hier, Mama. Ich bin hier.«

»Es fühlt sich so an, als seist du in mir«, sagte Stella.

»Wir alle befinden uns zu jeder Zeit in jedem anderen, immer«, sagte er. »Ich liebe dich, Mutti.« Strahlende Tränen rannen seine Wangen hinunter.

»Oh, ich ... ich muss gehen. Ich sehe jemanden. Es ist ... es ist Jesus ...« Langsam hauchte sie ihren letzten Atem aus und verließ den Körper nach oben. John und Devi sahen, wie sie in das helle Licht über ihrem Kopf einging. In einem Augenblick war sie völlig davon umfangen und fort.

Devi beugte sich nach vorn, schluchzte, umhüllte das Kind, das sie trug, das Kind, das Stella durch Aufopferung ihres Lebens gerettet hatte. John legte tröstend seine Hand auf Devi. Eine Sirene näherte sich. Dann verblasste Johns Gestalt.

Im Festsaal hatte sich die Menge dort, wo John am Boden lag, versammelt und atmete erleichtert auf, als er anfing, wieder zu Bewusstsein zu kommen. Er blickte langsam auf und schaute in all die besorgten Gesichter um ihn herum. Dann schlang er die Arme um die Knie und zog sie zur Brust. Er wippte vor und zurück und blickte weit in die Ferne des Raums hoch über seiner Stirn. Alle saßen still in seiner Nähe auf dem Boden.

»Meine Mutter ist gestorben«, sagte er sanft. Sein Kopf fiel nach vorn und er begann, in seine Knie zu weinen.

Auch andere fingen an zu weinen. Einige legten die Hände auf ihn und versuchten ihn zu trösten. Bald weinten alle gemeinsam mit John. Es war eine Zeit der Intimität gebrochener Herzen, die in allen Anwesenden noch mehr innere Türen öffnete.

Kapitel 26 – Der Lehrer

Die letzten Gäste hatten nach Stellas Beerdigung das Wilderhaus verlassen. Es standen noch zwei halbverzehrte Essensplatten auf dem Wohnzimmertisch. Harry hatte sich in einen Stuhl zurückgelehnt. John und Kurt saßen auf dem Sofa. Devi und Nadine hatten auf dem Zweiersofa auf der gegenüberliegenden Seite Platz genommen.

»Dieses Haus fühlt sich ganz leer an ohne sie«, sagte Harry. »Ich weiß nicht, ob ich hierbleiben kann.«

»Warum ist das geschehen?«, fragte Kurt. »Was wollte sie dort, wo schon alle ermordet wurden?«

»Wir hatten uns nach Kinderkrippen umgesehen«, erklärte Devi. »Jake ist eingebrochen. Sie hat das Leben des Kindes und auch meines gerettet.«

»Sie hätte nicht in diesem Haus sein sollen«, sagte Kurt verärgert. »Das ist doch nur ein verdammtes Elendsquartier dort.«

»Es war unser Zuhause –«.

»Dein Zuhause, nicht unser Zuhause«, sagte Kurt. »Sie hätte da niemals hingehen sollen.«

»Kurt«, sagte John, »das hilft nun niemandem etwas.«

»Ja, gut, es wäre niemals so weit gekommen, wenn ich hier gewesen wäre. Du hättest in den Bergen bleiben sollen.«

Eine Stille trat ein.

»Warum hat sie das nur gemacht?«, sagte Kurt. »Sie war so ein Feigling, fürchtete sich sogar vor ihrem eigenen Schatten.«

»Sie wäre auch für jeden von euch Jungs gestorben«, sagte Harry. »Sie fürchtete sich vor der Welt, doch vor nichts, das entweder euch beide oder Johns und Devis Kind bedrohte. Vor überhaupt nichts. Auf diese Art war sie sehr mutig. Der

Instinkt einer Mutter. Wir können dafür dankbar sein. Andernfalls würde Devi heute nicht mehr hier sitzen.«

Devi begann zu weinen. John ging zu ihr. Er setzte sich zwischen Devi und Nadine und hielt Devi fest. Nadine blitzte Kurt an.

»Scheiße«, entfuhr es Kurt. Er stand auf und ging zur Veranda.

Am nächsten Morgen packte Kurt für seine Rückreise nach Washington.

»Ich denke, es ist besser, wenn ich eine Zeit lang hierbleibe«, bemerkte Nadine. »Dein Vater kann etwas Unterstützung gebrauchen.«

»Und was ist mit dem Empfang des Präsidenten am Freitag?«, erwiderte Kurt.

»Dein Vater braucht eine Unterstützung.«

»Das Geschäft aber auch.«

»Ich bin mir sicher, dass du auch ganz gut ohne mich auskommst«, gab sie zurück. »Nimm Mable.«

»Was soll das heißen?«

»Sie ist deine rechte Hand in der Firma, oder nicht? Also greife auf sie zurück. Sie würde den Präsidenten sicher liebend gern treffen.«

Kurt seufzte: »Vielleicht nehme ich sie mit. Doch sie ist nicht mein Typ. Das weißt du. Zu alt für mich.«

»Ich rufe dich an«, erwiderte sie.

Es sollten noch sechs Wochen vergehen, bevor Nadine nach Washington zurückging.

Einige Wochen später war das Coquina Dame Hotel überfüllt mit mehreren Hundert begeisterten Arbeiter-Meditierern. Jeder Tag brachte ein paar Neue, die gern bleiben und beim Instandsetzungsprojekt mitmachen wollten – der Instandsetzung des Hotels wie auch ihrer eigenen Spiritualität.

Am Tag nach Stellas Beerdigung kam John zurück. Tagsüber arbeitete er mit den Händen. Nachts saß er vorne im Festsaal, der schön langsam in neuer Pracht erstand. Er und Devi zogen in die renovierte Chef-Suite. Devi saß manchmal während der Abendzusammenkünfte an Johns Seite. Es hatte den Anschein, als müsste das Kind jeden Augenblick kommen.

Luke organisierte die meisten Arbeiten des Renovierungsprojekts. Joy besaß viele Talente. Sie leitete die Küche des Hotels, die noch kaum funktionsfähig war. Joy war aber auch Hebamme und John und Devi wollten ihre Hilfe gern in Anspruch nehmen.

Wann immer sie kochte, sang sie. Ihre Helfer stimmten mit ein und so wurde die Küche für ihre riesigen Töpfe mit heißem Essen und lieblich hallenden Melodien bekannt. Die Küche voll funktionsfähig zu machen, war eine Priorität und Joy organisierte alles sagenhaft. Es war immer genug da, den Hunger der wachsenden Gemeinschaft zu stillen. Auch das Dach musste sehr dringend repariert werden. Küche und Dach zusammen sorgten für Unterkunft und Verpflegung. Doch noch wichtiger als diese beiden waren die täglichen *ich bin* Meditationen und die Verbreitung des Wissens durch John, der immer bereit war, jedem noch zusätzliche Übungen zu vermitteln, der dafür Bedarf hatte.

In der Dame ging es geschäftig zu wie in einem Bienenkorb. Zu den Meditationszeiten wurde es still und man sah niemanden mehr. Danach ging es sofort wieder weiter mit dem Schwärmen.

Harry nahm sich von der Arbeit frei und begann mit Nadine, jeden Tag ins Hotel zu kommen. Er unterstützte Luke bei der Organisation und der Verwaltung Dutzender von Projekten, die in Angriff genommen werden mussten. Er sorgte auch dafür, dass die Wilder Corporation sich einbrachte und eine neue Klimaanlage einbaute sowie die Installation von Wasser und Strom durchführte. Bei anderen spezielleren Baumaßnahmen sprang die Wilder Corporation ebenfalls ein. So reparierte sie das Dach, stellte die zerfallene Wand zum Meer sowie die einstürzende Betondecke wieder her und erneuerte schließlich noch das Schwimmbecken.

An dem Tag, an dem Nadine das erste Mal hereinspazierte, übernahm auch sie Verantwortung für die aufkeimenden finanziellen und administrativen Herausforderungen, die das wachsende Projekt mit sich brachte. Sie war eine begnadete Administratorin und richtete alles systematisch ein.

Nadine sprach auf die Meditation an, als ob sie dafür geschaffen sei. Ein Tippen auf ihr Brustbein durch John einige

Tage, nachdem sie das erste Mal ins Hotel kam, und sie ging tief in die Stille von *ich bin* und war erfüllt von Glückseligkeit.

»John, noch nie habe ich etwas Ähnliches erlebt«, sagte sie ihm am nächsten Tag beim Beginn der *ich bin* Meditation. »Ich möchte den Rest meines Lebens mit Meditation verbringen.«

»Du hast eine Naturbegabung«, meinte er. »Du wirst deine Gabe überallhin mitnehmen, wohin du auch gehst. Wenn du willst, kann ich dir bei der Weiterentwicklung deiner Übungen behilflich sein. Du kannst mich auch jederzeit von Zuhause anrufen.«

»Ich will nirgendwohin gehen«, sagte sie. »Ich möchte gern hierbleiben und mich an dieser heiligen Arbeit beteiligen.«

»Du bist herzlich willkommen, so lange zu bleiben, wie du willst«, sagte er. »Es tut mir aber leid, dass die Dinge sich mit Kurt nicht so gut entwickeln.«

»Mir auch«, antwortete sie. »Ich hoffe, wir werden wieder irgendeine gemeinsame Basis finden. Er ist so besessen von der Firma. Das zerstört ihn und jeden um ihn herum.«

Nadine fand auf Coquina Island zwei Dinge, nach denen sie verzweifelt gesucht hatte: einen wirklichen Sinn im Leben und inneren Frieden. Um beides hatte sie sich in Washington vergeblich bemüht. Sie hatte vor Jahren im Büro von Senator Weatherhold gekündigt, denn ihre Heirat mit Kurt brachte einen Interessenkonflikt mit sich. Sie hatte versucht, in der Wilder Corporation zu arbeiten. Doch das war ihr unerträglich, weil Kurt bei jedem so gefürchtet und gehasst war. Sie konnte nicht durch die Hallen der Wilder Corporation laufen, ohne argwöhnisch beäugt zu werden. Auch die Anpassung an den Lebensstil der gehobenen Gesellschaft Washingtons und das verschwenderische Ausgeben von Kurts Geld infolge der Neueinrichtung des Wohnsitzes in Woodmere halfen ihr nicht. Für sie öffneten sich in Washington keine neuen Horizonte mehr. Kurt war emotional nicht zugänglich und offen feindlich eingestellt gegenüber allem, was nicht ausschließlich geschäftlich war. Als sein Lebenssinn sich mehr und mehr auf die Expansion des Unternehmens verengte, kam es immer häufiger zu Wutausbrüchen. Nadine wusste, dass sie ihn durch ihr Verweilen auf Coquina Island erzürnen würde. Sie hoffte nur, dass sein Zorn sich nicht auch auf John ausdehnen würde.

Im riesigen Festsaal des Coquina Dame gab es eine Menge neuer Gesichter.

»Ein herzliches Willkommen an alle. Ihr wisst, dass mir das öffentliche Auftreten und Sprechen ziemlich neu ist«, John setzte sich im Wurzelsitz aufs alte Sofa. »Nicht vor so langer Zeit lebten wir mehr oder weniger wie Eremiten im Gebirge.« Er blickte hinüber zu Devi, die in einem abgewetzten Lehnsessel ein paar Schritte neben ihm saß. Sie lächelte ermunternd. Ihre Hände streichelten den dicken Bauch.

John hielt still und berührte die kleine schwarze Klammer an der Vorderseite seines Hemds.

»Dieses Mikrofon ist neu heute Abend. Hallo ihr dort hinten, könnt ihr mich verstehen?«

Als Antwort vernahm er einige gedämpfte Ja-Rufe aus dem hinteren Teil des Festsaals.

»Großartig. Alles funktioniert also wunderbar. Vielleicht ist es nun das Beste, wenn wir mal die Möglichkeit zur Fragestellung bieten.« Einige Finger gingen hoch. John war immer froh, wenn er bei den Übungen auf wirkliche Lebenssituationen reagieren konnte. »Ja, du in dem blauen Hemd.«

»John, welche Befugnis hast du eigentlich zu unterrichten?«, fragte der junge Mann.

»Welche Befugnis ich habe zu unterrichten? – Keine wirkliche. Ich teile nur das mit, was ich über natürliche spirituelle Fähigkeiten des Menschen gelernt habe, und wie man diese Fähigkeiten aktiviert. Der eigentliche Lehrer ist in jedem von uns. Der einzige Unterschied, der zwischen mir und anderen Menschen besteht, ist die Arbeit, die ich in diese Richtung bereits investiert habe. Diese hat es mir erlaubt, Entdeckungen zu machen, von denen ich meine, dass jeder berechtigt ist, darüber etwas zu erfahren. Das geht jeden etwas an. Und ich hoffe, dass andere zu diesem Wissen noch etwas beitragen. Das ist wie eine Wissenschaft. Wir entwickeln ein Wissen, das man immer wieder am Amboss der eigenen Erfahrung überprüft. Für mich ist das eine spirituelle Wissenschaft.

Wenn du meinst, ich bräuchte irgendeine Berechtigung, um hier sitzen zu dürfen und zu sprechen, dann würde ich sagen, dass diese von Gott, dem *ich bin* in meinem Inneren, kommt. Genauso gut gibt es jedoch auch in deinem Inneren eine göttliche Autorität, das *ich bin* in dir, und ich kann dir nur raten, dich mit dem gut zu stellen. Verlass dich nicht zu sehr auf die Autorität von jemand anders.«

John zeigte auf seine Brust.

»Vor zehn Jahren führte mich meine Sehnsucht nach Gott dazu, dass ich von einer großartigen Frau namens Christi Jensen hier berührt wurde. In der darauffolgenden Nacht starb sie. Sie gab mir den Auftrag, das weiterzugeben. Deshalb berühre ich Menschen auf die gleiche Weise, wie sie es bei mir getan hat, und ich sage dazu, was ich vermag. Ich hatte einige Visionen, die mich auf dem Weg unterwiesen haben. Ist das eine ausreichende Autorität? Gott lebt in dir als deine eigene Sehnsucht und das ist letztendlich die einzige Autorität. Für jene, die immer mehr Hunger und Durst nach Gott verspüren, wird das ganze Leben zur Autorität Gottes im Handeln. Das ist das größte aller Geheimnisse. Ich hoffe, dies beantwortet deine Frage. Ja, dort hinten.«

Eine hübsche Frau in einem roten Kleid stand auf. »Du hast von deinen natürlichen Fähigkeiten gesprochen, die die Grundlage für die Übungen von *ich bin* bilden. Was sind das für Fähigkeiten?

»Ja. Es gibt da bestimmte, uns innewohnende natürliche Fähigkeiten, die es uns erlauben, uns auf das *ich bin* einzustimmen.

Am wichtigsten und zuallererst zu nennen ist die gerade erwähnte Fähigkeit der Sehnsucht in unserem Herzen und dass man diese Sehnsucht umlenken und intensivieren kann, um dadurch eine Reaktion von *ich bin* in uns und in unserer Umgebung hervorzurufen.

Als Zweites kommt die Fähigkeit des Geistes, in *ich bin* still zu werden, was uns großen Frieden, Stabilität und ein glückseliges Widerhallen Gottes in uns bringt.

Als Drittes die Fähigkeit des Körpers, durch den Atem und andere Mittel kultiviert zu werden, um dadurch ein Superleiter für *ich bin* zu werden. Letztendlich wird Glückseligkeit und unser Blick auf die inneren und äußeren Reiche aufgrund von verfeinerter sinnlicher Wahrnehmung ausgeweitet.

Viertens die Fähigkeit der sexuellen Energie, den Körper zu durchdringen und damit das *ich bin* zu befähigen, uns zu erleuchten.

Als Fünftes kommt die Fähigkeit des beruhigten Geistes, das *ich bin* über die Grenzen des Körpers hinaus zu stimulieren, was zur direkten Erfahrung führt, dass andere unser eigenes Selbst sind.

All das sind natürliche Fähigkeiten. Wir alle tragen diese in uns. Die Übungen machen sich diese natürlichen Fähigkeiten zunutze. Ob man die Übungen macht oder nicht, diese Fähigkeiten sind immer da. Sie sind uns angeboren und wir können sie zu unserem Vorteil nutzen.«

»Wie erreichen wir das?«, fragte die Frau.

»Genauso wie ein großer Steinbrocken, der an einem Felsvorsprung hoch auf einem Berg liegt, die Fähigkeit besitzt, bis ganz hinunterzurollen, genauso besitzen wir viele Steinbrocken, die nur darauf warten, in uns zu rollen. Wenn wir an einem Steinbrocken schieben, mag es schwierig sein, ihn zu bewegen. Deshalb suchen wir nach einem Brett und einem kleineren Stein, um ihn über den Rand zu hebeln. Ist das einmal geschafft, geht er mit Leichtigkeit nach unten. Dazu sind die spirituellen Übungen da. Sie sind die Hebel, d.h. die Hilfsmittel, die uns dazu ermächtigen, die natürlichen Fähigkeiten in uns anzuregen, damit sie ihre Aufgabe verrichten. Wir sind *ich bin* Maschinen, die nur darauf warten, angelassen zu werden. – Ja, Sie, Sir.«

»Wie viele Übungen gibt es?«, fragte ein Mann in der vordersten Reihe.

»Viele. Darüber habe ich erst vor Kurzem nachgedacht. Ich habe mehrere Jahre dazu gebraucht, sie zusammenzustellen. Wie sollte ich je in der Lage sein, sie euch in einigen Stunden beizubringen? Im Augenblick kann ich euch nur einen Geschmack davon vermitteln. Es gibt da Grundkategorien von Übungen für jede der gerade erwähnten Fähigkeiten. Zuerst kommt der Wunsch, das Wollen. Wenn wir nicht ständig Gott wollen, wird nichts geschehen. Das ist die Grundvoraussetzung für alles Übrige. Das muss aber nicht konkret der Wunsch nach G-O-T-T sein. Es kann sich auch um einen intensiven Wunsch handeln, die Wahrheit zu kennen oder zu wachsen, Fortschritte zu machen oder einfach weiterzukommen. Die Intensität des Wunsches ist dabei äußerst wichtig. Die Kultivierung dieses Wunsches ist bei Weitem die wichtigste Übung. Alle Wünsche sind ein Rufen nach Gott. Dies ist eine große Wahrheit. Wenn du die Gewohnheit entwickelst, all deine Wünsche mit dieser Erkenntnis zu impfen, wird alles einfach sein. Diese Gewohnheit nennt man Hingabe. Mit einer starken Hingabe wird Gott, *ich bin*, dich mit Wissen über alle Wege des Nach-innen-Gehens im Bewusstsein überschütten. Mit starker Hingabe wird eine kleine Berührung von jemandem, der meditiert hat, genug sein. Ist deine Hingabe stark genug, wirst du nicht einmal das brauchen. Jesus sagte ja auch: ›Selig, die hungern und dürsten nach der Gerechtigkeit, denn sie werden satt werden.‹

Das Zweitwichtigste ist die Meditation. Ihr alle wisst, wie diese geht. Das systematische und tägliche Führen des Geistes zur tiefen Stille des *ich bin* ist die größte Übung nach der Hingabe. Sie impft den Geist und den Körper mit der göttlichen Essenz von *ich bin*.

Als Drittes kommt die Zügelung des Atems auf bestimmten Wegen und zu bestimmten Zeiten. Nicht zu jeder Zeit. Es gibt verschiedene Wege, wie man dies erreicht, und die Wirkung ist die, dass man den Körper und das Nervensystem öffnet und ihn dadurch zu einem viel besseren Leiter für Ströme der Glückseligkeit des *ich bin* macht.

Als Viertes kommen verschiedene Stellungen im Körper oder äußerlich mit dem Körper, die man teilweise vor aber hauptsächlich während der Atemübungen und der Meditation nutzt, um den Körper zu einem Superleiter für die Glückseligkeit des *ich bin* zu machen. Atemübungen und Stellungen führen dazu, dass die sexuelle Energie im Körper aufwärts wandert. Das Aufkommen ekstatischer spiritueller Leitfähigkeit im ganzen Körper ist ein Ergebnis der Öffnung der Nerven und deren Impfung mit sexuellen Essenzen und auch ein Ergebnis des tiefen Eintauchens in die *ich bin* Meditation. Der wichtigste Nerv im Körper ist der, der durch das Zentrum der Wirbelsäule vom Perineum an der Wurzel bis zum Zentrum des Kopfes hochläuft und von dort weiter über den Punkt zwischen den Augenbrauen zum hellen aufgehenden Stern. Es ist sehr wichtig, diesen Nerv ekstatisch zu erwecken. Von diesem Nerv geht das *ich bin aus* und dieses wiederum erweckt das gesamte Nervensystem des Körpertempels und darüber hinaus. Durch diesen Nerv treten wir auch in das weiße Licht des Himmels da oben ein. Viele der Übungen haben die Erweckung des Wirbelsäulennervs zum Ziel.

Als Fünftes kommen ›die neun *ich bin* Gebete‹. Dies sind keine Gebete, wie man sie sich gemeinhin vorstellt – schwache, ichbezogene Bittgesuche um weltliche Vergünstigungen.

Nein. Die neun Gebete sind besondere Gedankenimpulse, die wir tief in der stillen Tiefe des *ich bin* initiieren, damit sie aufgeladen und vergrößert werden, um dann mit aller Macht nach außen zu gehen. Wenn man die neun Gebete des *ich bin* zusammen praktiziert, weiten sie jeden Aspekt des *ich bin* in uns und überall aus. Sie führen zu so genannten übernatürlichen Kräften, die in Wirklichkeit überhaupt nicht übernatürlich sind. Sie sind nur das, was sich im Laufe der normalen evolutionären Entwicklung des Menschen ergibt. Ja, verehrte Frau?«

Eine ältere Dame stand auf und sprach: »In welcher Reihenfolge macht man diese Übungen und welche sind die wichtigsten, falls man einmal nicht genügend Zeit hat, alle auszuführen?«

»Hingabe sollte man die ganze Zeit üben, ohne dass die Uhr darauf irgendeinen Einfluss hat. Unser spiritueller Hunger ist auch das, was am meisten zählt ... um erfolgreich zu sein, müssen wir selbst zur Hingabe werden. Natürlich entsteht aus der Hingabe nur etwas, wenn wir sie zur Grundlage von Handlungen machen. Wir müssen handeln. Ob wir tägliche Übungen machen oder nicht: Das ist die Nagelprobe für die Hingabe. Falls wir nicht auf sie mit Handlungen aufbauen, vergeuden wir die Hingabe. Das ist vergleichbar mit einem Düsenflugzeug, das mit donnernden Motoren und angezogenen Bremsen auf der Startbahn steht. Da passiert nicht viel – nur sehr viel Lärm. Will man etwas haben, ohne dafür Handlungen zu erbringen, dann kommt man in den Wartezustand. Deshalb machen wir einige Übungen. Haben wir nur wenig Zeit zur Verfügung, dann konzentrieren wir uns auf die Übungen, die für uns in der kürzesten Zeit am meisten bewirken.

Die Reihenfolge in einer Sitzung ist folgende: Zuerst kommt die Atemübung, dann kommt die Meditation und als Drittes kommen die Gebete des *ich bin*. Es gibt noch einige andere Dinge. Doch dies ist die elementare Abfolge. Der Grund dafür, dass das Atmen zuerst kommt, ist, dass es das Nervensystem auf den Fluss des *ich bin* vorbereitet. Es bearbeitet den Körper so, dass er für den Samen von *ich bin* empfänglich wird. Die Meditation durchtränkt uns mit der glückseligen Stille von *ich bin*, und das wiederum bereitet auf die neun *ich bin* Gebete vor. So führt jedes Element der Übungspraxis logisch zum nächsten. Zur Frage, welches Element insgesamt am wichtigsten ist: Das ist eindeutig die Meditation. Die *ich bin* Meditation deckt alles ab. Atemübungen helfen der Meditation, viel mehr in die Tiefe und Breite zu gehen. Die *ich bin* Gebete manifestieren sich von der Meditation aus nach außen.

Hast du zwanzig oder dreißig Minuten für Übungen zur Verfügung, dann mache fünf Minuten Wirbelsäulenatmung, fünfzehn Minuten Meditation und fünf Minuten lang die neun Gebete – d.h., du wiederholst jedes zweimal. Stelle sicher, dass du noch fünf Minuten ausruhen kannst, bevor du aufstehst. Beim Sitzen während der Übungen gehst du am besten in den Wurzelsitz und hoch in die geheime Kammer, falls du das schon gelernt hast. Diese beiden sind sehr hilfreich. Beide erfordern keine zusätzliche Zeit. Das sind beiläufige Übungen. Führe diese Praxisroutine zweimal täglich für eine halbe Stunde aus und du wirst gut vorwärtskommen. Du machst aber auch Fortschritte mit weniger. Das hängt von dir ab. Es gibt da keine festen Vorgaben. Denke aber daran, dass das Erreichen der stillen Glückseligkeit des *ich bin* der Generalschlüssel ist. Deshalb ist die tiefe Meditation die wichtigste Kernübung. Deshalb lehren wir auch die *ich bin* Meditation vor allem anderen, wenn jemand einmal aufgrund seines inneren Drangs zu uns gekommen ist.

Dann ist es als Erstes notwendig, mithilfe der Hingabe die Gewohnheit des täglichen Praktizierens einzurichten. Ohne ein regelmäßiges Üben kann man nicht sagen, was herauskommt. Doch wie viele Menschen kennst du, die in irgendetwas herausragend sind, ohne dass sie dem täglich ihre Aufmerksamkeit widmen?

Wenn du die Suche nach Gott genauso angehst wie jede ernsthafte Unternehmung, dann wirst du erfolgreich sein. Gehst du planlos an die Sache heran, dann wird das die zufälligen Ergebnisse hervorbringen, die in der planlosen Herangehensweise angelegt sind. Bei der Suche nach Gott ist es wie bei allem anderen. Deshalb ist die Hingabe so wichtig. Die Hingabe für eine Handlung bringt eine ständige Anstrengung hervor. So einfach ist das. Sehr viele Menschen glauben, dass man bei einer Bestrebung mit ein bisschen Lippenbekenntnis Erfolg haben kann, dass es von jemand anderen abfärben würde, der die ganze Arbeit geleistet hat. In Wahrheit haben wir in allen Dingen in dem Maße Erfolg, in dem wir uns einbringen und anstrengen. Spirituelle Bestrebungen machen da keine Ausnahme. ›Was du säst, wirst du ernten‹. Die Suche nach Gott ist kein Sport, bei dem man nur als Zuschauer alles verfolgt. Wenn du es wirklich willst, musst du deine Ärmel hochkrempeln und jeden Tag Übungen machen. – Ja, dort drüben an der Seite?«

Eine attraktive Schwarze, die ihre Hand gehoben hatte, stand auf. »Wie wichtig sind die spirituellen Dehnübungen?«

»Sie sind wichtig, doch nicht so wichtig wie die Meditation und die Atemübung. D.h., wenn du eine volle Routine machst, ist es gut, mit dem Dehnen zu beginnen. Die Dehnübungen helfen dem Körper, sich zu beruhigen und sich für die Wirbelsäulenatmung und die Meditation zu öffnen. Wenn man biegsam ist, ist das für die Übungen von Vorteil. Auch ein leerer Magen wirkt sich positiv aus. Deshalb versuchen wir, die Übungen vor den Mahlzeiten zu machen und wenn möglich auch immer das Dehnen dazu. Das ist ideal. Wenn aber nur sehr wenig Zeit ist, dann machst du nur die Meditation.

Da wir gerade vom Körper sprechen: Es ist natürlich auch wichtig, in guter körperlicher Verfassung zu bleiben. Das geht nicht, ohne dass man den Körper etwas trainiert – natürlich nicht übermäßig, außer du bist ein Wettkampfathlet. Dann ist es etwas anderes. Für die meisten Menschen ist es gut, wenn sie all ihre Hauptmuskelgruppen jeden zweiten Tag in einer kurzen Routine mit gymnastischen und isometrischen Übungen ein wenig beanspruchen. Auch fünfzehn Minuten lang Aerobicübungen sind sinnvoll, damit der Kreislauf in Schwung kommt. Dies erreicht man schon durch ein flottes Spazierengehen. Mach dies aber nicht direkt vor den spirituellen Übungen. Gleich danach ist in Ordnung, vorausgesetzt du hast dir ausreichend Zeit für Ruhe nach der Meditation und den neun Gebeten genommen. –

Gut, vielen Dank an alle. Wir wollen morgen Abend weitermachen.«

John und Devi liefen Hände haltend langsam den langen Korridor zurück zur Chef-Suite. Ein weiches weißes Licht strahlte von ihnen auf dem Weg aus und erleuchtete den dunklen Gang.

»Was findest du, wie ist es gelaufen?«, fragte er.

»Nicht schlecht«, antwortet sie. »Wenn sie zugehört haben, haben sie viel gelernt.«

»Du meinst, sie haben nicht richtig zugehört?«

»Gut, einige schon. Andere sind abgedriftet. Jeder ist verschieden. Du kannst das nur alles anbieten und zur Verfügung stellen. Einige greifen jetzt zu, andere später. Wann die richtige Zeit gekommen ist, muss jeder für sich selbst entscheiden, oder?«

»Da hast du recht. Ich hoffe, das wird es für diejenigen leichter machen, die nach einem Weg hinein suchen. Es ist auf jeden Fall etwas, was ich hätte gebrauchen können. Das hätte mir einiges erspart.«

»Du bist ein Pionier«, meinte sie. »Pioniere nehmen immer die meisten Schwierigkeiten auf sich.«

»Ja, das glaube ich auch.«

»Wenn wir schon bei Pionieren und dem Ausräumen von Schwierigkeiten sind, fühlst du dich bereit, mir zu helfen, dieses Kind heute Nacht auf die Welt zu bringen?«

»Was?«

»Du hast schon richtig gehört. Seit der letzten Stunde, während du da gequasselt hast, habe ich Wehen.«

»Oh mein Gott, warum hast du nichts gesagt?«, protestierte er.

»Ich wollte dir den Spaß nicht verderben. Außerdem wusste ich, dass unser Baby sowieso nicht auf dem Boden des Festsaals das Licht der Welt erblicken wollte. Oh, hier kommt wieder eine.« Sie lehnte sich gegen die Korridorwand und begann tief zu schnaufen, schaute John direkt in die Augen und ließ die Finger in großen Kreisen um ihren riesigen Bauch wandern.

John brachte sie in die Chef-Suite und rief Joy. Bald kam diese mit Luke und einigen anderen. Die Zeit war endlich gekommen.

Kapitel 27 – Perlen und Schweine

Glückseligkeit ... nunga-nunga ... Wärme ... Weichheit ... Fließen ... Bewegung ... Schatten ... Rumpeln ... Saugen ... nunga-nunga ... Saugen ... nunga-nunga ... Pressen ... owww ... Drücken ... Drehen ... nunga-nunga-nunga ... Pressen ... Gleiten ... owww ... Drücken ... Drücken ... owww ... nunga –

»Du kannst das, Schatz«, sagte John, »presse nochmal. Nur noch ein paarmal. Der Scheitel kommt schon.«

»Ahhhhhh!«, Devi legte alles hinein, was sie konnte. »Ohhh, ich bin so müde.«

»Okay, ruhe dich eine Minute aus«, sagte John.

»Ich kann nicht. Hier kommt schon wieder eine ... Uuuhhhhhhhhh!«

Devi lag nackt mit gespreizten Beinen auf dem übergroßen Bett. Unter ihr lag ein Laken auf einer Plastikfolie. Ihre Knie zeigten nach oben und die Füße standen auf dem Bett neben Johns Oberschenkeln, der vor ihr kniete. Kissen stützten sie am Kopf, wo sie sich am Messingkorpus des Bettgestells festhielt. Joy wusch behutsam Devis schwitzendes Gesicht, Nacken und Brüste mit einem kühlen feuchten Tuch.

»Weiter so, Mädchen«, sagte Joy. »Es sind nur noch ein paar Minuten.«

»Uuuhhhhh!«

»Hier kommt ihr Kopf«, sagte John. »Oh, sie ist schön ... eine Schulter ... zwei ...», und schon war sie heraus und lag in Johns liebevollen Händen. »Wir haben sie.«

Devi entfuhr noch ein langer Schrei des Vollbringens und ein Schwall rosaroter Flüssigkeit ergoss sich aus ihr heraus. Die Nabelschnur, die sie mit dem bildhübschen Mädchen verband, das ihr Ehemann so hielt, dass sie es sehen konnte, war noch intakt.

»nughh ... nughh ... nughh ...«, gab das Baby leise von sich, als es seine ersten Atemzüge nahm. John legte das Kind auf Devis Bauch, wo ihre Arme bereits warteten, und begab sich an Devis Seite. Er küsste sie und küsste dann die Stirn des Kindes. Das Baby öffnete die Augen und blickte direkt in die seinen.

»Sie ist so schön«, sagte Devi. »Oh, diese Augen. Diese wunderschönen Augen.«

»Oh ja«, meinte John. »Solch schöne grüngerandete blaue Augen.«

Die Ausstrahlung des Babys erfüllte John mit einem vertrauten Licht. Eine Stille trat ein, als die drei auf dem Bett zusammenlagen und im ewigen *ich bin* schwebten. Schließlich fing Devi an:

»Ist sie Christi?«

John rannen Tränen die Wangen herunter.

»Ja, das ist Christi ... diejenige, die uns alle gerettet hat.«

Ein helles weißes Licht erfüllte das Zimmer, zerplatzte und strahlte weit in alle Richtungen.

Joy weinte lautlos, überwältigt kauerte sie auf dem Boden neben dem Bett.

Zwei Tage später saß John wieder auf dem alten Sofa vor einer hungrigen Menge Suchender. »Es ist schön, wieder hier zurück im Saal zu sein. Viele von euch wissen, was inzwischen geschehen ist.«

Applaus und Hochrufe erschollen von der großen Zuschauerschaft. Auch wenn Devi und das Baby nicht anwesend waren, wusste fast jeder von der Geburt.

John lächelte. »Warum fahren wir nicht mit den Fragen und Antworten fort? Ja, gleich hier vorne.«

»Glaubst du an Wiedergeburt?« Die hübsche junge Frau hatte eine Vielzahl von Ohrenpiercings und trug eine braune Lederweste.

»Komisch, dass du das gerade jetzt fragst«, sagte John. »Vor drei Tagen kam unser erstes Kind zur Welt, ein liebes Mädchen, dem wir den Namen Christi gaben. Wir haben sie nach Christi Jensen getauft. Das ist die weise Frau, die mich vor zehn Jahren das erste Mal mit *ich bin* berührt hat. Und ich glaube auch, dass sie Christi ist. Das heißt also: Ja, ich glaube an Reinkarnation. Aber ist sie wirklich Christi? Spielt das irgendeine Rolle? Wie viel Zeit sollte ich darauf verwenden, das herauszufinden, um mir sicher sein zu können, dass sie es ist? Könnte ich das dann jemals beweisen? Das ist kurzgefasst das Problem mit der Reinkarnation. Wir können leicht besessen werden von dem, was geschehen ist oder was geschehen wird. Wir können uns hinsetzen und die Welt beobachten, wie sie sich dreht, jede einzelne Bewegung dokumentieren, das Kommen und Gehen von Milliarden Menschen verfolgen. Doch was bedeutet das? Nicht viel. Warum? Weil es an unserer Erfahrung von Geist unmittelbar nichts ändert. Wenn vergangene Ereignisse oder Vorahnungen über zukünftige uns dazu inspirieren, in Aktion zu treten, um Veränderungen herbeizuführen, insbesondere, dass wir unsere täglichen Übungen machen, dann ist das großartig. Doch wenn das Verfolgen dieser Ziele auf Kosten unserer täglichen Übungen geht, die wir ausführen, um uns im Hier und Jetzt voranzubringen, dann ist das nur eine Zeitverschwendung. Mein Rat ist also der, dass man seine Übungen macht und wächst. Es gibt so viele Umwege, auf die wir abgelenkt werden können. Eine übermäßige Faszination für das Phänomen der Wiedergeburt ist einer davon. Ja, Sir.«

Ein Mann in einem dunkelgrauen Anzug stand auf. »Kann man Meditation mit einem aktiven Geschäftsleben in Einklang bringen?«

»Gut, da ich selbst noch nicht im Geschäftsleben gestanden habe, bin ich wohl nicht die geeignetste Person, diese Frage zu beantworten. Doch meine Familie spielt in der Geschäftswelt anständig mit. So kann ich zumindest einige Gedanken dazu mitteilen. Die Wirtschaft kann auf jeden Fall der Meditation helfen. Wir säßen hier im Augenblick nicht zusammen, wenn die Firma meiner Familie nicht so großzügig gewesen wäre. Kann die Meditation der Wirtschaft helfen? Sie kann dazu beitragen, dass es im Wirtschaftsleben freundlicher, fürsorglicher und weniger gierig zugeht. Ist das gut fürs Geschäft? Langfristig zweifellos. Weltreiche, die auf den Füßen der Gier und Ausbeutung stehen, müssen unweigerlich zusammenbrechen. Eine Geschäftsidee, die nur mit der Ausbeutung anderer funktioniert, ist ein wilder Ritt, der nirgendwohin führt. Die Geschichte lehrt uns das immer wieder.

Die Meditation mäßigt das Konkurrenzstreben, weil dadurch Barmherzigkeit sowie Empathie für andere Menschen und für die ganze Natur mehr zum Tragen kommen. Vielleicht hören die führenden Köpfe in der Wirtschaft so etwas nicht gern. Doch so ist es wirklich.

Auf der praktischen Ebene kann es eine Herausforderung bedeuten, die Übungen in einen Tagesablauf einzupassen, der von der Aufgabe dominiert ist, den Lebensunterhalt für sich oder seine Familie zu verdienen. Aber es ist möglich. Viele von euch hier gehen einer geregelten Arbeit nach. Ihr macht halt eure Übungen vor und nach der Arbeit. Es ist nicht immer leicht, doch ihr seid dahinter, weil euer Hunger nach Gott sich regt. Ihr meditierst dann in Taxis, Zügen oder Flugzeugen. Hoffentlich aber nicht bei geschäftlichen Zusammenkünften.«

Ein Kichern ging durch die Menge.

»Gut, vielleicht eine kleine ekstatische Kniffelei in der geheimen Kammer.« John legte den Zeigefinger an seine Lippen. »Shhhhh ...«.

Ein Gelächter brach aus und ebbte langsam ab ...

»Also ja, die Meditation passt ausgezeichnet in das Wirtschaftsleben. Es ist sogar sehr notwendig, dass sie darin etwas Verbreitung findet. Die spirituelle Wissenschaft ist hier, damit sie bleibt.«

Jubelgeschrei war aus der Menge zu hören.

»Ist es wahr, dass Menschen, die diese Übungen machen, weniger Schlaf brauchen?«, wollte eine Frau mittleren Alters wissen.

»Ja, das ist schon wahr. Doch das hängt auch vom Fortschritt in der Reinigung ab, die in unserem Inneren abläuft. Manchmal brauchen wir mehr Zeit für Ruhe, wenn eine Menge an Reinigung im Gange ist, und so kann es einige Zeit bleiben. Dann, wenn wir innerlich geöffnet sind, brauchen wir weniger Schlaf. Insgesamt neigt der Körper viel weniger dazu, physische Unreinheiten und emotionalen Stress aufzunehmen. Aus dem gleichen Grund wird man üblicherweise auch weniger anfällig für Krankheiten. Ja dort im Mittelgang, du mit den beiden wehenden Händen.«

Ein junger enthusiastischer Mann, der sich den Weg in den Mittelgang gebahnt hatte, sprach laut: »Bist du ein Guru?«

»Bin ich ein Guru?«, wiederholte John. »Das weiß ich nicht. Was verstehst du unter einem Guru?«

»Ein Messias, ein Prophet, ein spiritueller Meister«, sagte der junge Mann.

»Oh, das«, John stand auf und ging zu dem jungen Mann hin. Beim Laufen zeigte er um sich her in die Zuschauerschaft. »Gut, wenn ich einer bin, dann bin ich einer wie du und du und du.« Seine Arme umarmten die Menge. »Wie ihr alle.«

Er ging zu dem jungen Mann und fuhr fort: »Die stille Glückseligkeit von *ich bin* ist überall gegenwärtig. Sie ist der Beginn und das Ende von allem. *ich bin* ist der Meister, der Guru, der Messias in uns allen. Sind wir hingebungsvoll und verlangen wir danach, verändert zu werden, eilt das *ich bin*, dieser Sehnsucht zur Erfüllung zu verhelfen. Die Erfüllung kann aus unserem Inneren kommen oder in der Form einer Erfahrung oder einer Person auftreten. Mach aber nicht den Fehler zu denken, dass jemand, dem du zufällig begegnest, dein spiritueller Meister ist. Du wirst deinen Meister zuerst in deinem Herzen finden. Alles andere ist eine Widerspiegelung des Feuers der Hingabe in deinem Herzen. Einige Widerspiegelungen sind nur stärker als andere.«

John schritt langsam den Gang entlang, als er sprach: »Vielleicht bin ich eine stärkere Widerspiegelung des Hungers nach Gott, stärker als sie der Durchschnitt von euch in seinem Herzen trägt. Ist das der Fall, dann ist es aber der starke Hunger in euch, der mich dazu gemacht hat. Hängt euch nicht an mich. Hängt euch an euren inneren Hunger und macht die Übungen. Ich kann euch nicht erleuchten. Ihr müsst immer wieder in das *ich bin* eintauchen und, indem ihr das tut, euch selbst erleuchten. Ich bin nur ein Helfer, ein spiritueller Wissenschaftler, der ein Wissen mitteilt, das allen gehört.«

»Aber wie ist das mit Jesus?«, rief der junge Mann, als John auf dem Weg zum hinteren Teil des Publikums war.

John drehte sich um und ging auf den jungen Mann zu. »Jesus ist ein heller Leuchtturm von *ich bin*. Er *ist* das *ich bin*, das sich jede Minute jeden Tages in uns bewegt. Fühlst du dich von ihm angezogen, hungere und dürste nach seiner Hilfe und er wird dir helfen, wie auch jeder andere der vielen Heilande im Himmel, die die Menschen überall auf der Welt anbeten. Es gibt genügend Heilige und Heilande. Sie stehen uns alle im Inneren zur Verfügung und sehnen sich danach, dass wir Fortschritte machen. Es gibt nur viel zu wenige Menschen, die nach Gott hungern und dürsten und noch weniger Menschen, die gewissenhaft die Übungen ausführen, die die Menschheit aus der Dunkelheit herausführen. Heilande zu finden, ist einfach. Menschen zu finden, die bereit sind, in das *ich bin* im Inneren einzutauchen, ist nicht so einfach. Das ist eine Frage der Vorstellungskraft, weißt du. Alles, was wir Menschen uns vorstellen können, das können wir auch verwirklichen. Wir können es nicht wünschen, solange wir es uns nicht vorstellen können. Das ist die Kraft hinter Jesus oder hinter jeder anderen Kultfigur. Die Kraft entsteht aus unserer Fähigkeit, das zu sehen, was möglich ist, es zu wünschen und die Schritte in die Wege zu leiten, dies zu erreichen. Das Geheimnis von Jesus ist dasselbe wie das Geheimnis, das in der Fähigkeit der gesamten Menschheit liegt, das zu manifestieren, was immer sie sich wünscht. Die Kraft kommt immer aus unserem Inneren. Sie ist nicht irgendwo anders. Wenn sie von irgendwo anders zu kommen scheint, dann kommt sie trotzdem noch aus unserem Inneren.«

»Doch hat Jesus nicht gesagt: ›Ich bin der Weg?‹«, fragte der Mann. »Meine Kirche erzählt mir, dass Jesus Gottes eingeborener Sohn ist, das einzige Tor zum Himmel. Jeder, der ihn nicht als solchen ansieht, wird in die Hölle kommen.«

»Jesus ist das *ich bin* und das *ich bin* ist der Weg. Das *ich bin* in allen von uns ist der einzige Weg in den Himmel. *ich bin* ist der Himmel und *ich bin* hat viele Söhne und Töchter. *ich bin* hat viele äußere Namen in den vielen Religionen. Sie führen alle zur selben Öffnung der Wahrheit in uns. Alle, die heute Abend hier sitzen, sind die Söhne und Töchter Gottes. *ich bin* ist das himmlische Königreich in dir. Du bist das. Die Kirche hat ihre Gründe dafür, dass sie die Dinge sagt, die sie sagt. Es ist auch nicht nur die Schuld der Kirche, dass einige veräußerlichte Falschheiten in Umlauf gebracht werden. Wenn du es genau betrachtest, siehst du, dass wir, das Volk, eine äußere Struktur brauchten, um diese anbeten zu können, ein greifbares Kirchengebäude, einen beeindruckenden Altar, eine Hierarchie von Autoritäten, damit wir uns vor diesen verneigen können, ein goldenes Kalb, eine heilige Kuh, eine esoterische Weisheit, ein wasserdichtes philosophisches System, eine magische Kugel, was auch immer. Wir fragen unsere Kirchen nicht nach EINER Antwort, wir fragen sie nach DER Antwort. Deshalb müssen sie uns diese geben – und so entstand der eingeborene Sohn Gottes. Der Pfarrer braucht die Struktur genauso wie wir. Wir alle brauchen etwas, an das wir glauben können, einen Sammelpunkt. Das sind alles Dinge, die vom

Menschen selbst ausgehen. Geboren sind sie aus der Furcht vor der Sterblichkeit und der Furcht vor materiellen Verlusten. Schließlich führen sie aber alle zum *ich bin* im Inneren.«

John stand vor dem jungen Mann. »Du siehst: Es ist oft die Institution, die gegen alles und jeden ist, der in diesem physischen Reich als Bedrohung wahrgenommen wird. Klingt das wie ein guter Ansatz zur Annäherung an Gott? All dieses Getue wird in dem neuen Zeitalter der spirituellen Wissenschaft, in dem die Menschen Gott ganz einfach in sich selbst jeden Tag zu Hause oder wo immer sie sich gerade aufhalten, kultivieren, zur alten Geschichte gerechnet werden. Wer wird sich noch um diese eigennützigen Bedürfnisse dieser Organisationen kümmern. Wir erhalten das, was unseren Wünschen und unserem Glauben entspricht. Eng definierte spirituelle Dogmen, die Grenzen zwischen uns hier auf Erden ziehen, sind das Produkt von engstirnigen weltlichen Wünschen. Wir wachen nun auf und erkennen, dass die Struktur, jede Struktur eine vom Menschen gemachte Illusion ist. Schau in dich selbst. Nutze deine dir von Gott gegebenen Fähigkeiten. Mache die Übungen, die dich den göttlichen Erfahrungen des *ich bin* in dir aufschließen. Dann ändert sich alles. Es ist so einfach, wie es sich anhört. All der Rest ist menschliches Brimborium, das nur dem Hunger und Durst des *ich bin,* das uns aus dem Inneren nachhause ruft, in die Quere kommt. Mach dir um Gottes eingeborenen Sohn keine Sorgen. Das sind erfundene Geschichten, eine vom Menschen erschaffene Struktur, die dich nur aufhält. Tauche ein in die Glückseligkeit Gottes, *ich bin,* die in diesem Augenblick in dir schwingt. Wenn du Jesus suchst, dann suche ihn, indem du die *ich bin* Meditation ausführst, denn er ist das. Und genauso bist du es.«

John streckte die Hand aus und berührte den jungen Mann an der Brust. Eine kaum spürbare Energie trat in ihn ein. Der junge Mann stutzte etwas und schien außer Atem zu sein. Plötzlich war er etwas benommen.

John löste die Berührung. »Es wird alles gut. Jesus ist mit dir.«

Ein leichtes Lächeln schlich sich in die Gesichtszüge des jungen Mannes, als er sich umdrehte und etwas wackelig zu seinem Sitz zurückging. Sobald er Platz genommen hatte, schloss er die Augen und fiel tief in *ich bin.*

John ging langsam zurück nach vorne, drehte sich um und setzte sich hin. »Ja, mein Herr?«, sagte er zu einem Mann mit runder Nickelbrille, langen Haaren und Bart, der in den Mittelgang trat.

»Die meisten spirituellen Traditionen tun sehr geheimnisvoll, wenn es um die Übungen geht, die sie lehren. Sie teilen diese nur wenigen mit, die sie sich erst verdienen mussten. Einige sagen, du seist ein Abtrünniger und dass du einen Fehler machst, wenn du diese Übungen in aller Öffentlichkeit lehrst. Sie sagen, dass du Perlen vor Schweine wirfst.«

John hob ein Bein und schob den Fuß unter sich auf dem Sofa, sodass er in den Wurzelsitz kam. Er blickte hinaus in die Weite. »Gut, ich habe von den meisten spirituellen Traditionen keine Ahnung. Ich kenne nur die Reise, die ich selbst durchgemacht habe. Wenn das offene Vorstellen der Wahrheit, sodass jeder sie sehen kann, einen Abtrünnigen kennzeichnet, dann bin ich vielleicht einer. Es ist aber doch an der Zeit, oder?

Das Wissen kann nicht vorankommen, solange die Menschen damit beschäftigt sind, das zu schützen, was angeblich nur sie gepachtet haben. Die moderne Wissenschaft akzeptiert Ansätze mit derartigen Verboten nicht. Wenn es einen besseren Weg gibt, dann sollten wir ihn öffentlich machen und nicht geheime Lehren irgendwo unter Verschluss halten, um zu versuchen, sie zu schützen. Vor was sollten wir sie schützen? Wenn wir solche Geheimnisse hüten, kann die Gesamtheit des Wissens nicht bekannt werden, weil all diese geheimnistuerischen Menschen Fragmente des Ganzen voreinander und jedem verborgen halten. Die Übungen, die hier mitgeteilt werden, nennen wir *Wilders Geheimnisse*. Gut, das sind aber offene Geheimnisse. Jeder kann sie ausprobieren und selbst sehen, was wahr ist. Diese Prinzipien und Methoden gehören jedem. Sie sind deine natürlichen Fähigkeiten. Wer hat das Recht, dich davon abzuhalten, das zu nutzen, was dir gehört? Wo wären wir heute, wenn Newtons Bewegungsgesetze die ganze Zeit in einem Tresor aufbewahrt worden wären? Was wäre, wenn die Mathematik eine geheime esoterische Sprache wäre, die nur wenigen zugänglich gemacht wird? Dann würden wir immer noch in Höhlen wohnen, oder etwa nicht? Der Weg, auf dem spirituelles Wissen aufbereitet und verbreitet wird, muss sich ändern, oder wir werden weiter in den Höhlen der spirituellen Unwissenheit leben. Ist das nicht offensichtlich?

Zu dem Vorwurf, ich würde Perlen vor Säue werfen, kann ich nur sagen: Menschen, die so etwas in diesen modernen Zeiten behaupten, können nur wenig Achtung vor der Menschheit haben. Mit so einem Pessimismus bezüglich des spirituellen Potenzials der Menschen erreicht man nur wenig. Diese Haltung zieht alles in Zweifel, was sie tun. Seit wann verdient ein Mensch die spirituellen Übungen mehr als ein anderer – jemand, der weniger ein Schwein ist als ein anderer?«

John hielt inne und blickte im ganzen Saal in all die eifrigen Gesichter. Da waren so viel da, die danach hungerten, eine Gelegenheit zu bekommen, sich dem Gott in ihnen zu öffnen. Er wusste, dass es auf dem ganzen Planeten noch Millionen mehr gab. Diese alle wollte er erreichen.

Er schaute den langhaarigen, bärtigen Mann an, der im Gang stand: »Verehrter Herr, ich kann nur sagen, unsere Zeit ist gekommen ... Grunz! Grunz!«

Der prallvolle Festsaal brüllte vor Gelächter, auch der bärtige Mann, der die Frage gestellt hatte. Er war so außer sich, dass er sich krümmte. Nach ein paar Minuten beruhigte sich alles wieder.

Dann johlte jemand: »Grunz! Grunz!«

Dann ein anderer: »Grunz! Grunz!«

Bald schrie so ziemlich jeder: »Grunz! Grunz! Grunz! Grunz! Grunz! Grunz! Grunz! Grunz! ...«

John grunzte mit ihnen mit und bewegte seine Arme, als dirigierte er ein Grunzorchester. Daraufhin ging alles wieder in Gelächter über, das nur allmählich abflaute.

»Okay, haben wir uns alle ausgegrunzt?« John machte ein Gesicht, als würde er sich innerlich beherrschen müssen. Er schaffte es nicht. Er platzte mit einem Gelächter heraus und alles begannen von Neuem, und so setzte es sich einige Minuten fort. Jeder steckte jeden an.

Tränen rannen ihm von den Wangen. »Guuut, in Ordnung ... Schau, ich bestreite nicht die Notwendigkeit der Geheimhaltung in der Vergangenheit. Die Weitergabe von esoterischem Wissen war Tausende Jahre lang ein gefährliches Unterfangen. Davon legt die Geschichte ein Zeugnis ab. Es war schon immer risikoreich, ein neues Wissen vorzulegen. Es gab Zeiten, da wurden Menschen auf dem Scheiterhaufen verbrannt, nur weil sie die Idee öffentlich kundtaten, die Sonne und nicht die Erde könnte im Zentrum unseres Sonnensystems stehen. Seit dieser Zeit der blutrünstigen Unwissenheit hat sich allerdings sehr viel getan. Amerika ist ein freies Land, das von seinen Bürgern regiert wird. Das sind wir. Spirituelles Wissen darf man nicht mehr verstecken. Es ist sehr wichtig, dass man das nicht tut. Zu viele brauchen es. Gewöhnliche Menschen wie du und ich. Die materialistische Zeit, in der wir leben, muss einem freundlicheren, sanfteren Zeitalter weichen, in dem die Menschen ungehinderten Zugang zu ihrer eigenen Göttlichkeit haben, ihrem eigenen inneren *ich bin*. Es ist Zeit, dass das Wort ›esoterisch‹ durch das Wort ›offen‹ ersetzt wird. Es ist Zeit, dass jeder den gleichen Zugang zu spirituellen Hilfsmitteln hat.«

Alle applaudierten. Einige jubelten ...

»Es ist auch Zeit für uns alle, zum Göttlichen im Inneren direkt zu gehen, anstatt dass wir uns so vielen Zwischenhändlern anvertrauen. So lief es auch bei mir ab. So kann es für jeden sein. Darum geht es bei offenen Übungen. Nimm sie und geh damit nach innen. Du hast die Fähigkeit bereits in dir. Du lebst in einer *ich bin* Maschine. Es ist Zeit für einen neuen Ansatz, der auf der Reise basiert, die in jedem Menschen abläuft.

Äußere Lehren sind über die Jahrhunderte mit den Höhen und Tiefen der Menschheitsgeschichte und den Opfern großer Lehrer aufgeebbt und wieder verschwunden. Das ist sicher wahr für das Christentum, in dem die ursprünglichen Lehren von Jesus gänzlich verfälscht wurden. Das ist jedoch nicht die Schuld von irgendjemandem. Das brachten die Zeitumstände mit sich. Spirituelle Bestrebungen kamen bisher noch nicht in den Genuss der Vorteile eines wissenschaftlichen Ansatzes. Jetzt wird sich das ändern. Ich ermuntere alle Menschen mit praktischem spirituellen Wissen dazu, das, was sie beitragen können, an den Tisch der Wissenschaft zu bringen. Keine Pseudo-Wissenschaft, die einen wissenschaftlichen Ansatz nur vorschützt, um unflexible Ideen zu rechtfertigen. Wir wollen unsere Dogmen auf Herz und Nieren prüfen. Ich meine wirkliche Wissenschaft. Alles soll für jeden offen darlegt und die Ursachen und Wirkungen objektiv beurteilt werden. Solche Untersuchungen werden zu produktiven Forschungsarbeiten und einer Integration von Wissen führen. Daraus werden alle ihren Nutzen ziehen.

Wir brauchen offene Übungssysteme, die die menschengemachten künstlichen Grenzen überschreiten und alles Wissen zur spirituellen Transformation des Menschen integrieren. Die Prozesse der Wissenschaft werden Übungssysteme testen und allmählich auf viel höhere Ebenen der Vollkommenheit umformen, als das vorher jemals möglich war. Wenn man ihr nur die Gelegenheit gibt, wird die Wissenschaft für die spirituellen Übungen das tun, was sie so erfolgreich in anderen Gebieten des menschlichen Wissens getan hat. Bei wahrem Wissen gibt es keine Grenzen. Wir können es uns nicht länger leisten, dass spirituelles Wissen in Korsetts der Vergangenheit eingeengt bleibt. Wir müssen uns vorwärts bewegen und unser Wissen durch ständiges Nachforschen erweitern.

Es gibt auch in der Materie keine wirklichen Grenzen. Unsere Wahrnehmung und unsere Fähigkeiten werden sich verändern, wenn das Zeitalter der spirituellen Wissenschaft Einzug erhält. Es ist alles schöne strahlende Energie, die sich im leeren Raum bewegt. So werden wir alle die Welt sehen. Ich will es euch zeigen.«

John stand vom Sofa auf und hielt seine Hand über die Menge ausgestreckt. Eine Welle von strahlend weißen Lichtpartikeln ging daraus hervor und legte sich langsam wie Staub auf alle. Die Menge atmete tief durch. Viele sahen den Raum, wie John ihn sah, als Ströme lebendigen Lichts, die die durchscheinenden Grenzen der Materie beseelten. Jeder Mensch war ein Lichtwesen, durch das Wellen ekstatischer Glückseligkeit wogten.

»Seht ihr?«, sagte er. »Alles ist Energie. Alles ist *ich bin*. Das ist, was wir sind. Mache deine Übungen und du wirst diese Wahrheit jeden Augenblick jeden Tages sehen.«

Langsam ging er hinaus aus dem Festsaal.

Kurt lag eine Zeitung lesend in einem Sessel an Deck mit Blick über den Potomac River. Der weitläufige Rasen umarmte den Saum des Flusses und ging flussaufwärts und flussabwärts langsam in die Wälder über. Große Steinbrocken lagen zu beiden Seiten des Bootshauses am Ufer. Die Jacht war am Kai festgemacht.

Er wandte den Kopf, als er Nadine aus dem Haus kommen hörte. Sie kam näher und bewegte sich über das Deck auf ihn zu. Er legte die Zeitung auf den Schoß. Sie war seit einigen Tagen wieder zu Hause und hatte sich seither sonderbar verhalten. Sie war auch zuvor schon wochenlang nicht zu Hause gewesen, kehrte aber immer begierig in den Luxus des Woodmere Anwesens zurück. Doch dieses Mal schien sie nicht glücklich zu sein, dass sie daheim war.

»Es ist schön, dass du wieder da bist«, sagte er, »ich habe dich vermisst.«

»Ich möchte mit dir sprechen«, gab sie zurück. »Hast du eine Minute Zeit?«

»Natürlich«, sagte er. *Vielleicht kann ich jetzt herausfinden, wo ihr der Schuh drückt.*

»Ich habe mich entschieden, im Hotel auf Coquina Island zu bleiben«, sagte sie. »Man kann mich da brauchen und ich liebe die Meditation dort und die Lebensweise. An diesem Ort spielen sich unglaubliche Dinge ab und ich will ein Teil davon sein.«

Kurt fühlte innerlich, wie sein Temperament aufflackerte. Er wäre fast in einen Wutanfall explodiert, aber er beherrschte sich und sagte: »Oh, und wann hast du dich dazu entschlossen?«

»Während ich dort unten war und für deinen Vater sorgte. Es tut mir gut, mich in dieser Atmosphäre aufzuhalten.«

Kurt blickte in die Ferne zum Fluss und zu den Wäldern auf der anderen Seite. Er seufzte: »Gut, ich glaube, das war zu erwarten. Mein verdammter Bruder.«

»Da ist nicht John schuld dran«, sagte sie. »Das hat mir einfach sehr gutgetan. Das Leben hier ist zu stressig. Ich will den inneren Frieden, den mir die Meditation und das Gemeinschaftsleben dort geben.«

»Dann willst du dich also Johns Sekte anschließen, oder?«, fragte Kurt. Ein Fauchen schlich sich in seine Stimme. Johns ständiger Hinweis auf irgendein nebulöses und abstraktes inneres Leben ärgerte Kurt ohne Ende. *Nun will sich Nadine ihm anschließen. Scheiße!*

Kurt drehte sich herum, stand von der anderen Seite des Sessels auf und blickte weiter auf den Fluss.

»Tu, was du zu tun hast«, sagte er. »Ich denke, du kennst meine Gefühle dazu.«

»Ja«, sagte sie. »Es tut mir leid, doch das ist etwas, was ich tun muss. Je erfolgreicher wir hier finanziell wurden, desto leerer fühlte ich mich. Ich will nur etwas inneres Glück. Ist das so etwas Schlechtes?«

»Gut, wenn du ein Kind haben könntest, würde dir das vielleicht helfen.« Kurts Worte, die er über die Schulter auf sie wie eine Handgranate warf, waren so gewählt, dass sie ihr Schmerzen zufügen sollten.

Eine Stille trat ein.

Schließlich sagte sie: »Es tut mir leid, dass ich dir keine Kinder schenken kann. Musst du das aber jetzt vorbringen, um mich zu verletzen?«

Er drehte sich um und blickte ihr in die Augen. Tränen drangen daraus vor. »Es tut mir leid«, sagte er. »Es tut mir leid.«. Er fühlte, wie er die Kontrolle über die Dinge verlor, die ihm am wichtigsten waren: seine Frau und eine zukünftige Familie, um dieser alles einmal zu vermachen. Sogar das Geschäft wurde immer schwieriger, in den Griff zu bekommen. Und nicht zuletzt die Untersuchungen, die das Justizministerium anstrengte. *Herrgott!*

»So viel ist so lange für uns gut gegangen«, sagte er, »und jetzt scheint für mich alles aus dem Ruder zu laufen.«

»Du könntest mit nach Florida kommen und wir könnten ein Kind adoptieren«, sagte sie. »Du brauchst eine Veränderung genauso wie ich. Ich liebe dich. Ich werde dich immer lieben.«

»Florida?«, sagte Kurt borstig. »Machst du Witze? Diese Provinz? Und jedes Kind, das ich groß ziehe, wird von meinem eigenen Blut sein. Mein eigenes Blut! Hörst du?«

»Ja, ich weiß. Es tut mir leid.« Sie drehte sich um, um zu gehen.

»Nadine.«

Sie hielt an und wandte sich zu ihm. »Ja?«

»Wenn du noch einmal dort hinuntergehst, zum Coquina Dame Hotel, dann komm nicht zurück in dieses Haus.«

»Meinst du das ernst?«

Er zuckte mit den Achseln. »Ich fürchte schon.« Er hatte nicht beabsichtigt, das zu sagen. Doch das kam ganz natürlich aus ihm hervor, eine logische Reaktion auf den Gang der Ereignisse. Das war der Weg, wie er immer mit den Dingen umging. Und nun war es geschehen, weil er wusste, dass sie für ihn verloren war.

Eine Träne rann ihre Wange hinunter. »Gut, wenn es das ist, was du willst.« Sie ging zurück in die steinerne Villa.

Kurt plumpste in den Sessel und öffnete die Zeitung. Innerlich war er tief verletzt.

Das nächste Mal, dass er sie sah, war drei Monate später beim ersten Termin mit dem Scheidungsanwalt.

Kapitel 28 – Öffnungen

Ein Jahr später stand John auf der Ozeanterrasse vor dem Coquina Dame Hotel. Einen Fuß hatte er auf die Wand zum Meer gestützt. Die leichte Brise, die vom Ozean her blies, wehte durch sein Haar und wedelte die Beine der leichten Baumwollhose, die locker über seinen nackten Füßen hingen. Den Kragen seines Musselinhemds wehte es gegen seine Wange. Er blickte hinaus auf die Brandung, die jenseits des weiten Strands toste. Es war flüssiges Licht.

»Wir sind sehr weit gekommen«, sagte er zum Meer.

Er drehte sich um und blickte über das weitläufige Gebäude hinter sich. Die Renovierungsarbeiten waren weit gehend abgeschlossen. Die große alte Coquina Dame stand wieder stolz da.

Er lief langsam über den neu gepflasterten Weg zum Gebäude. Über seine Füße schossen mit jedem Schritt Fontänen an Energie nach oben. Er bewegte sich in einem Kaleidoskop inneren Lichts, manövrierte seine Schritte sorgfältig hindurch und vermied es, in die dünne reliefierte Energie der Luft hinaufzuschweben. Er ging durch den Seiteneingang. Dort traf er auf Luke und gemeinsam gingen sie den Flur hinunter zum Festsaal.

»Alles in Ordnung, Bruder Luke?«, fragte John.

In tiefer göttlicher Stimme kam es zurück. »Oh, ja, die Welt ist heute mit Glanzlichtern besetzt. Und wie sieht's bei dir aus, Bruder John?«

»Wie immer, lieber Freund.« Mit einer Geste des spirituellen Gebens legte er seine Hand, als sie durch die Tür in den prall gefüllten Festsaal eintraten, auf Lukes breiten Rücken.

Einige Hundert Menschen saßen auf gepolsterten Klappstühlen in enggestellten Reihen auf dem endlosen beigefarbenen

Teppich. Die alten Lüster funkelten über ihnen. Neue goldene Vorhänge zierten die überdimensionalen Panoramafenster zum Meer. Das Gemurmel der Menge verstummte, als John und Luke hereintraten. Sie gingen zu dem bescheidenen Sofa auf der Bühne oben im vorderen Bereich der Halle. John setzte sich in den Wurzelsitz. Luke steckte John das Mikrofon an, schaltete die Gürteleinheit an, klopfte ihm auf die Schulter und trat zur Seite weg.

John begutachtete das Publikum. Da waren viele bekannte Gesichter und auch einige neue. Mehrere Menschen reihten sich am Mikrofon auf, das im Mittelgang positioniert war. Am Ende der ersten Reihe saß eine Frau mittleren Alters nach vorn gebeugt im Rollstuhl. Verschiedene andere mit ernsten Erkrankungen saßen in dem Bereich und hofften auf Heilung. In ihrer Energie konnte er lesen. Er half ihnen gerne, wenn es ihm möglich war. Das hing indessen von ihrem Wunsch nicht weniger ab, als von seiner Fähigkeit, Heilenergie zu übermitteln.

Über die Monate war John mit diesem täglichen Ereignis vertraut geworden und er hatte seit Langem aufgehört, deswegen ein mulmiges Gefühl zu bekommen. Für ihn ist das inzwischen nur zu einer weiteren Übung als Bestandteil seiner Routine geworden. Die Öffnungen in den Menschen korrespondieren mit seinen eigenen Öffnungen. Die Dynamiken von *ich bin* reichten mittlerweile weit über diesen kleinen Körper hinaus. Die Wahrnehmung seines Selbst hatte sich so ausgeweitet, dass sie jetzt die gesamte Welt umfasste.

Er wusste, dass ihn viele aus dem Publikum als Energiequelle ansahen. Er besaß das, was sie instinktiv suchten, genau so wie damals vor vielen Jahren, als ihn die Menge in der First Church of Christ anfiel. Er ermutigte die Menschen, die kamen, ständig in sich selbst zu blicken und sich aus dem Inneren zu öffnen. Das war zwischen ihnen ein Thema, das unablässig diskutiert wurde. Sie wollten seine Hilfe und er wollte, dass sie sich selbst halfen.

Er saß still da und musterte sie ungefähr so, wie er vor Jahren sein verstopftes Nervensystem gemustert hatte, immer auf der Suche nach Strategien, sich zu reinigen und zu öffnen. Nichts hatte sich verändert. Nur das Spielfeld war größer geworden. Es hatte sich ausgeweitet und er wusste mehr über das Spiel als zuvor.

»Heute ist ein guter Tag, um über Übungen zu sprechen«, sagte er zu der Versammlung von Lichtwesen, die er vor sich sah. Dies waren die Worte, mit denen er üblicherweise einstieg. »Hat irgendjemand eine Frage zu den Übungen?«

Eine junge Frau mit zerfetzter Energie stand am Mikrofon: »Es scheint, dass ich nicht meditieren kann. Was immer ich auch mache, ich bleibe an der Oberfläche.«

»Das ist in Ordnung, wenn man an der Oberfläche bleibt«, sagte John. »Das bedeutet, dass gerade da die Dinge passieren. Lass es nur geschehen. Bemühe dich nicht, deinen Weg hinein zu erkämpfen. Das Bemühen ist ein Hemmnis. Wenn du dich nicht bemühst und den Gedanken *ich bin* bequem auf irgendeiner Ebene von Klarheit aufgreifst, meditierst du, was immer die Erfahrung sein mag. Erwartungen sind nicht Teil der Meditation.«

»Doch manchmal fühle ich mich, als ob ich aus meiner Haut fahren würde«, sagte die junge Frau.

»Fühlst du dich so nach der Meditation?«

»Ja, oft.«

»Dann nimm dir mehr Zeit fürs Herauskommen aus der Meditation«, beteuerte John. »Leg dich eine Weile lang hin. Wenn das Unbehagen anhält, versuche es mit einer Verkürzung deiner Meditationszeit um fünf oder zehn Minuten, bis die Dinge wieder geschmeidiger werden. Erhöhe dann die Zeit wieder, wenn du denkst, dass du dazu bereit bist. Finde heraus, wo dein Gleichgewichtspunkt liegt.«

»Wie lange sollte ich meditieren?«

»Zwanzig Minuten einmal vor dem Frühstück und einmal vor dem Abendessen ist für die meisten Menschen gut, doch nicht für jeden. Für einige ist mehr, für andere ist weniger angenehm. Finde selbst heraus, was für dich stimmig ist. Dein Gleichgewicht zu finden, ist sehr wichtig. Außerdem hilft die Wirbelsäulenatmung vor der Meditation ungemein, Körper und Geist zu beruhigen. Das glättet Energieungleichgewichte und kultiviert den Körper für die *ich bin* Meditation. Machst du die Wirbelsäulenatmung?«

»Nein, ich habe sie bisher nicht gelernt.«

»Wende dich nach der Veranstaltung an Luke und er wird sich darum kümmern, dass dir weitergeholfen wird. Jeder, der bereits meditiert und dazu neigt, mehr Übungen zu machen, wendet sich bitte nach dieser Besprechung an Luke. Wenn du noch nicht meditierst, es aber gerne lernen möchtest, dann kann er dir auch dabei helfen.«

Ein übergewichtiger Mann trat ans Mikrofon. »Ich schaffe es nicht, den Wurzelsitz einzunehmen. Mein Bein kann sich nicht so stark beugen.«

»Du solltest nie aufhören, sanft darauf hinzuarbeiten, dass du es irgendwann schaffst, jedoch nie mit Gewalt. Der menschliche Körper ist so gebaut, dass die Ferse einmal zum Perineum finden kann. Ob das eine oder das andere Bein hinkommt, ist egal. Man kann das Bein auch ab und zu wechseln. Das erlaubt es immer einem Bein, sich auszuruhen. Bis das bei dir einmal so weit ist, oder falls du das aus irgendeinem Grund niemals schaffen solltest, kannst du den gewünschten Effekt auch erzielen, indem du als Ersatz für die Ferse einen Ball, eine eingerollte Socke oder sonst etwas Geeignetes heranziehst. Es muss nicht die Ferse sein, die den Effekt hervorbringt. Entscheidend ist, dass man im weichen Bereich des Perineums zwischen dem Schambein und dem Anus einen Druck aufbaut.«

»Gibt es auch Empfehlungen für die richtige Ernährung?«, fragte der übergewichtige Mann.

»Meine Empfehlung ist, dass man sich wegen der Ernährung nicht zu viele Gedanken macht und vor allem nicht darauf besessen wird. Das kann ablenken. Machst du die Meditation und die anderen Übungen, so wird dies auf natürliche Weise deinen Appetit und deine Vorlieben verändern. Halte dich also daran. Jeder ist verschieden. Meditiert man, führt einen das schließlich zu einer Ernährungsweise, die leicht und nahrhaft ist. Das heißt: nicht zu leicht, um noch nahrhaft zu bleiben und nicht zu nahrhaft, um leicht zu bleiben – ein Gleichgewicht, du weißt. Wenn du das bewusst in dieser Richtung etwas unterstützen willst, ist das in Ordnung. Die meisten von uns haben diesen Drang verspürt. Die Übungen stehen miteinander in Verbindung. Führt man eine aus, nähert man sich an andere an. Ein natürlich aufsteigender Wunsch für eine reinere Ernährung ist ein Beispiel dafür, wie die Übungen Veränderungen in unserm Leben herbeiführen.«

Eine attraktive Frau ergriff das Mikrofon: »Ich schaffe es, mich in den Wurzelsitz zu setzen, doch das, mhm, das lenkt mich so sehr ab, dass ich nicht meditieren kann. Was soll ich da tun?«

»Wie lange gehst du schon in den Wurzelsitz?«, fragte John.

»Ungefähr einen Monat«, antwortete sie.

»Die Ablenkung ist normal. Gib dem etwas Zeit. Du wirst das in den Griff bekommen. Der Wurzelsitz ist eine sehr wichtige Übung, die man nebenher ausführt und die Meditation und all die anderen Übungen werden sozusagen darin eingebettet. Werden die sexuellen Spannungen zu stark, so dass es nicht mehr auszuhalten ist, versuche es mit etwas Weicherem als der Ferse, z.B. einem Kissen. Dann probiere immer wieder einmal, zurück zu deiner Ferse zu wechseln. Denke daran, dass deine sexuelle Energie gezähmt werden kann und wird, um sie einem höheren Zweck dienstbar zu machen. Entwickelt sich dies einmal hin zu einer sanften glückseligen Kultivierung, wird der Wurzelsitz zu einem deiner besten spirituellen Freunde. Viele haben die Reise gemacht. Du wirst das Ziel auch erreichen.«

Ein in Anzug gekleideter Mann mittleren Alters mit grauen Haaren und Brille war als Nächster an der Reihe.

»Ich heiße Dr. Keith Stonemeyer. Ich bin Mitglied im Bund amerikanischer Ärzte. Ich bin hier, um gegen deine Empfehlung zu protestieren, die Leute sollten das Frenulum unter ihrer Zunge anritzen, um die Zunge besser in den Nasen-Rachen-Raum zu bekommen. Das ist dumm und gefährlich und sollte man nicht tun.«

»Dumm und gefährlich?«, sagte John. »Haben Sie es versucht, mein Herr?«

»Warum sollte ich so etwas Idiotisches machen?«, gab der Arzt zur Antwort.

»Wenn Sie es selbst nicht ausprobiert haben, dann sind Sie kaum berechtigt, darüber zu urteilen. Wichtige natürliche spirituelle Verbindungen werden im Nasen-Rachen-Raum geschlossen. Bei den meisten Menschen muss, um dahin gelangen zu können, etwas zerbrochen werden, ähnlich wie das Jungfernhäutchen zerbrochen werden muss, damit es zur Fortpflanzung kommen kann. Ist die Zeit reif, ist das eine natürliche spirituelle Veränderung im persönlichen Leben, eine, die sehr wichtig ist. Die Menschheit ist immer über ihre Grenzen hinausgewachsen, um sich neuen Arten von Erfahrungen auszusetzen. Die Beseitigung des Jungfernhäutchens unter der Zunge und das Hinaufgehen in den Nasen-

Rachen-Raum ist eine der größten Erfahrungen, die ein Mensch haben kann. Würden Sie uns dem allen berauben wollen, weil Sie selbst noch keine Erfahrungen damit gemacht haben?«

»Das ist etwas Unnatürliches –«.

»Genauso trifft dies für Piercing und Tattoos zu ... sogar Chirurgie könnte man als etwas Unnatürliches ansehen. Bedeutet dies, dass wir all das aufgeben sollten? Ist die Beschneidung etwas Natürliches? Dabei schneidet man den Männern, noch während sie Babys sind, einen Teil ihrer Anatomie heraus. Ein Mensch, der sich bereit fühlt und sich dafür entscheidet, in den Nasen-Rachen-Raum hinaufzugehen, nimmt niemandem etwas weg, am wenigsten sich selbst. Es ist das *ich bin,* das uns zur geheimen Kammer und zum Altar der Glückseligkeit ruft und dann ist es eine persönliche Entscheidung, ein Akt der Entfaltung göttlicher Ekstase. Führt man es auf der Reise vorsichtig und zur angemessenen Zeit aus, wird das unschätzbare Vorteile für unsere Lebensqualität und für die Qualität unserer Umgebung haben.«

Der Arzt war sichtlich aufgewühlt. »Junger Mann, Sie wissen nicht, von was sie sprechen. Sie befinden sich außerhalb der Grenzen der modernen Medizin und unserer Gesellschaft.«

»Vielleicht ist das so, doch befinde ich mich in guter Gesellschaft. Fast jeder in der Geschichte, der sich für einen Durchbruch in der menschlichen Entwicklung eingesetzt hat, befand sich außerhalb dieser Grenzen. Einige wurden dafür ermordet. Es scheint, dass Fortschritte immer nur zu einem hohen Preis derer möglich sind, die diese Fortschritte befördern. Doch wie können wir anders vorwärtskommen, als dass wir immer den nächsten Schritt machen, was immer es kostet? Wir müssen uns stets weiterentwickeln. Das Wissen ist da. Die Menschen werden selbst entscheiden.«

»Wir werden eine Beschwerde beim Gesundheitsamt einreichen, Herr Wilder.« Dr. Stonemeyer machte auf dem Absatz kehrt und bahnte sich einen Weg hinaus durch die dichte Menge im hinteren Teil des Saales.

John zuckte mit den Achseln: »Gut, jeder hat das Recht auf eine eigene Meinung. Das ist prima, solange nicht Leuten wie diesem noblen Arzt dort die Verantwortung darüber erteilt wird, zu entscheiden, was jeder für sich selbst wählen darf oder nicht.«

Eine lächelnde Frau ging ans Mikrofon. »Ich habe eine Frage zu *ich bin* und den neun Gebeten.«

»Ach, sehr schön«, sagte John. »Das ist eins meiner Lieblingsthemen.«

»Wenn wir in der Meditation *›ich bin‹* denken, wer ist dieses *ich bin*, in das wir hinein loslassen? Ist das ich oder ist das Gott, *ich bin?* Wenn wir bei den neun Gebeten loslassen, wer oder was ist das, in das wir hinein loslassen?«

»Sowohl du als auch deine innere Stille sind Aspekte dessen, was wir *Gott* nennen. Beides sind Manifestationen der Wirklichkeit von *ich bin*. Bei den meisten Menschen ist das individuelle Ego selbst eine schwache und enge Widerspiegelung von *ich bin*, wie ein Licht, das durch einen dichten Nebel scheint. Das kleine ICH BIN kannst du immer leicht ausmachen, weil es mit Großbuchstaben geschrieben wird. Je schwächer der Lichtstrahl, desto mehr versucht es, das wettzumachen, indem es sich aufplustert.«

Gelächter ...

»Meditation und die neun Gebete von *ich bin* werden das ändern. Die neun Gebete von *ich bin* sind enge Verwandte der Meditation, mit nur einem wichtigen Unterschied: Meditation nimmt uns in die stille Tiefe von *ich bin*, während die Gebete da sind, ausgehend von dieser stillen Tiefe mit bestimmten Absichten wieder herauszukommen. Weil die Gebete ihren Ausgangspunkt tief im Inneren haben, steht hinter den Absichten die unendliche Kraft von *ich bin*. Ein entspannter Verstand ist der kraftvollste Verstand. Das ist Gottes Verstand. Die regelmäßige Übung der neun Gebete stärkt schrittweise unsere Fähigkeit, alle Wünsche in *ich bin* zu initiieren. Je mehr das zur Reife gelangt, desto mehr wird das Wunderbare zum Selbstverständlichen. Und das große ›ICH‹ wird zum kleinen ›ich‹, das in Wirklichkeit unendlich groß ist.«

John lächelte: »Siehst du? Solange die Oberfläche unseres Bewusstseins nicht identisch mit der Tiefe von *ich bin* ist, solange wird da an der Oberfläche oder im gesprochenen Wort auch nicht viel Kraft liegen. Wenn man also LIEBE auf der Oberfläche des Verstandes mit dem persönlichen ›ICH‹ sagt oder denkt, bewirkt das nicht viel. Greifen wir ... *Liebe* ... schwach und verschwommen in der stillen Tiefe des *ich bin* auf, ist die Wirkung viel größer, unendlich viel größer. Dies kultiviert unser Bewusstsein in *ich bin* überall und projiziert gleichzeitig die Kraft von ... *liebe* ... nach außen in alle Richtungen. Gelangen wir zu der Entwicklungsstufe, in der *ich bin* auf der Oberfläche unseres Verstandes genauso ist wie in der Tiefe, dann wird die Wirkung an der Oberfläche dieselbe sein wie das Aufgreifen der Gebete in den Tiefen.

»Dann funktioniert das so ...« John schloss die Augen und sagte ruhig: »... *liebe* ...« Eine Welle sichtbaren weißen Lichts ging von ihm in alle Richtungen aus und durchdrang jeden im Festsaal. Eine Widerspiegelung der Energierose vom Publikum in viele verschiedene Farben. Einige begannen zu lachen. Einige bedeckten ihre tränenden Gesichter mit den Händen. Andere fielen in Meditation.

Nach wenigen Minuten hatten sich alle wieder beruhigt. Die lächelnde Frau führte das Mikrofon zaghaft wieder zum Mund. »Sollte jeder die neun Gebete des *ich bin* anwenden oder nur fortgeschrittene Meditierer?«

»Jeder, der will«, sagte John. »Doch sei dir bewusst, dass etwas innere Stille notwendig ist. Diese ist eine Folge von Wochen, Monaten oder Jahren der täglichen *ich bin* Meditation. Denke auch daran, dass die tägliche Anwendung der Gebete ein Momentum aufbaut, wie das auch bei der Meditation der Fall ist. Du baust eine ständig anwesende bewusste Gegenwart in *ich bin* auf eine große Entfernung um dich herum auf. Du wirst selbst dazu. Das ist ein Entwicklungsprozess, zu dem es als Ergebnis täglicher Übungen kommt. Während dein Einfluss auf die Umgebung wächst, erkennst du auch, dass du deine Umgebung bist. Es gibt da nur einen von uns hier – *ich bin*. Öffne dich dem *ich bin* und du wirst erkennen, dass du alles bist.«

Die lächelnde Dame reichte das Mikrofon an einen energetischen jungen Mann weiter. »Ich habe die Wirbelsäulenatmung angewendet und das Atemanhalten und die nehmen mich wirklich mit in eine andere Dimension. Ich bin richtig süchtig danach. Wie kann es dazu kommen?«

»Das ist wundervoll«, sagte John. »Dies sind wichtige Übungen, womit man die Grenzen durchbrechen kann, die einen der Körper und insbesondere die Umklammerung der materiellen Sinne auferlegen.

Stelle sicher, dass du gleich nach den Atemübungen meditierst. Die Atemübungen pflügen den Boden des Nervensystems und düngen den bestellten Boden mit sexuellen Essenzen, die von unten nach oben gezogen werden. Die Meditation pflanzt den Samen von *ich bin* tief in den gedüngten Boden des Nervensystems. Die Frucht, die darin wächst, ist das reine Licht Gottes. Pflanzt du nicht den Samen Gottes, kann dort alles Mögliche wachsen. Deshalb unterstützen Atemübungen die Meditation und nicht anders herum. Normalerweise kannst du jemanden leicht erkennen, der Feuer und Flamme für Atemübungen ohne Meditation ist. Diese Menschen können steif, streitsüchtig, intolerant, unsicher oder beschränkt in ihren Ansichten sein. Dies sind alles Zeichen für eingeschränktes Meditieren. Da können alle Arten von Unkraut gedeihen. Doch zusammen mit Meditation öffnen Atemübungen das Tor zum Himmel.

Bei der Frage, wie sie wirken, muss man mehrere Dinge berücksichtigen. Erst mal verursacht eine Drosselung des Atems das Aufsteigen sexueller Essenzen im Körper, um damit den zeitweisen Mangel an Lebenskraft, der durch die Drosselung der Atmung hervorgerufen wurde, auszugleichen. Der Körper greift auf den riesigen Speicher an Lebenskraft in den Lenden zurück, um das zu ersetzen. Und er macht das sogar mehr als wett. Die sexuelle Energie ist viel dynamischer und dient viel mehr Aufgaben, als die einfache Sauerstoffanreicherung des Bluts in den Lungen. Die sexuellen Energien öffnen jeden Nerv und fließen darin, so dass sie das Nervensystem zu einem Supraleiter für spirituelle Energie machen. Steigt die Energie einmal über den Beckenbereich hinaus auf, betrachten wir diese Energie nicht mehr als sexuell. Sie ist göttliche Ekstase, die hochstrebt. Das ist aber die gleiche Energie. Sie dient im Körper jedoch einem anderen Zweck. Die Fähigkeit des menschlichen Nervensystems zur Ekstase ist viel größer, als man gemeinhin annimmt. Sie ist wundervoll. Zum Zweiten erreicht man durch das Lenken der Lebenskraft beim langsamen Atmen nach oben und unten in der Wirbelsäule eine Vereinigung der Polaritäten im menschlichen Wesen. Die männliche Energie kommt von dem hellen Reich über dem spirituellen Auge nach unten und die weibliche Energie geht von der Wurzel nach oben. Sie vereinigen sich und ein neues spirituelles Leben wird in uns hervorgebracht. Der Verstand besitzt die Fähigkeit, diese Bewegungen in der Wirbelsäule durch eine mentale Energieinduktion zu erzeugen. Der Atem und der Verstand zusammen können die Energie sehr effektiv durch den Körper bewegen. Jeder, der die Wirbelsäulenatmung ausführt, weiß dies.

Die Wirbelsäulenatmung schärft auch die sinnliche Wahrnehmungsfähigkeit. Unsere Sinne decken ein Spektrum ab – genauso wie die Gedanken. Dieses Spektrum beginnt in der Tiefe des *ich bin* und endet an der Oberfläche der physischen Erfahrungsebene. Die meisten von uns operieren sinnlich gesehen hauptsächlich auf der physischen Ebene und denken, dass dies alles sei, was es gibt. Das ist so, als würde man glauben, die Erde sei flach, wenn sie tatsächlich rund ist. Du brauchst aber nur über den Horizont hinauszusegeln, um herauszufinden, was die Wahrheit ist. Mit der Wirbelsäulenatmung, Meditation und den neun Gebeten dehnt sich unsere sinnliche Erfahrung über den Horizont unserer physischen Erfahrungen in die Reiche des Lichts, in die himmlischen Reiche Gottes, des *ich bin, aus.* Dort drinnen erkennen wir, dass dieses Leben ein endloses Kaleidoskop ekstatischer Energie ist, die ständig mit sich selbst tanzt. Die Öffnung des sinnlichen Spektrums zeigt uns, dass das Außerordentliche das Gewöhnliche ist. Es ist überall um uns herum und in uns. Du erinnerst dich sicher daran, dass eines der Gebete des *ich bin* lautet: ... *innere Sinnlichkeit* ... Damit soll nicht die physische Sinnlichkeit verbessert werden, sondern die Erfahrungen der Sinne auf dem Sinnesspektrum nach innen ausgeweitet werden.

Die Übung mit dem Atemanhalten ist ein Zusatz zur Wirbelsäulenatmung, der diese erweitert. Man sollte sie nur nach der Wirbelsäulenatmung ausführen, weil die Wirbelsäulenatmung einen stabilen Ausgleich der polaren Energien im Körper herstellt. Ohne diesen Ausgleich kann das Atemanhalten zu unstabilen Energieflüssen führen. Deshalb habe ich der jungen Frau mit den unruhigen Meditationen die Wirbelsäulenatmung empfohlen. Fortgeschrittenere Übungen mit Atemanhalten gibt es auch noch. Diese erfordern, dass man mit rotierenden Bewegungen des Kopfes in die ekstatischen Flüsse im Körper eingreift. Das lässt die Energie in Brust und Kopf sehr stark ansteigen. Letztendlich ist es die Erweckung des *ich bin* im Kopf, was uns über das Körperbewusstsein hinausbringt.

Das Atemanhalten spielt eine Schlüsselrolle bei diesem Prozess.«

Der junge Mann ergriff erneut das Wort: »Wie ist das mit der Reinigung des dritten Auges? Das ist doch auch ein Atemanhalten. Wodurch unterscheidet sich dies?«

»Ja, eine gute Frage. Die Reinigung des dritten Auges ist eine besondere Übung, die darauf abzielt, das spirituelle Auge, das zwischen dem Zentrum der Stirn und dem Zentrum des Kopfes oberhalb der Nasennebenhöhlen und des Nasen-Rachen-Raums lokalisiert ist, zu öffnen. Dabei halten wir nach der Einatmung den Atem an und bauen damit Druck in den Nasengängen auf, zusammen mit anderen physischen Mitteln, die Druck auf die Augen auszuüben. Dieser Druck überträgt sich nach hinten auf das Gehirn. Die Reinigung des dritten Auges reinigt die Nerven bis nach ganz hinten und nach unten durch den Hirnstamm, die Medulla oblongata. Es ist eine sehr gute Übung, die den Energiefluss durch das Gehirn und hinaus zum hellen weißen aufgehenden Stern antreibt. Diese Übung sollte man zum Abschluss der Übungen nach den neun Gebeten und vor der Ruhephase machen. Detaillierte Anweisungen zu allen Übungen, über die wir gesprochen haben, kann man hier in der Coquina Dame erhalten. Du kannst dich dazu in eine Liste am Infotisch in der Lobby eintragen.

Gut, sollen wir etwas meditieren, bevor wir uns eine gute Nacht wünschen?«

Alle richteten sich für einige Sekunden auf ihren Plätzen ein, schlossen die Augen und gingen in die Stille des *ich bin*.

Im Verlauf der Meditation konnte man hier und dort im Festsaal ein Stöhnen des Verzückens hören. Zweimal schrien Stimmen in Ekstase auf, als sie von der hungrigen Penetration des *ich bin* in ihren menschlichen Körpern durchstochen wurden. John fühlte all die Öffnungen, die sich in ihnen vollzogen, in seinem Körper. Er saß still und gewichtslos auf dem Sofa, tief in *ich bin* versunken, die Augen nach oben zur leuchtenden Helligkeit gewandt.

Kapitel 29 – Wolken im Norden

Kurt nahm den Anruf seines Anwalts im Arbeitsraum von Woodmere entgegen.

»Es ist endgültig«, sagte Carl Steiner. »Nadine hat die Schriftstücke unterschrieben. Nun ist sie deine wohlhabende Ex-Frau. Wir haben es mit Mühe geschafft, die Zehnmillionengrenze nicht zu überschreiten, wie du das wolltest. Ihr Anwalt hat sich um den letzten Dollar gestritten. Er muss da prozentual beteiligt sein.«

»Vielen Dank«, sagte Kurt. »Ich weiß nicht, was ich ohne euch Jungs hätte tun sollen.« Er ließ den Hörer in den Hänger zurückkrachen.

Es war nicht die Höhe der Summe, die ihm zu schaffen machte. Das war nur ein Flohbiss in sein gesamtes Vermögen. Es war das Verlieren überhaupt, das ihn innerlich ausbrannte: dass er Nadine verlor, das Leben verlor, das sie zusammen hatten, dass er sie an die idiotische Sekte seines Bruders verlor und auch den Rest seiner Familie. Sein Vater war seit dem Tod seiner Mutter in ein Traumland der Meditation abgedriftet und verschwendete Firmengelder für Johns dumme Mission. Er schob die Schuld für Mutters Tod ausschließlich John und seiner indischen Frau zu. Das hätte alles nicht passieren dürfen.

In der Absicht, sein Ego zu beschwichtigen, gab Kurt in Woodmere einige große Partys. Diese Events begannen am Nachmittag und gingen die ganze Nacht durch bis zum nächsten Morgen. Zu den geladenen Gästen zählten wichtige Personen aus Washington, mächtige Geschäftsleute und Berühmtheiten aus Hollywood. Sie kamen alle, um sich gegenseitig an den Schultern zu reiben, zu essen, trinken, tanzen, miteinander bekannt zu werden und Unfug auszuhecken.

Kurt sah man auf den Partys kaum. Er zeigte sein Gesicht nur gelegentlich, wenn es für ihn von Vorteil war. Meist lud er bestimmte Gäste in sein Büro oder in ein Hinterzimmer ein, um persönliche Bande zu knüpfen, die seinen Zwecken dienten.

Senator Weatherhold trat in das riesige Arbeitszimmer. Kurt erhob sich von der Couch am offenen Kamin, um ihn zu begrüßen.

»Senator, vielen Dank, dass du gekommen bist. Darf ich dir einen Brandy einschenken?«

»Von mir aus gerne«, sagte der Senator. »Eine wundervolle Party. Du solltest herauskommen und an dem Vergnügen teilnehmen.«

Kurt füllte zwei große Brandygläser. Sie setzten sich auf die einander zugewandten Sofas vor dem riesigen offenen Kamin. Der Senator sah nur die Kanten des niedrigen schachgemusterten Parketttisches zwischen ihnen. In der Mitte des Tisches stapelten sich Ausgaben zerzauster Magazine und Zeitschriften von Wochen. Einige waren zu Boden gefallen.

Kurt lehnte sich mit seinem Glas auf dem Sofa zurück.

»Geht es dir gut?«

»Es ist mir schon mal besser gegangen«, sagte Kurt. Er nahm einen Schluck Brandy.

»Die Sache mit Nadine tut mir leid. Ihr zwei wart ein schönes Paar.«

»Ja«, sagte Kurt abwesend.

»Wir haben sie sehr vermisst, als sie unser Büro verließ. Wo ist sie jetzt?«

»Florida.«

»Oh ja, dein Bruder dort mit seiner Sekte.«

»Können wir nichts unternehmen, um ihn kaltzustellen?«

»Das ist schon das zweite Mal, dass du mich das fragst. Wir haben uns das angesehen. Sie verstoßen gegen keine Gesetze. Das schaut auch alles sehr harmlos aus. Ein Haufen Leute, die herumsitzen und meditieren--«

»So harmlos wie eine Schlange«, antwortete Kurt. »Sie ruinieren mein Leben.«

»Tut mir leid, das zu hören«, sagte der Senator. »Doch das ist dein Problem, oder? Warum sollte ich das zu meinem machen?«

»Weil du mir das schuldig bist, Senator.«

»Es tut mir leid, Kurt. Doch in diesem Fall kann ich nichts unternehmen.« Der Senator nahm seinen letzten Schluck, stand auf und begann hinauszugehen. »Vielen Dank für den Brandy.«

»Da ist noch was.«

Der Senator hielt inne und drehte sich zu Kurt um. »Ja?«

»Die Firma«, sagte Kurt. »Die Nachforschungen des Justizministeriums. Wir kooperieren, doch es beunruhigt mich, wie die Dinge laufen.«

»Gibt es irgendeinen Grund, deswegen beunruhigt zu sein?«, fragte der Senator.

»Komm, Senator, du weißt, wie wir unsere Geschäfte führen. Du bist Teil davon.«

»Das glaube ich nicht, Kurt. Du hast das alles selbst gemacht. Diese Deals zur Beteiligung an den Geschäften, damit habe ich nichts zu tun.«

»Und wie steht es mit Glades?«, antwortete Kurt.

»Du weißt, dass ich mir da die Hände nicht schmutzig gemacht habe«, sagte der Senator.

»Doch der Bund weiß es nicht. Bist du sicher, dass es da nichts gibt, womit du uns diese Spürhunde vom Hals halten kannst?«

Der Senator wollte Kurt nicht reizen. »Ich weiß nicht ... Ich weiß nicht. Das ist schon ziemlich weit fortgeschritten. Lass mich mal überlegen. Möglicherweise gibt es da etwas –«.

»Du machst das, Senator.«

Senator Weatherholds Blick wandte sich von Kurt zu dem reich ausgestatteten riesigen Arbeitsraum.

»Dies ist ein schönes Domizil, das du hier hast, Kurt, ein schönes Domizil.« Er drehte sich um und ging zur Tür.

Als Senator Weatherhold hinausging, konnte Kurt laute Musik und lärmendes Gelächter hören, die durch das Foyer vom riesigen Wohnzimmer auf der gegenüberliegenden Seite des Hauses herüberschallte. Das war an diesem Wochenende ein Spielzimmer für die Reichen und Berühmten. Er ließ sich zurück in die Couch sinken.

»Hi, Baby, hast du mich gerufen?«

Mable Butkus schlüpfte durch den Spalt in der großen Tür des Arbeitszimmers und schloss sie hinter sich.

»Ja«, sagte Kurt.

»Du guckst ja ganz schön bekackt aus der Wäsche«, sagte sie, während sie ihre Hand auf die nach außen geschwungene Hüfte stützte. »Ist was nicht in Ordnung?«

»Nur alles.«

»Oooh, Baby ... du brauchst eine Therapie ...«

»Jaaaah.«

Sie ließ eine Kaugummiblase platzen, kickte ihre Schuhe weg und kam herüber. Nachdem sie zwischen den niedrigen Tisch und die Couch getreten war, spreizte sie Kurts nach unten hängende Beine, kniete sich auf die weichen Kissen und beugte sich herunter zu seinem Schritt. Ihr rotes Kleid öffnete sich wie die Schale einer Banane, sodass ihre Schenkel und ihr heißes rosarotes Höschen sichtbar wurden. Die Hände auf beiden Seiten seines Kopfes auf die Lehne der Couch stützend, beugte sie sich nach vorn und küsste ihn auf den Mund.

»Alles wird gut werden«, sagte sie. »Ich werde gut für dich sorgen.«

Dann küsste sie seine Nase, seine Stirn und ging höher und höher hinauf, bis sein Gesicht in ihrem baumelnden Ausschnitt steckte.

Er kam in Schwung, legte seine Hände auf ihre Hüften und begann ihre nackten Brüste zu küssen. Sie rutschte auf ihm hin und her. Er fühlte, wie sie sich unten auf seine Erektion konzentrierte.

»Oh, ich mag das«, stöhnte sie, als sie sich leidenschaftlich auf ihm krümmte.

Sie erhob sich, stellte ein Bein zwischen die seinen und schließlich auch noch das andere. Dann ließ sie sich mit den Füßen am Boden zurückgleiten, blieb aber mit ihrem Ausschnitt am Rand der Couch zwischen seinen Beinen und mit Händen und Gesicht nah bei seinem Schritt. Sie streichelte ihn mit einer Hand durch den Stoff, während sie ihm mit der anderen die Hose öffnete. Bald stand Kurts Teil heraus und er war bereit. Er war besessen von dem Vorgefühl.

»Mable?«, sagte er.

Sie hob den Kopf gerade, als sie dabei war, auf ihn herunterzukommen.

»Ja, Baby?«

»Es wird Zeit, dass du den Kaugummi ausspuckst.«

»Oh, jaaahh ...« Sie spuckte ihn über seinen Kopf. Der rosafarbene Klumpen landete auf dem antiken Orientteppich hinter der Couch. Dann kam ihr Kopf herunter und er ließ einen langen Seufzer los.

Mable betätigte sich voller Eifer auf ihm und machte dabei hungrige Geräusche.

Nach einigen Minuten hatte Kurt den Höhepunkt erreicht. Sie melkte jeden Tropfen, den er hatte. Langsam kam sie ein letztes Mal hoch und entließ ihn schließlich mit einem *Flop*.

Sie blickte in seine glasigen Augen und lächelte. »Fühlst du dich jetzt besser, Baby?«

»Ein wenig«, murmelte er und versank in eine nachorgasmische Benommenheit.

»Weißt du was?«, sagte sie und schleckte sich ihre Lippen.

»Huh?«

»Du schmeckst immer viel besser als ein Kaugummi.«

Kapitel 30 – Ein Gerichtstermin

»Herr Wilder, Sie sind verhaftet«, sagte der Bundesbeamte, als er Kurt herumdrehte und ihm Handschellen anlegte.

Dasselbe geschah Harry Wilder in Jacksonville und Dutzenden anderen aus dem Management der Wilder Corporation im ganzen Land. Der Zugriff fand gleichzeitig auch auf verschiedene andere große Firmen des Anlagenbaus statt. Die Vorwürfe waren umfangreich, meist im Zusammenhang mit Börsenmanipulationen und geheimen Absprachen bei staatlichen Aufträgen. Einigen verhafteten Mitarbeitern der Wilder Corporation aus dem mittleren Management wurde zusätzlich Bestechung von Regierungsbeamten, manchen Erpressung zur Last gelegt.

Auf allen Fernsehkanälen zeigte man dutzende Männer in teuren Anzügen, die in Handschellen abgeführt wurden. Stimmen aus dem Off trompeteten: »Wirtschaftskriminellen hat die Stunde geschlagen«, »Ein großer Skandal bei Regierungsaufträgen ist heute landesweit an die Öffentlichkeit gelangt«, und »Nun legt man Wilder die Zügel an – der Emporkömmling unter den Mega-Firmen steht im Zentrum der Affäre.«

Nach zwei Tagen hinter Gittern waren Kurt, sein Vater und die meisten anderen Manager auf Kaution auf freiem Fuß. Aus den von den Untersuchungsbehörden sichergestellten Dokumenten ging hervor, dass die meisten Vergehen von den Washingtoner Niederlassungen der beteiligten Firmen ausgingen. In jeden Fall traf dies auf die Wilder Corporation zu.

Obwohl auf Harry eine Gerichtsverhandlung zukam, war es unwahrscheinlich, dass er nicht mit einer Bewährungsstrafe davonkommen würde. Es gab keine Beweise, dass er bei den kriminellen Machenschaften der Firma die Finger mit im Spiel hatte. Wenn ihm irgendetwas zur Last gelegt werden konnte, dann, dass er seinen eigensinnigen Sohn nicht besser kontrollierte. Obwohl er immer noch den Vorsitz im Vorstand innehatte, war er die letzten beiden Jahre in der Firma nicht mehr aktiv geworden und niemals in die Geschäftsabläufe in Washington, D.C. Das alles sprach rechtlich zu seinen Gunsten.

Kurt war derjenige, hinter dem sie eigentlich her waren, doch er schien eine reine Weste zu haben. Das ausgeklügelte System, mit dem er seine korrupten Aktivitäten verdeckte, schien undurchdringlich. Es war zunächst wahrscheinlich, dass auch er mit einer leichten Strafe davonkommen würde. Doch andere in der Organisation hatten weniger Möglichkeiten der Verschleierung bei der Geschäftsführung. Sie hatten entweder das tun müssen, was immer erforderlich war, um an einen Auftrag heranzukommen, oder sie hätten ihren Job verloren. Das war Bestandteil der Firmenkultur. Von ihnen mussten nun viele ins Gefängnis, auch Mable Butkus, eine der führenden Lobbyisten im Dienste der Wilder Corporation in Washington und Florida. Sie hatte bei vielen Deals die Finger mit im Spiel. Sie liebte ihre Arbeit.

Mehrere große Staatsaufträge, die man schon glaubte, in der Tasche zu haben, wurden zurückgezogen und andere Aufträge, um die sich die Wilder Corporation bemühte, waren nun in Gefahr. Die Firma würde jedoch überleben – Zehntausende von Arbeitsplätzen hingen daran. Deshalb hatte die Regierung kein Interesse an einem Zusammenbruch. Allerdings würde Kurt die Wilder Corporation nicht länger leiten. Harry hatte verfügt, dass Kurt als Geschäftsführer abgelöst werden sollte. Seine Handlanger wurden beseitigt. Ein neues Managementteam mit reiner Weste wurde aufgestellt, das in der Firma Ordnung schaffen sollte. Das neue Management sollte die Wilder Corporation in eine neue Ära des respektablen Geschäftsgebarens führen. Das würde etwas Zeit in Anspruch nehmen. Doch trotz der ernsten rechtlichen Probleme und der Veränderung zu einem weniger aggressiven und ehrbareren Management würde die unermessliche Kraft der Unternehmensdynamik die kommenden Jahrzehnte die Wilder Corporation weiter wachsen lassen.

Kurt saß zuversichtlich neben seinem Anwalt im überfüllten Gerichtssaal. *Sie können mir nichts anhaben. Alles Wichtige ist abgedeckt. Ich bin bald heraus aus dieser Sauerei.*

»Alle erheben sich vor Euer Ehren, Richterin Maggie Jones«, erscholl die Stimme des Bediensteten des District of Columbia Bundesgerichts.

Die Anwesenden im Gerichtssaal standen mit einem Rascheln auf, als die korpulente schwarze Bundesrichterin eintrat.

»Bitte setzen Sie sich«, sagte Richterin Johns. Der Gerichtssaal raschelte zurück nach unten. »Heute setzen wir den Prozess des US Justizministeriums gegen Kurt Wilder, früheres Mitglied der Wilder Corporation fort. Möchte die Anklage einen Zeugen aufrufen?«

»Das möchten wir, Euer Ehren. Die Anklage ruft Frau Mable Butkus in den Zeugenstand.«

Ihre Hüften kamen schlagend den Gang herunter. Sie hatte eine dünne weiße Bluse an und einen engen dunklen Rock. Die Bluse war einen Extraknopf weiter geöffnet. Ihre hohen Absätze pickten in den glänzenden Holzboden, als sie stolzierte. Selbstbewusst kaute sie einen Kaugummi. Kurts Kiefer klappte herunter. *Was will die denn hier?*

»Frau Butkus, ist es wahr, dass Sie eine enge, ahhh, Geschäftsbeziehung zum Angeklagten unterhielten?«

»Oh, ja mein Herr, eine sehr enge. So eng, dass –«.

»Vielen Dank, Frau Butkus. Beantworten Sie bitte nur die Fragen.«

»Ja, mein Herr.« Sie schmatzte ihren Kaugummi und kreuzte auffällig die Beine. Alle Männer im Gerichtssaal taten so, als würden sie nicht durch das Geländer vor ihr blicken.

»Und während der Zeit Ihrer geschäftlichen Beziehungen mit Herrn Wilder, erwähnte er da zu irgendeiner Zeit oder implizierte er da irgendetwas von Geschäftsabsprachen mit anderen großen Firmen des Anlagen- und Maschinenbaus?«

»Geschäftsabsprachen? Oh, nein, mein Herr, nichts dergleichen. Er sagte nie etwas von Absprachen.«

Kurt entfuhr ein Seufzer der Erleichterung. *Sie versucht, mir zu helfen. Arme Hure, sie geht ins Gefängnis für ihre Lobbymauscheleien und nimmt dabei einige Senatoren mit sich.*

Die Anklage hielt ein schwarzes Notizbuch hoch. »Frau Butkus, erinnern Sie sich an diesen Gegenstand?«

»Natürlich«, sagte sie. »Das ist mein Versicherungsbuch.«

»Können Sie das bitte erläutern?«

»Oh, das ist in Wirklichkeit nichts.« Sie ließ ihre gekreuzten Oberschenkel unter dem Rock gegeneinanderwandern. Ihr Gesicht schmollte vor Vergnügen ...

»Frau Butkus? Frau Butkus?«, sagte der Ankläger, während er mit den Fingern an seinem eng anliegenden weißen Kragen zog.

»Oh, oh, nur ein bisschen Abfallpapier, das ich als Versicherung aufbewahre.«

»Versi ... cherung gegen was?«, fragte der Ankläger, und blickte durch das Geländer auf ihre Beine.

»Oh, wissen Sie«, sagte sie. »Falls ich einmal in Schwierigkeiten geraten sollte.«

»Sie meinen in solche Schwierigkeiten wie die, in denen Sie sich seit Kurzem befinden?«

»Ja, solche wie in letzter Zeit.« Mable blickte auf Kurt. Das Blut begann ihm aus dem Kopf zu fließen.

»Was befindet sich also in diesem Notizbuch, Frau Butkus?«

»Ein paar Schriftstücke, die Herr Wilder dort drüben unterschrieben hat. Schriftstücke, die ich eigentlich in den Schredder hätte wandern lassen sollen. Ich war ein böses Mädchen. Ich habe sie alle in meinem Versicherungsbuch aufgehoben. Das hat aber doch auch etwas Gutes an sich, huh?«

»Ich denke doch, Madam. Euer Ehren, ahhh, wir würden gerne zur Beweisaufnahme von Frau Butkus ... Notizbuch .... übergehen. Das Gericht kann sich davon überzeugen, dass es vom Angeklagten unterschriebene innerbetriebliche Anweisungen enthält, in denen er Absprachen mit zumindest drei Konkurrenzfirmen autorisiert. Genauso sind in dem Notizbuch Dokumente enthalten, die Herrn Wilder in Aktienbetrug bei der Finanzierung von Übernahmen mehrerer Unternehmen durch die Wilder Corporation in den letzten fünf Jahren verwickeln.«

»Das Notizbuch geht als Beweisstück Nr. 27 in die Beweisführung ein«, sagte Richterin Jones.

»Ihre Zeugin«, sagte der Ankläger und machte eine Geste hin zu Kurts Chefverteidiger.

»Wünscht die Verteidigung, die Zeugin ins Kreuzverhör zu nehmen?«, fragte Richterin Jones.

Der Chefverteidiger warf Kurt einen hilflosen Blick zu und sagte: »Nein, Euer Ehren.«

»Dann ist die Zeugin entlassen«, sagte Richterin Jones.

»Vielen Dank, Frau Butkus«, sagte der Staatsanwalt. »Sie können jetzt heraustreten.« Er ging zum Zeugenstand und bot ihr seine Hand. »Sie sind frei und können gehen, wohin sie wollen, Madam.«

»Oh, das ist vortrefflich«, sagte sie, als sie seine Hand nahm und anmutig heraustrat.

Auf dem Weg nach draußen ging sie noch hoch zum Tisch der Verteidigung. Sie lehnte sich weit zu Kurt nach vorn und erlaubte ihm einen letzten Blick in ihren Ausschnitt. Ihre Wange war neben der seinen. Er roch ihr Parfüm. Er fühlte ihre Energie in ihm zerren.

»Es tut mir so leid, Baby«, flüsterte sie. »Ich kann mich nur überhaupt nicht mit dem Gedanken an das Gefängnis anfreunden. Keine Männer, du weißt.«

Als er in ihren üppigen, tiefen Canyon blickte, fragte er sich zum ersten Mal, ob er nicht etwas eminent Wichtiges in seinem Leben übersehen hatte.

Sie richtete sich wieder gerade auf und ließ eine rosarote Kaugummiblase platzen. Er schreckte in seinem Stuhl auf, als sie wie eine Kirschbombe neben ihm explodierte. Sie drehte sich um und stolzierte durch die Absperrung. Kurt beobachtete verdutzt, wie der enge dunkle Rock den Gang zurück nach oben wogte. Alle Augen waren auf sie gerichtet, als sie durch die Doppeltür und in das Licht hinaustrat.

Nach einem langen Gezerre zwischen den Anwälten und der Richterin wurde ein Deal geschlossen. Kurts Strafe wurde auf fünf Jahre in einem Gefängnis geringster Sicherheitsstufe festgesetzt. Nach zwei Jahren bestand die Möglichkeit, die Reststrafe in eine Bewährungsstrafe umzuwandeln. Er hatte eine Geldstrafe von annähernd 50 Millionen an die Bundesregierung zu zahlen. Niemals gab jemand zu, dass das Geld ihn vor einer viel längeren Haftstrafe bewahrte.

Es blieben ihm zehn Tage bis zum Haftantritt.

Diese Nacht saß Kurt am großen Schreibtisch in dem nur schwach beleuchteten Arbeitsraum im Woodmere-Anwesen. Er befand sich in einer eigenartigen Stimmung, schwebte irgendwo zwischen Hass und Liebe, irgendwo zwischen Irrsinn und Klarheit. Beharrlich schob er den Widerhall von *ich bin*, der langsam in sein Bewusstsein und seinen Körper kroch, zur Seite.

»Gut, John, wer wird es sein? Du oder ich?«

Er drehte den glänzenden Chrome-Revolver auf dem Tisch, als spielte er Flaschendrehen. Er beobachtete, wie er sich immer weiter drehte: hartes, kaltes Metall auf dem exquisiten, antiken Walnussholz. Als er anhielt, zeigte der Lauf zur Seite. Er blickte auf den leeren Stuhl am anderen Ende des Tisches.

»Sieht so aus, als hätten wir diesmal beide Glück gehabt, kleiner Bruder. Willst du nochmal spielen? Ich auch.«

Er stieß die Waffe noch einmal an. Sie wirbelte herum wie ein Tischaufsatz, hielt schließlich an und diesmal zeigte der Lauf auf den Stuhl, zu dem Kurt sprach.

»Ups, du hast verloren, John.« Er griff den Revolver, richtete ihn auf den Stuhl und sagte: »Peng.«

Dann warf er ihn in den offenen Aktenkoffer neben ihm und schloss den Deckel. Er nahm das Telefon zur Hand und wählte dreimal. Jemand ging ans Telefon. »Sid, ruf bitte am Flughafen an und sag ihnen, sie sollen das Flugzeug morgen Vormittag bereithalten. Ich fliege nach Florida.«

Er legte den Hörer auf. Das erste Mal seit der Beerdigung seiner Mutter besuchte er Coquina Island. *Warum nicht? Ich habe noch 10 Tage in Freiheit. Da kann ich auch noch mal meine Familie besuchen.*

Er griff den Aktenkoffer, schlenderte zur Tür des Arbeitszimmers und richtete auf dem Weg einige der Royal Doulton Figuren am Ende des Tisches auf.

Kapitel 31 – Orientierungsplan

Christi war kein gewöhnliches Baby. Sie strahlte eine Ruhe und Freude aus, wie es nicht zu beschreiben ist. Sie war von Natur aus glücklich und nichts schien sie davon abzulenken. John und Devi beobachteten sie, wie sie froh auf dem Boden mit ihrer Stoffpuppe hantierte, während sie auf der Couch saßen. John betrachtete sie als Spiel seines eigenen Bewusstseins und das amüsierte ihn sehr. Jedes Mal, wenn sie ihre Puppe umarmte und kicherte, kicherte er mit ihr. Devi sah Christi auf die gleiche Weise. Sie war jedoch mehr geerdet als John. Ihre mütterlichen Instinkte waren voll erwacht.

Auch die nahen Freunde und Leiter von Coquina Dame, die in Johns und Devis Wohnzimmer versammelt waren, hatten ihre Freude an dem strahlenden Kind. Ein Dutzend Personen hatten sich im Hauptraum der Chef-Suite eingefunden. Damit waren die Wohnzimmermöbel besetzt. Zusätzlich hatte man noch einige Stühle aus der Küche hereingebracht.

John zog schließlich seine Aufmerksamkeit von Christi ab. »Wir haben euch alle hierher gebeten, um euch zu fragen, was ihr davon haltet, wenn wir die Lehren auf eine organisierte Weise verbreiten.«

»Meinst du vielleicht, dass wir einige Regelungen einführen, wer was und wann lernen darf«, fragte Luke. »Viele würden so etwas nicht wollen.«

»Nein«, sagte John. »Dies ist ein offenes Übungssystem, das jeder Mensch nutzen können soll, der will. Doch wir können den Leuten Empfehlungen geben, was das Was und Wann betrifft und auch in welcher Reihenfolge die Übungen am besten funktionieren. Der Rest bleibt jedem selbst überlassen.«

»Ist das nicht das, was du in deinen Vorträgen erzählst?«, fragte Joy.

»Ja, doch ich werde dafür nicht immer zur Verfügung stehen.«

»Aber wir haben von allem Aufnahmen gemacht«, sagte sie. »Außerdem hoffe ich, dass du uns nicht schon bald verlässt.«

»Die Informationen sind über viele Vorträge verstreut«, meinte John. »Es ist nicht leicht, daraus das Gesuchte herauszufinden. Es gibt fünf verschiedene Kernübungen und ungefähr ein Dutzend Übungen, die man nebenher machen kann. Alle wirken auf verschiedenen Ebenen der Entwicklung unterschiedlich aufeinander. Da muss man für Anfänger viel auseinanderlegen und auch für alle übrigen. Deshalb haben wir eine Grafik angefertigt.«

»Eine Grafik?«, sagte Harry. »Nun sprichst du meine Sprache. Zeig mal.«

Devi rutschte vom Sofa und ging zu einer großen Postertafel, die mit der Vorderseite an der Wand lehnte. Sie drehte sie um, so dass alle sehen konnten.

»Wilders offenes System spiritueller Übungen«, las Harry laut vor, quer durch den Raum schielend. Er kam etwas näher. »Okay, schaun wir mal. Kernübungen: Wirbelsäulenatmung, Atemanhalten, *ich bin* Meditation, neun Gebete, Reinigung des dritten Auges.«

»Ja«, sagte Devi, »das ist die obere Zeile von links nach rechts in der Reihenfolge, wie die Übungen erfolgen. Und hier auf der linken Seite stehen all die ergänzenden und gleichzeitigen Übungen wie der Wurzelsitz, das Heben der Augen, die geheime Kammer und so weiter. Die Sternlein zeigen an, welche gleichzeitigen Übungen auf verschiedenen Ebenen des Fortschritts mit den Kernübungen zusammen praktiziert werden. Unten stehen die empfohlenen Übungszeiten für jede der fünf Hauptübungen aufgeschlüsselt für drei verschiedene Übungsniveaus.«

Sie blickte auf und grinste in den Saal. »Gibt es hier irgendwelche eingefleischten Anhänger?« Johns Hand schoss nach oben.

Alle lachten. »Nun, das ist die Untertreibung des Jahres«, Devi rollte die Augen. »Auf der Grafik steht alles, außer wie man die Übungen ausführt. Alle Übungen sind aufgelistet und es wird gezeigt, in welcher Beziehung sie zueinander stehen.

Das ist es, was wir klar zu machen versuchen, die Beziehung der Übungen zueinander auf verschiedenen Übungsebenen.«

Wilders offenes System spiritueller Übungen

KERNÜBUNGEN ABFOLGE* ⇨	Wirbelsäulenatmung			Atemanhalten			*ich bin* Meditation			9 Gebete von *ich bin*			Reinigung des dritten Auges		
REIHENFOLGE DES ERLERNENS	2.			5.			1.			4.			3.		
GLEICHZEITIGE ÜBUNGEN															
NIEVEAU**	A	M	F	A	M	F	A	M	F	A	M	F	A	M	F
WURZELSITZ		+	+		+	+		+	+		+	+		+	+
HEBEN DER WURZEL	+	+	+	+	+	+			+			+	+	+	+
HEBEN DES BAUCHES		+	+	+	+	+			+			+	+	+	+
HEBEN DER AUGEN	+	+	+	+	+	+		+	+			+	+	+	+
ZIEHEN DER MEDULLA		+	+		+	+			+			+	+	+	+
KINNVERSCHLUSS				+											+
KINNPUMPE					+	+									
GAUMENHEBEN	+			+			+			+			+		
GEHEIME KAMMER, ALTAR DER GLÜCKSELIGKEIT		+			+			+	+		+	+		+	+
GEHEIME KAMMER, OBERE GÄNGE			+			+									
UMARMUNG VON *ich bin*		+	+		+	+		+	+		+	+		+	+
ÜBUNGSZEITEN***															
STANDARD	5 MIN			5 MIN			20 MIN			10 MIN			3 MIN		
AGGRESSIV	10 MIN			10 MIN			25 MIN			15 MIN			5 MIN		
HARTNÄCKIG	15 MIN			15 MIN			30 MIN			20 MIN			10 MIN		

Anmerkungen:

* Jedem Zyklus von Kernübungen gehen spirituelle Dehnübungen voraus und folgt eine Ruhephase nach.

** Übungsniveaus: A = Anfänger, M = Mittelstufe, F = Fortgeschrittene

*** Die Übungsroutine wird zweimal am Tag durchgeführt, in Zeiten intensiven Praktizierens auch mehr als zweimal am Tag.

»Sehr cool«, sagte Melony. »Das hätte ich vor fünf Jahren gut gebrauchen können.«

»Ich wäre froh gewesen, wenn ich das vor 10 Jahren gehabt hätte«, sagte John. »Deshalb haben wir das nun auch zusammengestellt, sodass niemandem der umfassende Rahmen fehlt.«

»Das kommt meinem Bedürfnis nach Organisation entgegen«, meinte Nadine. »Ich bin nicht so weit wie der Rest von euch und ich habe mich manchmal gefragt, was ich als Nächstes in Angriff nehmen soll. Ich möchte es gern mit allem aufnehmen, doch bekomme ich dann bisweilen zu viel von dem Licht ab. Das ist eine großartige Orientierungskarte. Vielleicht kann ich ein bisschen entspannen, wenn ich besser weiß, was als Nächstes ansteht.«

»Werde nicht zu entspannt«, antwortete John. »Alles wird durch die Hingabe angetrieben und die wirkliche Hingabe entspannt niemals. Bleibe in jedem Fall aber immer vorsichtig.« Er zeigte auf die Grafik. »Ich hoffe, dass dies den Menschen dabei helfen wird, ihre Praxisroutine aufzubauen und etwas von den Versuchs- und Irrtumsphasen überflüssig zu machen, durch die wir alle von Zeit zu Zeit gehen müssen. Es zeigt, wie du mit der *ich bin* Meditation zweimal zwanzig Minuten jeden Tag beginnen kannst. Das ist sehr einfach und ungemein kraftvoll. Dann gehst du von da aus über zur Wirbelsäulenatmung, nimmst den Wurzelsitz auf dem Weg mit auf und so weiter. Davon ist natürlich nichts in Stein gemeißelt. Doch dies ist eine gute Richtlinie in Form eines offenen Systems. Alle Wege führen nachhause.«

»Diese aggressiven Übungszeiten für Eingefleischte sehen ziemlich intensiv aus«, meinte Henry.

»Das sind nur allgemeine Richtlinien. Die Zeiten kann man vermischen und aufeinander abstimmen«, antwortete Devi. »Die Standardzeit für Wirbelsäulenatmung kann man mit einer aggressiven Zeit für die Meditation kombinieren oder umgekehrt. Man kann auch jede andere Zeit für diese Zwecke wählen. Einige Menschen können am Ende auch dahin gelangen, dass sie weniger als die vorgeschlagenen Standardzeiten machen, wenn sie sehr empfindlich auf die Übungen reagieren. Einige werden sogar mehr machen, als für die Übungsebene der Eingefleischten angegeben wurde. Jeder hat seine eigenen Neigungen.«

»Willst du die ganze Übungszeit etwas kürzen, dann stelle nur sicher, dass du die Meditation nach der Wirbelsäulenatmung nicht ganz weglässt«, sagte John. »Das würde das Unkraut im gepflügten und gedüngten Boden nur so aus dem Boden schießen lassen, ihr erinnert euch daran? Macht auf jeden Fall immer die Meditation, zumindest ein wenig. Die Wirbelsäulenatmung könnt ihr dazunehmen oder auch weglassen..«

»Ja, Sir«, salutierte Luke mit seiner riesigen Hand.

»Ay, Ay, Bruder Luke.« John griff die Stoffpuppe, die auf seinem Fuß lag, und reichte sie zärtlich Christi, die seelenruhig vor ihm auf dem Boden saß. Sie schien alles aufzunehmen, was gesagt wurde.

»Annie!«, quietschte Christi. Ihre hellen, grün umrandeten blauen Augen strahlten Liebe aus, als ihr Vater die weiche Puppe in ihre Hände legte. Sie nahm sie in beide Arme und schaukelte in ihrer Energie vor und zurück.

John blickte wieder auf: »Was die Intensität betrifft, wird jeder wissen, wie viel oder wie wenig er tun soll. Hingabe treibt uns an und der Körper verrät uns, wie viel wir verkraften können. Das ist ein Balanceakt, der nie zu einem Ende kommt. Wir müssen das Gefährt so antreiben, wie uns das unsere Hingabe vorgibt. Doch man dient dem *ich bin* nicht auf beste Weise, wenn man das Gefährt verbrennt, bevor man ans Ziel gelangt.«

»Da kann ich nur zustimmen«, meinte Nadine. »Manchmal, wenn ich mich mit den Übungen anstrenge, fühle ich mich, als würde mein Kopf weggesprengt. Ist es möglich, zu viel Ekstase zu haben?«

»Oh ja«, sagte John. »Ganz bestimmt, doch das ist natürlich kein Grund dafür, sich ganz von der Reise zu verabschieden. Man kann die Energie nach oben oder unten regeln, indem man die Übungszeiten anpasst. So ist das und so spielen wir das Spiel – wir bewegen uns immer in einer Geschwindigkeit vorwärts, mit der wir gut zurechtkommen.«

»Ich bin schon süchtig geworden«, sagte Nadine. »Ich stecke auf keinen Fall zurück.«

Luke betrachtete aufmerksam die Grafik. »Was ist denn die ›Umarmung von *ich bin*‹, Bruder John? Hast du uns jemals etwas darüber erzählt?«

»Das ist nur ein neuer Name für etwas, das wir alle erfahren. Es ist keine strukturierte oder zeitlich bemessene Übung wie die anderen auf der Liste. Das soll ausdrücken, dass man die natürliche Umarmung von *ich bin*, die sich während der Übungen und auch während des Tages einstellt, zulässt. Du weißt schon, wenn alles automatisch zusammenwirkt.«

»Oh ja, ich weiß, was du meinst«, sagte Luke. »Ich habe nicht gewusst, wie ich das nennen soll, wenn der Geist aufkommt und alles ruhig anhebt und ganz von selbst im Inneren drückt. Da gehen meine Augen hoch und fühlen sich ganz von Gott umarmt. *ich bin* Umarmung. Oh ja, was für ein herrlicher Name.«

»Wir fügen das der Grafik hinzu, damit die Leute es als etwas erkennen, das passiert und es geschehen lassen. Die meisten Menschen würden das sowieso. Hab ich recht?«

»Wir wären schön blöd, würden wir das nicht«, meinte Joy. »Das ist besser als Sex – außer natürlich mit dir, Liebling.« Sie rieb mit ihrem nackten Fuß an Lukes Bein nach oben.

Alles lachte.

»Nun kommt der schwierige Teil«, sagte John. »Die sprichwörtlichen guten und schlechten Nachrichten.«

Ein fragendes »Huh« ging durch die Reihen.

John warf Devi einen Blick entschiedener Entschlossenheit zu, das zu tun, was getan werden musste. Sie nickte mit den Augen.

»Wir haben eine Einladung erhalten, in einer bundesweit ausgestrahlten Fernsehsendung aufzutreten – *Herb Hayatt's Night Time Live Show*«.

»Oh Gott«, kommentierte Ted. »Millionen sehen diese Sendung.«

»Genau«, meinte Devi. »Ist das nicht unglaublich? Wir stellen hier was Außerordentliches auf die Beine und die dort in Hollywood haben das bemerkt.«

»Das ist die gute Nachricht«, sagte John. »Die schlechte ist, dass wir nicht darauf vorbereitet sind, die Resonanz zu bewältigen, die diese Show hervorrufen könnte. Wir müssten Leute in alle wichtigen Städte entsenden, um die Übungen zu unterrichten. Haben wir genügend Menschen, die sich ausreichend auskennen, um das zu tun?«

»Wir haben genügend Anhänger, die die *ich bin* Meditation und die Wirbelsäulenatmung lehren können, wenn wir Leute haben, die bereit sind, von Stadt zu Stadt zu reisen«, sagte Luke. »Wir müssen Pläne aufstellen. Wir müssen mehr ausbilden. Das ist ein großer Auftrag, den du da hereinbekommen hast.«

»Das stimmt«, meinte John. »Ich weiß. Was immer die Nachfrage sein wird, du musst Mittel finden, sie zu befriedigen. Hast du jemanden, der die Tonbänder nach Themen sortiert und kopiert, damit man sie verteilen kann? Man kann sie bei der Ausbildung neuer Lehrer verwenden und auch die Lehrer können sie sich zunutze machen, wenn sie neue Schüler ausbilden.«

»Sicher«, meinte Luke. »Das bringen wir schon auf die Reihe. Wie steht's mit dir? Nach Night Time Live werden alle noch mehr auf dich scharf sein, als das jetzt schon der Fall ist.«

»Ja«, sagte John. »Ich werde in eine ganz andere Gangart wechseln müssen, um damit zurechtzukommen. Alles wird sich ändern.« Er machte eine Pause. »Ihr seid mir alle so ans Herz gewachsen. Viele Herausforderungen liegen vor uns. Doch ich werde immer bei euch sein, immer.«

Devi wandte sich zu John und blickte ihn sorgenvoll an. Stille senkte sich über den Raum.

Johns Augen wanderten mit etwas Unbehagen umher. »Da ist noch etwas. Ich möchte, dass Devi und Luke sich um die Veröffentlichung all meiner Notizen kümmern. Das ist eine vollständige Dokumentation von allem, was ich seit Beginn durchlebt habe.«

Luke drehte sich auf dem unter ihm kaum sichtbaren Küchenstuhl. »Du meist all diese dicken Notizbücher, die du seit Verlassen der Schule geführt hast?«

»Genau, diese alle. Ich denke, dass es heute an der Zeit ist, allen, die Interesse haben, darin Einblick gewinnen zu lassen.«

Luke setzte sein Kinn auf die Hand wie bei der Statue des großen Denkers. »Hast du vor, irgendwohin zu gehen, Bruder John? Das hört sich fast so an, als wäre das ein Orientierungsplan für die Zeit, wenn du nicht mehr da bist.«

Ein Moment der Stille trat ein. Johns Augen füllten sich mit Tränen. »Ich liebe dich, Luke ... ich liebe euch alle.« Langsam bewegte er seinen Kopf und schaute jeden an, als sei er mit ihm der Einzige im Raum. »Eine große Veränderung steht bevor. Bitte führt die Arbeit weiter, was immer auch geschehen mag, in Ordnung?«

Alle gaben mit den Augen ihr unausgesprochenes, felsenfestes Versprechen. John nickte und stand auf. Er ging etwas wackelig aus dem Zimmer. Alle Augen folgten ihm. Niemand sagte etwas, doch alle dachten das Gleiche. *Was wird mit John passieren?*

Jeder war zurück auf sein Zimmer in der Coquina Dame gegangen. John und Devi brachten Christi zu Bett und sie schlief bald glückselig in ihrem Gitterbett. Sie machten die Küche sauber und gingen ins Schlafzimmer.

Immer noch etwas wackelig hängte er seine Kleider auf und ließ sich langsam aufs Bett fallen. Sie sah, dass er sich in einem dieser Zustände befand, in dem er kaum in seinem Körper war. Sie zog ihr Hemd über den Kopf und ließ dann ihre Musselinhosen zu Boden gleiten. Ihren BH warf sie auf den Tisch in der Ecke. Sie lag auf dem Bett neben ihm auf dem Rücken, schob das Höschen herunter und warf es dann mit dem Fuß über das Ende des Bettes. Sie fühlte, wie die Luft des Deckenventilators ihren Körper liebkoste. Das regte ihre inneren Lichter an, in wunderschönen Mustern zu wirbeln. Sie drehte den Kopf zu John. Er lag auch auf dem Rücken, seine Augen waren weit nach oben gerichtet. Er befand sich ganz woanders. Sie drehte sich halb zu ihm, legte ein Bein über seine Oberschenkel und küsste seine Brust. Dann legte sie den Kopf auf seine Schulter und blickte ihm ins Gesicht. Er senkte seinen Blick und schaute in ihre fragenden Augen.

»Oh, diese Augen«, sagte er. »Ich liebe dich, mein Herz, und werde dich immer lieben.«

»Du machst mich mit dem ›Es wird sich alles ändern‹-Gerede ein bisschen nervös«.

»Es tut mir leid«, sagte er, »ich weiß, dass es nicht leicht für dich ist. Auch für mich ist es nicht einfach.«

»Was ist nicht einfach?«

»Was geschehen wird«, sagte er.

»Oh ja, wir werden zu großen Berühmtheiten. Ich kann es kaum erwarten.« Sie schnitt eine Grimasse. »Du weißt, das bedeutet, dass die Paparazzi uns die ganze Zeit verfolgen werden.«

»Das meine ich nicht.«

»Nicht? Was dann?«

»Das Äußere ist nur eine Widerspiegelung der inneren Veränderungen.«

»Ja?«

»Im Augenblick bin ich weder hier noch dort«, sagte er. »Weder Fisch noch Fleisch.«

»Zu was wirst du denn?«

»Zu Geist, zum Geist von *ich bin* in allen. Dieser Körper wird sich bald auflösen.«

»Nein!« Sie setzte sich auf. »John, du bist Ehemann und Vater. Wir brauchen dich.«

»Da kann ich nichts machen. Ich werde auf eine andere Art hier sein. Das ist für alle das Beste. Das ist der einzige Weg, auf dem *ich bin* sich weiter in der Welt ausdehnen kann. Darüber habe ich keine Kontrolle. Ich muss dahin gehen. Dahin muss auch die Welt gehen.«

Sie begann zu weinen. »Doch wie soll ich dich in den Armen halten? Wie soll deine Tochter deine Berührungen kennenlernen?«

»Christi berühre ich jeden Augenblick, und du weißt, dass ich immer bei dir bin, meine Liebe.«

»Oh Gott, wann?«

»Bald«, sagte er.

Sein Körper erschien ihr damals wie transparent. Sie konnte durch ihn hindurchsehen, wie wenn er sich vor ihren Augen in Licht auflöste. Sie strich mit der Hand sanft über die Haare auf seiner Brust und rieb das Kristallkreuz. Aufgrund des von ihm ausstrahlenden Lichts warf es Regenbogenfarben an die Decke. Es fühlte sich an, als könne ihre Hand durch ihn durchgreifen.

»Es ist alles in Ordnung, mein Herzchen«, sagte er. »Es kommt alles so, wie es am besten ist.« Er liebkoste ihr Haar zärtlich mit seinen luminösen Fingern.

Sie lag stundenlang bei ihm und erzitterte in seinem Licht und in der Furcht, ihn zu verlieren, bis sie schließlich einschlief.

Früh am Morgen genossen sie zum letzten Mal die körperliche Liebe. Mit Tränen in den Augen hielten sie sich bis zur Dämmerung gegenseitig in den Armen.

Kapitel 32 – Übergang

Der Jet landete in Jacksonville und fuhr bis zum Firmenhangar. Die Crew zog die Tür herunter und Kurt stieg die Treppe herab.

»Guten Morgen, Herr Wilder«, sagte der Firmenbeauftragte des Flughafens. »Wir, ahh ...«

»Sie haben nicht erwartet, mich heute hier zu sehen? Gut, das ist eine Überraschung. Doch machen Sie sich keine Sorge, dies ist das letzte Mal für eine ganze Weile.«

Er setzte sich ans Steuer des Wilder Corporation Mercedes, der auf ihn wartete, und flitzte über den Asphalt Richtung Coquina Island.

John war allein am Strand. Es waren schon Jahre, seit er das letzte Mal alleine am Ufer entlang gelaufen war. Langsam schlendernd legte er längs der Uferlinie eine weite Distanz vom Wilder-Anwesen Richtung Süden zurück. Das Wasser, das immer wieder an der Küstenlinie hochschnappte, fühlte sich zwischen seinen Füßen gut an. Die Muscheln wanderten mit der Flut nach oben.

John, Devi und Christi waren bei Harry zum Mittagessen eingeladen. Auch Nadine kam dazu. Er verabschiedete sich innerlich von allen. Er wollte am Strand einige Zeit für sich sein und ein letztes Mal an lang vergangene Jahre zurückdenken. Harry sagte, Kurt würde zu Besuch kommen, bevor er ins Gefängnis ginge. John hatte ihn zwei Jahre nicht mehr gesehen und auch nicht mit ihm gesprochen. Er fragte sich, ob das kürzlich Erlebte Kurt vielleicht verändert hatte. Was wäre nötig, um bei ihm *ich bin* loszubrechen? John hoffte, dass Kurt die schweren Zeiten helfen könnten, sich mehr auf die Dinge mit bleibendem Wert zu konzentrieren. ich bin *findet geheimnisvolle Wege, jeden nachhause zu bringen – das ist unaus-*

weichlich. Für niemanden ist das einfach. Oft ist die menschliche Reise schmerzvoll, doch letztendlich immer fruchtbar.

Die letzten zwei Kilometer joggte John auf dem Strand nach Norden zum Haus. Das ging mühelos. Er glitt schnell über den nassen Sand. Er war nicht länger in Eile. Alles war so, wie es sein sollte. Seine Beine durchstrichen das seichte Wasser, das mit der steigenden Flut nach oben wanderte. Es spritzte um seine weißen Hosenbeine hoch. Die Sonne fühlte sich auf seinem nackten Rücken angenehm an.

Er kam den Pfad entlang, der durch die Dünen zum Haus führte, und stieg die Treppen zur Veranda hoch.

»Hallo Träumer, wo warst du?«

Die Worte klangen genau gleich, wie so viele Male vor all diesen Jahren. Er blickte zu der in Schwarz gekleideten Gestalt nach oben, die in der Mitte der Treppe stand und mit jeder Hand eins der Geländer umfasste.

»Hallo Kurt.«

»Wenn du durch willst, zahle erst 'nen Dollar.«

John setzte sich vor Kurt auf die Stufen und schaute zurück hinaus auf die Brandung. »Ich bin geknickt, weißt du. Schon wieder muss ich was von dir erbetteln.«

John hörte ein Klicken. Er drehte sich um und blickte nach oben. Kurt hatte die glänzende Pistole gespannt und richtete sie in einer Entfernung von einem halben Meter auf Johns Kopf.

»Ich habe nie geglaubt, dass es einmal so weit kommen würde«, sagte Kurt.

John blickte wieder hinaus zur schillernden See. »Oh, Kurt, das war 'ne anstrengende Zeit, nicht wahr? Wir haben uns beide für die Dinge eingesetzt, die uns lieb sind, und hier befinden wir nun wieder genau dort, von wo aus wir losgezogen sind.«

John war einige Sekunden still und versank tief im *ich bin*. Dann schaute er wieder zurück hoch zu Kurt, der dabei war, den Abzug zu drücken.

»Ich muss gehen, weißt du«, sagte John. »Doch nicht auf diese Weise. Nicht auf deine Kosten.« Er hob die Hand in Richtung Pistole und berührte kurz die Spitze mit dem Zeigefinger. Ein sichtbares Licht schoss den Lauf entlang hoch, weiter durch Kurts Arm und in seine Brust. Kurt entfuhr die Atemluft und die Pistole begann zu wackeln. Er atmete tief ein und zielte wieder auf John. Doch seine Hand begann zu zittern. John berührte noch einmal die Spitze des Laufs und eine weitere Welle rann nach oben in Kurt hinein. Da bewegte sich die Pistole zusammen mit Kurts wackelndem Arm Richtung Boden, fiel ihm schließlich aus der Hand und klapperte auf die hölzerne Stufe, auf der John saß. John schaute darauf und sie verschwand.

John stand auf und ging hoch zu Kurt, der ganz aufgelöst war und verstört zitterte. Er nahm ihn in die Arme und drückte ihn an sich. Kurt begann sich unkontrolliert zu schütteln und hob langsam die zittrigen Arme um John herum. Dann senkte er den Kopf auf Johns nackte Schulter und schluchzte.

»Oh John, oh John, es tut mir so leid ...« Die Worte kamen zusammen mit tiefen Atembewegungen heraus, während er von einer großen Last gereinigt wurde.

»Es ist gut«, John umarmte Kurt sanft. »Alles wird nun gut werden«.

Sie standen einige Minuten da und teilten sich Dinge mit, die zuvor nicht ausgetauscht werden konnten. Ihre Wege als Brüder im Geist kreuzten sich endlich zum ersten Mal. Die Fehlfunktionen von Fleisch und Blut waren überwunden.

»Komm«, sagte John, »gehen wir zu den anderen.«

»Ich schäme mich so.«

»Komm nur.« John führte ihn die Treppe hoch. »Ich weiß, dass alle darauf brennen, dich zu sehen. Nadine ist auch da.«

Kapitel 33 – Für die Welt

John döste auf dem Rücksitz der Limousine. Sein Bewusstsein strömte fern seines Körpers durch Meere und Galaxien. Sein Körper war eine zitternde, langsam verklingende Hülle dessen, was er einmal war.

»Schau, Liebster, das ist Tinseltown,« Devis süße Stimme hallte durch seinen unendlichen Raum. Sie legte ihre Hand sanft auf seinen Arm. »Geht es dir gut, John? Wir müssen da nicht hin, du weißt das.«

Er streckte sich nur, berührte ihre Hand, öffnete die Augen und sah ihren sorgenvollen Blick. Er lächelte ihr ins Gesicht und schaute dann über sie hinweg durchs Autofenster hinaus. Schlanke, spiegelnde, hoch aufragende Gebäude erhoben sich überall um sie herum in den heißen, dunstigen Spätnachmittagshimmel von Los Angeles. Er wandte sich wieder zu Devi. »Doch, wir müssen das tun. Alles hat uns hierher geführt. – So, das ist Hollywood?«

»Ja, willkommen zu dieser großartigen Zeit, Tiger.«

»Hilf mir nur, diesen Körper bis zur Bühne zu bringen, und alles wird gut sein.«

»Was immer du willst, mein Lieber. Was immer du willst, mache ich für dich.« Sie schaute zur Seite weg und biss sich auf die Lippen. Dann drehte sie sich mit großen benässten Augen zurück zu ihm. Ihre Stimme war ein wenig gebrochen. »Gut, Schatz, du weißt, es ist schon zu spät, jetzt noch zu kneifen. Hier sind die Hyatt Studios.«

Er schaute hinaus, als sie gerade in den dunklen Parkgaragentunnel fuhren, der unter das große funkelnde Gebäude durchführte.

»Verschluckt von der Bestie«, seufzte er.

»Ja«, sagte sie. »Gott sei mit uns.«

»Sei jetzt nur ganz du selbst«, sagte Nancy Harmon. »Geh auf die Anregungen Herbs ein. Ich werde oben in der Kontrollkabine sitzen.«

John blickte im Backstage-Bereich umher und nach oben ins Leere.

»Ist alles in Ordnung mit dir, John?«, fragte Nancy.

»Im Augenblick schon«, sagte er und drehte sich um, um ihr in die Augen zu schauen.

Ekstatische Energie schoss durch sie aufwärts, sodass sie nach Luft schnappte. Nervös strich sie sich durch ihr braun gewelltes Haar. »Gut, hm, das ist schön, John. Höre ... Oh, hier kommt Herb – Herb! Herb!«

Herb Hyatt kam großen Schrittes auf sie zu. Er war ein lebhafter, impulsiver Mann, der seine Gabe zur ironischen Komik und seinen Hang zu schauspielerischen Einlagen in eine äußerst erfolgreiche abendliche Live-Talkshow umgemünzt hatte, die an fünf Tagen die Woche gleichzeitig über vier Zeitzonen ausgestrahlt wurde. Außer Sportereignissen und Nachrichten war *Herb Hyatts Night Time Live* die einzige wirkliche Liveshow, die im Fernsehen übrig geblieben war. Alles, was die Konkurrenz bot, war vorher aufgezeichnet. Livesendungen waren ein risikoreiches Geschäft. Vieles konnte schief gehen und oft tat es das auch, was aber nur den Reiz der Show erhöhte. Das Publikum liebte die Unvorhersehbarkeit der *Night Time Live*.

»John! Devi! Wie schön euch zu treffen. Seid ihr bereit, herauszutreten und euch ganz Amerika zu stellen?«

»Warum nicht?« Devi bewegte sich mit Herbs schnellem und enthusiastischem Händeschütteln auf und ab.

»Das ist die richtige Haltung«, meinte Herb. »Ich verrate euch ein kleines Geheimnis.« Er drückte auf das Pflaster am Rücken seiner rechten Hand. »Ich werde selbst jedes Mal nervös, wenn ich das hier mache. Das ist normal. Ich meine, wer macht heutzutage noch Live-Fernsehen. Sobald wir aber einmal auf Sendung sind, wirst du dich wie zu Hause fühlen. Du kannst dich darauf verlassen. Richte dich nur nach mir.«

»Schön, Sie zu treffen, Herr Hyatt«, sagte John, als Herb seine Hand ergriff, und versuchte, sie zu schütteln.

So sehr Herb aber auch versuchte, schnell zu schütteln, blieb es langsam und entspannt. Als Herb schließlich von John loskam, spürte er in seiner Hand ein Glühen, das den Arm hochkroch. Er wollte sich davon befreien, doch es kroch in ihn hinein. Seine Augen wurden ruhig und seine Aufregung legte sich merklich.

Devi lächelte wissend die mit weit geöffneten Augen beobachtende Nancy an.

Herb schüttelte sich. »Ahhh, gut, ich geh mal besser zum Schminken. Ich freue mich darauf, euch bald auf der Bühne zu begegnen – live!« Er richtete beide Hände in der Form von Pistolen auf sie, als er sie verließ.

Herb saß vor dem Spiegel des Ankleideraums und kämmte seinen Schnurrbart. Er blickte im Spiegel auf Nancy, die mit einem Klemmbrett hinter ihm stand.

»Wer zum Teufel sind diese Leute?«, sprach er zum Glas. »Dieser John Wilder ist ein Zauberer oder so etwas. Hast du gesehen, was er mit meinem Arm gemacht hat? Es kribbelt immer noch.« Er zog das Pflaster vom Rücken seiner Hand. »Erinnerst du dich an den Schnitt, den ich mir hier gestern zugezogen habe? Nun ist er weg. Meine Brust fühlt sich überall an wie – Gänsehaut. Wo hast du dieses Pärchen aufgetrieben?«

Nancy blickte auf seine Hand und nickte. »Sie sind Heiler, Herbie. Spirituelle Lehrer aus Florida. Sie sind dort ziemlich berühmt. Hättest du den Entwurf für die Sendung schon vorher gelesen, wie das eigentlich deine Aufgabe gewesen wäre, dann wüsstest du das. John Wilder ist ein Wundertäter. Ich denke, die Zuschauer werden ihn mögen. Ich bin der Produzent. Du weißt, es ist meine Aufgabe, interessante Gäste aufzutreiben.«

»Ja, gut. Doch ich hoffe, das wird besser ausgehen als mit den verdammten Hahnenkämpfern, die du letztes Jahr von Georgia hierher gebracht hast. Ich trage immer noch die Narben an meinen Waden von dem lunatischen Gockel, der mich um die Bühne herumgescheucht hat.«

»Ich glaube nicht, dass du enttäuscht sein wirst, Herbie. Erinnerst du dich an den Trubel vor zehn Jahren wegen des so genannten schnellsten Mannes der Welt? Der Junge, der die Meile bei einem Highschool Wettkampf in dreieinhalb Minuten gelaufen ist, und dann verschwand?

»Ja?«

»Und niemand kam jemals an ihn heran und er rannte niemals wieder?«

»Ja. Warum?«

»Das war John Wilder.«

»Du verarschst mich.«

»Und jetzt kommt er in die *Night Time Live*.«

»Warum hast du mir nichts davon gesagt?«

»Hast du vergessen, dass wir live und spontan sind? Du weißt einfach nicht, wer da auf die Bühne herauskommt, oder, Herbie? Natürlich, würdest du das dumme Skript vorher lesen, dann wüsstest du es.«

»Ich liebe dich, Nancy.«

Herb rückte sein Toupet zurecht, ging hinaus und rieb dabei erwartungsfroh seine Hände aneinander. Er schüttelte die Hand, die John geheilt hatte und ein paar Funken glitzernden Lichts stoben davon. »Donnerwetter! Was wird der Abend wohl alles bringen?« Er eilte wie eine große Vogelscheuche auf der Flucht die Halle hinunter zum Eingang der Bühne und schüttelte dabei die ganze Zeit den Arm.

Die Kameras waren auf die Bühne und die Zuschauer gerichtet. Die Musik setzte ein. Nancy saß – wie Hunderte Male zuvor – mit zwei Technikern erwartungsvoll am Schaltpult des Kontrollraums. Herb kam mit tanzenden Schritten auf die Bühne heraus und die Musik erreichte ihren Höhepunkt. Auf ein Zeichen applaudierte das Publikum enthusiastisch. Herb wartete geduldig und rieb die Hände aneinander, bis das Publikum wieder zur Ruhe kam.

»Hallo meine Damen und Herren. Willkommen zur Night Time Live, direkt aus Hollywood!« Herb warf zur Kontrolle einen Blick auf den Monitor, verbarg das aber gekonnt durch seine Kopf- und Körperbewegungen vor den Kameras. «Wir haben heute Nacht für Sie besondere Gäste, die bis von der exotischen Coquina Island, Florida, angereist sind.«

Applaus ...

Beifallrufe erschallten im Inneren des Coquina Dame Hotels. Es war 23 Uhr und ein paar Hundert Menschen waren noch wach, um John und Devi im nationalen Fernsehen zu bestaunen. Ein Projektor warf das TV-Bild live auf die vordere Wand im großen Festsaal, vor der John und Devi gewöhnlich saßen.

Im Wilder-Haus saß Harry auf der Couch und schaute zu. Christi schlief in seinem Schoß. Auch Kurt und Nadine waren dort. Er hatte sich dazu entschlossen, seine letzten paar Tage in Freiheit im Haus seines Vaters zu verbringen und hoffte, so viele der alten Wunden wie möglich zu heilen, bevor er seinen Arrest im Prominentengefängnis antrat.

Überall im Land hatten Millionen der überarbeiteten Nation den Fernseher angeschaltet, um sich davor etwas zu erholen. *Herb Hyatts Night Time Live* bot einen Zufluchtsort in das Spontane und Ungewöhnliche. Hauptsache, die übliche Monotonie fand ein Ende. *Coquina Island, Florida? Wo befindet sich denn das?*

Es lag eine Spannung über dem Studio. Im Kontrollraum verfolgte Nancy aufmerksam den Monitor.

»Ja, meine Damen und Herren«, bellte Herb begeistert. »Wir werden heute einige Geheimnisse enthüllen. John und Devi Wilder sind hier, um uns einige der *Wilders Geheimnisse* zu offenbaren. Ich habe auch ein paar Geheimnisse, doch davon werden Sie nichts erfahren.«

Gelächter ...

»Einige behaupten, die Wilders stünden an der Spitze einer Wiederkunft Christi in Amerika, eines neuen Zeitalters. Meine Frau würde gerne mehr darüber erfahren. Sie fragt mich schon seit Jahren jeden Abend nach der Wiederkunft Christi. Ich sage ihr immer: ›Für was soll denn das gut sein? War das erste Mal, als Christus hier war, etwa nicht gut genug für dich?‹«.

Das Publikum brüllte ... Nancy rollte im Kontrollraum die Augen nach oben. *Das steht zwar nicht im Skript! Ist aber trotzdem klasse, Herbie ... Liz wird das gefallen. Alles für die Quote.*

»Dann schaun wir also mal, was uns die Coquina Island, Florida diese Nacht bringt, Leute. Heißen wir John und Devi Wilder willkommen.«

Das Publikum applaudierte auf ein Zeichen hin und John und Devi spazierten Hand in Hand auf die Bühne heraus. Devi ging voraus. Sie lächelte. John, der etwas abwesend schaute, ließ sich von ihr ziehen. Sie hatte eine hellblaue Hose und eine geblümte Bluse an. Ihr glänzend schwarzes Haar hing ihr über die Schultern herunter. Er trug eine beige Hose und ein dunkelblaues Seidenhemd mit offenem Kragen. Die Silberkette, die er unter seinem Hemd trug, glitzerte in die Kamera, wenn das Licht darauf schien. Sie beide hatten Sandalen an.

Herb umarmte Devi überschwänglich, als ob er sie sein ganzes Leben lang gekannt hätte. Fast hätte er Johns Hand geschüttelt, besann sich dann aber eines Besseren. John und Devi saßen auf dem breiten Sofa neben Herbs Tisch. Herb saß hinter dem Tisch, auf dem er die Ellbogen gestützt hatte. Er lächelte. Devi lächelte auch. John, der in der Mitte saß, schien nach oben zum Kontrollraum zu blicken. So sah es für Nancy aus. Ein Schauer rann ihr das Rückgrat herauf, als sie ihn so sah, wie er von dort unten zu ihr heraufblickte und dann wieder, wenn sie ihn nah vor sich mit nach oben gerichteten Augen im Monitor sah. Sie rückte ihr Headset zurecht. *Wer ist dieser John Wilder?*

Das Publikum beruhigte sich.

»Zuerst«, begann Herb, »frage ich mich, ob wir nicht einige alte Dinge klären könnten. Vor zehn Jahren rannte ein junger Mann bei einem staatlichen Highschool Leichtathletikwettkampf in Florida die Meile in dreieinhalb Minuten. Er ist seither nie mehr gelaufen, und niemandem war es bisher gelungen, ihn unter Zeugen zu fragen, wie er das angestellt hat. Ist es wahr, dass du jener so genannte schnellste Mann der Welt bist?«

John wandte Herb langsam den Kopf zu. »Ja, das war ich.«

»Wie hast du das angestellt? Und warum bist du nie wieder gelaufen? Das wäre eine sichere Goldmedaille bei den Olympischen Spielen gewesen.«

John blickte wieder nach oben. Er schien Mühe zu haben sich zu konzentrieren.

»John?«, sprach ihn Herb noch einmal an.

Devi berührte sanft seinen Arm. Seine Augen kamen wieder nach unten. »Das war eine Verirrung. Ich forschte zu dieser Zeit mit spirituellen Übungen, indem ich die einzelnen Elemente zusammensetzte, und ich war aus dem Gleichgewicht geraten. Die Energien, die durch mich hochdrängten, hatten keinen Ort, wohin sie gehen konnten, deshalb rannte ich. So kam es dazu.«

»Könntest du das wieder tun?«

»Möglicherweise«, sagte John. »Aber warum sollte ich das?«

»Gut, einmal die Olympischen Spiele –.»

»Da gibt es viel Wichtigeres zu tun«, sagte John. »Für jeden gibt es etwas viel Wichtigeres. Körperliche Athletik ist großartig, doch es gibt noch eine viel größere Athletik.«

»Wirklich?«, hakte Herb nach. »Welche Art von Athletik?«

»Spirituelle Athletik«, erläuterte John. »Bei der spirituellen Athletik gewinnt jeder, egal, wer rennt. Niemand verliert.«

»Hmmm, gut, ich sehe, du hast uns dahingebracht, worüber wir alle gern etwas von dir hören würden – deine Geheimnisse. Wir machen eine kurze Pause und sind gleich wieder zurück.« Herb schaute direkt in die Kamera, an der oben das rote Licht leuchtete. »Schaltet nicht um, all ihr wundervollen Leute. *Wilders Geheimnisse* sind als Nächstes dran.«

Das Publikum applaudierte wieder auf ein Zeichen, Musik wurde eingespielt und sie waren für einige Minuten nicht auf Sendung. Herb ließ sich in seinen Stuhl zurückfallen. Nancy raunte ihm in den Kopfhörer: »Sprich die Wunder an, Herbie. Sprich die Wunder an!«

Er nickte nach oben zur Kabine. »Gut gemacht, John«, sagte er. »Wie ein Profi.«

John war wieder abgelenkt. Es schien, als blicke er auf etwas in der Luft über ihm. Devi warf ebenfalls gelegentlich einen besorgten Blick nach oben. Nancy beobachtete sie sorgfältig auf dem Monitor im Kontrollraum. Sie war sich sicher, dass sie beide da etwas sahen, was immer das auch sein mochte: Es überwältigte John und machte Devi besorgt.

Lichter begannen zu blinken. Eine Stimme erscholl: »Wieder auf Sendung! Und fünf, vier, drei, zwei ...«

»Willkommen zurück, meine Damen und Herren«, sagte Herb und hatte dabei seine Arme über dem Schreibtisch weit geöffnet. »Wir sitzen hier zusammen mit John und Devi Wilder. Was sind also *Wilders Geheimnisse*, John?«

John war immer noch etwas abgelenkt. Er sagte überhaupt nichts. Herb blieb ruhig, wartete auf den richtigen Augenblick. Eine sonderbare Stille lag über dem Set. Fünfzehn Sekunden vergingen. Es schien wie eine Ewigkeit.

Komm schon ... Nancy begann, in der Kabine nervöse Bewegungen zu machen. Dann fing Devi an, sich zu bewegen. Sie wandte sich etwas zur Seite und legte sanft ihre Hand auf Johns Oberschenkel.

Dieser erwachte wieder zu Leben und ließ seinen Blick auf Herb zuwandern. »Deine Geheimnisse, Herb.« Er drehte sich und zeigte auf ein junges Paar in der ersten Reihe der Zuschauer, »und eure ...«, dann auf eine Gruppe von Teenager in der obersten Reihe »Und auch eure da oben ...« Er schwenkte den Arm über das ganze Publikum und sandte eine Lumineszenz aus, die man kaum sah, aber deutlich spürte. »Von euch allen ...« Danach schaute er direkt in die Kamera auf der Bühne, dessen Lämpchen oben rot leuchtete, durchstach mit seinen Augen die Linse und beteuerte: »Und von euch allen, die ihr heute Nacht zuschaut. Dies sind eure Geheimnisse, eure Wahrheiten.« Dann hielt er inne und legte seine Hand auf Devis, die immer noch auf seinem Oberschenkel ruhte.

Nancy hielt den Atem an. Sie sah ein weiches weißes Licht im Studio schweben. *Mein Gott.*

»Hm, John, doch was sind diese Geheimnisse?«, bohrte Herb nach. Er konnte das Glühen sehen. Er wusste, dass John das Publikum erfasst hatte. Nun musste er nur darauf achten, dass John weitermachte und diese Show würde zum Selbstläufer und möglicherweise direkt in die Geschichtsbücher eingehen.

John nahm Devis Hand in die seinen und blickte in die Kamera. »Weißt du, wir sind alle aus einer einzigen Schwingung in der Stille unseres Inneren geboren. Diese schwingende Stille ist das unendliche Eine und das ist unser Bewusstsein. Jeder von uns ist wie ein Fenster mit verschiedenen Mustern, die darauf gemalt sind. Wir haben alle natürliche Fähigkeiten, unser Fenster zu reinigen. Das macht es uns möglich, uns selbst im Inneren als glückselige Schwingung der Stille zu erkennen, und das erlaubt es auch der göttlichen Schwingung, durch uns in die Welt hinauszukommen.«

»Ist das, über was du sprichst, Gott?«, fragte Herb.

»Ja, die heilige Schwingung in der Stille ist die Einheit, die man auch Gott nennt. Diese Schwingung ist das *ich bin*. Meditieren wir über das *ich bin* auf eine bestimmte Weise tief im Inneren, wird unser Fenster gereinigt. Dies ist eines der Geheimnisse. Es ist eine Übung. Ein weiteres großes Geheimnis liegt hinter unseren Wünschen verborgen.«

»Wünsche?« Herb stützte eine Seite des Kopfes über den Ellbogen auf den Tisch ab.

»Ja, es ist unser Wollen, das den Weg zu allen Geheimnissen öffnet. Ohne ein Wollen wird man keine Übungen machen und damit kommt es auch zu keiner Öffnung. Letztendlich steckt hinter allen Wünschen der Wunsch nach Gott. In allen Handlungen sucht man nach Gott. Entscheidend ist, dass man es schafft, die Wünsche und Handlungen direkt in Übungen umzumünzen. Gesegnet sind die, die hungern und dürsten ...«

»Ja, das hat jeder schon mal gehört«, sagte Herb. »Aber ist es wahr, dass du Wunder vollbringen kannst? Und auch du, Devi?«

John ignorierte die Frage. »Der Hunger nach Gott ist das größte Geheimnis. Die *ich bin* Meditation ist das nächstgrößte. Es gibt aber noch viel mehr Methoden, die uns dabei helfen können, uns unserer göttlichen Bestimmung aufzuschließen. Zusammengenommen sind alle diese Übungen *Wilders Geheimnisse*. Man umschreibt sie auch als ein offenes Übungssystem, das jedem frei zur Verfügung steht, es zu nutzen und zu testen. Wir befinden uns im Anfangsstadium der Entwicklung einer neuen Wissenschaft, der spirituellen Wissenschaft. Große Dinge werden auf der Erde geschehen.«

»Doch die Wunder«, wiederholte Herb. »John? Devi? Könnt ihr mir da bitte helfen, uns läuft die Zeit davon.«

John zuckte mit den Achseln und streichelte Devis Hand. »Könntest du ihnen etwas zeigen, Liebling?«

»Oh, ich soll die Erste sein?«

Einige Leute in der vordersten Reihe kicherten. Devi lächelte sie an. »Vielen Dank. Die ganze Welt schaut zu und will, dass ich ein Wunder vorführe, und ihr müsst da auch noch kichern. Hallo, ich bin hier oben extrem aufgeregt.«

Das Publikum brüllte ...

Sie blickte auf Herb und dann hinaus auf die Zuschauer. »Er ist der Wundermann. Ich bin nur die Gehilfin des Zauberers.«

Noch mehr Gelächter ...

»Okay, okay ...« Devi setzte sich zurück auf die Couch. Sie öffnete leicht den Mund und etwas bewegte sich tief drinnen. Ihre Augen gingen nach oben. Nach ein paar Sekunden schwebte sie ungefähr 20 Zentimeter über dem Sofa.

Das Publikum hielt den Atem an.

John schwang sie an der Hand, die er hielt, hinaus vor sich, und er selbst schwebte ebenfalls vom Sofa weg. Er nahm ihre andere Hand, wie er das schon so oft getan hatte, wenn sie zusammen durch die Luft getanzt waren. Sie kamen zu einer Umarmung zusammen, schwebten ein bis zwei Meter über der Bühne und gingen schließlich langsam weiter nach oben, hoch zwischen die Strahler und Lampen über der Bühne. Die Kameras konnten ihnen nicht mehr folgen. Herb blieb alleine auf der Bühne zurück und schaute hinauf, während die Kamera in den Stahlträgern nach dem entschwundenen Paar umhersuchte.

Das Publikum geriet in Aufruhr, stand auf und jubelte wild. Einige rannten aus dem Studio hinaus, während andere in stiller Bewunderung auf das Paar blickten, das hoch über dem Set schwebte.

Herb schaute ungläubig geradewegs nach oben zu John und Devi, die unter der Decke hingen. Nancy war in der Kabine außer sich. »Richtet Kamera drei auf sie nach oben!«, bellte sie. *Heiliger Strohsack, was ist denn nur los hier? Das läuft aus dem Ruder. Wir brauchen einen Werbeblock.* »Wir brauchen Werbung, Herbie! Werbung! Werbung einspielen!«, brüllte sie ihm in den Kopfhörer. Er schüttelte den Kopf.

John und Devi kamen langsam nach unten und tanzten immer noch ihren graziösen Drehtanz. Sie hatte wie eine Balletttänzerin anmutig ein Bein um ihn geschlungen und den Kopf zurückgelegt, als sie kreisend nach unten kamen. Ihr strahlend schwarzes Haar schwebte hinter ihr in der Luft. Sie landeten sanft vor Herbs Tisch, gingen zu ihren Sitzen und nahmen wieder Platz.

Devi blickte ruhig ins Publikum und in die Kamera. »War das okay?«

Wieder kam es zu Jubelgeschrei ... Es dauerte über eine Minute, bis sich schließlich alle beruhigt hatten, obwohl Herb schon gleich das Signal mit den nach unten zeigenden Handflächen gab.

»Für mich war das mehr als ausreichend«, beteuerte Herb und räusperte sich. »Doch einige unserer Zuschauer werden denken, dass wir irgendwelche Tricks anwenden.«

»Oh ja, das verstehe ich«, sagte Devi. »Gut, ich bin mir sicher, dass diejenigen, die es genau wissen wollen, noch etwas weitergehen mit uns. In allen von uns ruhen viele Möglichkeiten.«

»Ja, das sind die Geheimnisse eines jeden«, fügte John hinzu. Er lehnte sich vor zu Herb und tippte ihm auf die Brust.

Herb keuchte, als die Luft aus ihm herausströmte. Dann atmete er tief ein und ging mit herumbaumelnden Armen und Beinen nach oben. Anschließend schwebte er wieder nach unten und landete mitten auf seinem Schreibtisch, wo er für einige Sekunden in einem tranceähnlichen Zustand verharrte.

»Siehst du?«, sagte John. »Du kannst das auch.«

Das Publikum jubelte und lachte wieder unkontrollierbar. Niemand hatte sie dazu aufgefordert. Nicht weniger war der Jubel und das Gelächter auf Coquina Island unkontrollierbar, genauso wie in den Wohnzimmern überall im Land.

»Mein Gott, ich kann das nicht glauben«, brüllte Herb hinüber zur Menge, noch immer vom Tisch herunter gestikulierend. Er schien desorientiert und schaute in die Kamera. »Ehrlich gesagt, Leute, ich weiß nicht, wie man das anstellt. Nach einer Werbepause sind wir wieder zurück ...«

Das ganze Aufnahmeset befand sich im Chaos. Nancy brach im Kontrollraum zusammen und weinte. Die spirituelle Energie im Studio stieg dramatisch an und jeder konnte das fühlen. Überall im Land schalteten mehr Leute zu, weil sie in der Pause von Freunden und Verwandten angerufen wurden, die sie informierten, sie sollten unbedingt die *Night Time Live* ansehen!

John und Devi saßen während der Pause still auf ihrem Sofa. John fiel in eine seiner Episoden durchscheinenden Lichts. Er trat seine Sandalen weg und setzte sich in den Wurzelsitz. Devi hielt fürsorglich seine Hand. Unter den Zuschauern im Studio entstand ein Gemurmel, als sie bemerkten, dass John auf der Bühne zu glühen begann. Nancy, die sich wieder erholte, sah es auf ihrem Monitor. Sie tippte den Bildschirm an, sah dann, um sich zu vergewissern, aus dem Fenster des Kontrollraums und konnte ein weißes Licht erkennen, das von John hinunter auf die Bühne strahlte. Zusätzlich zum Licht, das sich von John aus in alle Richtungen verbreitete, hatte sich ein viel helleres tassenförmiges Licht am Scheitel seines Kopfes gebildet, das aussah wie eine glänzende Krone. Es erreichte die Größe einer Salatschüssel und wuchs weiter an.

»Was passiert da?«, fragte Herb. »In dreißig Sekunden sind wir wieder live.«

»Er erfährt eine Entrückung«, sagte Devi. »Das geht gewöhnlich wieder vorüber.«

John war fast nicht mehr zu sehen.

»John, John, kannst du mich hören«, sagte sie.

»Uh, ja, meine Liebe«, seine Stimme klang, als ob er sich in einiger Entfernung befände. »Ich bin immer bei dir, meine Liebe.« Seine Augen waren weit nach oben gerichtet.

»John? John?«, sagte sie. Er antwortete nicht. Tränen traten ihr in die Augen.

»Wir gehen wieder auf Sendung«, sagte Herb. »Ist das in Ordnung?«

Devi nickte. Sie hatte Tränen in den Augen. »Er will es. Deswegen sind wir ja hier.«

»Okay, wir sind zurück«, sagte Herb. »Gut, wir haben uns hier wieder zurechtgesetzt, meine Damen und Herren, und ich kann Ihnen wirklich nicht sagen, was als Nächstes zu erwarten ist. John fühlt sich im Moment nicht so gut.«

In der Kamera war das Licht, das jetzt ziemlich stark von John ausstrahlte, deutlich wahrzunehmen und wurde immer intensiver. Die glänzende Krone auf seinem Scheitel füllte die Bühne über ihnen aus. Herb zog sich zum anderen Ende des Tisches zurück. Alle beobachteten, wie sich das Licht veränderte. Es wurde heller als ein Kugelstrahler und es hatte den Anschein, als würde es durch einen mächtigen Lichtfluss gespeist, der durch die Mitte der sich ausweitenden Krone herunterkam. Das ganze Studio war erleuchtet und das Licht begann, durch die Wände des Gebäudes nach außen zu dringen. Von hoch oben gesehen blühte das Hyatt-Studiogebäude wie eine riesige Blume in der Landschaft von Los Angeles. Das helle weiße Licht erfüllte den Nachthimmel und dehnte sich nach oben und außen aus.

Drinnen schirmten die meisten der Zuschauer ihre Augen ab. Nancy konnte John im Monitor immer noch von nah mit dem reichlich überall um ihn ausgehenden Licht sehen. Er blickte nach oben in den mächtigen Strahl weißen Lichts, der unmittelbar über ihm durch das Zentrum dieser riesigen glänzenden Krone in ihn hinein nach unten kam. Das erleuchtete sein Rückgrat, das als Säule blendend weißen Lichts sichtbar wurde. Nancy konnte sehen, wie Devi, die ihre Hände immer noch auf Johns Knien liegen hatte, von dem Licht begraben wurde. Sie hatte den Kopf in Hingabe zu dem, was sich da ereignete, geneigt. Zuschauer auf Coquina Island und überall holten beim Anblick dessen, was sie da im Fernsehen mitverfolgten, tief Atem.

Dann geschah es.

Ein riesiges Blitzlicht, wie bei einer Atomexplosion, zerbarst dort, wo John saß. Eine Schockwelle blendend weißen Lichts ging schneller als der Blitz in alle Richtungen. Sie umschlang in Sekunden den Staat Kalifornien, den Westen, die Rocky Mountains, den mittleren Westen und Osten der USA. Die Menschen in der Dame von Coquina Island fühlten den Blitz, durch sie hindurchgehen und hinaus aufs Meer schießen. Er ging über den Atlantik, Afrika und den Mittleren Osten. Gleichzeitig ging er auch von Kalifornien nach Westen über den Pazifischen Ozean, blitzte über die pazifischen Inseln, durch Asien, Indonesien und Australien. Er ging nach Norden durch Kanada und nach Süden durch Zentral- und Südamerika zu den Polen der Erde und die andere Seite herum. Das lebendige weiße Licht traf auf der anderen Seite der Erde in der Mitte des Indischen Ozeans aufeinander und dort war seine Reise vollständig. In weniger als zehn Sekunden war die ganze Erde von dieser großen spirituellen Explosion verschluckt. Jeder auf Erden konnte das sehen. Jeder auf Erden konnte das fühlen. Nach ein paar Sekunden begann sich die Intensität des Lichts abzuschwächen, ließ aber ein Restglühen in allem zurück. *ich bin* wurde für immer in der ganzen Menschheit als allgegenwärtige stille Glückseligkeit und beständiger Hunger nach Wahrheit spürbar. Das war Johns Geschenk an die Welt.

Im Studio, am Fokuspunkt des Ereignisses, stand alles unter Schock. Das große weiße Licht, das von John ausgegangen war, wurde langsam schwächer, bis nur noch ein leichtes Glühen übrig blieb. Nancy zog sich vom Boden der Kontrollkabine hoch. Die Kameras liefen immer noch. Nach wie vor waren sie live. Sie schaute auf den Monitor und sah Devi, wie sie auf dem Sofa dorthin gebeugt war, wo John gesessen hatte. Herb rekelte sich am Boden. Er lag am anderen Ende des Tisches. Von John fand sie keine Spur. Nancy und die ganze Nation schauten zu, als Devi sich langsam aufsetzte. Sie weinte. In ihren Händen hielt sie Johns Kleider – sein blaues Seidenhemd und seine beige Hose.

Etwas fiel aus den Kleidern auf das Sofa. Wie ein Blitz ging davon ein Licht aus und wurde von der Kamera aufgefangen. Die Kamera zoomte heran. Da lag ein Kristallkreuz an einer Silberkette. Devi griff es auf und drückte es behutsam an ihre Brust. Die Kamera zoomte langsam heraus aus dem Kreuz und nahm die wunderschöne indische Frau ins Visier, die allein auf dem Sofa saß. Das Bild ging langsam in ein Schwarz über.

Kapitel 34 – Aufsteigen

Niemand erkannte noch die volle Tragweite dessen, was sich da in *Herb Hyatts Night Time Live* abgespielt hatte. Alles, was Devi und jeder auf Coquina Island wusste, war, dass John fort war, offensichtlich infolge einer Himmelfahrt, und dass er ihnen eine zarte glückselige Gegenwart zurückgelassen hatte. Sie wussten noch nicht, dass diese göttliche Gegenwart auf der ganzen Welt als innere Glückseligkeit und wachsender Wunsch, sich selbst auf die Suche nach Gott zu machen, in Millionen von Menschen wahrgenommen wurde.

Obwohl Devi in sich selbst John als ein bedeutend gestärktes *ich bin* fühlte, fehlte ihr seine körperliche Anwesenheit sehr. Sie sollte so lange nicht mehr den vollkommenen Frieden finden, wie sie ihn nur in seinen Armen empfinden konnte, bis sie viele Jahre später selbst in den Himmel auffuhr. In der Zwischenzeit verwurzelte sie sich tief in seiner stillen Glückseligkeit in ihr und strahlte immer Frieden und Liebe zu allen aus. Sie widmete sich der Erziehung der wunderschönen Christi und der Bewegung, die John in die Welt gesetzt hatte. Sie wurde die Galionsfigur für das Wissen, das er erforscht hatte, und gab davon ohne Vorbehalte an alle weiter, denen sie begegnete. Sie und Luke beaufsichtigten die Veröffentlichung aller Schriften Johns in fünf voluminösen Bänden unter dem Titel, den John selbst vor so vielen Jahren auf die erste Seite seines dicken Notizbuches geschrieben hatte: *Wilders Geheimnisse*.

Auch Harry blieb in der Bewegung aktiv. Er leitete die Renovierung zahlloser Gebäude überall im Land und auch im Ausland. Viele ähnelten dem Coquina Dame Hotel, große alte Urlaubsresorts, die von der Zeit überholt worden waren und unter seiner Leitung zu einem göttlichen Zweck wiedergeboren wurden.

Nadine besuchte Kurt regelmäßig im Miami Lakes Bundesgefängnis niedriger Sicherheitsstufe. Als er entlassen wurde, heirateten sie erneut. Obwohl die Ärzte ihr prophezeit hatten, sie könne nie Kinder bekommen, schenkte Nadine ein paar Jahre später zwei Jungs, Zwillingen, das Leben. Sie widmeten ihre Zeit den Übungen, der Erziehung ihrer Kinder und der Arbeit, die John begonnen hatte.

Luke und Joy hielten weiterhin in Vollzeit führende Positionen in der Bewegung inne. Ihr erstes Kind, ein liebenswürdiges Mädchen, wurde ein Jahr nach John Himmelfahrt geboren. Ein paar Jahre später bekamen sie noch einen Jungen.

Andere aus der ursprünglichen Meditationsgruppe auf Coquina Island, aus Blue Ridge Hollow und aus den ersten Tagen des Coquina Dame Hotels unterstützten die Arbeit ihr ganzes Leben lang. Johns Wunsch ging in Erfüllung: Tausende wurden darauf vorbereitet, jedem die spirituellen Übungen zu lehren, der eine Neigung dazu hatte, sie zu lernen. Die Lehrer schwärmten über den ganzen Globus aus. Viele Zigmillionen überall auf der Welt profitierten in den kommenden Jahrzehnten direkt von den Übungen und an niemandem auf der Erde ging die davon ausstrahlende erbauliche Wirkung spurlos vorüber.

Aufgrund der anhaltenden kooperativen Anstrengungen hingebungsvoller Pioniere, Übender, Forscher und Lehrer überall auf der Welt machte die spirituelle Wissenschaft schnelle Fortschritte. Die scharfen Abgrenzungen, die das heilige Wissen über die menschliche spirituelle Transformation Jahrhunderte lang getrennt hatten, lösten sich allmählich auf.

Es war ein sonniger Herbstmorgen auf Coquina Island. Devi saß auf dem Balkon im Wurzelsitz auf dem Korbsofa der Coquina Dame Chef-Suite. Mit den Armen hielt sie zärtlich Christi umfangen, die gemütlich in ihrem Schoß saß. Der warme Ozeanwind liebkoste ihre Gesichter.

Unterhalb bewachten markante Dünen die Küstenlinie. Das hochstehende Plattährengras wehte wie feines Haar über die hohen Hügel. Dahinter toste die Brandung. Riesige Wellen donnerten von der äußeren Bruchlinie herein. Ein leichter glitzernder Nebel hing über dem weißen Schaum. Zweihundert Kilometer weiter draußen auf dem Meer wanderte ein Hurrikan vorbei, der auf den äußeren Küstenstreifen von Carolina zu wirbelte.

Devis Zunge glitt nach oben. Auch ihre Augen gingen nach oben zu ihrer inneren Leuchtkraft. Ihr innerer Stern funkelte in der Form eines glänzenden Kreuzes. Ihr Kinn machte ein paar Umdrehungen nach unten zur Kehlgrube. Sie war durchdrungen von einer tief greifenden Gegenwart. *Oh, mein lieber Ehemann ...*

Minuten vergingen.

»Mama, schau«, sagte Christi.

Devi öffnete langsam die Augen. Jede ihrer Zellen war getränkt in der stillen Liebe eines zärtlich schwingenden *ich bin.*

»Da ...« Christi zeigte mit ihrer kleinen Hand nach Norden der Dünenlinie entlang. »Und da auch ...« Sie deutete mit der Hand nach Süden.

Eine riesige Welle neuen Lebens erhob sich, so weit Christi und Devi sehen konnten, von den schwangeren Dünen. Tausende Schmetterlinge füllten den funkelnden Geisthimmel der Küste Floridas von Süd nach Nord. Jeder flatterte auf großen goldenen Schwingen davon.

Als sie nach oben stiegen, begann Christi mit einem weichen weißen Licht zu glühen und sich ein wenig vom Schoß ihrer Mutter abzuheben ... Ihre Augen waren vor Freude weit aufgesperrt.

Nachwort des Übersetzers

Wie Yogani berichtet, war sein erstes Projekt der Roman »Wilders Geheimnisse«, in dem er auf unterhaltsame Weise sein Yogawissen ohne Verwendung der Yoga-Terminologie ausbreiten wollte.

Dann hat er sich jedoch entschieden, zuerst die Online-Lektionen ins Netz zu stellen (www.fyue.de) und 2004 als Buch zu veröffentlichen (**Fortgeschrittene Yoga Übungen – Leichte Lektionen für ein ekstatisches Leben). Wilders Geheimnisse** folgte darauf abgestimmt 2005.

Im Rahmen der fortgeschrittenen Yoga Übungen ist alleine der Klang des *»i am«* Mantras wichtig, nicht die Bedeutung, deshalb bleibt es dort unübersetzt. Da jedoch im Roman manchmal auch die Bedeutung von *»i am«* eine Rolle spielt, habe ich im Roman durchgehend die deutsche Form *»ich bin«* verwendet.

Fühlt sich also jemand aufgrund der Lektüre des Romans inspiriert, selbst einige der Yoga-Übungen und insbesondere die *i am* Meditation zu versuchen, ist es sinnvoll, diese entsprechend der Anleitungen der Online-Lektionen oder der von Yogani veröffentlichten Bücher zu tun (www.fyue.de).

Der Übersetzer

Weitere Veröffentlichungen des Verlags

Neben spirituellen Reiseberichten (bisher zu Indien und Russland) bilden den Kern der Veröffentlichungen des FYÜ-Verlags die Schriften Yoganis.

Yogani ist ein amerikanischer spiritueller Wissenschaftler, der seit über dreißig Jahren darum bemüht ist, überlieferte Techniken zur Kultivierung der spirituellen Transformation des Menschen aus aller Welt zu einem effektiven System zu vereinigen. Der von ihm entwickelte Ansatz ist nicht konfessionsgebunden und steht jedem offen.

Folgende Publikationen von ihm sind erhältlich:

Fortgeschrittene Yoga Übungen – einfache Lektionen für ein ekstatisches Leben (2014)

Über 200 detaillierte Lektionen (überwiegend in Fragen und Antworten) zum integralen System der fortgeschrittener Yoga Übungen.

Die FYÜ-Erleuchtungsreihe

Einfach zu lesende Unterweisungen zu Yoga-Übungen mit folgenden Titeln:

Tiefe Meditation – Pfad zur persönlichen Freiheit

Das Pranayama der Wirbelsäulenatmung – Reise in den inneren Weltraum

Asanas, Mudras und Bandhas – Die Erweckung der ekstatischen Kundalini

Tantra – Entdecke die Kraft des vor-orgasmischen Sexes

Samyama – Wie kultiviert man Stille im Handeln, Siddhis und Wunder?

Diät, Shatkarma und Amaroli – yogische Ernährung und Reinigung für Geist und Gesundheit

Selbstanalyse – Erwachen des Zeugen und das Ende des Leidens

Bhakti und Karma Yoga – Die Wissenschaft von Hingabe und Befreiung durch Handeln

Die acht Glieder des Yoga – Die Struktur und die Abstimmung der spirituellen Praxis in Eigenverantwortung.

Retreats – Schnellstraße zur Freiheit – ein Leitfaden für Leiter und Teilnehmer

Befreiung – Die Erfüllung des Yoga

Besuche bitte für weiterführende Informationen zu Büchern Yoganis, den **Erscheinungsterminen der Übersetzungen,** zu Bestellmöglichkeiten sowie für kostenlosen Support die Seiten der **Fortgeschrittenen Yoga Übungen:**

www.fyue.de/shop

www.fyue.de